行到水穷处
——感官日记

Cuatro años
a bordo
de mí mismo

［哥伦比亚］爱德华多·萨拉梅亚 著
Eduardo Zalamea Borda

陈皓 译

人民文学出版社

Eduardo Zalamea Borda
CUATRO AÑOS A BORDO DE MÍ MISMO
© 1934, Eduardo Zalamea Borda
   2017, Herederos de Eduardo Zalamea Borda
© 2017, Editorial Planeta Colombiana S.A.
Latin American Rights Agency – Grupo Planeta
Simplified Chinese translation copyright © 2022 People's Literature Publishing
House
All rights reserved

图书在版编目（CIP）数据

行到水穷处：感官日记／（哥伦）爱德华多·萨拉梅亚著；陈皓译. —北京：人民
文学出版社，2022
　　ISBN 978-7-02-016458-5

Ⅰ.①行…　Ⅱ.①爱…②陈…Ⅲ.①游记—作品集—哥伦比亚—现代　Ⅳ.①I775.65

中国版本图书馆CIP数据核字（2021）第223834号

责任编辑　张欣宜
装帧设计　黄云香
责任印制　任　祎

出版发行　人民文学出版社
社　　址　北京市朝内大街166号
邮政编码　100705

印　　刷　三河市宏盛印务有限公司
经　　销　全国新华书店等

字　　数　239千字
开　　本　880毫米×1230毫米　1/32
印　　张　10.75　插页3
印　　数　1—5000
版　　次　2022年1月北京第1版
印　　次　2022年1月第1次印刷

书　　号　978-7-02-016458-5
定　　价　49.00元

如有印装质量问题，请与本社图书销售中心调换。电话：010-65233595

目　录

1. 出发。起点。航行。　　　　　　　　　　　　　　　　　　1

2. 关于我记忆中的城市。　　　　　　　　　　　　　　　　　8

3. 暴风雨，未曾抵达又重新出发。　　　　　　　　　　　　17

4. 街路浪游。重返哥伦比亚港。　　　　　　　　　　　　　31

5. 像潜水艇一样非凡和具有数学性的一章。数字是世界的乐谱。

　　1 加 1 等于 3。　　　　　　　　　　　　　　　　　40

6. 里奥阿恰，海水呈现出两种颜色的港湾。对于第一个印第安

　　姑娘的不同印象。轮盘赌。学生女王。多重面貌。　　51

7. 瓜希拉！阳光、干涸、亲吻、死亡和神秘之地。　　　75

8. 土著夫妻。洒向大海的第一滴血。　　　　　　　　　　87

9. 死神之畔的彻骨孤独。回忆。　　　　　　　　　　　　97

10. 告别伤痛。马瑙雷和盐矿。　　　　　　　　　　　　107

11. 朗姆酒和昆比亚舞。库玛蕾的现身。　　　　　　　　118

12. 巴勃罗的回归。子弹、旧事与新闻。　　　　　　　　125

13. 回忆与厌恶。印第安人。曼努埃尔来了。冤家路窄。　136

14. 在尸体旁。葬礼。可恶的小托马斯。　　　　　　　　144

15. 堂帕奇多的出行。图库拉卡斯和艾尔卡顿。　　　　　149

1

16. 帆之角。献给泥土、湛蓝、多风的巴西亚翁达的一曲斑斓
的颂歌。   158

17. 盐池边的对话。维克多的女人。半夜十二点。第一次
警戒。   170

18. 罗拉的家。维克多的旅行。信与歌。   182

19. 剪不断理还乱。每天的印第安女人。隐瞒。   196

20. 在罗丽塔的注视下。埃尔南多的夜间冒险。巴西亚翁达的
新生命。   219

21. 泄密。"美人"号归来。工作和新鲜事。   234

22. 工作和新朋友。加布里埃尔和罗丽塔的生活。信。玛丽亚
的死亡和葬礼。   247

23. 帕特里西奥的婚礼。陆上的生命消逝于海底。珍珠与鲜血。
祈祷。   258

24. 悲伤。马克西姆归来。帕特里西奥和赫妮娅。工作。   271

25. 迪克的变化。废弃的帆船。遇袭。   281

26. 我们饥饿！饥饿……！饥——饿……！！！绝望……！！！   287

27. 饥不择食。分娩。自始至终。告别。   302

28. 归程。重返文明。终章。   314

后记 胡安·迪亚斯·萨拉梅亚   320

译后记   331

回忆中的爱。

怀念最最可爱的蜜蜜。

亲昵怀念缇布隆。

给他们俩——我灵魂里独有的两位船员。

1.

出发。起点。航行。

夜是孤独的，像光一样孤独。它被抛弃于世界上空，在许许多多的城市、乡村、森林、岛屿、海洋和村庄的头顶蔓延。在城市中，还有另一种孤独与它相伴，那是万点灯火攒动，也是寂静无言的香烟。疲惫的黎明夹着沉睡的烟，劣质烟头闪着点点的光。抽烟的凶手躲在黑暗里，倾听着渐渐临近的脚步声。但是这里的夜，哥伦比亚港的夜，比世上任何地方的夜都更加孤独。三颗，一颗，七颗，十三颗。星辰明明灭灭，与它无聊相伴。后方安静的村舍里，零落的灯火比星光还要暗淡。云朵低垂，潮声阵阵，海浪在与码头嬉戏。码头又长又直，有海风拂过。风中带着欢乐，不像夜风，倒像晨风。云朵，浪涌，海风，繁星，被遗弃的夜。

夜里十二点，水手们会接我上船。我感到了恐惧，模糊而细微的恐惧，就好像小时候一个人被丢在家里过夜的恐惧。此时的我正如彼时的我，长夜漫漫，孤身只影，不也是个稚气未脱的孩子吗？我经历过怎样的恐惧啊！就像在码头上等待水手时，隐约感到的恐惧。它一路滋生，变得巨大，贪婪，可怖。小船摇摇晃晃地停在码头高处的下方，在那里等我。波涛更加汹涌壮阔，更像大海。小船跳跃着，我们四下歪倒，船在浪涌上颠簸。我得跳上甲板了！在水手们大声的诅咒、辱骂和嘲笑中，我终于跳上去了……船尾沉了，我觉得自己快要淹死了，赶紧抓住了一个黑人舵手的脖子，结果被他一把推开，跌进了船底。船上进满了水。风在呼啸。我上船了！真的上来了！船开动了，载着我驶向瓜希拉。

小船浮浮沉沉，风在缆绳间梳着头发，迅猛又动听。船尾有人说话，船头笑语喧哗，那是船长的笑声。哦！船长，我的好船长！你驾着这条肮脏的，曾经载满了土耳其商人的旧航船！爱笑的大胡子船长啊，你抽着烟斗，在我的记忆里，你永远抽着烟斗！

我的寝舱，更确切地说，是我的床铺，脏兮兮的，散发着难闻的味道。另两张床上躺着我的旅伴——两个抽烟的黑人。他们打过鱼，汗水和海水湿透了衣衫。船在晃动，晃得厉害……我想抽根烟，嘴里却满是缓缓流动的咸水……罢了。哦！可是，真的来了个女人吗？是的！一个女人，一个眉目模糊的穆拉托①女人。当我看她的时候，她脸红了，布满灰色的云。灰色的？是的，应该是灰色的。

"我睡了几个小时？""我睡了几分钟？"我不知道！我听到船长在咳嗽，听到吱呀作响的船舵在劈波斩浪。我感到灼热的风夹带着香味，猛烈地吹进舱中。我们航行，一路航行。

夜色中有歌声响起：

> 因为我呀，并不勇敢
> 就挖一道壕沟，把自己深埋
> 英俊的人呀

---

① 穆拉托，黑人和白人的混血儿。

总是死得悲哀……!

　　歌中带着黑人的色彩和节奏，音节断断续续，疲惫而又破碎。海浪打着船舷哗哗作响；风与细浪嬉戏，唱着欢乐的歌；黑人们小声地说话，发音时总把"s"吞掉；穆拉托女人的目光久久停留，所有这一切都不知从什么地方进入了我的梦乡。

　　我睡了很久。沉酣的梦里满是穆拉托和印第安姑娘，还有海浪和波哥大的房子。一个小孩子喊我们起床，他是船上的见习水手，也在厨房帮佣。他生着一头金发，但总是灰惨惨、油腻腻的，不像远方城市里孩子们的金发那样干净、闪亮和精致。他才十二岁，身体单薄，形容沉郁，活像个老水手。

　　"喝咖啡吧！"他边说边递过来一只小杯子。

　　这话说得干脆利落，与那只摇摇晃晃的搪瓷杯极不相称。杯中装满了劣质咖啡，寡淡无味，基本就是红糖水。

　　天色已明，我听见桅杆吱呀作响，宽大的帆在晨风里猎猎张开，船苏醒了。海鸥盘旋，水手们唱着歌，换上了出海的衣服。他们穿着粗糙的蓝色棉布裤和红白相间的条纹衫，打着赤脚，系着磨破的腰带。

　　然而，太阳刚刚升起，船帆就悲伤地缩了回去，低垂着慢慢飘动。海面风平浪静。等待我们的将是多日的死寂，无休止的炎热和干渴，也许还有饥饿。我们感到了热，黏糊糊的热，就像大团讨厌的油脂涂在皮肤上。太阳越来越红，阳光越来越猛烈，我们感到了渴，需要喝水。水装在甲板上的大桶里，静静地随船航行，见不到天空。水质粗涩温热，难以下咽。我们喝过水，就坐在热乎乎的甲板上等风来。

一种焦躁不安的寂静降临在波涛起伏的海上。一丝风都没有。我们抽烟，把美国烟的烟蒂往海里扔（我们为什么要抽美国烟？），海面上泛起一串同心圆。我们期待着这死水上轻微的运动，能众望所归地生出风来。凉爽，咸腥，芬芳，来自远方的风，它会把我们带到目的地。但是，没有，风没有来。我们为什么会在这里，在这可怕的水与空气的循环的中心，永恒，临近，无穷而又遥远？绿色的海面上腾起细浪，孩子般的浪，少年般的浪。厌倦的齿轮开始转动，摧枯拉朽地绞住了我们。虽然你看我，我看你，但每个人的心中都万分孤独！绝望笼罩下，大家行动迟缓，迫不得已地啃着打呵欠时那富有弹性的肉。穆拉托姑娘看我的目光越来越慵懒，她的眼睛胜过了真正的天鹅绒。

　　船长望着海面。海水清澈透明，就如大片一触即碎的玻璃，无边无际。他还看到海底红色的鲷鱼，鱼眼水汪汪的，带着嘲笑的神气。

　　"走！小伙子们！"他说，"我们去钓鲷鱼！"

　　"那汗就出得更多了！"

　　"没关系！"

　　于是我们都把鱼钩抛下水去。大家烦闷，疲惫，怎么也等不到风。船长微笑着，水手们拿烦闷、汗水和疲惫开着蹩脚的玩笑。我恨他们，特别是那个上船时将我推倒的黑人。这个伪君子笑眯眯地抽着他的烟斗，长满疹子的手上握着鱼线。船长、水手、黑人，还有那个穆拉托姑娘，他们早就习惯了这样的寂静和这样的大海，但我不是。他们注定要在大海、劲风和寂静中度过此生，我却出生在一个寒冷而遥远的城市，那里有巍峨的群山环抱，翠绿而又清凉，特别清凉。我为什么没有出生在海上，出生在这片百舸争流、波涛汹涌、海鸥翻飞的碧海之上？不，我幸好出生在那个城市。至少现在，我还能拥有清凉的记忆。我的皮肤也有记忆——触觉的记忆，它还存留着关于温度的记忆。

我漫不经心地钓着鲷鱼。真是痛快！我们把拴在钓竿上的鱼钩扔进海里，钓竿又长又结实。鱼钩上挂着血淋淋的红肉鱼饵，我们眼看着那一团红色被放下海面，直至消融在碧水深处。在几乎是白色的浪里，鲷鱼贪婪地咬了钩，拼命扭动着身体，尾巴疼得一阵抽搐。鱼被拉出水面，笨拙地使出浑身解数，垂死挣扎。鱼嘴张开，鱼眼黯淡。倘若这条鲷鱼身后跟着一条鲨鱼，它一定会用尖利的牙齿从我们手中撕走半个鱼身。若是没有鲨鱼的话，我们可太高兴了。鲷鱼还活着，身上泛着红，浑身的水传递着临死前的颤抖。深水里的鲷鱼个头大，身体壮，身长将近一米，外形也美。鱼鳞闪亮整齐，鱼身是令人愉悦的玫瑰色。

今天我们钓了很多鱼。太多了，甲板都快要堆不下了。小船散发着鲜血和火柴的味道，我们很快就要吃到半生不熟的鱼肉了。至于那些吃不完的鱼，厨师会把它们腌好，带去里奥阿恰卖掉。

船上的厨师来自库拉索，是个邋遢的老黑人，生着一张鬼脸，戴着巧克力色的草帽，总是抽着一只几乎炭化的烟斗。直至今日我还是不懂，为什么烟斗会成为主人的写照，至少当主人是水手时，此言不虚。老厨师的烟斗是樱桃木的，沾满了汗水和污渍，通体黝黑。烟斗弯弯曲曲，总是悠悠地，悠悠地吐着肮脏难闻的烟雾。老厨师把半个烟斗藏在铜锈色的小胡子下面，只有当他用锋利的刀刃剖开鲷鱼，或者在船舷上杀鸡的时候，我们才能从那黑成一团的脸上辨别出两颗黄牙，而嘴唇是从来看不见的。但是无论怎样，老黑人都是个很棒的厨师。梅梅（我终于知道那个穆拉托姑娘的名字了）很喜欢他炸的香蕉和圆饼，他在锅里炸这些东西的时候慢条斯理的，就好像在炸人肉似的。

已是午饭时分，风还没有来。我们累得散了架，已经没力气心烦了。我躺在一张不知经历过多少次狂风暴雨的黄色旧帆布上，感到自己比以前更加接近幻觉中海水的凉意，于是开始思考，回忆，做梦。梦中我又看到了家乡的街道，黄昏时分的灰色街道，没有色彩的街道，屋檐的阴影在此时格外深重，模糊了女人衣裳的颜色。少年的我从那样的街道上走过，胳膊下夹着无用的书本，不知道这世上还有生活和冒险的存在。我那时十四岁，睁大眼睛盯着街上的动作和线条，一种对于女人的可怕预感油然而生，它直抵我的肉体，直抵我的苦痛。

现在，在这里：我孤零零地躺着，踏上前往瓜希拉的路，冒险与生活之路。

穆拉托姑娘梅梅穿着一身白衣，透过衣料可见柔缓紧致、厚重黝黑的胴体。哪怕是在阴影里，她身上的皮肤也没有脸上那么黑。轻风吹过，衣衫紧紧地贴在她身上，将丰满结实的肌肉尽显无余。（看着她我不由得想到，自己当年曾经几次咬过保姆的胳膊。）

大家都在等着鱼肉，让我们继续出汗的鲷鱼的肉。天更热了！热得让人吃不下饭。无论怎样都出汗，任何一个动作都能让我们的胸口、前额、太阳穴和腋窝湿成一片，但是不管多么热，多么累，我们——我——还是要吃下自己钓上来的鲷鱼。

鱼汤很鲜美，我们大口咀嚼着脂肪丰富的大鱼眼和白色的鱼肉。另一个盘子里装着一块肥肉和一块烤香蕉。吃肉配汤，吃鱼配木薯，都是无上美味。盐与糖的味道混在一起，长久地存留在唇齿之间。饭后大家喝了咖啡，咖啡和今天早晨一模一样，基本是红糖水。我掏出在巴兰基亚新买的烟斗，准备抽上一袋。烟斗狭长精致，是城里人的款式。才抽了不到十分钟，舌头和嗓子就感到一阵灼烧，眼睛也被熏得泪水涟涟。一个叫罗勒的黑人看到我这副模样，笑道：

"借我抽吧，我帮你开了它。"

我犹豫了片刻——等到了瓜希拉，烟斗就开好了，可我该用什么给它消毒呢？但我一想到自己疼痛的舌头，又想到如果这只烟斗的内壁附上一层坚硬的尼古丁和烟灰，那抽上去的滋味该有多么美妙，我还是默默地把它交给了罗勒。

我躺在甲板上，在松垂的风帆时断时续的阴影中沉睡许久，太阳也在我身上睡着了。我梦到了梅梅，我记不得都梦到她些什么，也许记不得最好。她的名字，小姑娘的名字，小婴儿的名字，像极了一声啼哭，一句抱怨。那两个一模一样、重复单调的音节，整个下午都在啃噬着我的脑袋。我昏沉沉地站起来，身体疲惫骚动，嘴上呵欠连连。天边灰茫茫的，我发现梅梅正坐在午饭时被我充当桌椅的那块帆布上，我们两人身体的温热想必已经融合在一起，她也会感觉到，我身上的某些地方已经成为她自己身体的一部分。我们从来没有说过话，连一声羞怯的问候都没有。但我现在的确有话对她说，除了与她说话，我还能在这一片死寂之中干些什么呢？更何况她已经吸引了太多水手的注意，如果我不抢先一步，她就要成为别人的了。

于是我向她走去，在满船人愤怒的目光下，在太阳讽刺而圆满的注视下，向她走去。

2.
关于我记忆中的城市。

　　我不该跟她说话的，至少说话毫无用处。我迈着坚定的步子走近她。月亮是个伪君子，潮水随着它的喜怒无常起起落落，甲板晃得像地震一样。自从上了船，我走路就东倒西歪的，直到现在，船不晃了，才可以稳下脚步。迎面坐在干舷之上的是水手长迪克，一个狡猾的荷兰人。他的右手伸进腰带里，好像在抚摸着肝脏。

　　为什么要说话呢？说那些横亘于我们两人之间，在羞怯和陌生的卵石堆里磕磕绊绊的话？我要是说蠢话就好了，说那些当你真心爱慕某个姑娘时，满怀诚挚与焦灼向她倾吐的一切蠢话。假如可怜的梅梅用语言去表达她对我的回应，那大家又该把她想得多么糟糕！老迪克专注地朝东北方向眺望，满眼都是焦灼。他在等风来，已经等得太久了。我和梅梅也一言不发地望着海天之间变幻而又精准的分界线。从那道温柔的蓝色里，会生出我们期盼已久的东风，也会生出猝不及防的狂飙。

　　现在是下午五点，我们位于圣胡安德吉雅角附近。这里的黄昏来势汹汹，一泻千里，没有任何微妙的变化，只有过于浓烈的红紫两色，晃得人头晕目眩。"脚步"号（这是我们船的大名）的风帆还没有落下。它们无精打采，皱巴巴地垂在那里，见证了我们恒久的等待。今天一切都是老样子，而我们这些心思单纯的小人物对彼此已是了解颇深了。船长，水手长，见习水手，判过刑的厨师，水手们，黑人乘客们，梅梅和我，大家一直在用探究的目光互相打量。我敢打包票，船长的脸颊上特别靠近嘴巴和右耳朵的地方有两道不起眼的皱纹，而迪克左边眉毛的上方有一颗咖啡色的痣。

绳索上晾着衣服：蓝色的裤子和条纹汗衫浸满了又苦又咸的汗水和海水，足有两升之多。所有这些都赋予了小船一种奇怪的坚固感，它就像房子一样安然不动。这只是无风的第一天，我从口口相传的故事和可怕的书本里知道，这种死水般的状态可以持续很久，有时是好几个小时，有时是日复一日无休无止。这些毛骨悚然的故事里蔓延着如渔网般颤抖的饥饿，令人瑟瑟发抖的干渴，以及爱伦·坡式的惊心动魄。而最后，不管是故事里还是书里的人们，都在绝望中一命呜呼。

又要吃饭了，因为无所事事，这顿晚饭与上一顿午饭显得格外近，直叫人一想起吃饭就心烦。吃的东西也是一个样子：鱼、肉、香蕉，还有加了红糖的咖啡，饭后大家又抽起烟来。因为没有别的事情可做，这顿饭吃得风卷残云，肆无忌惮。

关于我们这艘船和船上的水手，还有什么可说的吗？没什么了。在我的记忆里，他们的形象专横而模糊，带着漠然的表情和装腔作势的举止。然而，在这样的表情与举止下，永远潜藏着对无风状态的敏感和对危险的精确判断。

现在，该说说我这次旅行的目的了。读者们想必已经猜到，我是个年轻人（现在是 1923 年），有万般理由对波澜不惊的日子感到厌倦。但我天性懒散，就是喜欢一成不变、闲适安逸的生活。中学几何教师是位基督教修士，紫色的脸庞活像一只成熟的茄子被扣在盘子一样的衣领上，我一听他的课就打瞌睡。课堂上的梦总是太短暂，只能梦见两三个简单的几何形状，比如各种多角形、等边三角形和不等边三角形。也许，我最不喜欢的就是眼下这种纹丝不动、完美到不正常的死寂状态。有风的时候就有白色的海鸥。它们棱角分明的身体好像是用硬纸叠成的，每一声干涩的尖叫都好像要把纸片撕得粉碎。

前文说过，我是个不思改变的懒人，这是我能为自己找到的为数不多的毛病，尽管我总是希望自己可以多些毛病，这才是最好的活法。如果在毛病之外还能再有点儿什么恶习的话，那飞黄腾达就是板上钉钉的事了。好人就像裙撑，早就过气了。眼下当务之急是要活在这个世纪，活在此年，此时，此刻。被时间抛在身后的感觉太可怕了！更何况做个坏人又舒服又愉快。但是，尽管我知道这两点，却始终做不成十足的坏蛋，我因此相当怀疑自己的人性。

我说过要讲讲自己这次旅行的目的。其实我根本没有目的。你们不要觉得这又是我的缺点。那个伟大的老头马克·吐温曾经说过，谎言是另一种美德，虽然他是在开玩笑，但幽默大师的话还是要认真对待的。

不过我还是要说说这次旅行，权当说给自己听。我生活在一个逼仄寒冷的城市，虽然建设得一塌糊涂，却不自量力地以大都市自居，其实只不过是个遍地都是矮旧房屋的小村子罢了。城里的人们总穿着深色衣服，普遍令人厌恶。只有两样东西招人喜欢：女人和汽车。全城大约有十万女人和一千五百辆汽车。对我而言，二者的数量倒过来才是最妙的。如果你有八九个女人陪伴左右，但却只有一辆车，那还能做什么呢？但如果你身边只有一位可爱的姑娘，却有两辆别克、一辆帕卡德①、一辆雪弗莱和一辆纳什，那又该多么春风得意啊！

生活在这样一座小城，读着里卡多·莱昂②、乔治·奥奈③和亨利·波尔多④那些愚蠢腻歪的书，一股深深的厌倦从心底油然而生。这里读不到其他作家的著作，全城人却都以伟大的诗人和文学家自居。虽然风景如画，是个游山玩水的好地方，但并没有什么地方精彩到足以打发这种无穷无尽的烦闷。于是有一天，我决定远行，虽然不知道要去何方。我有一位祖辈曾经做过海盗，到底是祖父还是曾祖那一辈，我也记不真切了。前路未卜，但这无关紧要，重要的是必须离开。

终于等到了那个久远的一月早晨，也就是我动身的日子。我开始告别这座城市，就好像此一去再也不会回来。空空的感觉在我心中笃定地滋长，自己与家乡的距离也显得尤为漫长，那天的每一分钟都带给我经年的回忆。那种遥远、陌生和疏离的感觉，使得我思想中的事物呈现出令人惊叹的面貌——我预感到，有些东西日后会离我而去，永不相见。对我而言，在那黯无声色的一天里，每时每刻都在聚集着留待以后观赏的风景。很多人的面孔比我亲眼所见时更加年轻。一时间诸多情绪涌上心头，留待今后去慢慢体会。

---

① 帕卡德，美国著名豪车品牌，二十世纪二三十年代风靡一时，六十年代停产。
② 里卡多·莱昂（1877—1942），西班牙小说家、诗人。
③ 乔治·奥奈（1848—1918），法国小说家。
④ 亨利·波尔多（1870—1963），法国作家。

晚上九点，火车开了，我知道亲人们把行李箱一点点填满。确切地说，我只带了一个行李箱，里面装着几套寒酸的衣服。除了衬衣、长袜和手帕，还有一幅卡门圣女的小像、一罐曼秀雷敦乳膏、针线、扣子，以及隐藏在擦得发亮的旧防雨布后面的一点点母爱。

我的盘缠很少，只有五十八美金和几滴眼泪。我离开了这座城市——在这里，我童年的美梦第一次撞到了现实；我见到了第一个女人，读了第一本书（我确定是欧仁·苏①写的），接了第一个吻。

火车行进在夜间的原野，农家守夜的点点灯火不时刺破浓重的黑暗。碧绿的牧场，碧绿的种着土豆和谷物的沃土，新抽穗的玉米迸发出一串青翠欲滴的大笑。不经意间，眼前就会掠过一座小屋，一座宏伟的砖房——那是种植园里的房子。小村子沉睡着，火车所到之处惊起了一对对热恋的情人。

那天，在我乘坐的头等车厢里——我那时候依然认为旅行时坐头等车厢比坐三等车厢更有趣——有几对当天新婚的夫妇，每人身上都散发着馥郁的香味。这些细腻的幽香与田间浓烈的芬芳水乳交融。在这个时候，新婚女子的皮肤上会沁出一种混合了情欲和羞怯的甜美的温柔。车厢里氤氲着香水的味道（只有婚礼上的新娘才会用那种香水，谁也不知道之后还有什么用处），女人们把大衣裹得严严实实，她们怀着一种犹疑的恐惧，隐约地渴望着某种可怕的东西，那恐惧宛若她们绯红的面颊，娇羞脉脉中带着一抹心口不一的紫罗兰的颜色，柔弱得如同田野里的灯光。那

---

① 欧仁·苏（1804—1857），法国作家，著有《巴黎的秘密》等。

些女人唤起了我内心的孤独——我记不得她们是否美貌，却清晰地记得黑暗中一朵朵颤动的红唇，厚薄不一，大小各异。还有缠绵于衣袖间的汗湿的手，勾抵在一起的脚，渴望相对却不敢直视的眼睛，竖起来倾听甜言蜜语的耳朵——那一句句动人的情话如同疲惫而羞涩的蝴蝶，停落在我这个单身男孩的耳畔。

火车继续在田间穿行，车厢里，外在的生活停滞不前，但每个人的体内都如同火车在肆意狂奔。寒冷的田野，收获的田野，耕耘的田野，放牧的田野——沉睡的牛群遍布其中，像河里的石头点缀在绿茵之上。至于波哥大，那里的灯火、女人和汽车，都已渐行渐远。此时此刻，许多人在相爱，许多女人在吻着许多男人的嘴唇。我心下明白，转眼向右边看去，却一个乘客也没看见。四周弥漫着香水的味道，木炭的味道，田野的味道。所有，所有的一切，都是女人香的味道。列车在黑夜里闪着火花，只剩我伶仃一人。夜空中星辰闪耀，虽然只是不多的几颗，但毕竟是有的。田野有它的果实；牧童有他的牛群；牛群有它们的幼崽；我的旅伴们有他们的女人。只有我一无所有。我又该如何去生活？也许所有乘客都隐隐约约地觉察到，有些人，有些事情会打扰到他们。也许，他们在看着我的时候就无意识地想到，作为车厢中唯一的单身男士，我会是他们厌恶的对象。若非如此，这些同一天早晨结婚的男人不会有这般无言的默契。从那天起，他们的人生难道不是殊途同归吗？他们从今往后，不是一直都会与伴侣亲吻，做爱，彼此拥有，形影不离，就好像一直生活在我的记忆中那样吗？

火车换道了，气候骤变，开始热起来。我不知道热带的土地是什么样子，睡了一会儿就在一种压迫的感觉中惊醒，前额上已经布满了大滴大滴的汗珠。我方才的梦境混乱，沉重而又焦灼。之所以感到压迫，是因为害怕别人会在我睡着的时候接吻，我妒火中烧，因为自己无权去亲吻这车厢里任何一个女人。她们也许贞洁，也许美丽，也许善良，可我一个都不能吻，甚至她们中也没有人能够来吻我。我做着炎热和女人的梦。梦里她们甜蜜的红唇如同成熟的苹果，她们与我一样饥渴，渴望接吻，渴望痛饮，也像我一样，渴望亲吻她们的人。女人，群山，火辣辣的田野。起伏，高耸，幽静的田野和谷地。田野，平原，山峦。小山，丘陵，高岗。大地在灼热中渐渐如女人身体一样优美地流动。天边圆润的山丘是她的双肩；婀娜的平原上蒸腾着炽烈的芬芳，一如她的小腹；荫翳笼罩的山谷浑圆葳蕤，那是她的腋窝。空气里带着繁花的香吻。洋溢着热吻、繁星和果实的炎夜。远处传来汩汩的水声，我想象着蜿蜒如蛇的小河流过清凉碧翠的树丛，流过荒烟蔓草的山丘和回音缭绕的岩洞。正当我清晰地想象着河水的晶莹与清凉之际，火车经过隧道，突如其来的漆黑吞噬了我脑海中的一切，再也没有把它们归还回来。

现在我可以肯定，确实有人接了吻。随着火车驶出隧道投入黑夜，车厢里光线微亮，空气里飘来一丝刺鼻的香气，特别像人的体味，充溢着触手可碰的男性气息。只有我一个人！——我愈加悲哀起来。是的，愈加悲哀和孤独。小河呢？小河不见了，它同波哥大的女人和灯光一样落在我的身后。身边的一切都远去了。新婚宴尔的女性旅伴紧拥着她们的丈夫，因为炎热而过早地赤身裸体。灼热的土地和忧伤。田野里袭人的芬芳，直教人头晕目眩。女人，亲吻，波哥大。所有这些都离开了，只留我孤零零的一个人，一个人！

一条大河扑面而来。迟缓、泛黄、炎热的河。河畔的森林，河上的航船，河里的鳄鱼。蚊虫。回忆，回忆。随后是巴兰基亚。经历过一段漫长的旅程，经历过甜蜜和苦涩的时刻，痛过也爱过，我终于来到这里，来到这条驶向瓜希拉的船上。也许它也会像所有的事情一样令人沮丧。我收集了一些关于瓜希拉的信息，据说那是一个一万八千多平方米的半岛，位于卡兰卡拉河北部，从地图上看如同男人强壮的手臂，轮廓线上点缀着几处海湾。那里土地贫瘠，阳光炽烈，盐矿丰富，以印第安人和杜松子酒闻名。现在我正在向它而去，如同第三次航行的哥伦布，1499年的阿隆索·德·奥赫达 [1]，或者卡萨斯 [2]，我将和这些征服者们一样，去征服生活，征服面包和爱情。我一无所有，只有青春年华和一身肌肉，还有一百三十五美金、六副硬领、八双长袜、三件衬衫、两套旧衣和一套新衣。

有人向我保证，在瓜希拉做生意一定能赚得盆满钵盈，我可不听这套。也许货物一倒手，卖价就能翻一番，但我不信这是什么赚大钱的买卖，所以兴趣索然。我还没有失去对于工作和生活的希望，也一定会活下去，然后赚点钱，等那个时候，我要么离开，要么留下。但眼下我最想做的，还是去结识几个印第安姑娘，在采珠船队的附近找个住处，如果可能，再去盐矿找份差事做。

船还是安稳如山，大家又累又困。有个水手在唱歌，另两位

---

[1] 阿隆索·德·奥赫达（约1466—1515），西班牙航海家，为委内瑞拉命名。

[2] 巴托洛梅·德·拉斯·卡萨斯（1484—1566），西班牙多明戈会教士，早年曾多次远航美洲，著有《西印度毁灭述略》。

在甲板上玩骰子。骨头做的小方块落到木头甲板上，发出一阵愉悦的响声，滚几下又停下来。人语，歌声，欢笑，梦境。如今我也在掷着生命的骰子。太阳很远，跳跃的长嘴鸟如同结实的银针在编织着空气。无云的天空蓝得甜美澄澈，宛若金发孩子的眼睛在闪烁着光芒。远方有清凉的花园和潺潺的泉水。而这里只有炎热、遥远和虚无。我们的船停在赤道线上，大海中央，仿佛头上笼罩着一个巨大的玻璃穹顶。船长在掌舵，我躺在甲板上望着太阳，望着大海，也望着回忆，望着波哥大——现在那里的一切都是冰凉的，就像船上一样安静，但没有我的梦境那么紧张和沉重。骰子落在甲板上，水手们站起身来。我看到那两个骨制的小方块上呈对角线分布的三个小黑点精确无误地凑成了数字6。

那天的太阳，两个三个点的骰子，以及梅梅的亲密，永远留在了我的记忆里。

16

3.

暴风雨，未曾抵达又重新出发。

我几乎不敢相信发生了什么，但又无从质疑，因为毫无质疑的空间。事情千真万确，哪怕被关进监狱也能喷薄而出。我们已经到了卡塔赫纳。卡塔赫纳？是的。就是那座环绕着城墙、充满了英雄主义传统的城市，那座安静的、属于殖民地和昔日岁月的城市。

"脚步"号千疮百孔，一片狼藉，就好像搬家当天的房子。现在我想起来了，看到它我就想起来了。断裂的主桅杆上悬着撕碎的风帆，越发显得船上空旷，孤寂，悲凉。

那是将近七点的时候，我们看了好久海上日落，西方天空上尽染浓烈的紫色。看来海底又要多一个太阳了，好多太阳都堆积在那里，仿佛圆圆的金币。清朗的夜晚始于白日尽头，它捧着崭新的星辰，诞生于时间的怀抱。一轮弯月如同满弓高悬。我们说着话，丝毫没有预感到危险。突然，一道笃定、短暂、颤动的闪电，没有雷声助阵，就像凶猛的斧子一样向着桅杆直劈下来。桅杆从底部一米的地方断为两截，向着左边的寝舱倒下去。水手长迪克刚刚从那里钻出来，这狡猾的荷兰老家伙方才一直盯着我和梅梅闲聊。他意识到死神刚刚擦肩而过，做了一个劫后余生的鬼脸。我们根本来不及收起剩余的帆，连一分钟都不到，可怕的狂风就怒号而至，风中夹杂着厚重凌厉的雨团。小船在狂风中颠簸，滔天巨浪顶着白色泡沫的羽冠，以一种拙劣掩饰的亲密越过我们的头顶。这些日子，海上风平浪静，我们已经信任起这副模样的大海，也不再害怕它了。然而，现在它是如此恐怖，霸道，狂暴。曾经孩童般温柔的碧绿，那种清浅到像喷灯一样伤眼睛的碧绿，转眼变得深重，凝厚，暗沉，绿得如同恶女人的双眸。我感到恐惧，这恐惧粗壮坚硬，无隙无缝，它深深地钻进了我的骨肉、头脑和灵魂。舌头在求我让它快点祈祷，但宗教般的恐惧令我忘掉了一切经文。我试图像母亲教过我的那样向上帝祷告，但一切都是徒劳。当年学过的圣母经早被我抛到了九天云外，时间太久远了，我好像还没学就把它们忘了。舌头一个字都吐不出来，只能发出恐怖的呻吟。我穿着湿透的衣服，靠近暴雨，靠近大海，靠近一切液态的物质。我害怕地哭泣，就好像要被人埋到自家屋里，而人人都说屋里有恐怖的鬼魂。

然而，比大海、暴雨和闪电更可怕的是水手们的诅咒。那些鲜红的、血淋淋的诅咒带着比闪电更加邪恶的光芒玷污了夜空。愤怒的红色闪电如同炽热的铁块，刚触到水面就吱吱作响，喷射出纤细的泉涌，形成逆流的雨柱。就好像大海厌倦了脊背上无数的风浪和暴雨，徒劳地想去反击天空的进攻。

船长伸出汗毛浓密、孔武有力的大手，牢牢地把住船舵，一厢情愿地对船员们发号施令。他的脸上呈现出受伤者原始的疯狂，额头上暴起的青筋宛如粗壮的手指，身上的每一个毛孔都在滴着汗水。汗水和雨水泾渭分明，前者是浑浊的黄色，后者却如这场海难一样清晰无误。船长向背叛的水手们举起了手枪，这一群噩梦般的人躲在船头的锚链之间，如同被判刑的犯人一样惊恐万状。

我站在船长旁边，如同站在大山脚下，有他在身边，我心里踏实多了。这个男人在我心目中的形象日益高大，以前是因为和善，现在是因为勇敢和果决。我怕得要命，全身都冻僵了，但在船长强壮的身躯旁，我忘记了一切，甚至忘记了最恐怖的——我不会游泳。其实就算我会游泳也无济于事。在这样骇人的巨浪，这样魔鬼般狂怒的风暴面前，谁还能保住性命？小船在狂风的翅膀里沉浮，我们如敏捷的长嘴鸟一般在巨浪的深渊里穿梭。鱼儿们在雀跃，我看到鲨鱼悲剧的眼睛在暗影中闪闪发亮。我还看到了母亲，她就在那风烟弥漫的灰色海平线上。

圣玛尔塔的灯塔映入眼帘，忽明忽暗的灯光扫过海面，为船只引航。那道光带挑衅着风暴，如同万籁俱寂的港口闪烁的灯火。也许现在的我们正出现在水手们妻子的梦中，出现在那些卑微的，总是为海难而忧心忡忡的渔夫妻子的梦中。

哥伦比亚港的灯光从身旁掠过。我们无法进港，暴风雨裹挟着小船任意东西，狂暴的风吹向哪里，我们就驶向哪里。风在怒号，也在欢歌，雨丝绵密不绝。方才可怕的情形有所好转，全体水手已经各就各位——船长举枪连发数弹，终于制服了他们。我躺在自己的寝舱里，又冷又怕，瑟瑟发抖，不知何时天明，也不知几点入睡。等我醒来，船已经抵达卡塔赫纳——一座以女人和城墙闻名的城市。

梅梅成了我生命中最让我失望的人。暴风雨袭来时，她全程躲在自己的寝舱里。经过这可怕的一夜，大家浑身都淋透了，只有她一滴海水和雨水都没沾。那时候我是多么盼望她突然出现，就像可怕的黑女神，就像热带的女武神那样平息狂风暴雨和巨浪！她没能亲历海水与企图驯服它的天雨之间的搏斗，没能听到高傲果决的雷声，没能看到短暂的红色闪电如何在刹那间照亮了我们凄惶的表情和苍白的面孔。然而所有这一切，她也许都已经在我惊魂未定的眼睛里看到了。

我们在等待来自桑妮妲岛的小船，这船在我们靠岸前就应该到的。趁此当口，我放眼向海湾望去。左手边是马奇纳码头，一艘荷兰商船正在卸货，一辆小火车呼啸而过。远处是波帕山，前方是钟塔。耳畔传来汽车喇叭的尖叫，极目远眺，可以望见蠕动的小小人影，热闹的集市上尽是小艇、小船和独木舟，大海深处冉冉升起一颗生机勃勃的星星，一颗移动的星星。那是银星！它与白天的太阳交相辉映。海水清澈湛蓝，圣菲利普城堡屹立在我们身侧。

小船来了，驾船的是一位老看守，嘴唇厚实肿胀，留着猪鬃一样密布的小胡子，身材肥胖，高大黝黑，笑起来时满脸洋溢着穆拉托人的心满意足。他的上衣太短，露出腹部带着卷毛的橄榄色皮肤。小船上的人参观了酒窖，把所有东西都看遍了，对我们的冒险兴趣盎然。这个肥胖的、笑眯眯的老黑人，我们每说一句话，他都惊讶地张大嘴巴，就好像要把这些话吞下去似的。"脚步"号是因为遭遇风暴而强行进港的，此番经历让锡努河航线的水手们听得聚精会神，我们每个人在他们眼中都多了一分传奇的殊荣。

有位船员遇到了昔日的旧相识，两人在各自的船上聊着天。那人驾着一艘整洁簇新的独木舟，这种船专门在安静的海上捕鱼。他的语气里充满了炎热、慵懒和疲惫，在静寂的白日传到同伴的耳中。

"你把小胡安娜怎么样了？"

"上次出海时我把她扔在里奥阿恰了，她怀孕……"

"是你的？"

"啊不！大概是你的吧！"

两人迸发出一阵大笑，笑得合不拢嘴。圆鼓鼓的嘴唇上裹着汗珠，就像他们谈论的那个女人的肚子一样。

在卡塔赫纳，在距离集市近得惊人的地方——集市在岸边，就在岸边，停靠着排成长队的独木舟，分别去往基布多、托鲁和锡努河。这些沉甸甸的独木舟，个头有大有小，扬着脏兮兮布满污点的风帆，顶着临时搭起来的帐篷。陆上的生活与大海如此接近。这里的海威严扫地，肮脏不堪的水面上漂满果壳和垃圾。此种近在咫尺意味着极度危险，每个人都心知肚明。大家怀着不确定的恐惧，担心在烈日炎炎的某一天，当所有人在阴凉下神游太虚之际，一声街头流浪儿的尖叫划破这片热土上的宁静，于是集市附近所有的舟船骤然启航，载着卡塔赫纳去往谁也不知道的异国他乡。

卡塔赫纳并没有给我留下过于奇异的印象，关于这个充满了风流韵事和英雄传说的城市，我已经有了太多想象，对我而言，它已经没有什么出乎意料之处了。

我熟悉那些狭窄的石头小路，路上有高高的房子，窗外的铁栅栏里摆满花盆。路上的每一步都能唤起一段回忆。这些带着栅栏的房子总让人想起香如肉桂的石竹花和奏着小夜曲的吉他。我喜欢那圈环绕城市、几成废墟的宏伟石墙。石堡的断壁残垣赋予了这个城市一种久远的面貌，而这样的面貌又被教堂的十字架隐没了半边。圣佩德罗·克拉弗教堂里安放着同名圣人的遗骸，岁月和海风把古老神圣的石头磨得溜光锃亮。这座教堂孤零零地矗立于殖民区的一角，周围的一切都显得更加柔和，就连汽车的喇叭声也如管风琴一样厚重温存。但是，卡塔赫纳最让我喜欢的地方还是那些街道的名字：半月街、铁窗街、石头圣徒街、烟店街、小油灯街、钱币街。满街都是女人、土耳其商人和没教养的黑人小孩。满街都响彻着鱼贩子们的叫卖声。

至于那些现代的街区——船尾街、袖子街和羊倌街，宅邸越优雅，品味就越拙劣。满街都是阴柔的奇花异草和做作的人造灯光。高门大院垂直和倾斜的线条，被市中心那些摩登的楼宇赋予了勃勃生机。热闹的糖果大门①挤满了大嗓门的擦鞋匠和买彩票的小贩，还有形形色色的杂货店，好一派喜气洋洋的景象。

抵达卡塔赫纳才不过二十四小时，我的钱包就瘪了下去，这都是船长的错。昨天下午，我穿着白色卡其布外衣，戴着草帽，脚蹬父亲留下的不合脚的大靴子去城里逛了一会儿，回船上吃饭的时候，船长邀我陪他上岸消遣一个晚上。我们抽了一斗烟，看了看星星，想了想今夜的打算，却什么都没有说。我发现船长的眼睛比往常更明亮，唇间闪过一丝笑容。他笑得幸灾乐祸，一看就没安好心。

夜里九点是卡塔赫纳最美的时候。圆形塔楼、熙攘的人流和白色的楼群遍布这座洋溢着非洲风情的洁白城市。群星洒下金色的微尘，规矩的汽车和喧闹的公交车齐头并进。当司机的喊话声消失在窗格的时候，船长下令放下小船，水手们嘟嘟囔囔，短促轻声地骂着娘。船长一笑置之，我只觉得滑稽。现在我终于明白

---

① 糖果大门，卡塔赫纳旧城中心的一处三角广场。

了……除我之外，所有人都因为痛饮过朗姆酒而酩酊大醉。经历过那场生死风暴，他们对于酒精和女人的渴望越发浓烈，天还没黑就等不及了。

水手们一副昏昏欲睡的懒散样儿，耽搁好久才把我们送到码头。或许是我过于心急，这段路才显得分外漫长？船长骂着脏话，就如同今夜是他这辈子的最后一夜，就如同余生只剩下海上的白日——烈日炎炎的白日，没有幸运的阴凉也没有娇媚的女人。水手们把我们送上岸就返回船上了，他们走得倒是迅速，都在赶着回去睡个好觉。

我和船长沿着船坞街向前走，谁也没说话。待修的船只无精打采地侧歪着；船上涂着黑色绷带一样的沥青漆，散发着炸鱼的味道，这股味道直冲入胃，就地消化。经过几条人烟稀少的街道，我们拐进半月街。一股尖锐的欲望令我蠢蠢欲动，尽管我不知道它究竟是什么。我们先是进了一家人声鼎沸的小酒馆，然后一家家酒馆喝下去；现在还不到被推推搡搡骂骂咧咧的醉汉们包围的时候，那还得再晚些才行。另一家酒馆出现在我们眼前。在整条熙来攘往的街中，这里显得特别安静，房间狭小，低矮的屋顶上挂着一串串或青或熟的香蕉。一只酒瓶底映照着一场悲剧；另一只酒瓶倒映着一处刀伤；狂妄的醉意一动不动，等待着酒徒们自投罗网。黄色的柜台和酒架摆出一副最无辜的模样。掀开一块充作门帘的花布，眼前完全是另一番景象。浓烟手提窒息直扑面门，如同电影里掐死人的凶犯。屋里摆着三四张桌子，桌边配有扶手椅。角落里，一个年轻的黑人姑娘正在给怀里的孩子喂奶，浑圆坚挺的胸脯直教人生出变成婴儿的冲动。一只蚊子停在她的手上，饱吸着鲜红营养的血液，她对此毫无察觉，而那只蚊子就像她奶着的孩子一样快乐。这位壮硕的黑人姑娘就像一片安静的斑点，为充斥着辛辣火药味的小馆子注入了丰润的气息。除她之外，这里全是聒噪、烂醉和喧哗。除了在遥远寒冷的波哥大，我从没在别处醉过。在家乡喝醉的时候，我总像一只谨慎小心的狗，撑着石灰墙勉强掩饰着羞涩的醉态。而现在，我觉得自己更加强壮自由，更像个男子汉了。作为一个追求冒险的单纯男孩，我欢欣雀跃地度过了那个晚上。

船长要了杜松子酒。我从没想到在那样一家小店竟然能喝到杜松子酒！我对这种充满异国情调的佳酿渴望已久。小时候读过的很多作家都在他们的书中盛赞这种酒，这让我对它的向往又深了一层。那时的我，总是一个人躲在房间里，把禁书藏在枕头底下。

杜松子酒盛在容积大约一个卡耐基塔①的黑色陶罐里，色泽纯粹，犹如圣水。第一口酒从嘴里喷出来，打湿了干涸的下巴，带给我一种难以掩饰的愉悦。嗓子里浸润着柑橘花的甜香，突抵胃部的灼热如同燃着火的箭矢般直蹿到头顶。

我们喝了好多杜松子酒。船长磕磕巴巴地用我听不懂的语言，口无遮拦地说个没完。他的脸上闪过一串串关于昔日神奇冒险的回忆（我多想知道这些故事！），眼眸中不经意地游过一千只美人鱼。他紧抿着的、深红如烂熟的樱桃般的唇边漾起神秘满足的微笑。现在我对他的了解更深，与他离得更近。他浑身散发着充满男人味的海的气息，胳膊肘一样坚硬而又棱角分明的下颌上密布着带着些许青铜色的胡子，笑起来的时候，每一根髭须都

---

① 卡耐基塔，计量单位，合两升多。

在颤抖。他好像刚从回忆的浴缸里奋力爬出来，浑身都是挣扎的汗水。我一口一口小啜着杜松子酒，一点一点扼杀着酩酊大醉时那一丝让彼此袒露心怀的邪念，没人在意我们之间可笑的信任。上酒的姑娘面色苍白，仿佛二十年的岁月一直都是这么苍白着活过来的。她的双眸就像盛满深色美酒的玻璃杯在闪闪发亮，看着船长搂抱过无数纤腰的大手和渴望过无数红唇的嘴唇，她的双手抖个不停。这姑娘和我一般高，我不知道她应该算美人还是丑女，但是在我看来，她美极了。她的嘴边永远挂着微笑，笑容是那么甜美，就好像不属于这里一样。精致赤裸的双腿修长白皙，一道红裙遮住了浑圆膝盖以上的部分。我曾多次尝试一览裙下的风光，但终因想象力匮乏而未能得逞。

船长对我说着多年前做走私犯时的往事。他提到了一艘"黑船"，就是只在夜间航行的船。那艘船上留着他的无数丰功伟绩，所以每当回想往事，他都倍感亲切。

"一到晚上，"他说道，"我们就静悄悄地升起帆，就好像甲板上要举行黑鬼魂的游行一样。我们把滑轮上好了油，不让它们发出任何摩擦的响声。滑轮的响声容易暴露渔夫们的行踪，把鱼吓跑。我们驶过玛加丽塔岛蓝色的海，驶过库拉索绿色的海，也驶过委内瑞拉清澈的海。我们把走私的烟草、丝绸、威士忌和杜松子酒贩卖到四面八方。我们既不抽鸦片也不喝威士忌。威士忌那玩意呀，只有没尝过杜松子的人才会去喝。我们的杜松子酒又甜又暖，特别有女人缘。"他说这番话的时候充满发自内心的骄傲，就好像自己是唯一尝过杜松子酒的人一样。

"有一回，在马拉卡博，"船长望着我出神的眼睛，他说到这里的时候突然压低了声音，就好像不是在把话说出来，而是要把它吞下去似的，"我在一个小港湾的一所靠近城市的房子里，睡了一个顶顶漂亮的黑妞儿……！"

船长有滋有味地回忆着旧情人的大腿，迸发出一阵急促的大笑，笑声碎成了四个欢乐的音调。

那位面色苍白的姑娘，那个把一动不动的酒瓶递给我们、搞得我们烂醉不起的姑娘，看向船长的眼神越来越炽烈，就如同暗夜田野里闪烁在烟头上的火星。我真怕她伸出珠圆玉润的臂膀，搂住船长布满青筋的脖子。但船长对姑娘的心意浑然不觉，依然不能自拔地沉浸在纷乱的回忆里。无声的枪击，倒在瞬间摊开的血泊中的垂死身体，轻快的双桅船，敏捷的单桅船，女人的酥胸和玉手。他轻声讲述着自己的海盗生涯和走私黑船上的冒险，话说得越多，醉得就越厉害。一道月光在我的手臂上嬉戏，我移开臂膀，把那束光让到身旁。杜松子酒开始黏稠起来，像极了机器喷出的黑烟，就如一团妖雾在我们的大脑中盘旋。人影改变了形状，物件暗淡了色彩，一切都变得沉重——困倦，疲惫，遗忘的沉重，与人突然惊醒时感到的沉重异曲同工。这种沉重使得思想和语言同时失灵，它们既找不到音乐的曲调，也辨不清粗哑的声线。

此时此刻，船长满嘴就只剩下一句话。他清晰流利地嘟囔着：

"船舵很听话，船舵很听话，船舵很听话，很听话……卡门，再来点儿杜松子酒！"

船长的口吻不容置疑，就像在命令水手们抛下睡梦的锚。他那些精彩的故事，我几乎一句也听不见了，他究竟嘟囔些什么也是一片模糊，只剩几个音节留在空气里，对着大门慢慢地挠着痒痒。大门一开一合，如同被宠坏了的小姑娘，浑身颤巍巍的。

　　我不知道自己应该做些什么！我想逃走，带着饥渴、热望和思考，以最快的速度逃到昨天还痛恨不已的那个寒冷多雾的城市。当然了！我在这里，醉着酒，流着汗，疲惫不堪。年鉴上那些可怕的人都是怎样一副怪相？夜色已深，来时店里的那些酒徒已经走了，出门时满嘴脏话，骂骂咧咧。我要挣脱这张用肮脏的激情织成的虚伪大网。应该留下吗？不，应该离开这里，但不能再回船上去了。那里白天吵吵嚷嚷，夜里——现在——却在沉默的桅杆下寂静无声。所有人都该睡着了吧。我如果迈着东倒西歪、踉踉跄跄的脚步回去，无异于闯到一间空荡荡的房间里杀人灭口。我得远离小酒馆的氛围，远离卡门火把般熊熊燃烧的眼神，远离船长油腻的声音。梅梅会在哪儿？迪克会在干什么？老厨师是不是还要继续一块一块地炸他的圆饼，就像炸人肉那样？

　　我需要逃离这一切，逃到被角落里的流言撕裂了的黑暗城市。南来北往的山风吹过，蜿蜒的街巷与云朵并肩而行。我童年一切的回忆都如同废弃的宝藏般留在那里。我渴望重返故园，聆听它们的声音。那声音在紧锁的门楣的腋下挠着痒痒。我不知道如何悄无声息地进门。城里有十五万女人，十五万我从未吻过的女人。她们中有人身材矮小，有人皮肤黝黑，有人肌肤胜雪，有人金发满头，有孩子也有老人。但是，为什么她们中从来没有人像卡门那样清秀，黑发，丰腴，嘴上带着不属于这里的微笑？我所做的一切是不是在犯傻？难道这场冒险之旅毫无意义可言？我的全身都生出粗壮的根茎，它们将我和遥远的故乡紧紧相连。我想，自从我离开之后，那里的街道、房舍和大门都沉浸在一片悲伤里。自行车的铃声变得尖锐刺耳，就像金属在抱怨。而那一千五百辆汽车，也不会再向街上欢快地按喇叭了——喇叭的声音要么撕裂静谧的幕布，要么为见不得人的事情拉上华丽的帘幔。

梅梅！梅梅在哪儿？会有别的水手跟她套近乎吗？不不不，他们都太蠢了，他们不会喜欢梅梅，只会喜欢那些来自城郊或者普拉云地区的妓女们。她们涂着廉价唇膏的嘴巴如同得了肺病一样灼热，乳房因为亲吻和疲惫而严重下垂。谁会相信，那样温柔甜美的亲吻会有如此强大的破坏力。她们把男人当成宽容的小猫，披头散发，没羞没臊地拉扯着他们的髭须。而水手们恰恰就喜欢这种粗糙而又微不足道的温存。对他们而言，生命中的一切都是粗糙而又渺小的。正因如此，他们会对妓女们大打出手，拳脚凶狠得像子弹一样，足以杀死男人。可女人们就是喜欢被他们揍，因为对她们而言，生命中的一切虽然渺小，却也自有其伟大之处。

我喝了太多杜松子酒，睡意蒙眬，必须回去睡觉了。醉意令人筋疲力尽，上眼皮似有千钧之重。我像个罪犯一样眯起眼睛，眼珠如同撒娇的婴儿，在三角形的眼眶里摇来晃去。

船长已经不说话了，卡门也不再看他了。这姑娘的衣服皱得厉害，褶皱中蕴满失望。她有些伤感地坐下来，也许心里在想，自己是不是不够美，才使方才送出的秋波变成了抛入海中的硬币。船长什么也不在乎，谁知道他在看什么！他的眼中掠过万千风景和星辰。每一次我望向他，那世人皆有的目光就变化一次，有时甚至从星光变成了月光。不知为何，我特别喜欢绿色的眼睛，现在望着我的两双绿眼睛，我都莫名喜欢。在他的注视下，为了在内心迎合他的所想所愿，我感觉自己变成了一座荷兰港

28

口，那里有黑人在卸下巨大的包裹，有启航的帆船，有横穿大西洋正准备靠岸的大船。当看到他那快要熄灭的双眸中，不经意又流露出温柔的深情时，我又感到自己变成了一个黑发姑娘，就像他在马拉卡博有过一夜露水情缘的那位姑娘一样。

我的脑子转得很慢，但我无法责备它的迟钝。酒精令人兴奋，也令人的理智放缓许久，就算最为荒唐愚蠢的事情，我们都觉得合情合理，值得赞颂。我应该走了，但不是走向那座寒冷的城市（它的回忆如同结了冰的针一样扎着我的脑袋），而是回到船上睡觉。一切都在朝我大喊大叫，但我毫不在意。身边一瘸一拐脏分分的桌子在对我说话。这桌子只容得下两个人，推杯换盏间，一种深厚的亲密之情将他们紧紧相连。

将熄的油灯在朝我大喊。这油灯是从流浪小贩的摊子上买回来的，火焰浑浊，摇曳不定。大束的香蕉在说话，它们凹凸抱团的影子投在酒馆一角，那影子不是黑色的，而是跟香蕉皮一样的黄色。仅存的两个舒服的椅子也在说话，求我快走。那个抱着小孩、胸脯浑圆丰满的黑女人虽然已经离开，但也在对我说话。各种各样的人，各种各样的东西，好像被慈悲的外力、亲密和赤裸所驱使，都近在咫尺、众口一词地对我说话，催我离开。

我站起身来，觉得两腿发软，就好像行进在起伏的原野，每走一步，脚下都裂开一道深渊，眼前都冒出一座丘陵。所有事物都长出一口气。船长看我的眼神一分为二，如同有好几个我在他眼前晃悠。卡门伴装正睡得香甜。我刚迈出门，身后的花布帘子就放了下来。我听到那两把舒适的椅子——它们方才在一个劲地喊我快走——正在拼到一起。

街上空无一人，一只海鸟鸣叫着，棕榈树簌簌作响。雨丝把沥青洗得闪闪发亮。一个矮胖的女人从门后闪出来。她在招呼我，我过去吗？不，为什么要过去？也许梅梅……

于是我继续向前，沿着两边都是高墙的街道一路行进，小心翼翼地不让自己摔倒。我一言不发，斩钉截铁地拒绝了那个女人。没有用言语，而是用全部的面部表情对她说，不。她见我走开，弓着腰在门槛上坐了下去。我从她的眼睛里看到了饥饿，也看到了对挣一点面包填饱肚子的彻底绝望……我向船上走去，走向通往瓜希拉的新一段的旅程。

4.

街路浪游。重返哥伦比亚港。

那一晚我沿着老城街道肆意游荡。街景就如街名字一般，花样繁多又名不副实。有些街道上布满了用碎纸板和破旧的锌屋顶搭起来的窝棚，可名字听上去要么像富人区，要么像海滨的郊区，还有叫"北京"和"波盖蒂约"的①。有些街道诡异阴暗，大门瑟缩着肩膀藏在墙里，仿佛看厌了人来人往，就是不愿敞开。也有一些街道很摩登，就像眉眼含笑的姑娘，大大方方地袒露着雨后越发明净的路面，经过一番雨水的洗礼，路上新铺的沥青泛着原始的黑色光泽。这些黝黑的街道真美，光线在这里反射，发散，蔓延。与它们比起来，那些通往城郊的街道完全是另一番景象。满街都脏兮兮、灰蒙蒙的，遍地都是行人乱丢的垃圾。卡塔赫纳的很多街角，也就是整条街开始的地方，都矗立着西班牙征服者的大炮。古旧的炮身锈迹斑斑，那是岁月和潮湿留下的痕迹。这些空空如也的大炮依然在荒芜的空寂中等待着强打精神的球形炮弹②。岁月把这些古老的炮弹从炮膛中夺走，谁也不知道

---

① "北京街"和"波盖蒂约街"是卡塔赫纳老城的棚户区。1936 年，卡塔赫纳市政府拆除了这几个街区，在原址修建了桑坦德大道。

② 老式炮弹是圆球形状的。

它们现在被保存在哪个古董博物馆中。我搞不懂，为什么无论什么东西，只要一经岁月翅膀的侵磨，就都带上了一层柔顺舒服的触感。我所认识的所有旧物，无论首饰、铜器还是书籍，都如天鹅绒一般柔软，都像这些大炮一般安然。

码头到了。我扯开嗓门徒劳地大喊大叫，连我自己都不知道这喊叫声是从哪里发出来的：

"啊——啊——啊——！！！！脚——步——号——！！！"

但是我的呐喊没有回应。我喊了一遍又一遍，一个人也没过来。只有一轮圆月含着可怕的笑意望着我。月亮一定觉得我是个疯子，但我毕竟没有像 1910 年那些波哥大诗人一样对着它朗诵白痴般的诗句，所以它还是挺喜欢我的。

我一条街一条街地晃悠着。就像一个满脑子奇思妙想，不在乎何处栖身的流浪汉。一辆卡车开过，车上载着附近某个农场出产的鲜奶。睡眼惺忪的面包师傅迈着慢吞吞的步子，浑身沾满了面粉。空气中带着黎明的味道，一切都在打着呵欠。生活精疲力竭，只有夜里才能休憩。临近市场的街上坐落着一家灰暗阴森的小酒馆，里面透出微光，传来嘶哑的叫喊声。我走进去，在肮脏的桌子旁坐下。桌面上留着汤汤水水的污渍，亮一块暗一块的，还刻着各种涂鸦，有些不知所云，有些清晰可辨："马努埃尔·加西亚，1921 年 11 月 13 日""胡安·托雷斯是胆小鬼，小偷""苏珊娜你真美，我想亲你"以及其他诸如此类的字迹。为了消遣片刻，我要了杯啤酒，可这酒太苦太凉，喝得我一阵恶心。一个半醉的黑人走过来，看样子是个沿街叫卖的小贩，口袋里塞满了铅笔。鞋带、书带、腰带绳从全身各个地方冒出来。一双黑眼睛因为困倦和醉意布满血丝。他五短身材，乍一看膘肥体壮，实则空有一身肥肉，虚弱得很。他紧抿着嘴唇，好像害怕一张嘴，牙齿就会掉下来似的。他用鼻音浓重、浸满了各色油脂和甘蔗酒味的腔调对我说：

"伙计，给我喝一口！"

"好的。"我答应了。我担心他会找我麻烦，捅我一刀或是抽我一巴掌，我太累了……

他在我身旁坐下，跟我聊起来，净扯些我既不明白也不关心的事情。老板娘不耐烦地盯着我们看，好像很怕我们不给酒钱。她是个暴脾气的老女人，骨瘦如柴，头发带着些许金色，下巴上还留着一抹二十岁男孩子那样浅浅的髭须。

"我说，"我的黑人朋友嘟囔着，"咱们去沙滩吧……那里有真娘儿们……很多白妞儿……很……很多……连法国妞儿都有……有个法国妞儿我特别喜欢，金头发，红脸蛋儿，娇滴滴的法国妞儿……有个美国佬想泡她，可她才瞧不上呢，她说那家伙一点儿都不懂法国，什么都不懂……走吧，小伙子！我们去那儿等天亮……走呀！走！他妈的，走！"

我起身付了账，酒钱不多，但那个干瘦的老女人好像平生从来没见过这么多钱似的。我和那个黑人并肩而行，他抓着我的胳膊，拉着我在长街上溜达。星辰黯淡，天光渐亮。我困极了，只觉得两腿发软，就要瘫倒在地。可走在我左侧的这位黑人伙伴还在一个劲儿地说个没完没了。

"你是波哥大人，对吧？对的，我从口音里能听出来……我有个朋友是医生，住在美洲酒店那块儿，鲍勃也在那儿，就在长街上……"

他在街角停下，掏出烟头来点上。我趁此机会赶紧开溜。跑了一段路程后回头望去，那个家伙还在找我。他醉眼蒙眬，没发现火柴马上就要烧到手了。只见火星一颤，他疼得大喊起来：

"他……妈……的！"

他把火柴丢到一边，跌跌撞撞地消失在一片昏暗里。

我一点力气都没有了。这里是公园吗？是吗？我瘫倒在长椅上，感觉周围的一切都在打转。右眼中透进来最后一点光亮。我滚呀，滚呀，沿着一道漫长、柔软、顺滑的斜坡一路滚去……

有人拍打着我的后背，我醒过来了。

"起来！你在这儿干什么？"

我抬手揉揉眼睛，驱散梦境，对着来人打了个大大的呵欠，就好像要把他吞掉似的。这人是谁？啊！是个警察。一切如我的嘴巴和头脑一般混沌苦涩。肚子也在痛。旭日初升，我起身在公园里瞎逛，意识到自己就如这个世界上所有城市里缺衣少食的流浪汉一样，刚在这里睡了一觉。纽约、巴黎、柏林、波哥大、莫斯科，到处都有无家可归的人在长椅和桥下风餐露宿，在严寒中战栗，在酷热里窒息，只有夜晚把星空借他们做房顶。由此看来，黑夜比这个社会更慷慨。昨夜我正如他们一样，无寸土立足，无片瓦遮身，现下正呵欠连连，汗水淋漓，蓬头垢面，浑身恶臭。曾经的体面生活是那么遥不可及！也就在此刻，我从梦境中彻底清醒，醍醐灌顶般窥见了生活中隐藏的暗面，认清了意料之外的细节和一切事物模糊的轮廓。在这转瞬即逝的刹那，生命撕去了教养、矫饰、伪善和仁慈的面纱，呈现出赤裸本真的模样，而我们也变成了真正的人。但是，只过了短短几分钟，我们又恢复了被动妥协的动物本质。我所有的理智本已蜷缩头脑一角。负隅顽抗的酒精近乎实质性的侵袭，怎会瞬间一股劲儿地喷涌而出？又怎会片刻后屈服于时间的压力，灰飞烟灭，了无痕迹？

我回到码头，扯着嗓子喊起来。天已大亮，水手们很快就划着小船过来了。来得虽然及时，却摆出一副臭脸。我敢说，他们肯定咬牙切齿地骂了一路。但这与我何干？作为付了钱的乘客，只要我想，这些人就必须接送，不管多少回。若不是身在港口，我真害怕会被他们扔到海里去。他们之所以不敢这样做，不是因为好心，只是因为我还有可能游上岸，死里逃生罢了。但他们都是很棒的小伙儿。我给了每个人一点上好的碎烟草作为安抚，他们看上去享受极了。人人都没安好心，哪怕是最心爱的人，也不忌惮拿出来开玩笑。他们看我的眼神冷嘲热讽，说起话来嘴不饶人，就像常年划桨练就的那身肌肉一样紧绷绷的。

"我说，你把船长丢哪儿了？"

我一言不发。每个人都心知肚明。如果我说船长被我单独留在岸上的话，那不免太幼稚了。

他们没再问下去。我们上了船，我本该也问问梅梅的情况的。当然了，只要我不刨根问底，他们才不会吐露一个字呢。

我美美地睡了一觉，醒来已是中午十二点。太阳高悬在头顶，好像只在找我一个人的麻烦。我有一种奇异的感觉，那是一种难以言喻的不安。它使我看到了可怕的东西，而实际上，那只不过是胡思乱想罢了。我被一种可笑的恐惧折磨着，痛恨所有人和所有事物，突然就会浑身发抖，神经夸张地时而紧张，时而轻松。我渴极了，大口大口地喝着冰镇柠檬水，就好像已经渴了多年，就好像只有通过喉咙才能感受到生命。很少有那么几回，我的舌头、嗓子和嘴唇干涸到了这个地步。

梅梅一直没有现身。若她看到我，每一道目光都会变成无声而可怕的责备。

中午时分，我们已经在甲板上安好了遮阳篷，船长回来了。他的脸色有点苍白，嘴唇也褪去了红润。那是当然，他放纵了一夜，痛饮了一夜，手上还留着乳房的微颤，眼中还映着那么多姑娘的曲线……他急切地喘息着，虽然精疲力竭，却也心满意足。

"一切都好，小伙子！"他笑嘻嘻地招呼我，"你去哪儿了？怎么丢下我一个人跑了？"

"没有，船长！"我稀里糊涂地回答，"我把你留在卡门那里了……"

他什么话也没说，但是那双如海藻似薄荷的绿眼睛里突然泛起两道柔美的月光。我凑近他身边，不知他可有意向我倾诉内心的喜悦。他心情大好，看上去年轻了许多，少了些阳刚之气，却多了点天使般的可爱。当一个人感到快乐的时候，他的人性就会升华到近乎神明的境界。船长伸出沉甸甸的大手按住我的肩膀。烈日当空，水手们躺在遮阳篷下睡得正香。船已维修妥当，看来我们很快就要离开了。我没有问船长，但心下感觉自己猜得没错，因为他走路的样子和航行时走路的样子一模一样——步履沉重，仿佛连双腿都在思考。我们也的确该走了，这是毫无疑问的事情。我满怀悲哀和犹疑凝望着岸上的城市，今天是绝不可能重游了。我们的目的地是瓜希拉的荒蛮之地，那里的生命洁白纯净，蒙昧未开，一丝不挂。我们启航，我们出发……帆船如心脏在怦怦跳动，那是海的心……也是我的心。

风帆升起来，疲倦慵懒的帆布吸收了太多阳光，太阳吱呀呀地从帆的褶皱里钻出来。帆布在甲板上铺久了，摸上去有点发烫，现在它们终于舒展开来，享受着海风的爱抚。我们重新与大海融为一体。在此之前，哪怕身在船上，四周也是被陆地包围着的。现在，卡塔赫纳对我们已经无足轻重，无论是城墙、汽车还是公交车，都已化作过眼云烟。曾经有个男孩坐在公交车上，嘴里一个劲地喊着：

"船——尾！船——尾！船——宽！船——宽！船——宽！船——尾！船……"

他嘴里念叨的，难道不是水手们的行话吗？

我们驶离了危险的陆地。这片海安静得像个姑娘，就连海鸥都敢张开棱角分明的翅膀，向海面发起进攻。

卡塔赫纳的波涛知书达礼，循规蹈矩，活像学校里的小女孩，从容悠缓地起起伏伏。我们驶过勃卡齐卡①古老的城堡，那里是关押政治犯的地方，听说如今堆满了蝙蝠粪便，好在能充当肥料……除此之外，这座城堡曾经还另有大用，那就是严密监视弗农将军②的舰队，免得他们假扮商船进入港湾，一举攻下城池。

碧空如洗，澄澈得几乎能分辨出光线的气息。若有些云朵就更好了。太阳透过云层时，会在水面上投下美丽的紫色阴影，就如同无边无际的紫罗兰灿烂地盛开。但如今，一丝云也没有，一切都那么清朗透明。海风持久和煦，我们之外的一切都静止不动。大海要么在前方，要么在身后。地平线近在咫尺，仿佛伸出

---

① 勃卡齐卡，西班牙语中的意思是"小嘴"，是卡塔赫纳南部海湾的两个入口之一，水深且窄，两侧均建有堡垒，是历史上的战略要地。

② 指英国海军上将爱德华·弗农（1684—1757），1741年曾率舰队进攻卡塔赫纳，遭遇惨败。

胳膊就能握在手中。可事实并不是这样的。它始终在远方，永远都是一条独一无二、羞答答的水平线。垂直的地平经圈该有多美啊！

船长跟我说起瓜希拉来，他劝我，既然有些地方已经了解良多，耳熟能详，那就没必要亲自走一遭了。不过他白费了口舌。

船长掌着舵，我跟梅梅在一起。她要去里奥阿恰。船长全神贯注地驾驶着小船，一切思想都静止了，岩石上生出风来，风向在他的眼眸里跳动，N，S，NE，SSW^①……我们一路追随着风，驶向最奇异的国度，驶向最熟悉的国度。船长的双手慢慢转动，标记着航行的节奏。小船在浪里翻腾，左摇右晃，仿佛天都快塌下来了。一切都取决于船长均匀转动的双手。他叼着烟斗，好像嘴里含着的不是烟管也不是烟雾，而是万里重洋。

"你，"他对我说，"你会是个好水手。"

是的，我一定会是个好水手。我爱大海，带着从未有过的深情爱着它。我尚未了解海的全貌，只有一点凤毛麟角的认识。但我已经经历过潮水和波涛，看到过缤纷的色彩，体验过突如其来的风暴。我目睹过遥远的日光下斑斓的港湾，疲惫的风帆污渍斑斑，渔夫们在它的阴影里打盹。我亲临过哥伦比亚清澈的海湾，开朗、完美、荒凉，偶有鲣鸟飞过，划破那一片寂静。我见识过五颜六色、充满了黑人的叫喊声的港口。哥伦比亚的港口汇聚了地球上所有的味道，圣玛尔塔岛的果香，果皮里带着香蕉园中的喁语。哥伦比亚港挤满了宏伟的大船和卑微的小舟。那里散发着

---

① 以上均为风向符号。N=北，S=南，NE=东北，SSW=南西南。不同的符号代表不同的角度范围。

酸味，散发着鱼腥——码头沿岸处处都有跃波的游鱼。此外还有女人的味道，腋窝的味道，汗水的味道，德国船上啤酒的味道。我熟悉这片海，这片宽广的，交错着碧绿、湛蓝、浊黄的海，温柔的波涛在昨夜骤然变成了高山和深渊。大海，这片海，我爱它如同爱一个美丽非凡、高大非凡的女人，而我的爱注定得不到回应。如果不是前路已定，如果不是要去瓜希拉，我宁愿永远漂浮于她起伏涌动的肌肤上，而她自己却心平气静，意兴阑珊。如果是那样，我会同船长一起过着漂游客的快乐生活，抵达南南北北的寻常码头，在那里等着我们的，是女人的炽爱，是杯中的烈酒，或是被一刀捅死的命运。粗糙的缆绳磨砺着双手，我喜欢那种感觉。在永恒不变的天际边发现或者假装发现风帆的踪迹，也是令人愉快的事情。船长和我一起拴在这条只有四张船板和一根桅杆的小船上。我会换帆布，排水，学着开船。我们会一起吃鲜鱼，一起喝朗姆酒和杜松子酒，也会一起抽烟，一起在碧绿的海上看星星。我们会一起跑遍地图上一个个取了女人名字的小蓝点。我们会去从来都没有人去过的地方，会去马尔维纳斯群岛和斐济。我们会带着没用的旧罗盘，一路寻找鄂毕湾、阿纳德尔湾还有珍珠群岛……船上的龙骨宛如流浪的钻石，划过万千水域玻璃般的镜面。

但是，不行。我们必须去瓜希拉。眼下我们正在哥伦比亚港，这是行程的第一站。

船长下令抛锚，随着锁链发出一阵生锈的响声，小船停住不动了。码头上停着一只冒烟的大船，男人的眼睛里全是女人。在海鸥的鸣叫声中，台球房里的钢琴敲出了一个音符。陆地在前，大家悲哀地沉默着，如同我们的海死亡了一般。

5.

像潜水艇一样非凡和具有数学性的一章。数字是世界的乐谱。1加1等于3。

码头左侧，一艘隶属于"大白舰队"①的军舰正在卸货。码头上没有其他船只，也不需要有，只这一艘就足够了。这些军舰的烟囱耀武扬威，如同对着天空和平宣战。我知道，眼下这个威胁是不可能成为现实的，但谁也说不准未来某一天，他们会干出什么事来。

哥伦比亚港向水手和航船伸出长长的手臂，码头和港口合在一起看，活像一条剑鱼。极目远眺，可见小木屋、旅馆和海滨浴场。女人们在那里脱光衣服，换上泳装。她们穿泳装的样子有一点——只有一点点——像美人鱼。迷你如组合玩具般的火车，鸣着甜腻腻的汽笛向码头示好。大群鲨鱼披着闪亮、光滑、柔韧的鱼皮，和女人们共浴。鲨鱼和女人是好朋友，灵活是二者的共性。

船长宣布，今晚直奔里奥阿恰，中途不经停任何港口。他邀我下船同游，我心下惶恐，便推说犯困，他一个人快快地走了。他当然是希望我能陪在他身边的，这下他只得向我口述一遍此番

---

① 大白舰队，美国海军作战舰队的昵称。

经历了。我打算和老迪克一起行动，趁机看看这位水手长都在港口干些什么；也许他会干点很奇怪的事。他什么都没说，这反倒让我越发期待起来。

我们沿着码头慢慢散步，好像根本不想抵达目的地。今天我欢天喜地发现，自己面颊和下巴上长出了一点络腮胡，虽然只是一点点，可这真叫人高兴。我一边沿着只有半边栏杆的狭窄码头向前走，一边想着胡子的事情。当然，迪克是不会想他的胡子的。现在我得去买一把吉列剃须刀了。谁知道迪克会搞些什么鬼把戏。这个奸诈狡猾的荷兰老好人，总是让我怕他三分。

水手长有点奇怪。他没有带我去任何不好的地方。我在家的时候，可是常听人提起那些干坏事的同伴的。

海滩上，姑娘们穿着浅色泳装玩沙子，像集邮爱好者那样耐心地拾贝壳。她们健康又白皙，要是她们都能上船，跟我们去瓜希拉就好了。也许船长看到她们，会想到那个黑发姑娘，不过这将是一份双重的记忆，如果只带一个姑娘，而船长最后又注定会厌倦她的话，那简直是太残忍了……迪克发觉我总是盯着姑娘们看，于是一边抽着附满尼古丁的烟斗，一边嗔怪地哼了一声。他究竟要带我去哪儿？

在哥伦比亚港，一切都是海。要么大海完全是陆地，要么陆地完全是大海。我无法解释，但这里的屋舍的确闪着蓝色的磷光。男人们在挥手的时候，总是下意识地带着船桨划水的劲头。而女人们——奶酪色眼睛的港口黑女人，亚麻色肌肤的巴兰基亚女人，还有尖酸守旧、肤色苍白的萨瓦纳拉加女人——她们都是那么和顺清新，如同船帆迎风招展。这里有储量丰富的盐、碘和沙子，港口洋溢着海的味道，码头一米一米地向海水里伸展，就好像要延伸出一道跨越重洋的长桥。

正因新生的胡须而沾沾自喜的我，与迪克一道穿过港口。那些游泳的姑娘们的肉体——她们穿着丝绸泳衣，有那么一点像美人鱼——就像欢乐的海报一样，贴在我的脑海里挥之不去。迪克不训我了，他只是看，看，看，目光就像黑夜里的探照灯。这个灯塔般的男人，当他在光与影间眺望的时候，头上自带光环。他的精神与女性朋友绝缘，甚至连她们的回忆都没有。在他见过或爱过的姑娘里，从未有人与他结成过稳定的伴侣关系，哪怕是一时的。

我们经过一所学校。一所专门为小女孩们创办的学校。就在此时，我听到了有生以来听到的最美的歌声。那是一首数学之歌，数字组成的音乐在短暂的间奏中喷薄而出，那些数字的名字——或是曲线，或是直线，或为棱角，或为圆圈——如世界的乐谱一样回响在耳畔。

2乘2，等于4……

2乘3，等于6……

2乘4，等于8……

2乘5，等于10……

听着听着，我也如数字般整齐有序地思索起各个数字来。

1。

1，数字一，对所有事物都适用的一。一个男人，一个女人，一句诗文，一道风景。由一延伸，复制，扩大，可至百亿千亿，无穷无尽。万物由一而始。人类的神祇，无论佛祖、基督、陀思妥耶夫斯基、孔夫子、列宁、尼采还是穆罕默德，都独一无二。一这个数字里蕴含了全部孤独。孤独如一，无限可能，无限发散。

2。

2，1 加 1 等于 2。爱情，两性，双腿，双眸，双乳，双唇，双手，双耳。数字二支配了人类。爱情，亲吻，两个身体水乳交融，诞生出数字三。

3 是个诡秘莫测的数字。父亲，母亲，儿女。动物，植物，矿藏。信仰，希望，仁爱①。三角形。初生，鼎盛，衰亡。数字三包含在世间存在的一切事物之中。

就这样，我一边静静地走在迪克身边，一边思索着每一个数字。

虽然迪克神色严厉，但我还是透过窗户看过去。教室里的女孩，有金发白种人，有褐色皮肤的混血儿，也有黑人。从她们稚气的小嘴里飘出充满稚气的数字名称和乘法算式。

我们要去哪儿？迪克一言不发。也许我的好奇太过招摇，让他觉得滑稽。也许他觉得，每个人都应该保持安静和谨慎，于是放任我俩被那些简单的思想所折磨。我可不赞成他这么做，疯狂都是一时的，厌倦却无穷无尽。迪克没有说话，也不需要说话。他就是话语本身。无须张口，他的双手，表情，还有沉默却藏满故事的双眸，早已言无不尽。我们眼珠里的每一条血丝都是某件可怕事情的不可磨灭的见证。正因如此，孩子们的眼睛才会那样明净清澈。我们在沙滩上坐下。眼前的海风平浪静，几乎纹丝不动，一切都带着丰盈的女人味。细小的浪花涌上沙滩，不情愿地化作一个个锐角三角形，带着三条边和三个角的三角形。我们的船停泊在遥远的海面，像停在那种从未见过大海的穷人们家里挂

---

① 即神学三德，又译为"信，望，爱"。

着的油画上一样。"脚步"号新换的主桅杆带着森林和大地的味道在夜幕中吱呀作响，享受着晚风带着悔意的轻抚，新鲜而又满足。风再也不会背叛我们了。但是，绝不能轻信风和女人，这句话我要反反复复地说，一直说到老。风生于喜怒无常之手，女人都心机细密，琢磨不透。风和女人一样，既不自由，也不独立，但人人都爱慕他们的芬芳甜美。馥郁的风，欢畅的风。柔风起时，恰如远方悠扬的笛声。

身下的沙子软软的。迪克意味深长地打量着我，而我还在想着那些数字。虽然双唇紧锁，我却觉得他有话要说。他终于还是开口了。我不耐烦地四下张望，企图继续凝神思考，任何事情都别想干扰我情感世界的每一丝心绪和每一个举动。

"小子，你是不是觉得，"迪克的嗓音温暾沉郁，"我也应该像其他人那样喝酒，亲女人？不，我就是不喝酒，也不爱女人。我是个孤独的人，只爱大海，所以不做爱也不贪杯。如果你要爱上海水、浪涛、风暴和桅杆，如果你要感受到帆的柔软，风的呼啸，那就必须纯粹。你的嘴巴要干净，不能亲吻，亲吻会带来痛苦，所以我只看女人的脸颊和眼睛。女人们哪，都一个样，就像海藻带着锋芒的裙边，黏糊糊的。所以我带你来看海。只要上了岸，我就什么都不做，我只看海，从陆地的角度去认识海。越看我越觉得，自己做不到只是远远地看。如果有一天，我无法航行了，不中用了，既看不到海，闻不到海，也感觉不到海，海浪再不会以独一无二的温柔触碰到我的身体了。真到了那个时候，我就跳下去，投身大海的怀抱，在盐、植物和鱼群中永生。我放弃生命，就像放弃一个没用的障碍，我要把生命献给大海……我爱海就如同爱女人。在我眼中，每一道浪涌都是女人的乳房，每一重波涛都是海中的女妖。那就是我在陆地上第一眼看到的东西。威廉史塔特①，就是我出生的那个小岛，总是在潮水里摇，我从母亲丰满的乳房中尝到了海盐的滋味。母亲和我一样，一睁眼就看到了大海，并被一个同是水手的男人爱慕，亲吻，撕咬，播种。我的老母亲已经不在人世了。她就在那里，在威廉史塔特等着我，等她的儿子从船上带回弗洛林②，好做玉米糊填饱肚子……但是，算了，不说了……还是看海吧，看看海……"

　　我一句话也说不出来，只觉得全身筋骨都被这番肺腑之言震碎了。我从没想过，这世上竟有人说得出如此美丽、如此衷情的话语。一切都是那么出乎意料，始料不及。我的欲望在这沉甸甸的美丽下消失殆尽。我望着他的眼睛，他的目光蒙上了一层泡沫。我望着那双撑着笨重的航船经历过无数风雨的大手，还有那系着腰带的瘦削身躯。我望着他的烟斗，烟斗跟它的主人一样，像个老水手；也像他的言语一样，美丽而又温柔。我沉默地面朝大海，迎风眺望着远方的航船和海平线。六道浪头向岸边涌来，潮水的暗影拖着星星般的尾巴。波涛拍打着码头的圆拱——那是鱼儿们的凯旋门——无情地飞溅起沉思的浪花。哥伦比亚港的海遥远如女人的誓言，将我生命中这一个小时填满了欢愉和数字。我们不想起身，奈何岁月匆匆。时光擦肩而过，用它精致的刻刀在我们的脸上留下细小的皱纹，用它轻盈的笔尖蘸满锌粉，将满头青丝从鬓角一点点染成白发。它慢慢夺走眼睛的光芒，将善睐的明眸变成藏在隐形球体中的荫翳；这一切终将离去，却也

---

　　① 威廉史塔特，南加勒比海上的小岛，曾为荷属殖民地。

　　② 弗洛林，货币名。

将生命留下——甜蜜、可爱、轻盈的生命，轻盈得如同新生的浪花……

我们没吃饭，已经八点了。船长和水手们都在等着呢。我们迎着东北风，沿着码头向船那边走去。迪克又点上了他的烟斗。抽不了自己的烟斗真是可惜。今夜若是能点上我那点金黄的烟丝，闻一闻烟雾的香气，那该多惬意呀。我吸了几根香烟，又一次（难道总是这样吗？）想起了故乡。每当看海的时候，那座被人和机器犁得光秃秃的群山环绕着的城市，就浮现在眼前，它是那么孤单寒冷，阴沉纷乱。

我们的目光在海浪中逡巡，和游鱼们嬉戏；走着走着，两人的脚印渐渐隐藏在一个个水泥的空洞之中。

梅梅在甲板上酣睡。她躺在与我视线齐平的位置，修长的身体伸展着，仿佛越洋的长桥。如果她真是桥，那一定是一座横跨奥斯陆和里加①的桥。这两个遥远的高地如同两道极光，圈出一道最长的距离。梅梅的乳房，新鲜圆润的乳房；梅梅的乳房，被亲吻揉按过的乳房；梅梅的乳房，那样丰满，丰满的乳房，丰满得如同两道北极光。

人们在睡觉时，为了安静地穿越休憩的路口，总会在眼前蒙上一道遗忘的绷带。梅梅的眼睛上就蒙着这样一层黑色的绷带。我望着她轻柔的睡颜，在那柑橘般凸起的眼睑上投下一抹蓝色的笑意。

我正在出神，耳畔突然响起一阵歌声：

---

① 里加，拉脱维亚首都。

里奥阿恰的姑娘啊

就像茎秆上开满了鲜花

刚对她说点什么——

"亲爱的妈妈，我要出嫁。"

是谁唱得如此动人？夜晚就像面包片，被歌声涂满了果酱。梅梅！除了她不会有别人！梅梅，她的嗓子就像番石榴酱那样甜美，音色深沉，激起长长的回声。虽然这是件可怕的事，但我得承认，我爱上了梅梅。我会挣脱她，也挣脱对她的爱。幸运的是，她要留在里奥阿恰，而我将去往瓜希拉，带着因休憩而背负的重担，也带着因一个女人的离开而得来的沉重的自由。

船长对我心怀不满，在为出发做最后准备的时候，我就看出来了。船长的痛苦也是我的痛苦。太好了，我们出发……在这之前和之后的两小时，是整装待发与尚未启程之间的一段时间，它为这段航程添加了一对空缺和到达的括号。这是令所有船长们都深感恐惧的几个小时。关于陆地的回忆如扇子一般在眼前展开；风暴睁着邪恶的眼睛在一旁窥伺。狂飙和海难的记忆在脑海中闪过。这些可怜的船长呀！当他们对大海献身时，就如女人们献身时一样，总会感到孤独，感到生命的脆弱。

我躺下来，黑夜将大团的否定和悲观塞进了我的脑袋。船已起航，码头已经看不见了。哥伦比亚港的阑珊灯火此刻是什么样子？在那片混杂着数字的灯光中，有一个穿着泳装的姑娘在凝望着我。如果现在能拥她入怀，靠近我的心口，我会一遍遍轻触她右侧的乳房；如果现在有一个穿泳装的姑娘，用她湿淋淋的秀发枕上我的胳膊，如蜜糖，如沥青，我将回赠以可爱的东西，美丽的东西，以及不知所云的甜言蜜语。我会用生涩的手指温柔地挠着她的发根，会对她说，我要去做一个很好的人。如果她给我一个吻，我就答应给她买穿着十八世纪裙子的伦茨娃娃[①]，让她相信，那就是她自己，而我就像个善良的小侯爵，一身风尘，滑稽可笑。我感到她躺着的身体沉重起来，她枕在我的左臂上，双眼闭合，呼吸平稳，不顾刚才有多么温柔快乐，还是累得睡了过去。真遗憾啊，强抢民女的时代已经过去了。要是能开着四轮轿车抢个姑娘，那该多好！车速飞快，汽油就如橡皮一样擦去她身上浮夸的卡隆香水味儿。无须像以前的情人们那样频繁地亲吻。他们简直是粘在女人的手上，就好像要把它拽下来似的。女人们被他们折磨得虚弱不堪，又苍白又消瘦，总之是被他们吞噬了。我可不会搂着女人们拼命亲。我会观察她们，长久地盯着她们看，钻进她们身体的每一个缝隙里，最后钻进她们灵魂的缝隙里。比起亲吻，我更希望得到一个蒙娜丽莎般玄妙的微笑。寝舱里有臭虫在叫，也许明天一起床，我全身就会布满红色的小点，活像欧洲战争地图。我不愿想起梅梅！梅梅！梅梅！梅梅！她就睡在我附近，她没像哥伦比亚港的姑娘那样穿泳装，多么遗憾呀！我不能再去想她了。为了分神，我注意到寝舱地板写着一道乘法算式，但又像是一道奇怪的加法。不知是谁写在那儿的，就是为了让我看到。是梅梅写的吧！这些滑稽的数字一看就是出自没念过书的小姑娘之手，目的是隐藏一些可怕的东西。

---

① 伦茨娃娃，来自意大利都灵的著名玩偶品牌，始创于1918年，1943年生产工厂毁于空袭。

$$\frac{1\quad1}{3}$$

这道不知是加法还是乘法的令人费解的算式，真是美妙异常！两个 1 神气活现，站得笔直，小小的顶部如同帽檐。3 大腹便便，像个百万富翁。在两个 1 和一个 3 之间是一条扭曲如蜥蜴的横线。看着这一堆不知所云的数字，既欢喜愉悦，又摸不着头脑。数字背后总是隐藏着可怕的东西，这算式就是个 1 加 1 可能等于 3 的恐怖的信号。不！这太可怕了！一个 1 是她，另一个 1 是我，当我们的身体交融在一起，就诞生出另一个 1 来？二合一等于三？不！不！我这是要杀了自己，是的，我这是要成为杀我自己的凶手。我指的不是自杀，这是有区别的。我是说杀我自己。自杀只是一个人结束他的生命，他自己的生命，这生命完全属于他自己。但我所说的杀害，意味着创造另一个生命……我想都没想过……我恨梅梅！我恨梅梅！但我不得不承认，的确存在这样的可能。我为什么要承认？难道是因为我还没得到她？难道只要我不想这样，就能阻止这一切发生，就能使我的信念免于坍塌、松懈和虚弱？它能拦得住我吗？不，不，不，不！！！为什么不？我害怕，怕极了。不是怕我自己，而是怕那个 3，怕那第三个人。那个小小的胚胎，先在我的体内沸腾，再进入另一个身体中被滋养孕育，被赋予生命和力量……我从未想过，自己的身体里竟蕴藏着如此巨大的危险，比外部的危险可怕百倍！在人类自身盲目无声、阴沉可怖的欲望的深渊面前，风暴、鲨鱼和海难又算得了什么？与后者相比，它们全是外强中干的纸老虎。1、

1和3。一个女人，一只猫。一个人，一个人，一个婴儿。还有一个吻！梅梅，梅梅，是你向我展示了这毛骨悚然的未来吗？3呀，数字3！1加1等于3？是的，3这个数字是世界的密码，而其他那两个数字，它们的和与商，是我生命，生命的密码。倘若有朝一日，它果然成了真，那该是多么匪夷所思的事情！生命系于数学，世间万物都系于数学。女孩子们的歌声：2乘2，等于4；2乘3，等于6；2乘4，等于8；2乘5，等于10；1加1，等于3……1加1，等于3……梅梅！梅梅！妈——妈……！！妈妈……！！1加1，等于3……奇怪的数学潜水艇在我头顶上盘旋！！！1加1，等于3……梅梅！梅梅！！妈——妈……！三！！！

6.

里奥阿恰，海水呈现出两种颜色的港湾。对于第一个印第安姑娘的不同印象。轮盘赌。学生女王。多重面貌。

前日那场风暴过后，我们再一次看到了圣玛尔塔岛的光，也看到了灯塔的光。灯塔高昂着明亮的小脑袋，一副兴高采烈的样子。因为距离遥远，光芒照到我们身上时，原有的炽热已经变得冰凉。我们又回到了当初钓鲷鱼的那片死寂的海面。暗夜笼罩着摩罗山[①]黝黑的身影，越发显得纯粹厚重；然而，当夜色与远山水乳交融，那种不可触碰的透明感又为山所伤。倘若海风作美，我们将在明天黎明时分抵达里奥阿恰。

在海中航行的帆船上，时间是不存在的。对于船而言，风才是唯一的没有数字的钟表。我开始想象里奥阿恰的模样，它是这个国家最偏远的城市之一。里奥阿恰！那里是什么样？缺了想象的泥灰，我无法在脑海中一砖一瓦地把它构建出来。梅梅就在我身边，她倒是可以描述一二。她身上每一个毛孔都沐浴着那片土地上的阳光。从稚气的女孩，到生命的春潮在股间初涌，再到完全成为女人。太阳将花朵般的光芒一路洒落在她的乳房上。但我

---

① 摩罗山，圣玛尔塔港海中的一块状如孤岛的岩山，上有灯塔。

并不想叫她起来，宁愿一个人胡思乱想。如果现实幸运地吻合了想象，那该是多么欢欣鼓舞！我可不想错失这样的享受。

里奥阿恰是个雌雄同体的名字，一半是阳性，一半是阴性。里奥阿恰。里奥是河——迟缓，沉重，流着云朵；阿恰是斧子，怒放着蓬勃的生命①。斧子象征着冲击与力量，河流意味着甜蜜、阴柔和芬芳；斧头把男人的双手磨满老茧，河流永远那样温润缠绵。

明天我们就到了。明天，这可真是个可怕的字眼。明天是荒谬的，它意味着对生的希望和对死的笃定。本不该有明天，本该只有今天才对。今天是已经被牢牢攥在手心里的看得见摸得着的现实。今天，一切都应该是今天！今天是圆满的真理，是对死亡的否定。而我们将在明天抵达里奥阿恰！

此刻的我孤零零的。身边的梅梅和三个黑人水手都已沉沉入梦，所以我才说自己孤零零的。与睡着的人待在一起，不叫有人陪伴。睡眠趁无人之机，轻轻赶走灵魂的蝴蝶。所以熟睡之人才会安静，才会做梦。也许这个时候的我们只是空余肉体，任由那些忧郁的游魂进驻栖息，是他们为我们展现了从未见过的风景和从不认识的脸庞。我现在也是孤独的——我总是这个样子——所以我回到了那个城市，在那里，大自然建造的摩天大厦在蒙塞拉特山②拔地而起，造化是多么雄奇！我要去找几个人，或许他们也在酣睡。在海上的时候，他们总会向我射来回忆的箭矢。其中

---

① 此处为文字游戏。里奥阿恰的名字是 Riohacha，西班牙语中，rio 是河流之意，而 hacha 是斧子之意。
② 指位于哥伦比亚首都波哥大附近的蒙塞拉特山。

有一个站起身来，高大严肃，活像一尊铂金雕像。那是仁慈的真身，除了金属雕像，现代人身上再也看不到他的存在了。照我说，他就像一个宝箱，里面装满了金币。除此之外还有两个女人的身影，模糊而又脆弱。一位是金发的灰姑娘，另一位是皮肤黝黑的印第安姑娘。她们总是从柔情满怀的窗户里探出头来，望着我在记忆的电影里走过。除此之外，还有一个结实粗壮的形象，身体和灵魂都散发着阳刚之气，在他的肌肉和血管里全速奔腾着一切勇敢强大的列车。然而，我却看不清这金发小个子男人的鼻子的轮廓，从而无法描摹出他完整的面庞。天知道他的鼻子藏到我记忆中的哪个犄角旮旯！我从他的头发一路打量到下巴。他的双眉如苍鹭向两鬓飞起，眉毛以上的部分堪称完美。这线条紧接着又出现在嘴唇，唇形的弧度同样完美。但是，唯有鼻子的线条——也不知道它是弯是直，还是二者兼有——用它尖锐的两端将我伤害，撕裂，折磨。它遗落在我脑海中曲折的沟壑，我该去哪里寻找？而它迟早会出乎意料地冒出来，伤害我对另一个人的记忆。

梅梅不时地叹息着，在四下漆黑的暗夜里，这叹息声令我不寒而栗。我一度觉得，梅梅会突然死去。黑人水手们鼾声大作，就像大海被叮咬了一样。也许灵魂的蝴蝶还停留在他们的身体里，黑人们的蝴蝶是最美丽的，也是最喋喋不休的。

眼前一片虚空。天空、大海、船长，都不见踪影。我形单影只，也想躺下睡觉了。也许就在我睡着的时候，梅梅断了气。我总觉得她会在今晚死去，死得无声无息，轻而易举。她的灵魂在睡梦中暂时离开了身体，死亡只不过意味着它不会再回来了。我多想抽出平静的心弦，用尽全力把她紧紧捆住。梅梅的蝴蝶，回来！快回来！！！

在一片厚重深沉的平静中，我睁开了眼睛。四下鸦雀无声，笼罩着一片粗糙的安宁，就好像死了人一般。我转脸向梅梅的床上看去。她不见了？她真的死了？被扔到海里去了？不，她不会死的！可是她为什么不会死？她只不过是一丁点儿血肉，装点着几块又硬又长又白的骨头……是的，她一定是死了。如果反复无常的欲望能够决定一切，肆意妄为的人生又将何去何从？三个黑人水手也不见踪影，他们是和梅梅一起走的吗？现在他们几个一定在某个港口咖啡馆里。是的，港口，我们已经抵达了里奥阿恰，但没有统一行动。他们比我先到。这些人不需要梅梅，他们现在一定在灌她白朗姆酒。这酒其实是黄色的，下咽时能在嗓子里烧出一条条冒火的小径。酩酊时的梅梅一定秀色可餐，善睐的明眸在眼窝中跳着欢乐的舞蹈。她的嘴唇丰满甜美，那是一个女人醉酒时嘴唇独有的甜美。她举起酒杯，鲜嫩的红唇光艳四射，翘起的小拇指上仿佛拎着干渴。她会感到不安吗？会问起我来吗？不，她不会问的，最好别问。问我做什么？在她久经历练、阅人无数的芳心里，我不值一提。梅梅究竟爱过多少男人？黑人，白人。多少人躺在她身体的海滩里吻过她。多少人咬过她的嘴唇，用扎人的络腮胡子蹭过她脖颈下圆润的肩膀。多少人见识过熊熊欲火从她眼中喷薄而出……

她还是死了好。死后尸体会被抛入大海，慢悠悠地沉落到海底的黄沙深处，那里的海草随着潮水的律动摇曳生姿。她从船舷上柔软地滑下去，就如同一句热切的祈祷从唇边滑出来。咸腥的海水迫使她睁开双眼，浑浊的眼眸把鲨鱼们吓得魂飞魄散。她的四肢——它们因为死亡而如铁似铅般僵硬——重新灵活起来。她伸开手指，好像要去拿什么东西。嘴唇也微微张开，仿佛要与

54

谁接吻，与她生前接吻时的样子没什么两样。年轻的小鱼们为她挠着痒痒——她已经死了——但我能感觉到，它们挠的是她的嘴边。于是她张开嘴，露出珍珠般的牙齿，就好像珠母生在她脸上，珍珠就长在那红色的蚌肉里。但是，还是不要去想她的嘴和身体了——它在陆地上曾被那么多胳膊紧紧拥抱——如今那些锐利的，闪着银光的绿色水草，又沦为了它们的囚徒。

这里带着一丝瓜希拉的味道，闻得到馨香杂糅的印第安人的气息。那是草原、沙漠、黄沙、性爱和死亡散发的馨香。投枪与箭镞的歌声在空气中颤动。

船上只剩我一个了。甲板空荡荡的，迪克和船长的寝仓也不见人影，连厨师都不知去向。就是那个抽着旧烟斗的坏厨师，他怕房子怕得要死，总觉得它们像怪兽，要吞了他。如今连他也上了岸，这可真是桩奇事。我朝港口一侧望去，神往已久的里奥阿恰港就在眼前。然而我什么都看不真切。这里的海水呈现出两种颜色。靠海岸的一边像泥土一样黄，而远处靠外海的那一边是大海的蓝。很少有哪个地方的海水会像离岸五百米处的里奥阿恰的海水那么碧蓝。卡兰卡拉河不会任由近岸的海水呈现出如此浓烈的蓝色，所以慢慢地将它细小的发端埋入了海中。它裹挟着黄土和漂白土，一路奔流了那么久，早已经筋疲力尽了。甜腻乏味的河水渴望着咸涩强大的海水。为了报答大海清新无垠的接纳，它将远远带来的颜色献给了对方。

太阳快要升上中天了，大片小渔船匆匆忙忙赶着出海。一艘小船驶过，撑船的是两个黑人。他们身上的肌肉呈方块状，棱角分明，美得活像两座力量的雕塑。他们浑身的皮肤都在散发着蓬勃的劲头。对于黑人来说，没有比皮肤更美的衣服了。太阳为了带来光明，将它的光芒碎裂在那片黝黑里（就像在一切黑暗中所做的那样）。黑人们就该赤身而行，让那闪亮的肤色袒露在光天化日之下。

小船们扬着白帆，欢欣雀跃地启航。水手们捧着渔网唱着歌，舵手朝桅杆左边看看，又朝右边看看，仿佛要在天空中寻找鱼儿的踪迹。两艘单桅帆船停泊在我们附近，一艘小船满身簇新，如同刚从盒子里拿出来的首饰。它显然还没见识过重洋上的风暴和巨浪，也没经历过漫长封闭的航行岁月。另一艘船则老朽不堪，锁链上锈迹斑斑，污浊的帆布痛饮过风，在航行、速度和劈波斩浪中沉醉不醒。水手在船头酣睡，远远望去活像一片收起的帆。我更喜欢这艘破船，它没有片刻安静的时候，每一块木板都浸透着海的灵魂。它通体渗着苦咸的海水，满载着狂风、喊叫、冒险和回忆。它听过很多故事，船首的桅杆曾将长矛插进无数地平线。另一艘小船看上去如同闹着玩儿的赛艇，它为运动而生，可大海虽然碧绿，怎么会是运动场呢！所以说，那些好莱坞的男男女女们都在干傻事。他们骑着愚蠢的橡胶马扎进水里，就为了体验多少带点性感的冲浪的刺激。这些人不知道什么是贝壳，什么是缆索，什么是风帆。他们只不过是在玷污和亵渎世界上唯一伟大的东西：海洋。除此之外，他们还想把大海工业化，就好像那只是一道庸俗的瀑布。他们把大海工业化，就像通过电影把亲吻工业化一样。电影中那些花花公子都是怎样亲吻的呀！太愚蠢了！他们怎么能摆出那么可笑的姿态呀！他们相信一个吻能包含世间万物。所以电影里那些女人骚动的目光里充满可怕的不堪，让人简直不想再看第二眼。再说了，女人们从来都是不缺亲吻的。

港口里还停着三四五六只独木舟。独木舟！拴着小猪崽子跳舞的独木舟！它们跳得辛苦，如同一个推敲不定的词汇。它们在浪涛的推搡下，迫不得已地摆出种种勉强的姿势，仿佛一个醉酒的人在强装自己没醉似的。

我向岸上眺望。我喜欢舒缓地观察事物，用全部感官去深刻地品味喧嚣、色彩和芳香。观察中蕴藏着真正的智慧。当你专注地凝视某件东西或者某个人，就会更深地了解它（他），认识它（他），就如同在它（他）身边生活了二十三年一样。

港口沿岸的屋宇都带有华美的阳台。房产时有易主，壮美的海景总不缺欣赏的人。那座殖民地风格的建筑好像是海关大楼。粗壮的廊柱同圣多明戈许多建筑如出一辙。每座港口都设有海关，它是陆上的人们为大海布下的陷阱，也是系住它的利爪。职员们在这里填写货单，结算称重，做着所有海关应做的事情。他们创造了多少财富啊！

右侧的砖石建筑应该是市场。卖货的女人们睡眼惺忪，双唇黏腻，嘴里带着苦涩的接吻的味道。现在她们应该正将盖着货的旧口袋掀起来。袋子下是西瓜——它们还是一成不变地愚蠢。此外还有如同手工做出来的香瓜，圆溜溜的多孔的黄橘，香蕉，活像装饰品的菠萝，还有把篮子或者口袋撑得满当当的玉米，玉米粒呈现出各种各样的形状。在市场的另一角，刚出水的活鱼睁着眼睛，张着嘴巴，惊讶地望着陆地上的一切。它们的惊讶和潜到海底的潜水员们的惊讶一模一样。姑娘们正在起床。那些上学的小姑娘，胳膊下还夹着贝略[1]的语法书。她们将借着语法学习热带地区的诗句和其他没用的东西。在任何集会上，都绝不会有人

---

[1] 指委内瑞拉著名学者、法学家、外交官安德烈斯·贝略（1781—1865）。

要求她们朗诵什么"赞美你啊！富饶的土地……①"这些小姑娘们在家洗过澡，她们一定水灵灵地穿着针织衬裙，跑到谁也不知道的地方，把全身扑满了香粉，所以现在空气中才有什么东西在颤动。那是她们的曲线在风中颤动，带着女人的味道，腋窝的味道，雪花膏的味道。没有什么能像粉扑那样，把女人们变得如此温柔。

恰位于海关大楼和市场中间的，是一座旧锌板做屋顶的窝棚，几个小孩子围着一只损坏的独木舟玩耍嬉戏。窝棚左边看着像一座城堡的遗迹，断壁残垣间沙粒漫卷，如同雪崩下仓皇逃命的登山者。再往左边是方济各会修道院，我看不清楚，隐隐可见天蓝中横着一抹白墙，就像阿根廷国旗一样；再远处矗立着灯塔，没有灯光的滋润，干涸无用地对着颐指气使的骄阳。这就是港口的全貌。

这时我想起来，里奥阿恰有几条街道被海水淹没了。倘若我是这里的居民，海啸袭来时，恐怕是来不及逃命的。若真如此，此时我大概正在见怪不怪地向美人鱼们兜售玻璃珠穿成的小项链呢！我猜，被淹的几条街中，有一条应该名叫"珠宝店街"或者"银店街"。无论如何，这条街的名字应该如音乐般朗朗上口，充满了钟鸣、琴声和音符。大海近在咫尺，我愿涛声更加洪亮。

小船驶过来了！慢慢地，非常慢。我真希望它能快起来，好知道梅梅的消息。这可真是悲惨啊！但我爱上梅梅了，我得问问船长，她是死了还是走了。他们快到了，我看到船长穿着红白相间的条纹衫。他下船去港口游逛时，总是这身打扮，等到上了

---

① 这是贝略的名诗。

船，就换一身灰色的衣服，大概是想与可能遭遇的风暴穿成同一个色调吧！他穿着蓝布裤子，与腰带一个颜色，我辨不清楚。啊！我看到啦！四个人划桨，再划六下，我就能看清啦！我准备好要往下扔绳索，小船越来越近，终于驶到了眼前。船长沿着梯子上了船——我从来没见他这么高兴过。

"船长，早上好！"——他的快乐感染了我，我冲他大声问好。

"早上好，小伙子！你一直在睡觉，没下去喝几口吗？贝贝家的朗姆酒……"

我没作声，舌尖掠过一丝可口的甜味。我的眼前又浮现出卡门的影子来。

"船长，"我没敢问迪克的行踪，"厨师去哪儿了？"

"我怎么知道那老家伙去哪儿了！"

"迪克呢？"

"他呀，他应该跟'秘鲁'在一起。"

"'秘鲁'是谁？船长？"

"哈！你不知道'秘鲁'是谁？"船长放声大笑，嘴都要被他笑裂了。他露着满口白牙，嘲讽地看着我。

不，我不知道……但我知道他没和梅梅在一起。他是不是跟"秘鲁"在一起，和我有什么关系？

但我会问迪克，这个名叫"秘鲁"的女人是谁，他一定得告诉我。我可不会再像个傻瓜一样，对船长一问三不知了。

"喂！"船长对我说，"你不想去会一会印第安姑娘吗？"

"这里有印第安人？"

"当然有！还很漂亮呢。咱们一起去，也许……"

"也许什么？"

一听这话，船长又笑起来，我知道自己又犯傻了。

不过，真有漂亮的印第安姑娘吗？是的，船长是这么说的。但他也说过有些印第安姑娘像老厨师那么丑，她们用健立果粉把脸上抹得一道一道的。那是一种涂在面颊和前额上的植物粉末，就像面具一样，以防因光照过度而生出雀斑。

"我们上岸吗，船长？"

"好，我们这就走。"

我们上了小船，都没说话。船长坐在我身边，久久凝望着港口，心不在焉地抽着烟。我则忙着搞明白两件事：梅梅在哪儿，"秘鲁"是谁。船长讥讽的笑容让我想起了很多很多事情。迪克明明说过，他不爱女人只爱大海，怎么一有机会，就忙不迭地找女人去了？

还有梅梅。她现在应是一个人。她也许在想着我，正如我在想着她那样。

经过了最后一次浪涌和划桨的冲击，小船靠了岸。我们到此一游的眼神和风中凌乱的头发，吸引了当地人惯常的好奇心。在进城之前，我沿着海滩走了一阵。挑夫们背着沉重的包袱来来往往，温热的细沙炙烤着他们的赤脚。

港口上遍布着小个子黑人，他们永远带着微笑，那笑容仿佛是从皮肤里渗出来的，无论是嘴巴、肚子、眼睛和脚丫都在笑。他们挺着圆鼓鼓的小肚子，对船、帆和缆索了如指掌，如果操作时技术不过硬，便会被他们冷嘲热讽。水手们跟他们一个样，只不过港湾外的风剥夺了他们脸上温柔的笑意，只在唇边留下两道宽阔的鸿沟，显得严肃而平静。

不知不觉间，我拐进一条阳光普照的小街。欢愉、灿烂、笑意盈盈的太阳，把屋檐和墙根都照得不带一丝阴影。但是，如果夜幕降临，这里也一定会昏暗异常。一个穿蓝色丝裙的姑娘倚在自家门前，耀目如白昼骄阳。她摆出明信片里的浪漫姿势，胳膊沿着门扇垂下。一片叶子从街上杏树的梢头飘落，她凝神地望着落叶的背面，看也没看我一眼。而我为了深入地体察她意味深长的目光，也一路追随着那片落叶的踪迹。

街角百货店的大门派头十足。店里空气流通，别有洞天，从街上就能看到里面的五彩纷呈。棉布、印花布、亚麻布、卡其布、"棕榈滩"布，这些布匹给街上带来一丝集市的流浪味道，钉子上挂着项链，有红蓝玻璃珠的，有珊瑚的，还有椰子片穿成的黑色小串。据说送项链是哄骗印第安姑娘们的好办法，但我还是希望能用更加体面的手段跟她们交换一段露水情缘。

我得找个旅馆住上三天。不久就要永远下船了，必须习惯陆地上的生活，我也需要这种生活。在我们的船马不停蹄地奔赴瓜希拉之前，我是不会再上去的。瓜希拉是我神往已久的地方，我会在那里待下去，而不是随船长驾着昏黑的小船，无休止地冲击着巨浪，就像打字机的按键无休止地敲击着滚轮。海潮生生不息，亘古不变。要是能得片刻安闲，时而让大家听到它宁静的呼吸，那该多好！但是，它是那样坚持，精准，不偏不倚，所以才令人生厌。就像一个至少被吻过一百一十二次的女人，前十个吻中凝聚着灵魂的碎屑，带着难以描摹的味道和震颤；但等到第五十个吻，便只余一点点闪亮的激情。再往下的四十个吻完全是双唇一成不变的轻触，越发意兴阑珊。再吻下去，便只剩下阴影、障碍和东施效颦。最后两个吻是永远都不会落下的。那是我们在入夜的街上碰到第一个女人，随她回家，与她做爱时给她的亲吻。由此可见，女人的吻，只有前十个和最后两个是有用的。

我找到了容身的旅馆。它横着的招牌出乎意料地挡了我的路，上书"自由旅馆"。我也不知道这个名字是什么意思，但无论它叫什么，我都无所谓。他们会给我一张不知道沾了多少吻痕和汗渍的羊毛毯，一床不知道睡过多少人的皱巴巴的被褥，还有一顶预防昆虫叮咬的蚊帐。往常只有三四种滋味饮食也会换个样。也许能在这里吃到咸肉和土豆。土豆也是我家乡的桌上餐，哗众取宠的诗人们把它叫作"劣等的块茎"。那片土地上肆虐着凄风冷雨，丘陵间矗立着登山者的教堂。

旅馆的门开着，我没打招呼就走了进去。进进出出的人太多，门上沾满了油污。里间是餐厅，有人在说话。他们身穿白色卡其布衣服，像是小职员。其中一个的领带浸到了汤里，就好像要称量碗里有多少汤水似的。还有一个是近视，硕大的眼镜令人想到老爷车，从而产生一种非常非常遥远的疏离感。伺候他们的女招待骨瘦如柴，还怀着孕，肚子已经遮不住了。但她看上去不像个孕妇，倒像是被强迫着在做某种专门锻炼腰部肌肉的运动。也许，她自己也曾这么想过……她朝我走过来，深重的黑眼圈如同葬礼上的折纸。

"您想要什么，朋友？"

"您好，夫人。这里能否提供几天吃饭和住宿？"

"吃饭可以。但……住……你说的另一个是什么？"

"我是说能不能在这里睡觉。"

"可以，但是得守规矩。我可不欢迎风流少爷，他们的胆子可太大了……"

"您放心。多少钱一天？"

"好的。一天两个比索，但需要先付款。我已经赊过太多账了。"

"好的，夫人。这是三天的房钱。"

"谢谢，这边请……"

我穿过餐厅，引得食客们纷纷注目。他们看我的眼神油光锃亮，就像正在吃东西的嘴唇一样。

我们走过几间昏暗的房间，里面又黑又热。有人在睡觉，但看不见人影。都中午十二点了还在睡！我的房间带着一个小小的院子，几只母鸡忙着寻找只存在于想象中的玉米粒。一只精瘦的猪把头埋在饲料盆里，起劲儿地哼着。绳子上晾着男式内裤和汗衫。老板娘罗莎夫人的黑眼圈恐怕正是拜这身衣服的主人所赐。

我的房间很狭小，墙角放着一张摇摇晃晃的折叠床。床上垂着蚊帐，凉席半张着嘴，仰望着天花板上的裂纹。角落里黄色的三角桌上摆着水罐和漆盘。盥洗室的毛巾上拙劣地绣着一个硕大的"早晨好"，一派乐观精神。椅子四腿大开，看上去马上就要散架了。帆布折叠床的床头挂着一副乌里韦① 将军的肖像，是用三个图钉钉在那里的。

房间里没有味道，没有色彩，也没有滋味。因为空置良久，最后一位房客留下的痕迹早已湮灭。我闻到了厨房的气息……不，厨房在过道里，离这里很远。一个女佣抱着个小男孩，正在揭锅盖。海边的女人，要么怀里抱个孩子，要么肚里怀个孩子，

---

① 　指拉斐尔·乌里韦将军（1859—1914），哥伦比亚政治家、千日战争中自由党领袖。

如果二者都没有，那她们也会在脑子里装个孩子。只有卡门和梅梅这样的女人才没有孩子。但对她们而言，也许我们就是记忆中的孩子，或者将来可能会有的孩子。

我鼓足勇气才敢在椅子上坐下，费了好大劲儿才没让自己摔倒，也没让椅子塌掉。屋里没什么好看的，我只好对着乌里韦将军的肖像一个劲儿地端详。小时候我目睹过他的葬礼，但现在，他已经没有任何影响力可言了。房间里满满的，充斥着自由主义，这是好事还是坏事？我不知道，但看到他就如同看到了硝烟、革命、将领和巴龙内格罗之战①……我敢肯定，若是换作努涅兹②的肖像的话，屋里会被塞得更满，怕是连墙角都看不见了。乌里韦将军的眼睛顶在小胡子尖儿上，虎视眈眈地瞪着我，简直要把我钉到墙上去。当着乌里韦的面想起努涅兹是不是太不礼貌？于是我转过身去，背对着他，感到一阵莫名的孤独。我闭上眼睛，只觉得被那两道目光刺穿了右肺。在这位死于暗杀的领袖凌厉恐怖的凝视下，我大气都不敢出了。为了忘掉这一切，我开始想念梅梅。她已经到家了吧！也许她住在一所小茅屋里，至少水手们是这么说的。他们还说过，她一个人过日子，有三四个相好但没有结果。所谓没有结果，就是没生孩子。难道孩子也能算一种结果？她离家都三个月了，门锁都要生锈了。等她懒洋洋地开了锁，满屋的陈设都那么寂寞。干净的蛛网密密麻麻地从吊床弥漫到屋顶，洒满了时间的灰尘。梅梅兴冲冲地抄起一把鸡毛

---

① 巴龙内格罗之战，哥伦比亚千日战争中的著名战役。
② 拉斐尔·努涅兹（1825—1894），哥伦比亚作家、律师和政治家，曾四度担任总统。

掸子，上下挥舞着开始大扫除，于是一切又回复了三个月前的模样。她望着房顶，眼睛变成了白色，唯一黑色的瞳孔落满了石灰。也许她会觉得，船上那个彬彬有礼的小伙子还是不错的，也许她会承认，自己有那么一点点喜欢他，但一想到这番心思被船长看出来了，又感到害怕。也许她会说，若是小伙子愿意娶我，那我们会非常幸福，不管是在这里，还是等他到了瓜希拉。他没那么多钱，但我靠跟印第安人做珍珠生意，也攒了一点小小的家底……如果一定得做点什么营生，那我们就开家小店铺……

我冒着酷热上了街，在浓密的杏树荫间漫无边际地游荡。这里和别处没什么差别，房子有新有旧，高低错落，大小不一。茅屋、黑人、白人、年轻人……突然，我看到梅梅从一间屋子里出来。她没看到我，径直朝一个抽烟的黑人老妪走了过去。那老妇人的嘴里闪着火星，仿佛想把舌头照亮似的。

"弗朗西卡① 大婶，"——梅梅重新操起了她的里奥阿恰口音，"您那里有治头痛的草药吗？就是从方塞卡带来的那种。"

"有的姑娘。等我一会儿，我去给你拿。你还没问我好呢！什么时候回来的？你可花哨多了，就跟从巴拿马搞了个美国佬似的。"

"我可没花哨，也没搞什么美国佬。我永远都是个黑女孩……我现在更难受了，也不知道怎么回事……快给我拿点草药，大婶……"

弗朗西斯卡大婶肩上背着树胶，一溜烟地跑了。我躲在杏树后面望着梅梅。她的脸色多么苍白！老妇人捧着一把鲜嫩的绿草

---

① 梅梅说话有明显的吞音，故把"弗朗西斯卡"念成了"弗朗西卡"。

回来了，干瘦起皱的双手重新焕发出青春的光彩。梅梅这副模样很好看，眼睛顾盼神飞，一弯腰，脖子上的小吊牌就垂下来，一晃一晃的，好像存钱罐里的硬币。

"快拿着，一吃就见好……下次再见面，你可要告诉我，谁是那个少爷……"

"什么少爷呀？"梅梅一惊，脸一红跑走了。手上和弗朗西斯卡大婶一样，捧着鲜嫩的翠色。

我什么也不敢做，什么也没去想，就这样一路游荡，终于回到了旅馆。梅梅留在我心里，清新，苍白，双颊绯红，脖子上挂着小吊牌，圆润的腰身轻颤着。

时钟敲过七点，我吃过晚饭，心静不下来，就又出门了。午后的院子里飞过一群鲣鸟，我又想起了大海。我已经见过白天的城市，现在想看看它夜晚的模样。也许还能碰到梅梅呢。也许现在我就会碰到她，只有我们两个人，在夜色与大海间，在陆地上……

夜晚的里奥阿恰安静古老。三辆破旧不堪的福特轿车刚从修车厂出来，顶着惊天动地的轰鸣一路驰骋。人们待在家里抽烟谈天，晃着摇椅，我听得见台球碰撞的干响。寂静跑遍家家户户，用睡梦的钥匙为他们锁上大门。它匍匐在地上，准备从一条路跳到另一条路。它奔跑着，匍匐着，爬上窗子。有人惊叫一声，它愣了一下，最终在此起彼伏的叫喊声中销声匿迹了。

"彩色24！"

"伙计，中啦……"这声音中满是白朗姆酒的味道。

"转！转！出24，出8，怎么回事伙计！"

"你小子要干什么！"

将近四十个黑人和白人围在一起玩轮盘赌。轮盘分成黑红两色的方块，上面分别标着数字。小球在数字上跳跃，就好像一停下来就要着火似的。

　　"你又要赢啦！"

　　"我身上的钱都输光了？"回话的是个矮小肮脏的老黑人，那语调里既有欢喜，也有恼怒。

　　"怎么了小子，不玩了？等钱都输光了，就去找罗拉姑娘喝个痛快……走，去喝一杯……"

　　"喝一杯，喝什么？"

　　"喝朗姆酒呀！"——旁边有人一听喝酒就两眼放光，赶紧插嘴。

　　"朗姆酒？去他妈的朗姆酒！"

　　"我说伙计，别那么没教养。"

　　幽暗深处，多变的光影切割着人的面孔，是谁在那里？

　　我向他们走去。上帝呀！是印第安姑娘吗？是的，第一个，第一个印第安姑娘！她深沉的目光带着刺，像铁丝网一样让我心存畏惧，不敢靠近。

　　她太美了！几何一般完美。她的罩衫透出了赤裸的胴体。艳红的嘴唇闭得紧紧的，好像在咬着什么东西。胳膊浑圆又棱角分明，颤抖结实的乳房散发着夜的馨香。一头坚硬的直发上抹足了椰子油！哦，椰子油，那是情欲最好的润滑剂！！那是瓜希拉岛原始而永恒的味道！眼前这个印第安姑娘——第一个印第安姑娘！——唤起了植根于我血液分子中的长久的美梦。我想靠近她，却又无能为力。很多印第安人觉察到我惊讶的脸色，都在妒火中烧地瞪着我。轮盘赌的数字继续回响在我的耳畔。

"黑色5！"

"彩色24！"

"谁还在玩？我看谁还在下注？"

"彩色24！"

印第安姑娘目光坚毅，一双弓足上戴满了脚镯。彩色24已经转出来两回了。为什么不趁接近她的工夫也花上两三个比索下几注呢？不，不，还是把所有的钱都留给她吧……留给她？留给谁？留给……瓜希拉……

我挤进赌徒群里。狂欢的感觉在心中激起一股尖刻的嫉妒。他们小心翼翼地握着白色筹码，全神贯注，不疾不徐地在各个数字上面放上五个、十个和十五个比索。每个数字上面放的钱数都有复杂的组合跟诀窍。

我目不转睛地盯着那个印第安姑娘。她的目光柔软了一些。看来我流露的好意磨去了她先前的锋芒。她向光亮的地方走近了几步，我可以把她看得更清楚了。她的头上绑着一条红色的手帕。罩衫是透明的浅蓝色，把身体的角落暴露无遗，让人移不开目光。拖鞋上有大片红绿羊毛流苏。她走路的时候铮铮作响，就好像拖着一串长长的金属。那是戴在她圆润的、贝壳般的脚踝上的钏子发出的声响。钏子是玻璃做的，走路时如奏乐一样。我喜欢，好喜欢。她对我微笑了。这个美丽可爱的姑娘，她的皮肤是桃花心木的颜色，她的身上散发着椰子油的味道。她的嘴巴总是在咬着什么东西。

现在，她黝黑的面庞扭向一边，长长的灰色阴影为她全身披上了一层棕黄的色调。我的体内掠过一阵潮骚的热流，只觉得舌下生津，润泽甜美。她叫什么名字？她的名字也许响亮高亢，如飞驰在极乐夜色中的汽车喇叭。也许甜美娇嗔，比如"泰莱丝"，如呼吸般细若游丝。无论如何，她的名字都不可能如梅梅那样干硬，活像两声单调的敲击声。

我的眼睛一路追逐着跳动的小球，关于印第安人的想象就此消磨殆尽。荷官扯着嗓子公布中奖的数字，就像在数天上的星星。

"啊——继续！"

她——当你只说她，或者他，而不提姓名的时候，这就意味着你开始爱上她了——面带嘲讽地微笑着，大概是看不上我那条肥大难看的蓝裤子吧。我第一次留意到自己的穿着，这才明白过来自己有多么不修边幅。我的汗衫脱了色，红白条纹间晕上了一片粉红。为了让自己看上去更像个水手，我把橙黄色的腰带勒进了身体里。蓝色的棉布裤子被海水打湿了，沾满了沙子，现在已经干了。裤脚挽到膝盖，露出脚下破烂不堪的鞋子。这双鞋是在波哥大买的，白色羊羔皮质地，黄色鞋尖。这身打扮真是太可怕了：灰头土脸，蓬头垢面，还穿着蓝裤子和双色鞋。如果她嘲笑我的衣着，那是应该的！但我又能怎么办？她是喜欢我衣冠楚楚，一身香水味儿，穿"棕榈滩"料子做成的衣服？还是喜欢我赤身裸体，只挂一块印第安人的兜裆布？也许吧……我的皮肤也不白，倒是不介意在命根子上系条白布，把双腿一直拉伸到腰间。

我想喝酒。想用白朗姆酒、烧酒或者杜松子酒来维系住心中奇异的喜悦，使它固若金汤，天长地久，不离不弃。要是有个朋友就好了！但孤身只影的我，一个朋友也没有。周围所有的眼睛和嘴巴，都陌生又讨厌。甚至双手，永远甜蜜的双手，此时放在钞票和纸牌上，也变成了长长的利爪。如果迪克在这里……他倒是我的朋友……船长是好人，也喜欢我，但不是我的朋友。一个企图阻止我去瓜希拉的人，怎么可能成为我的朋友呢？

太意外了！迪克竟然在那里……带着孩子般的目光看着周围的风起浪涌。他表面上正盯着那个转动的小木球，实际上却一味地陷在自己的沉思里。要是能引诱他喝几杯就好了……这可不是件容易事……一股恶趣味如同铁腕在推着我向他走去，我隐隐感到害怕，怕他不再喜欢我了。他好像做了什么错事，也许正因如此，当我想起他时，并没有料到能这么快就见到他。

"迪克老兄，出什么事了？"

"没事。你干什么了？为什么没回船上住？船长不高兴了……"

我一时语塞，重新对船长充满了好感。当我全心全意地想念着梅梅，痴迷于一个印第安姑娘的时候，他们也在惦念着我，没有忘记我！我真想拥抱迪克，可这样做未免太可笑，也不会打动他。就算埃及艳后的吻也不会打动他的。于是我用颤抖的声音道歉说：

"我在这里碰到个熟人，住到他家里去了。"

他怀疑。他当然怀疑。他看出来我在说谎，回答道：

"啊，一个熟人？是谁？梅梅的兄弟吗？"

"梅梅的兄弟！我不知道她还有兄弟！我以为她没有亲人……是我在波哥大的朋友。"——我绞尽脑汁想要编出个姓氏和名字来，"一个小伙子，叫胡安……胡安……罗德里格斯……"

迪克又笑起来。我的踟蹰更坐实了他的怀疑。我想请他去小宝拉的店里喝上几杯（我最近听人提起过这个姑娘），此时开口最合适，但我刚说了谎……我想喝口朗姆酒，杯中尽是镜子的光芒和玻璃的孤独。跟迪克在一起是不能喝酒的，换作船长，倒是什么时候都可以对酌，他渴望美酒，总是张着嘴。不过我还是开口了：

"迪克，如果你不介意的话，能陪我喝杯朗姆酒吗？"

"我？朗姆酒……"他迸发出一阵大笑，笑声纯净如雪亮的尖刀，就是温彻斯特猎刀那种看了叫人想自杀的刀。

我趁着他的笑容还未消失，赶紧忙不迭地换词：

"那就杜松子酒……杜松子酒……"

"不，什么酒都不行，我从不喝酒。"

"就喝一口还不行吗……没什么的。"

"我可以陪你，但我不喝，我看着你喝。"

我们出发了。我暗地里想，他看到我喝得那么痛快，一定会忍不住跟我一醉方休的。

小宝拉身材矮小，丰腴圆润。我也不知道为什么，就觉得她的身体会跟脚板一样敏感。她的双眸在眼眶中滴溜乱转，又突然惊讶地停下，动也不动。我们都小看了她的生意，那不是寻常酒馆，而是一间井井有条的酒吧，还兼做食品店，码着大堆绿色的沙丁鱼盒子和红色的鲑鱼罐头。一切都条理分明，对称齐整。就算在这里喝醉了，也会醉得自成方圆，就像那些沙丁鱼盒子一样，规规矩矩地走出门去。桂格麦片的圆筒包装赋予了店面一种不知不觉转动着的印象。桌子上摆着进店必点的木薯饼，两盏干净的小酒杯就如同两棵玻璃小树立在一片沙漠上。我发现，尽管迪克信誓旦旦，但他说的全是谎话！他才不讨厌小宝拉呢。我决定好好观察一番，于是要了两杯杜松子酒，称心如意地喝了一大口，心中却涌出无限孤独。

另一杯酒放在桌子上没人动。杯中盛着杜松子酒，也盛着气泡。迪克双眼迷茫，无意识地拿起杯子，无意识地透过它看着小宝拉。她丰盈圆润的体形透过玻璃和酒液，变得干瘦又纤细。迪克看了好久，然后像吞沙子一样，满怀厌恶地啜了一小口。

我们一个劲儿地喝着杜松子酒，直到第九杯下肚，船长来了。真可怕！他把胡子全剃光了，那张脸已经不像是他自己的，倒像是从别人那里借来的。他看上去就像一个死人，光洁的皮肤上插着刀，痛苦中投射下蓝色的阴影。我盯着他，目光如同投枪，越看越觉得不舒服。我的滑稽和任性一定冒犯了他，他比我醉得还要厉害一点。

"小伙子们好！"他嚷嚷着，"在喝酒呀！喝酒！不过迪克，你这个虚伪的家伙……是你劝他不要跟我走的……"

迪克眼中冒火，双手愤怒地绞在一起，如同涂了沥青的缆绳。

"这关你什么事，你这屎一样的船长。"

我以为他俩会要死要活地打一架，但什么都没有发生。船长虽然怒气冲天，还是不作声了。一切都平静下来，我挖空心思地想弄明白到底发生了什么，大家继续喝酒，别无他事。

在麻袋布做的屏风上，贴着一张波哥大学生女王的肖像。

四栏标题犹如王冠，置于一张照片之上：《埃莱娜·奥斯皮纳·巴斯克斯当选为波哥大学生女王》。

甜美的眼睛，甜美的嘴唇，微笑的面庞。柔软的发丝，柔软的皮肤，柔软的衣裳。柔软与微笑。这就是埃莱娜的女人味！我从未庆祝过学生节日，但是，当令人惊叹的生活就在眼前，谁还去惦记什么节日！

"船长，咱们什么时候出发？"我开口问道，身体好像被浪涌推搡着，晃得厉害。

"去哪儿？瓜希拉吗？天亮就走……"

心花怒放中，我开始憧憬启航当晚的模样。我将放弃文明的生活。它飘摇在分崩离析的喧嚣中，浸染了唇膏的柔美和鸡尾酒的苦涩。它属于飞机轮船，属于爵士乐和汽车，属于袒胸露乳的女人——来自波哥大的女人，她们身上的某些地方带着海岸的温度。如梦如幻的生活，弥漫着螺旋上升的思想和棱角分明的烟雾，洋溢着多愁善感的碎片和浪漫的精细镶嵌。还有蹩脚的诗人，以及凭借丰富的想象力在书房中构建起一个完全属于自己的世界的文人们。这生活中充斥着语法、修辞和句法，活跃着小职员、工程师、旅行家、舞蹈演员、老鸨、商人、修女、司机、纵火犯。无论如何，这生活都是可爱的。自杀的女人，炫目的车辆，酒精和海洛因。吻技一流的姑娘和男女同性恋。亡命天涯的人，被土匪打劫的噩梦。胆大包天的人，把灵魂拴在刀刃上。轻佻的缝纫女工，娇媚的资产阶级小姐，恶贯满盈的贵族。这生活看得见也听得见，被喜爱，被触摸，被细嗅，被阅读。电影般的生活，争分夺秒，风驰电掣，迅忽如一缕思绪，一阵悔恨。一切都在脑海里慢慢混杂。在杜松子酒的作用下，我的脑中一团乱麻，不知缘由：谋财害命，通奸，议会，韦尼泽洛斯，迪斯雷利，德国皇帝，列宁，堂马克·菲德尔·苏亚雷斯——为什么我们从不叫他马克·菲德尔·苏亚雷斯，偏偏要在前面加个堂字？——缆绳，舞蹈，小船，耳光，撕咬。巴黎，波哥大……波哥大……瓜希拉，瓜希拉……

　　醉意在身边翩翩起舞，旋转，癫狂，混乱，锋利，迷茫，厚重……印第安姑娘……梅梅的爱情……小宝拉，八宝色……波利迪卡 ①……波利尼西亚……波瓦莱达……

① 即政治（política）。最后一个波瓦莱达（polvareda），意为"尘土"。从小宝拉（Polita）之后的一串词均以 P 打头，属于无字面意义的文字游戏。为了译出音调一致的感觉，特将此二词用了音译。

7.

瓜希拉！阳光、干涸、亲吻、死亡和神秘之地。

我躺在自己的寝舱里。我怎么会在这儿？为什么会在这儿？船已经开了。风从舱门吹进来，清新，咸腥，洁白，就跟块炸鱼似的。我不是在做梦吧？不。我在海上，在前进……天色已晚，扑面而来的空气中带着星星般的白色颗粒。星辰也随我们一路航行，挥洒着来自另一个世纪的久违的光芒……他们问都没问就把我带上船来，可真是匪夷所思。我大概是被小艇送上来的，像个死人那样，酩酊大醉地倒在潮湿的船板下面。船长一定笑了，迪克也醉得嘟嘟囔囔的。他们不让我见梅梅，也不让我见那个名字悦耳、脚环铮琮的印第安姑娘。我想抗议，但向谁抗议呢？我得说服自己，昨夜已经抛弃了文明的生活。我想见瓜希拉的海岸。多少次，我怀着甜蜜的希望对它魂牵梦绕，可现在连起床都成了天大的困难。我的腿像灌了铅，又如绉绸那样虚浮绵软。

我终于来到了甲板上。微风纤细纯净，海岸看不分明，只能隐约辨出一个遥远的轮廓，就好像天穹裂开了一道缝隙。船长一言不发地掌着舵，可恶的、剃得光溜溜的脸上挂着微笑。我什么都不想问，为什么要把我孩子般的无用的愤怒送给他当笑料呢？还是找迪克问问发生了什么吧。也许我干了傻事……比如杀了人，正和他一起逃跑，要到瓜希拉找个见不得人的地方逍遥法外。这故事太美了，不像是真的。不，什么都没有发生。我醉得像个车夫，说尽了胡话和蠢话，像个寻隙滋事的老手一样威胁别人。我讥讽一切，嘲笑旁人，虽然最该被嘲笑的那个人是自己……我试图让自己相信，我什么罪都没犯，但根本没有用。我在空虚的醉意中寻找安慰，深陷在做了恶的恐惧中不能自拔，对一种未知的、奇怪的东西感到莫名惊恐。浑身燥热，汗流浃背。灼热的汗水令人慵懒地想起生活，而冷汗则意味着恐惧和迷惘。我憧憬着即将到来的黎明，希望借此找回失去的欢乐。只要再航行六个小时，天就亮了。瓜希拉！在那片土地上，有烈火燎原的干涸，有激荡澎湃的亲吻，有酷热难耐的炎日，有朦胧隐晦的神秘，有可能遭遇的死亡。瓜希拉，属于太阳、盐、印第安姑娘和烈酒的地方……明天就能见到印第安姑娘了，多多益善的印第安姑娘！还有浑身挂满箭镞和羽毛的印第安男人……瓜希拉，瓜希拉，生长在那里的印第安人、黑人和白人，构成了种族的三色旗！身为梅斯蒂索①和穆拉托人的混血儿，那也是我的旗帜！还有我在陌生的土地上无法修建的茅屋。明天就能看到陆地了。开放、广袤、宽阔、辽远的陆地，恰如大海，只是没有海的柔软。它坚硬、痛苦、沸腾而又危险，任由花草树木、飞禽走兽繁衍生息，任由桀骜的烈马纵情驰骋——它们竖着不安分的耳朵，闪着灵动的黑眼珠。那里盛产珍珠、海盐、阳光和杜松子酒。在此之间，就如同黑夜踏过长长的阴影，崭新的生活正踏过我旧日的生活向前进……风帆满胀如孕妇的肚子。心满意足的桅杆吱呀作响。清新的海风吹起，风中没有歌声也没有泥土的芬芳。明天清

---

① 梅斯蒂索，白人和印第安人的混血儿。

晨，我们就将到达瓜希拉——亲吻之地，梦想之地，神秘之地。

我蜷缩在甲板上，摆出一副自卫的姿态，聚集起所有关于到岸的希望和欢愉——它们穿过我心猿意马的身体，散落在眼中和脑海中。我头疼得厉害，就好像努力集中的精力都凝成了一道痛苦的水流。难道正是由于这个原因，我才会觉得自己此刻什么都没想？

船长一直在舵旁，我坐在甲板上，我们都没说话，彼此无意识的沉默交汇在灿烂的星河下。一阵陌生的喧嚣传来，微乎其微，仿佛还没传到耳边就销声匿迹了。只有我们俩醒着，其他人都在酣睡，美梦会使这趟旅程变得轻松。我想到梅梅，当她在船上的时候，我总有一种绰绰有余的感觉，一切都自然而然地富饶充足。而现在，我感到一切都在变小，包裹在事物外面的线条缩小了。为什么会这么孤独？那两个年轻的姑娘，一个黝黑一个金发，又一次把她们小小的头颅探出记忆的窗口。她们的面庞迷茫，模糊，遥远……迷失？

千百遍地，我的想象又回到了那个遥远寒冷的城市，在它的街道上游走。我的影子又一次贴到了宅院的墙壁上。一切都寂寥，废弃，荒芜。中央大街上人迹罕至，只有零星的醉汉在叫嚷，还有妓女在拉客。这是凌晨三点的街道，明亮而寒冷。所有大门都转身关闭了。它们对外面的生活置之不理，只关心门内的世界，在那个世界里，有喘息和拥抱，有汗水和梦想，有迟来的守夜和难耐的失眠，有肮脏的罪恶和分娩的血污……塔顶的避雷针交织成厚重的祈祷；夜晚是一张宽绰的大网，任由叹息来往穿梭。冻僵的海风在浮子上沉睡，喝醉的汽车挑衅着速度和距离，衣衫褴褛的流浪儿在俱乐部的大门下过夜。一股潮湿的气息从城市中升腾，混杂着笑声、喊叫、亲吻、嘻嘘、抱怨和音乐，向着山岭，向着玻利瓦尔大道，向着饥寒交迫、白刃相向的茅舍升腾。而上帝依然装聋作哑，视若无睹而又无所不能……！

此时我想起了那个被自己怀着柔情丢弃了的城市。那个充斥着妓女和小偷、母亲和下等人的城市。那里有我的一切，有我渴望已久但无法得到的一切。那里有一双红唇在等待着我的爱情。也许某一双玉手上还握着属于我的甜蜜和慰藉，那种带着渴望的慰藉，在一所满是鲜花和鸟窝的静谧宅院中，在每一个阳光灿烂的角落里焦灼地寻觅着我的身影。尽管羞耻和幼稚，但两颗脆弱温柔的泪滴还是涌出了我的眼眶，将这充盈于整个身心的温柔的悲哀推向无边的暗夜。

我，良久以来急不可耐，恨不得用坚硬强悍的牙齿啃噬着这片土地的我，此刻却为了那个满怀着憎恨离开的城市流泪了。我曾筑起雕塑、风景和海浪，又将其摧毁；我曾建起没有沙子的蓝色海滩，安静柔软，宛如指掌……我曾心血来潮地向往着印第安姑娘、旅伴、目光、微笑和冒险，向往代表未知生活的一切事物。而如今，当我不再肩负那痛苦妥协的负担，却是如此孤独迷茫。所有，所有，所有东西都一去不回了啊……！

天亮了，疲惫的脑海中，闪过格雷戈里奥[①]的诗句：

灰色的黎明，水手们握着鱼叉起航，向着东方……

海边的黎明呈现出昏沉呆板的灰色。太阳没有出来，但仿佛

---

① 指格雷戈里奥·卡斯塔涅达·阿拉贡（1884—1960），哥伦比亚诗人、外交官，有"海洋诗人"的美誉。

有另一个特别的、铝制的灰太阳，把海水、陆地和天空都染得灰蒙蒙的。清晨的海浪在慵懒地低吟，那是晨起时打着呵欠从酣梦中醒来、离开温暖被窝时的慵懒。我们慢慢靠岸，海岸与天空界限分明，它竖起坚固的栅栏，抵挡着羽毛状云朵的侵袭。太阳在云朵的边缘探出头来，海面上飞快地掠过它投下的第一缕黄光。没错，太阳发着黄光，不是金光，是蛋黄色的黄光，就像雨果的诗句一样甜腻。而那刺目的、带着咸味的太阳，就像波德莱尔在《西苔岛之旅》中看到的，既辉煌又恐怖，既漆黑又殷红，既腐烂又可口。而今我坐在船上，也如诗中这般旅行：

　　仿佛一个天使，沉醉在灿烂的阳光中 ①。

　　也许所有的太阳都照耀过十九世纪纯粹的思想。但这轮曾被大胆地比作金币的太阳，如今却是那么不合时宜。二十世纪的太阳必须具备螺旋桨的速度或者轮箍的热度，这样才能适应机器时代的面貌。还像约书亚时代那么温顺是行不通的。

　　船长大叫起来。哪怕他正沉浸在忧伤中，此时的叫喊也是那么欢快响亮，因为我们到岸了。水手们带着惺忪的睡意，从寝舱和船头下来……

　　"好的，小伙子们！抛锚！"

　　"放下三角帆……！"

　　我们停泊的飞鸟岛是瓜希拉北部的第一个港口。小船抛了锚，猛地停住，就如同一位十九世纪的女郎被人踩到了长裙的尾

----

① 原文为法语。

端。也许小船还想继续在仙人掌间行驶——那是瓜希拉绿色植物的海洋——不知何处才是终点。我倒是真想看看它的牙樯如何像女人圆润的手指般破开一道道沙丘。但是它被铁锚拴住了，动弹不得，活像一艘小纸船停在带刺的龙舌兰上。

没有码头，没有船，没有港口。只有一道曲折的小路和处女地一般的海滩，我不由得虔诚地跪下身去。海滩上看不见水泥和吊车，听不见叫嚷声，只有龙舌兰、仙人掌和近前生长的号角树。远处不见房舍，只望得见一块锌制屋顶，锌板把天空都划成了一块一块的。我猜这些锌板是在美国或英国的工厂里制造好再空运过来的。也不知道为什么，只要见到锌板，我就会想起英国的工厂来。

飞鸟岛的居民们悉数出动，欢迎我们的到来。他们一共十三人，沐浴着海水和微风，一派兴高采烈的模样。据说这些人的血管里流的不是血，而是绿色的风，那是东北方的颜色。十三个人中包括五个白人、三个印第安人、三个梅斯蒂索人和两个黑人。

五个白人分别是：

来自波哥大的奥古斯都。浓密的络腮胡子把脸都染黑了，就好像鳏夫似的。有一双慷慨的大手，总是抿嘴微笑，非常和善。

来自卡塔赫纳的曼努埃尔，皮肤极白，白得像盐，白中带着砂纸一样的粗糙颗粒。也许是个很善良的人，总是微笑着。年纪不大，留着波浪状的头发，带着不易察觉的精明和敏锐的直觉。

罗德里戈老头儿至少十五天都没刮过胡子了，大概是没有吉列刀片吧。我会把自己的刀片分一片给他的。他打着赤脚，一脸苦相，眉毛乱糟糟的。

奥古斯都的女儿小伊内斯，三岁两个月零五天大。光着身子，令人感到很陌生。再没有别的了。

罗莎，肤色偏黝黑的波哥大姑娘，穿着棉布罩衫和裙子，跟奥古斯都很不对付。她深受印第安姑娘们嫉妒，双手总是放在臀上，水性杨花。

三个印第安女人：

阿娜斯卡，丰满，丰满，还是丰满。脑子不太灵光。刺球果色的肌肉。嘴，嘴，嘴。她是曼努埃尔的老婆，我只能说到这儿了。

因瓜，谁也不知道她吃过多少袋玉米了，不过一点都看不出来她的年龄。没有白发，没有皱纹，土色的肉体上甚至没有一点松弛的痕迹。她与丈夫在外貌上天差地别，丈夫对她妒火中烧，因为与外表相比，她实在是长寿得过了头。为人非常善良。

潘开，八岁半的单身小姑娘。阿娜斯卡的妹妹。浑身上下只在腰部系了一块白色的兜裆布。乳房像纽扣一样。我为什么还要继续说下去？

两个黑人：

罗格，非常迷人的小伙子，嘴里总在吞云吐雾。暗恋阿娜斯卡。

巴勃罗，浑身肌肉块块分明，嵌在皮肤上如同用纤细无缝的锁链捆扎起来似的，若非如此，他的身体一定会爆炸，任血肉肆意横飞。他可真是个好人！一见到我就上前拥抱，就好像我是个六个月的小婴儿一样。

三个梅斯蒂索人：

分别是一岁、五岁、九岁大的尼帕、罗伯特和达涅尔。他们都是因瓜的孩子。罗德里戈有可能是他们的父亲。

巴勃罗出乎意料的拥抱令我心中无限感激，它就像一道锁链，锁住了我和这片土地。虽然它饱含心酸，我还是满怀谢意。

这是一个孤独的拥抱，我与巴勃罗是两个孤独的个体。一个是强壮结实又温柔的黑人，另一个是腼腆幼稚、半通文墨、深色皮肤的混血儿。

巴勃罗邀我去他家中吃饭，吊床与香烟就是他的生活伴侣。他不抽烟斗，真是可惜。于是我顺手就把自己的烟斗送给了他——罗勒早已经把它开好，物归原主了。

奥古斯都长久地向我打听波哥大的消息，那是我们共同的故乡。太久都没有波哥大人到瓜希拉来了。没人写信给他，也没人寄报纸过来。他想知道一切，想让我全说出来。

"真的？您真是波哥大人？"

"是的，先生……"

"您是哪一家的？"

"……"

"啊！您是我一个表弟的表弟，他是个警察……"

我对亲戚关系兴趣索然，在这么远的地方认远亲可不是什么好事。

"也许吧……我不认识他……"

"好吧。奥斯皮纳将军怎样了？他是进步党，对吧？"

"嗯，我看他还不错……因为他已经是总统了。我也不知道他是不是进步党。据说……"

"看来，您对波哥大什么都不知道？"

"不，不知道。"

"什么都不知道！真是难以置信。您是从巴兰基亚来的吗？"

"不，先生。是从卡塔赫纳来的。"

"啊！这里确实很久才能收到信。至少波哥大还有人给您写信。而我，早就被他们忘了。"他的眼睛里闪过一丝甜美的忧伤，"没人记得我。他们只会在想要贝壳和珍珠的时候，才想起瓜希拉还有个亲人……就好像珍珠在海滩上就能捡到似的。你记着我的话，将来就知道此言不虚了。从我十四年前来这里，直到现在，总共只收到过三封信。最后一封是两年前寄来的，所有信都是来要贝壳和珍珠的。那些人已经不再写信，我也就没有任何波哥大的消息了，也没人需要我了……所以，为了不那么孤独悲伤，为了不再觉得自己是个被遗忘的人，我娶了这个女人。有一天，罗莎去了里奥阿恰，我就跟她结婚了。我们一直住在这里，我再也没回过里奥阿恰，也不准备回……！她很喜欢这片土地，但也是个醋坛子！"罗莎笑起来，露出小篦子一样对称的牙齿，"对我而言，现在什么都不重要了。我和我妻子一起生活，想起波哥大的时候，也会有一点点伤感，但我再也不会回去了。那里的一切与我有什么关系？这里才是我的终老之地。"

他沉默了，太阳爬上头顶，我们被灿烂的光芒包围了，但这老人伤心的故事却落到了白日深处。这就像一个即将发生在我身上的预言。我将被人遗忘！请将我遗忘！我望着阿娜斯卡。这有什么要紧！奥古斯都拙劣地掩饰着浓密胡须下涌动的深情，看得我莫名难过。他还在爱着那座城市，还没有向大海、印第安女人和黄沙奉献出自己的全部。正相反，他犯了一个极大的错误，他在瓜希拉娶了一个同乡的白种女人，只为了每时每刻在她的嘴唇和眼睛里看到对故土的回忆，闻到来自波哥大的芳香，而女性的肉体使这回忆和芳香历久弥坚。

"我们去喝点咖啡吧！"

船长答应了。所有人——我站在罗格后面，巴勃罗身边——

都起身告辞，一头扎进了仙人掌的荆棘之中。

巴勃罗跟我说着话：

"告诉我，你一个波哥大人，为什么要来瓜希拉，在这里什么都做不了，只能被那些印第安女人毁了……她们太坏了，就知道给白人和黑人灌迷魂汤。那汤药是从动物和草药身上提炼的。你再也不会回波哥大了。当心那个叫奥古斯都的白人。他把你的魂儿都勾走了。我也不知道是怎么回事……但是自从五年前我来到这里，就再没回过加莱拉。我是加莱拉人，认识你那个医生叔叔。我没回去见家里的黑人老婆，但在这里的日子还是挺滋润的……真他妈的……！我睡觉，吃饭，抽烟，钓鱼……这就是生活……你是要留在这儿，还是去马瑙雷……？你可以在这儿待一阵子，待到鱼群过来，住我家就好，清晨四点，我们出去钓鱼……早饭是九点钟，我们做刚打上来的鲜鱼，再喝点咖啡，然后睡一会儿。我还有张很漂亮的吊床，不过如果你喜欢，也可以用我的。你叫什么名字？我是巴勃罗·希梅内[1]。有事随时找我……！"

巴勃罗这一番话，絮絮叨叨，颠三倒四。但其中蕴含着兴趣，亲昵，还有急于了解我生活的愿望，却令人感到特别亲切。但是他说得太急了，根本没有给我留出回答问题的时间。为了满足他粗野的好奇心，我倒是非常愿意一一作答的。他对我的好感是一种保护的力量。

奥古斯都的家——更确切地说，是茅屋——收拾得还算整

---

[1] 巴勃罗这番话有严重的吞音现象，包括把他的姓氏"希梅内斯"说成"希梅内"。

洁。小客厅里挂满了油画风格的版画和旧年鉴。几把摆放凌乱的椅子和一张吊床把整个屋子分割成两个三角形。房间的一角，封·提尔皮茨①元帅带着嘲笑的神情望着瓜希拉，海水从他的大胡子里流出来。四只猎犬在追逐一只野兔，看上去很想跃出画框，吞掉某位向拿破仑屈膝称臣的罗马君王。在同一幅画中，几位夫人正在赏玩着鲜花和花环。画得真美，特别逼真！

罗莎给大家端来了咖啡，那味道就像深黑的液体烟雾。我喝着咖啡，恰巧听到蹲在地上的阿娜斯卡和因瓜在用当地的土语交谈。瓜希拉的语言真好听。她们在谈论我，一边不怀好意地笑着，一边把金珠项链缠在手指上。她们也可能在谈论船长或者迪克，后者没有下船，这可怜虫，他现在一定孤零零的，要么就是在跟厨师侃大山。

罗莎把她们的谈话翻译给我听。两人红了脸，边笑边将面庞埋进斗篷里。因瓜说，岛上来了很多西班牙人，我们这些婊子养的一定会把印第安人都杀光。阿娜斯卡则站在我们这边，坚信我们是好人。曼努埃尔可真走运！

船长知道我将留在这里，永远与他分别，掩饰不住内心的气恼。他这么冥顽不化，鬼知道会说些什么。巴勃罗看我的眼神有点奇怪，可能是船长跟他说了我的坏话。都是谎言！谎言！胡说八道！我就是要留下，那又能怎样？如果不愿丢下我，那你也和我一起留下呗！……

突然间，大家都不说话了。冷场之际，只听见肚子在不合时宜地咕咕叫。我细细端详着眼前一张张直到今天还很陌生的面

---

① 封·提尔皮茨（1849—1930），德国海军元帅。

庞，没有一张脸令我觉得讨厌。我一定会和他们愉快相处的！

罗莎递给我一块烤熟的香蕉。味道香甜，色泽焦红，就好像古老的木头一样。

阿娜斯卡还在和因瓜交谈，我听不懂那音乐般的语言。罗德里戈徒劳地寻找着他的烟斗。大家都不作声。奥古斯都静静地躺下，气氛更加凝重了。他带着微笑，心不在焉地把两个指头伸进吊床的孔隙里。巴勃罗不敢出声，冲我做了个手势。我走到他身边，他压低声音说道：

"咱们去吃午饭吧。"

"好吧，咱们走……但得叫上曼努埃尔和阿娜斯卡。"

我的声音如同一块石头，打破了沉默的玻璃。大家意外地你看看我，我看看你，都笑了起来。

"为什么要叫上曼努埃和阿娜卡①？"巴勃罗牙关紧咬，一副不高兴的样子。

"不，不为什么……"

"来吧，曼努埃！"他喊起来，"和你女人一起来我家吃饭吧。我那里有米饭，还有一条上好的石斑鱼……"

我们告别了众人，向巴勃罗家走去。一路上，荆棘闪着光，映衬着远方绿色的仙人掌。大海近在咫尺，涛声回荡在耳旁。新的生活，冒险，爱情，死亡……就在此时此刻？

一片单调的白色石灰中，十四只巨大的鲣鸟齐齐展翼，直上云霄。

_____

① 巴勃罗说话有严重的吞音现象，所以将"曼努埃尔"和"阿娜斯卡"的名字叫成了"曼努埃"和"阿娜卡"。

8.

土著夫妻。洒向大海的第一滴血。

瓜希拉所有的道路两侧都生长着各种仙人掌。路是沙子铺成的，布满了贝壳和荆棘。其中一条路通往巴勃罗家。和瓜希拉所有人家一样，巴勃罗的茅屋也是用干枯的仙人掌建成的。这种仙人掌枯木呈灰色。在这片满眼都是鲜红、湛蓝、翠绿和金黄的土地上，灰色是从来看不见的，所以分外奇特。茅屋很小，只是由四面墙壁围成了一块巴掌大的正方形，里面被划分成餐厅、客厅和卧室。厨房则设在屋外，三块大石头搭起了一处简易的灶台。

我们坐下来。石斑鱼还没烧好，米饭正在文火上热着。崭新的吊床无精打采，闷闷不乐地挂在那里。我发现，只要阿娜斯卡一走近，巴勃罗就收敛了笑容，变得紧张起来，而她却浑然不觉。椅子是一个镶皮的大衣箱，还有三个翻车鱼牌汽油箱。木板上摆着六个上了磁漆的马口铁盘子、一个汤碗和一把大刀。墙角横着一支温彻斯特卡宾枪，干净铮亮，非常好看。

那一天会永远留在我的记忆深处。曼努埃尔和我说了很多话，但彼此都是初见，羞涩腼腆，含糊其词。这种期期艾艾的态度关乎礼数，而信任则是放下礼数。不知为何，瓜希拉的每一个人都在借各种时机向我描述自己的生活，他们对亲密无间的关系有一种特别的渴求。他们倾诉着，自己如何来到这里，待了多久，还有其他事情。至于那些早被遗忘的地方，他们也总想把什么事情都打听得明明白白。了解，询问，探究。他们的脸上和眼中燃烧着沮丧和希望的火苗。他们渴望去别处生活，却又无能为力，被一种陌生和可怕的东西牢牢地束缚在脚下的土地上而不得自由。这就是发生在这里的事情。与其他地方的人一样，他们忍受着痛苦，也享受着欢乐。但是，有某种东西令欢乐夹杂了心酸，令痛苦更加深重。那是对冥冥中一切早已注定的深信不疑。对他们而言，不管有多少力量、智慧和决心，也抵不过命运的反复无常。那双掌控万物的翻云覆雨手，终将扼住我们的咽喉，就像内心熊熊燃烧的火焰，把一切化作鲜血和灰烬。仙人掌、盐矿、争吵、罪行，所有这一切，在漆黑中，在温暾的昏暗中，在光明中，就如奥德修斯旅途中的莲花园那样散发着魔力，令人鬼迷心窍，目眩神摇①。

不知为何，一件艰难、恐怖、痛苦万分的事情，无端地发生了。直到那时我才意识到，这村落里每一个居民的脸上都带着一种对等待的可怕淡定，渺茫而又持久。但是曼努埃尔却不一样，他总是摆出一副无可救药的焦虑表情。

阿娜斯卡在门外做饭，身上几乎不着寸缕。半裸的胴体离火苗和饭食那么近，令我惊奇万分。她赤条条的肉体不也是一道火焰，一顿豪华的美餐吗？她的胳膊修长细腻又圆润，桃花心木的

---

① 根据《荷马史诗》记载，特洛伊战争后，奥德修斯的船只在返回途中停靠一岛，两个手下因好奇误吃了那里的莲花果实，中了魔法，忘却家园，被船友捆绑强制带上船走。

肌肤映衬着闪着精致光泽的金项链，呈现出一种温和的反差，一种陌生的光彩。巴勃罗心慌意乱，从屋子一端走到另一端，左看看，右看看，也走出门去。

我和新朋友们谈着天，翘首以盼的午饭终于端了上来，我们坐下去，准备饱餐一顿。曼努埃尔出门去打水——盛水的大瓮放在屋外用干仙人掌搭起的棚子下面。正在这时，传来一声惨叫，还伴随着渐渐远去的马蹄声。巴勃罗拎起卡宾枪冲出门，我跟在他后面。曼努埃尔躺在沙地上，背部带着一道刀伤。远远地，只能望见向着海滩疾驰的马，马背上的人影几乎看不见了。巴勃罗瞅了曼努埃尔一眼，撒腿狂追，我赶紧跟上他。一连三发子弹在眼前呼啸而过。第一发子弹打中了马，它就像突然被一股恐怖的力量攥住，立刻跪倒在地上。这时我才看清，马上的骑手是个印第安人。身材高大，受惊地睁大了嘴巴，露出闪亮的牙齿。他朝我们转过身来，迅速摘弓搭箭，正当他弯着手臂要射出去的时候，一颗子弹穿透了前额。他身躯一震，做了个赶蚊子的姿势，浑身的肌肉像子弹一样紧绷僵硬。双臂张开，仿佛要拥抱自己转瞬即逝的生命，紧接着整个身体可怕地弹起来，睁大的双眼中充满了太阳的光辉。他从伤马上摔下来，倒在一旁。骏马温柔地注视着他，看他渐渐断气……海水打湿了他的头发。我们走上前去，伤口上流着血，将他的眼睛染成了红色。巴勃罗也红了眼，深邃明亮的眸子里燃烧着愤怒的火焰。从头到尾，谁也没说话。大家相顾无言，都被吓呆了。我是那么虚弱。巴勃罗刚刚杀了一个人。我从他的脸上看到了最纯洁的同情，还有随时随地在绝望中自卫的坚定。尸体已经冷了，我们抬起它，把它从海里拖上来。阳光是如此灿烂，尸体却如此冰凉！死者的脸上混着海水和血水，强壮的四肢已经僵硬，稀少的汗毛倒竖着。巴勃罗抬着他的双脚，突然放下尸体朝村里跑去。我不明就里，朝尸体看了一眼——他的脸上带着笑，依然鲜活的嘴巴呼出最后一口气——也跟着巴勃罗往回跑。我感到有子弹在身后追着我飞，尖刀在空气中挥动。死去的印第安人孤零零地躺在那里，冷漠的太阳在他身上玩耍，投下深紫色的阴影。金龟子在他右手上爬着，那只手依然残留着拉弓挂箭时的怒气。一滴血顺着他的脸颊滴进黄沙里，紧接着又有一滴，慢慢地滴下来。干涸炽热的黄沙吸收了血水，红中带绿，洒满阳光。我跑到巴勃罗的茅屋，唯恐每一分每一秒都被拉长。全村人都在那里集合了，我望着他们，感觉一切都是那么陌生，遥远，远得可怕，却又近在眼前。我感觉那个印第安人已经死去好久，方才的一切只不过是我生命最初的回忆。他的尸体和我童年见到的第一个死人融合在一起，两具尸身都面目模糊。所有的东西都是那么久远，远得如同前世的记忆。

曼努埃尔被俯身平放在一张席子上。一名面色青黄、满脸皱纹的陌生老太太将湿漉漉的草药膏涂抹在他的伤口上。七嘴八舌的交谈声盘旋在我充满了恐惧的心头，我更害怕了。

"现在，那些印第安人会过来把我们都杀光。"罗莎边说边往奥古斯都身边蹭，后者的眼中一片迷茫。

"这是要赔钱的，如果不……"她战战兢兢地小声说道。

赔钱？赔什么钱？巴勃罗站在伤者身边，面色苍白，浑身颤抖，双手依然紧握着卡宾枪：

"赔钱？去他妈的赔钱！是那个印第安小子先要杀我的……"

大家面面相觑，好像在责备巴勃罗的口不择言。阿娜斯卡的眼中闪动着悲伤，她蹲在地上望着曼努埃尔，目光无限温柔。那是一种悲伤迷茫的温柔，对什么都不确定。温柔里充满了可怕的预感，就好像从他身边嗅到了死亡的气息。

大家都走了，只有巴勃罗和阿娜斯卡留了下来。我们坐在温热的地上相顾无言。此时此刻，我多么希望能对眼前这位语言不通的女人说点什么，说点甜蜜的事情，或者安慰的话语。

夜幕降临了，光润清朗的夜。晚风将星辰擦拭得亮闪闪的，一切声响听上去都更加洪亮了。天气热得很温柔，就像近在咫尺的呼吸里夹杂着一丝凉风。潮水上涌，那个印第安人的尸体依然躺在沙滩上。星空下，他的眼睛会是什么样子？那一定是布满了温热的黑影，一动不动的瞳仁里，有星星在嬉戏……他紧闭的牙齿带着浑浊的、如潮湿的石灰一般的颜色。风吹起他的衣衫，披风，还有女人为他织就的腰带。那个女人现在还在等着他，在黑夜中寻觅着他的身影，寻觅着那个骑着高头大马、生龙活虎、神采奕奕的爱人。他背着浸满毒液的箭，整个早晨都在干燥坚硬的石头上磨着他的刀。随着近旁传来一声猪叫，整个村庄陷入了更加深浓的黑暗里。这畜生的哼叫带着尖厉、响亮、嘶哑的节奏，拨动了寂静的琴弦。

"你困了吗？"巴勃罗问我，"如果你愿意睡在这儿，旁边还有一张吊床。"

"不，我不困。告诉我这一切的来龙去脉？……"

"这一切的什么？……"他的声音又迷糊起来。他知道我在说什么，而我本不该问。

"关于……关于那个印第安人，还有……曼努埃尔……和……和你。"

"这他妈的跟你有什么关系？"他冲我吼着，沙哑沉重的嗓音中带着愤怒，恰如他在遭遇死亡后的沉默。我不说话，就这么过了几分钟。一只干瘦的黄狗从门口经过，疑心重重地看着我们。它走上前来，左嗅右嗅。直到那狗跑走了，巴勃罗还在出神地望着。他紧张万分地开口了，语速快得让人头晕目眩，语调里丰富细腻的感情，只有他一个人才能表达。他的话语中跳动着仇恨，怒火，爱情，甜蜜，轻蔑，如同火焰在烈烈喷发。

"你不知道，这里的人随时都会没命……如果不注意，无论印第安人、白人、黑人，不管什么人，都能操死你……一切都是这样。他，"他指着曼努埃尔说，"来这里时和你一样，什么都不知道。也和你一样，多少有点儿家底……两个月来，只要阿娜斯卡来卖牛奶……他们就钻到茅屋里干那事儿……一直干到下午……有一天，她和父亲、叔叔、兄弟们一起来了。他们让他赔钱，我也不知道为什么……这也得赔钱，那也得赔钱……也不知道赔的是什么乱七八糟的钱……！总之你手上有多少东西，就得拿出来多少，等再也拿不出来了，他们就火冒三丈，把那可怜的姑娘的羊羔抢了个精光。在这里，如果你跟印第安姑娘在一起，只要她一走，把这事说出去了，你就得赔钱……如果男的不赔，那就女的来赔。要是什么都不干，就会被杀……去他妈的……！印第安人被他们惹火了，就来找这个倒霉蛋报仇……可那些印第安娘儿们比这蠢货更无耻……就为了一点糖塔或者一罐玉米，她们对谁都劈腿……她们以为跟个文明人在一起，就能过上有钱人的日子，就能攀上高枝……这都是什么事！有钱的主儿才不会来这儿睡女人……我杀了那个印第安畜生，只因为看不下去这家伙被人暗算，不管是谁，我都看不下去……真他妈的！就算要杀人，也得像个男子汉那样面对面单挑，背后插刀算什么……我无所谓……说走就走，也没什么东西带……无牵无挂……难道还要乖乖赔给那死人一大笔钱不成？……哈哈哈……难道还能让他们把我当摇钱树……难道我就那么蠢……？哈哈哈！"

他放声大笑，就好像在笑自己。双眼通红，布满血丝，满脸都是狰狞的怒气。哈……哈……哈……哈哈哈……！那笑声仿佛依然回荡在我的耳畔。他的神色凝重下来，不再言语，面部肌肉一跳一跳的。阿娜斯卡把脸埋进双腿里。她是在哭，还是和巴勃罗一样在笑？恐惧开始在我的骨头里吱呀作响，穿过血液，浸透皮肉。我睁大眼睛想看清这一切，却又害怕再看到那张前所未见的邪恶脸庞，看到那大张着的嘴巴，还有流着口水的紧绷嘴唇……我无声无息地起身，摸到隔壁屋里，躺在吊床上辗转反侧，脑海中不停地回想着发生的一切，却理不出什么头绪。四周的一切都在吱呀作响，我觉得自己听到了抽泣、叫喊、叹息和接吻的声音。我想起了阿娜斯卡的双唇，新鲜红润，活像伊瓜拉亚果的果肉。嘴唇上那些细密纵横的纹路，就好像是亲吻留下的痕迹。阿娜斯卡，丰满，丰满，丰满的姑娘，就像一丝邪念……那么，我能买一个印第安姑娘吗？买一个只属于我的姑娘？或者，我也得挨上一刀，或者肚子上中一箭，或者……或者……额头被子弹击穿……那可怕的疼痛……但是，那是什么？一个，两个，三个，女人是能买卖的吗……？这难道不是婚姻？难道，这是一种赔偿？难道女人可以被当作在劳动中扣除的部分，也就是财产中扣除部分的赔偿？在那里，那个躺在海浪之畔的印第安人，应该对起落的潮声印象深刻吧……而当子弹如锤子般打穿头骨的那一刻，他也应该感觉到……手指不听使唤，身体陷入昏迷，就如同一阵陌生的痉挛……阿娜斯卡的裸体……它就如一条丰沛的小河流过全身，在低洼处昏暗下去，在平原上明亮起来……从头看去，一头乱发在浑圆的后颈处阻碍了水流；玻璃珠织成的腰带沉甸甸的，遮掩了曲线毕露的腰肢……这腰带大概有十磅，十五磅，二十磅……对于她脆弱的身体而言，实在太重了。哦！她的皮肤是花生色的，肘部略显暗沉，宛如一束光照进屋子里。皮肤赋予了她层次分明的色调，多种多样的神韵，令她奇怪地变换着各种颜色。一块兜裆布挂在腰间，就仿佛一团棉花从彩珠腰带的种子里萌生出来。那块布大胆地遮住了她的私处，那里是奇迹之所，欢愉之所。在它的遮蔽下，私处隐约可见的曲线更加宽阔，而那双用卡美利阿的汁液染过的大腿，更是欲盖弥彰……而她裸体的河流，又一次出现在那双纤细匀称的玉腿间，比以前流淌得更加欢畅。裸体在生长，在向着全世界勃发，流过两个一模一样的圆溜溜的膝盖，流过光泽紧致的皮肤，然后汇聚于关节，再沿着精致修长的双腿向下流，刚消失在身体隐匿退却的线条中，又在被黄玉米粉和伊瓜拉亚果滋养多年的骨骼里重现……在经历了所有的旅程之后，裸体再次遇到了障碍：一串小小的金珠，随着她的步履铮琮作响。金钏儿轻摇，和着属于自己的音乐，断断续续的节奏带着野性的躁动。裸体抓住了双脚，指向十条道路的双脚……十条通往生命的道路……十条通向她的嘴巴的道路……阿娜斯卡的双脚！如同赭色泥土的花园，生长着毛茸茸的脚掌……！它在流动而又稳固的热沙上留下脚掌深重结实的痕迹，随心所欲地延伸着荒谬的同心凹槽。那是追求爱情和休憩的双脚，是生命清晰的同义词……阿娜斯卡的脚，通向四面八方，通向一切未知的路途。

　　我睡不着。静谧的梦境没能踏着黑暗而来，落到我的眼眸上。夜色，清朗的夜色，透过木头的缝隙，透过那扇朝着大海开着的小窗渗进屋里。我能看到一小片天空上布满了寥落的星辰。新鲜的空气带着咸味，像白昼那样清澈。我能看到巴勃罗的脸，他的脸颊上挂着两行泪水，就快要风干成两道污浊细小的哭过的痕迹。也许那是两道灵魂的残渍。我往右边瞧了瞧，突然惊恐地躺下。那是什么？角落里有一处凹陷，泛着萤火一样清晰的白光。那凹处圆圆的。上帝，它究竟是什么？我不敢起床。也许是白天发生的事情产生的幻象。它太可怕了，活像一只闪着白色磷光的巨大眼睛，跟那个死去的印第安人的眼睛一模一样。我犹豫半晌，还是光着脚爬起来，脚掌被地上的碎贝壳扎得生痛。我向那处光亮走去，刚走到近旁，它就消失了。我毛骨悚然，四肢发抖，不再湿润的舌头活像一张干巴巴的纸片，只觉得眼珠都快要瞪出来了。等到回到吊床上，那闪着白色磷光的圆圈又出现了。仿佛被一根无形的弹簧推动着，我弯下腰去，手上沾满了湿漉漉、冷冰冰的泥泞。这令我思考并重新平静下来。我的恐惧是多么无足轻重，多么可笑！那只不过是一只盛水的锅，掺杂着巴勃罗钓上来的那只石斑鱼身上的血水。火柴趁着夜色，映着它如同鬼火。我回到吊床里躺下，目不转睛地盯着那个角落，现在所有事物都恢复了清晰透明的状态，一点都不神秘。可方才我却将手伸到了未知的地方，揭开了事物隐藏的面貌。狗吠声划破夜空，脆弱中带着锋芒，带着痛苦的镶边。鸡在栏里啼叫，喉咙里满是晨起的慵懒。现在是一点、两点还是三点？我搞不清楚。星光爬上木头，悬到吊床的绳索上，漫过我的身体，用丧家狗一般的舌头轻舔着。我睁大眼睛继续观察，睫毛都贴到了眉端和耳畔。此时那上面应该笼罩着一层极深厚的蓝色暗影。在这光与影不停歇的变换中，我出神地凝望着角落里的那摊水，它继续闪着鬼火般的眼睛。幻觉中，我的样子一定非常可笑——两眼发直，嘴唇半张，只能艰难地呼吸。我觉察到了阿娜斯卡的呼吸，她的呼吸和我一样清醒，那是彻夜未眠、和我一样等待着的人所特有的呼吸。可我又在等什么呢？我屏住肺里的气息，试图跟上她呼吸的节奏。试图能在生命的历程中，让相同的节奏在太阳穴、肺部和脖颈上律动，也在一切生命与世界，与空气，与世间万物最接近的地方律动。当我们触碰到生命的脆弱，也许会想到，如果体内的动脉碰裂，我们的视觉、听觉、味觉、触觉、嗅觉，我们的记忆和智慧，全都会从那道裂缝里慢慢流走。而太阳穴还在向心脏发着电报，从今往后，我们会手拉着手，沿着呼吸和脉搏的道路前行，路上的心跳都均匀如一。我们要出发了，要出发了……曼努埃尔的背后的伤口就像一朵石竹……阿娜斯卡的嗓音显得特别慌乱……奥古斯都的唇边绽放着笑容，那笑容在露天的地方也带着腐烂的味道……还有罗莎……罗莎……她的双手永远搭在臀部，就像腰疼一样。她怀孕了。罗莎总是怀孕……总是这样……就算奥古斯都死了，就算她没跟另一个男人上床，她还是照样怀孕……怀孕，怀孕……罗莎和奥古斯都……一条梯形的兜裆布……走呀……

吊床在睡梦中摇曳，使我周围的一切不至于死亡。锅里的水依然泛着鬼火般的磷光。

9.

死神之畔的彻骨孤独。回忆。

　　我睡了几个小时，做了个浅浅的梦，断断续续记不清楚。耳畔传来一阵声响，太阳出来了。一切在眼前重生，在光线的支配下展现出新的模样。被夜晚的黑暗破坏的线条恢复了原形，显得更加清晰，笃定，生机勃发。仙人掌的荆棘越发冰凉尖锐，大海的颜色越发柔和甜美，如同坏女人的眼睛一般碧莹莹的。澄澈的天空庇护着流动的空气，飘浮着大片镶着金边的白云。微风轻拂，生命赤裸而纯净。

　　尽管知道没有什么用，我还是买了一双凉鞋。旧鞋里灌满了沙子，硌得脚底生疼。我要去洗澡，走过曼努埃尔身边时，一个人都没有。伤者还在睡，浑身都在发热。他怎么会一个人呢？此时阿娜斯卡一定在做早饭，巴勃罗应该是去钓鱼了吧。我向大海的方向走去，岸边的波涛形成了一道长长的白练。浪花细小柔软，从容安宁，在沙滩上留下一道道半圆形的痕迹。大海太安静了，一点都不可怕。潮声轻柔，几乎没有声响。远方的海平面呈现出鲜奶般醇厚的白色。浪涌带着倦意，与它们正午时分欢乐或者愤怒的兄弟姐妹们相比，真是大相径庭。海水冰凉清澈，如同波哥大的海水一样冷。经过一夜的净化，海藻少了些。也许正是这个原因，大海看上去更加自由，就如同挣脱了无尽的束缚。

我慢慢脱光了衣服，任由全部身体接受冷风温柔的吹拂。双臂抱住前胸，手指贴近肩膀——这是一丝不挂时不可避免的下意识动作。当你赤身裸体地袒露在光天化日之下，就会体验到极致的荒蛮和羞耻感。它会激起你一身的鸡皮疙瘩，让你汗毛倒竖，走起路来摇摇晃晃，一颠一颠地迈着可笑的小碎步。你赤裸着全身，边走半张着嘴，抬头看天，嘴角挂着不知道对谁绽放的微笑。也许，你是在对袒露自己如此陌生的身体而微笑……!

　　然后我跳了起来，将身体置于新一轮浪涌留下的边缘，那是海水与沙滩完美的分界线。咸涩的海水漫过身体，青春勃发的绿色植物从全身破土而出。与水接触，我高兴得像个孩子，但却不会游泳。天边出现了一串串微小的气泡，那是危险的标记；也许鲨鱼群近在咫尺，正在如此安静的海中慢慢接近。但即使如此，我还是不会游泳。那又能怎么样？

　　我穿上衣服，头发湿漉漉的，眼睛进了咸水，红通通的，鼻子也塞住了，火烧一般。身上已暖，我朝巴勃罗家里走去。村里所有人都起床了，罗莎一见到我，就问巴勃罗和阿娜斯卡去哪儿了。

　　“我不知道，”我回答，“我刚起床就到海边洗澡去了。但我出去的时候，曼努埃尔身边一个人都没有。他们难道不在那里吗？”

　　“不，哪里都找不见人。他们这是要干什么？”

　　疑惑在我的脑中成形。从昨日看到巴勃罗和阿娜斯卡焦灼的样子，我便觉得不对劲。况且那黑人还说过，他迟早要走。但我此时一句话也不敢说。曼努埃尔已经醒了，看上去好多了。

　　“伤口疼得厉害吗？”我这样问，与其说是想知道答案，不如说是转移话题。

"不，不疼，几乎一点都不疼……我觉得伤口很浅，大概刀子正好碰在骨头上。否则我早见上帝去了……"

"你很快就会好吗？"

"是的，当然了！失血很少，但还是有点虚弱。我看看能不能站起来。"

他用左臂撑着身体，努力起身，脸上带着晦暗不明的痛苦神情。我上前帮忙，和罗莎一起把他扶到自己家里。我也不知道，他为什么没有问起阿娜斯卡，也没有问起巴勃罗。他是心下了然，还是有所预感？谁知道……

曼努埃尔的家是一所名副其实的宅院，与那片干仙人掌搭起来的灰色窝棚大不一样。建房子的木料清新芬芳，如同雨后的森林。屋脊上的锌板上起伏对称的褶皱形成了一个个钝角三角形，像海洋与金属一般颤动。门前一片死寂，正因如此，曼努埃尔的眼睛里才闪烁着延绵不绝的忧虑。一扇小小的隔断把屋子分隔成两部分。客厅里摆着一张堆满书的小桌子。啊！那是基多·德·维罗纳①的书。一把小长椅，两个小凳，几个盖着印花布头的抽屉。一切都那么干净，简直纤尘不染。小桌子上的墨水瓶旁边放着一张肖像。画中人是谁？这肖像的年代很久远，墨汁颜料让它显得更加古老。画像上的男人还没长出胡须，皮肤上看不到一丝岁月的摧残。画中人不可能是眼前这位胡子拉碴、强壮有力的糙汉子曼努埃尔。但是，也有可能是他。他的皮肤和精神

---

① 基多·德·维罗纳（1881—1939），意大利诗人、小说家。下文提到的《坎达罗的疯子》和《生活从明天开始》均为他的著作。

都变得太多……

那张小长椅是他坐着写信的地方。他一封封地写，却没有回音。在《坎达罗的疯子》和《生活从明天开始》的旁边，墨水瓶里的蓝墨水还在慢慢地耗干。

生活起居都在后屋。宽大的白色吊床想必是他和阿娜斯卡长久做爱之地，已经七零八落不成形状。这里才有真正的生活，难道梦幻不是生活最生动的那一部分吗？屋里还摆着一张绿色的羊毛小椅，我们扶着曼努埃尔躺上去，给他盖上一条螺旋花样的斑纹毯，又把橡胶枕垫在他的脑袋下面，好让他能轻松看到周围的一切。

一切都收拾得井井有条。玉米、饼干、糖、巧克力、咖啡，每一件物品都被精心地摆放在属于自己的位置上，带着极其舒适的居家几何之感。每个地方，每样东西，都充盈着极致的安宁和谨小慎微。那不是精疲力竭后休憩的静谧，而是一种更加深刻而坚固的隐秘情感，不可理喻而又浩瀚无垠。

堂娜 ① 罗莎已经把消息传遍了整个村子。我们什么都没说。有什么好说的呢？这就像给曼努埃尔的伤口上撒盐，他旧伤上又添了一道看不见的新伤，比所有看得见的伤疤都更疼痛。我们沉默着等着罗莎送早餐过来。我不知道该如何称呼她，该叫她堂娜罗莎，罗莎，还是罗西塔 ② ？等到需要直呼其名的时候，想怎么叫就怎么叫吧。我在曼努埃尔身边坐下，他的眼睛在屋中逡巡，想要寻找往昔的回忆。我的整个身体因为强扭的姿势而疲惫不

---

① 堂娜，西班牙语对女人的尊称，对男人的尊称为"堂"。

② 罗西塔是罗莎的昵称。

堪,背朝上地趴在散发着椰子油香气的吊床上。这温柔的味道,今后再也闻不到了……就在这时,曼努埃尔开口了:

"是的,我知道她走了,再也不回来了。我每天都心知肚明地等着她离开。她一定会离开,就像那个早晨她向我走来。那天我和往常一样返航,心里怀着英勇的悲哀——因为关于大海的回忆,长年累月只剩下一种单调的色彩。圆润的双桨泛着光泽,在我的手上刻下累累伤痕。帆的阴影和风的角落映在我的脸庞上,而她就站在我的屋前。如今这屋子是多么枯燥,悲哀,索然无味!与她相遇的那一刻,我觉得生命中最好的东西都在奇异地绽放。她过来的时候——你见过天天来这里的那些印第安姑娘吗?拎着满满一葫芦散发着田间杂草味的羊奶。她的动作像背包里的鸡蛋那样浑圆。那么多熟睡亲吻,都聚集在她的双唇上,她的吻激起了我的吻……"

他闭上眼睛,好一阵没有说话。整个房间都充溢着炙热的沉默,沉默里有太多的叹息和回忆。我也闭上眼睛,不去看他的脸,心下想着逃跑的阿娜斯卡和巴勃罗,但我无法带着本应有的恨意去想那个黑人。他为曼努埃尔复仇的行为是那么高贵。难道他的所作所为,都是早有预谋……?

"我注意到,她缺了样东西。有人在灵魂中寻找人人皆有的虚空和缺失的温柔。我就是那个人……我英勇地爱她,像个男子汉那样一往无前,就好像她的部落里没有一个男人可以爱她,任何种族中也没有任何一个男人可以爱她一样。她是我的,生来就是为了让我爱的。我爱她的身体,她的嘴唇,她的善良,她的逃离……她生来也是为了离开我的。她修炼了几百年,为了我日益圆满。她嘴里的咸味流经过几代人的身体,对我而言,那是她红色的血流和敏捷的骨架。所有这一切，都曾穿过树木、叶片、矿藏和动物，穿过如今已经形迹杳然的原子。我爱她，非常爱她，用我自己的方式爱她，就像一个年轻力壮的男人那样去爱她……你是明白的……我从来不会允许她求饶，不管怎么求也不行。我不保证，也不退缩。正相反，在征服的时候，我拥有了纯净可塑的精神和甜蜜的肉体，那里充满了亟待发现的珍宝。她好像很爱我。她是个好姑娘，甜美又温顺。有时候，她的眼中会闪过一丝憎恨。至于她究竟恨的是谁，我从来都不知道。她性子好，人也听话。从咸井里打水，为我洗衣做饭。不管黑夜还是白天，只要我有那方面的欲望，我们就要么愤怒要么悲伤地做爱。我们一边含着温柔的眼泪，一边互相伤害。这条腰带就是她织给我的。"

"喂，小伙子们，我们要走了……"船长边说话边走进来。

"这就要走了？"我声音发颤，结结巴巴地问。

"是呀。你要永远留下来吗？"

"是的，船长……我留下……也许能在这儿干点什么。"

"干点什么？"船长笑着指着曼努埃尔说道，"这就是你要干的事儿！再见！"

他握了握我的手，又和曼努埃尔告别，一直站在门边的迪克走上前来塞给我一个小包裹。我漫不经心地收下，向他道了谢，跟着两人出了门。我得快点回来，因为回忆和激动，曼努埃尔烧得非常厉害。

就像我们到来时一样，全村人已经齐聚在海滩上，只是缺了曼努埃尔、阿娜斯卡和巴勃罗。大家的脸上愁云密布，就像巨鸟投下的阴影。所有人都走了，那艘满载着记忆的船，满载着梅梅、迪克、船长的声音的船。我再也见不到他们了，永远也见不到了……但我并不是完全孤独的，还有曼努埃尔陪在身边。我将与他比邻而居，互相陪伴。大家都走了，船上传来叫喊和人声，船长的脸色如同大海，写满了一去不回。迪克还是老样子，含着烟斗，抑制着感情。船长再一次把我拉到一边，对我说道：

"还是跟我走吧，你在这里会倒霉的……看看曼努埃尔……"他的口吻充满了悲伤，眼角上挤出一丝皱纹。

"再见，小伙子！"迪克紧紧握着我的手。

我没有回答船长，只是给了他一个拥抱，眼睛里含着泪花，身体微微地颤抖着。

"再见！……"

"再见！……"

小艇愉快地跳动着，载着他们远去。风帆满张，航船一跃而起，在波涛间穿行，就如同行驶在一幅朦胧的画里；我望着船起锚，望着它渐行渐远，望着一道孤帆融进天空和白浪，慢慢变小，模糊，最终化作远方一个白色的三角形。海滩上只剩下我一个人，大家都回去了。所有人都丢下我了，十七岁的我。我的回忆，我的希望。一个人，一个人，一个人……

我步履迟缓地回到曼努埃尔家里。奥古斯都坐在伤者身边，他给他带来了一点肉汤，也给我带来了咖啡、鸡蛋玉米饼和一块烤羊肉。我真的饿了，一言不发地大吃起来。曼努埃尔烧得满脸通红。虽然奥古斯都就在身边，我还是感到孤单，也感到了死神的临近。奥古斯都垂下眼睛，看了我好长一会儿，浓密的大胡子衬得屋里越发阴暗，接着，他小声地问我：

"你真的确信……她跑了？"

"你在说谁？"我反问一句，并不想谈论这个话题。

"谁？你真不知道是谁？别装傻了！她跟巴勃罗跑了？跑哪儿了？"

"是的，她是跟巴勃罗跑了……但我真不知道他们究竟去哪儿了。也许他们往内地去了……"

"但是，究竟会去哪儿？他们可能去了里奥阿恰。巴勃罗没那么傻，他昨天杀了个印第安人，绝不会去那人亲朋好友的地盘上自投罗网……"

"对了，你们把那个死人怎么样了？埋了吗？"

"没人埋他……今早我和罗莎去了一趟，打算看看该怎么处置他，要不要把他埋了，但尸体不在那里。应该是被潮水冲走了，或者被那些印第安人带走了……"

"你说过巴勃罗不会那么傻……"

"当然了！你想想，要是印第安人把他抓走会怎么样……阿娜斯卡也没那么傻。她脑瓜机灵得很，知道会碰到什么。如果他们被抓住……他们一定去了里奥阿恰……今天天亮的时候，我觉得有人在用缆绳拖船。我好像听到了一点声响……他们一定是驾船跑了……他，"他指着曼努埃尔，"他知道什么吗？"

我点了点头，我们又都沉默了。曼努埃尔的高烧退了些，安静地睡着了。奥古斯都看我不说话，不耐烦地走了。

又只剩我一个人，我感到前所未有的孤独。梅梅，迪克，船长……都走了。阿娜斯卡和巴勃罗也走了……曼努埃尔躺在我身边，和我一样没人搭理……他也被抛弃了……他的脸上带着睡梦中的安详，一只蚊虫吹着单调的笛子打转，徘徊，最终停在他的额头。我想赶走它，又怕吵醒了熟睡的人，只好眼睁睁地看着那里变得又肿又红……蚊虫大快朵颐，心满意足地晃着腿，到底赶还是不赶？曼努埃尔动了动，蚊子继续吸血，而我——真可怕——看得津津有味。这小虫是此时此地唯一真正的活物。风吹着曼努埃尔的汗毛，也吹乱了我的头发。他会死吗？伤口恢复不好，很可能会感染，如果这样，谁都不知道他会突发什么病。如果有缝合线和双氧水就好了……但这里能有什么？ 他要是在我眼皮底下死了呢？我感到孤独在心底滋长，越发无边无际，只有均匀的呼吸才能将其打断。一只胳膊从床上垂下，有气无力地吊在半空，掌心半握，十指松开。死神已经降临了？我并没有感受到它的存在……突然，我发现曼努埃尔面白如纸，就好像被一束新生的光线穿透了皮肤。他的眼珠在混乱地转动，嘴巴张了张，吐出一丝微笑，浑身短暂地颤抖了一阵，那是一种深刻的生命的印象。随后，一切都静止了，过了几分钟，他的头垂到肩上，一缕涎水从嘴巴里流了出来……孤独与死亡。此时此刻，他已不怕孤独。他以最自然的方式迎接死亡，就如同早已经等候多时，当那一刻真的到来，都没有时间去意识到大限将至。四下寂静无声，整个村庄都在安睡，寂静如荒漠，没有鸟鸣，没有猪叫，也没有犬吠。天气炎热，我看到厚重的热气在沙上起舞，在空中闪烁。在曼努埃尔可能的死亡面前，我自私而青春的热血更加恣意欢快，生机勃勃地翻涌。血流在太阳穴跳动，捶打着浑身的肌肉。温热的汗水顺着额头和胸脯汩汩流下。死神已经走远，去向遥远的地方。此时此刻，很多人都在经历临终的挣扎。他们张开饥渴的嘴巴，寻觅着赖以维生的空气。这空气充盈着我们的肺腑，丰富着我们的生命。这里没有死神，只有孤独、安宁和静谧这三样与其最相似的东西。无论孤独、寂静，还是死亡，都充斥着神秘、自由和伟大。

风停了，一切都静止了。我的青春和生命渐渐远去，去追寻生命中第一个爱过的女人的记忆。它们在记忆中寻找着她亲吻的味道，那亲吻曾经令我恐惧。还有她双眸的颜色和乳房的温热……但我的眼前什么都没有，只有绿色的、闪着光的热气。嘴边是忧郁苦涩的滋味，炎热将我包围，环绕，拥抱……那个女人在呼唤我，不是向我索吻，而是索求一点温柔，眼下，这满浸着孤独和宁静的温柔充溢了我的身心。

10.

告别伤痛。马瑙雷和盐矿。

就这样，在无尽的痛苦、厌烦、孤独和安静中，我在曼努埃尔的身边陪伴了很久。他的身体有了明显好转，眼神也起了变化，充满了坦诚和温柔。这样的目光在男人身上很少见到，他从未在别人的注视下垂下眼眸。等到曼努埃尔能站起来了，我们就去海边散步，拾一些贝壳、石头、木块。我们都愿意收集没有价值的东西，就好像要在这些视若珍宝的无用之物中安放一种闲散的柔情。关于这位忠实而坚强的伙伴的身世，我知之甚多。虽然他已经消失在我的生命里，但回忆却是永恒的。同样地，我也视他为手足，把自己可怜生命中的历历往事说给他听。无论是可怕的记忆，还是总带有悲剧色彩的鸡毛蒜皮，我都坦诚以告。我们的友谊因为彼此的信任而坚不可摧。曼努埃尔告诉我，有人在采珠场给他谋了个看守的差事，希望能尽快上任。虽然还不知道要把他派到哪儿去，但无论如何，我会跟他一同前往，等到了那里，我们再看看能干些什么。

有一天，村里来了一艘独木舟。对于瓜希拉的码头而言，只要有船来，就是了不起的大事。无论是多桨船还是单桨船，是小艇还是扁舟，大家都一样兴致盎然。这里距离文明，距离正常的世界，都太遥远了。一个自我放逐的人，总是苦苦盼望着有人能带来外面的消息。至于我自己，还是一如既往，没什么好盼望的。谁会给我写信呢？谁会为我担心呢？没几个人知道我在瓜希拉，哪怕知道的人，可能既不关心我的生活，也不关心我的命运。乘舟而来的只有一个黑人，拉着满船香蕉，到这里的港口叫卖。他还带来了一些信件和几捆报纸，也许是邮递员让他这么做的。我心如止水地听他费劲地念着收信人的名字，却冷不防听到了自己的姓名。他上前递给我一捆报纸和一封信。发信人是巴兰基亚盐矿管理局，内容如下：

巴兰基亚，19XX 年 12 月 2 日

……先生

里奥阿恰

我荣幸地通知您，根据……号法令，您被任命为瓜希拉盐矿看守。如您接受任命，可即刻赴任。

您诚挚的，

（签名）卢西亚诺·哈拉米约

我从未想过，也从来不会去想，还能收到这么一封信。欣喜之余好奇更甚，是谁为我谋了这份职位？谁？会是谁？啊！也许是我叔叔……是的，是叔叔！他住在巴兰基亚，身材瘦长干瘪，皮肤是羊皮纸的颜色，但心地善良。是的，是他！这真是太好了……！

看到奥古斯都也在，我决定问问他。

"你知道瓜希拉盐矿归谁管吗？"

"当然了，那个看守长……"

"他是谁？"

"我记不得名字了，但几天前我看到他坐着船往马瑙雷去了。你问这个干什么？"

"因为我被任命为那里的看守了。"

"啊！真的？太好了！我为你高兴。所以，你这是要去马瑙雷上任了？你可得赶紧去，早去早发财。"

"是吗？那我明天就走……"

我一路朝曼努埃尔家奔去，兴高采烈地告诉他，明天我们就搭送信人的小木舟去马瑙雷。虽然他表现得很高兴，但还是能看出来，他有些沮丧，因为现在用不着他来帮我一把了。

我帮他收拾了所有行李。有些东西送了人，另一些我们小心地收好。我看到他偷偷地把阿娜斯卡的兜裆布、衬衫和外衣都藏了起来，好像怕我知道似的。从此之后，这些衣物都会散发着椰子油的味道。也许这会令人产生幻觉，幻想是那姑娘曾经的抚摸带来了衣物的香气。

我们与大家热情话别，在天亮时上了船。大海快乐又淘气，海水呈现出美丽清澈的蓝色。所有的记忆都留在了身后……痛苦曾在那里等待我，张开它撕裂的双臂拥抱我，而今，它将永远留在那片土地上。巴勃罗、阿娜斯卡、死去的印第安人，如今都已成为记忆中渐渐淡去的影子。现在，我要开始一种全新的、有目标的生活了。我要努力工作，努力活着。工作会使我的身体和精神充满旺盛的活力。我的肌肉会更加结实，力气会更加高贵，生活会更有质量。我会去工作的，而现在我在航行，又一次航行。我的灵魂中重新充满了翱翔四海、周游列国的渴望。当我在海上时，心中总是澎湃着这样的激情。然而生活却一次次地将我抛到陆地上，就好像大海——可爱的、永恒的大海——将溺水者和船只的遗迹抛向岸边。我将在这海上长久地逗留，眼中含着崇拜，耳中充满狂热，聆听着波涛的乐章。

小舟在波涛里跳动，我们浑身都湿透了。海浪泛着白色的泡沫，心旷神怡地涌来。一路上，我们把胳膊伸进海里，与这流动的翡翠肌肤相亲，就好像在陆上的人用双手触摸大地。飞鸟岛的茅屋渐渐消失在身后，也消失在往昔的回忆里。那些用干枯的仙人掌搭起的小屋与清晨的天际线融为一体。曼努埃尔家的金属屋顶在第一缕晨曦下闪着光芒。最后，一切都看不见了。

现在我们在马瑙雷。这里的景色与飞鸟岛太相像了，几乎是一个模子倒出来的。但相似之外也自有别具一格、多姿多彩之处……干仙人掌搭起的小屋映衬着天空的底色；绿色的仙人掌，黑色的独木舟，锌顶的宅院，这一切都与飞鸟岛没有什么不同。但盐矿的仓库是别具一格的；人们的面庞是多姿多彩的。马瑙雷唯一永恒的东西就是港口。盐之港，太阳之港，帆之港。白色。筋疲力尽的白色，不透明的、盐的白色。好像这里的海水里倒映的不是天空，而是结晶的盐矿。仙人掌环绕着海边的沼泽地，将永恒的绿色注入那规则的、转瞬即逝的白色晶体。稀落的雨水在布满沙砾的海滩上留下处处洼地和黑色的小道，连接着几米之外遮天蔽日的盐池。目所及处只有盐和沙。风起八方，凛冽的东北风褪去了茅屋的颜色。这一切使人觉得，自己生活在空气里，不属于任何地方。空气在屋宇里成形，在窝棚里石化，变身为树木和人类。泛滥的白色催人做梦。在马瑙雷，连梦也是松弛懒散的。一切都是白色的，透明的，如幽灵飘忽，如胚胎初萌。生命伊始，既是梦始之际也是梦醒时分，而生命的终结亦如消逝的大梦一场。虽然马瑙雷没有颜色，却不失沁人心脾的各色芬芳。我又闻到了椰子的味道，那是印第安姑娘们性感的熏香。当你闭上眼睛，会感到正在亲吻姑娘的腋窝深处。还有海藻和鱼香，来自马奎拉山[①]、弗吉尼亚和委内瑞拉的烟草香，以及燃烧的烟叶香。耳畔传来微弱的声响，那细小的、摇晃的、颤抖的声音，就像绿色的小蜥蜴，在飞流直下的阳光里，在无穷静止的炎热中，一边奔跑一边把身体隐藏在寂静的叶片下。

在这里，我们需要工作，需要生活，也许……还需要爱。我们将埋头于雪白、阳光、盐矿和饥渴，恼怒地接受头脑的折磨。性器在记忆中画出一道红色的小路，每一个人在想事情的时候，都会踏上这条路……于是，我们的目光如树木般颤抖。在这禁欲之地，我们会怀念女人深沉的腹部和圆润的胸脯……借此在一天二十四小时异彩纷呈的字母表中细细品读自己的生命……其中的十二个小时会将层次渐变的黑色转化为白色，另外十二个小时将从黑色中提炼出七彩的光谱。而眼下是我们在马瑙雷的第一个小时，就如一根浑浑噩噩的线，没有任何物体可以勾勒轮廓。它随着分分秒秒的流逝而就地打转，就如同置身于突然惊醒的同心圆。

看守长人在盐仓，我们也朝那里去了。他是个又矮又胖的小老头，那身形好像永远都在跪着似的。他的右脸颊上生着一颗粗大的痣，总是带着点微醺的醉意。我又害羞又和气地向他问好，可却没得到任何回应。直到当我递上任命书，他才满意地微笑起来。

---

① 马奎拉山，位于瓜希拉，现为马奎拉自然公园。

"啊！您就是……"

"是的，先生，正是我。"我急匆匆地回答。

"他们能派小伙子们过来，我很高兴。这里的工作可是很辛苦的……"

"是的，先生……我不怕吃苦。"

"这我喜欢……那你现在就去办公室干活吧！"

办公室就在这座盐仓里。他们在屋子的一角用木板搭了一座窝棚，里面摆了一张沾着墨水的、脏兮兮的大桌子，一个收集会计学书籍的书架，还有三四张摇摇欲坠的椅子。办公室里有三个人，看守长把我介绍给他们：

"组长，这位是新来的看守……"

组长是安蒂奥基亚人，目光暴烈，眉毛浓黑。他看了我一眼，一边嘟囔着一个我永远听不懂的词，一边默默地握了握我的手。

"尼卡，又来了个新同事。"

叫尼卡的男人大约四十五岁年纪，留着浓密的大胡子，身上脏兮兮的。裤子卷到膝盖上面，络腮胡子上面生着一张宽阔的嘴巴，看着很面善。

"路易斯，我看这个新来的伙计能给你搭把手。"

最后一位同事是个活泼的小黑人，五短身材，讲究卫生，一口亮闪闪的白牙。他殷勤地跟我打招呼。

"非常荣幸，朋友。我们会相处得很好的。大家都是好朋友。"

"没错，"看守长插嘴道，"开采期间，让他先在这儿工作。之后我们再把他派到别的地方去。"

组长没说话，一双黄眼珠看着我，不停地咬着嘴唇。

"如果你们两个愿意的话，"看守长继续对曼努埃尔说道，"您也可以留在盐库做看守。你们把吊床挂在柱子上吧，这儿睡着可香了……虽然现在这个时候，跳蚤有点猖獗……"

"如果二位愿意的话，我可以租间房子给你们，租金两比索。"尼卡打断了我们的对话。

我看了看曼努埃尔，他给我递了个眼色，暗示我先等等。

"好的，"我回答道，"我们先看看……"

"那里很宽敞……你们一定会住得心满意足。屋子干净，离海滩很近。再没别的地方了……"他把我拉到门口，"大房子旁边的那间有点歪；另一间是恩丽盖塔的。"

"路易斯，"看守长叫道，"快准备文书……！"

小黑人翻出一本小册子，在桌边坐下来，写了一会儿，说道：

"好了……"

众人中，只有尼卡戴着顶脏帽子，他很不情愿地摘下来。看守长摆出法官的架势，俨乎其然地问我：

"您愿意以上帝的名义发誓，忠诚履行您所承担的职责吗？"

"是的，我发誓。"我一边用完全不属于自己的声调回答，一边把拇指和食指交叉成十字。这是发誓时做的手势，与其说像十字，倒不如说更像绞架。

"行了！"看守长说道，"现在都去我家喝口白兰地吧！"

我们默默地跟在这个又矮又胖的小老头身后。白色的小屋子很干净。他让我们坐在门边，拿出一瓶三星白兰地，大家边喝边聊些闲话。每个人说了点什么，只有组长一言不发，他可真是个奇怪的闷葫芦！好像除了眼睛，脸上什么都没长似的。他一直在咬着嘴唇。

现在我们要和曼努埃尔一起，把东西运往仓库的住处。尼卡和路易斯也来打下手，后者没什么分寸，问起话来就像个四岁的孩子。他帮我们安好吊床，告诉我们可以去尼卡家吃饭，每人每月十比索，价格很公道。这里真是令人赞叹！盐袋堆了半墙高，规规矩矩呈梯形，以便搬运工们上下方便。因为盐的缘故，仓内的空气炎热厚重。我觉得在这里一定睡不好觉，就抱怨了几句。尼卡坚持说：

"还是有个自己的住处好。没人偷看，做事也方便……"

路易斯边笑边点头，一双鼠目闪着精光。

我们在尼卡家吃了午饭。他老婆人丑胸大，还有三个不听话的邋遢儿子。吃完饭，门口已经聚集了五六个人，在尼卡的介绍下，大家都认识了。小托马斯是个丑陋的黑人，高大壮硕，双眼凸出，穿着一条灰裤子和一件肮脏无比的白汗衫，随时随地都在喷脏话。满头银丝的老头堂帕奇多仪表堂堂，戴着巴拿马草帽，镶着金牙。来自安蒂奥基亚的拉斐尔也是看守，爱讲笑话，但脾气暴躁。另一个看守名叫维克多，桑坦德人，髭须浓密，长发一直垂到眼睛。黑人乌利比多年轻放肆，举止滑稽。加布里埃尔则老成稳重，不苟言笑。他是个金发小伙子，来自马尼萨莱斯。

别人在玩耍，我们你看我，我看你。过了一会儿，堂帕奇多请我们去他家里坐坐。

"走那边儿！我们喝点儿'科荷索'"。

"'科荷索'是什么？"我问曼努埃尔。

"是一种奶冻，印第安人传过来的，可以配果酱、白糖或者糖塔。"

在堂帕奇多家里，他向我们介绍了夫人罗西塔。瓜希拉怎么会有这么多叫罗莎的女人呢？罗西塔是帕蒂亚省的方塞卡人，说起话来，声音像蜜一样甜，懒洋洋的。虽然有点斜眼，但她的乳房是那么匀称，丰满，结实！就像盐垛一样坚挺，真带劲儿！

罗西塔端上了科荷索，我们边喝边说话。

"我也是波哥大人，如今靠在这里采珍珠过日子。现在没什么活可干，在这一群黑人中，我都快闷死了……没有报纸，没有新闻，什么都没有，人活成这样，跟畜生有什么区别！每天都喝得烂醉，每天都跟印第安人打架，他妈的！还有组长和他老婆的那堆破事儿，他可真是个醋坛子。你们就等着看好戏吧。"

堂帕奇多吹起了口哨。他养的那只鹦鹉随着简单的旋律跳起舞来，看它在桌子上转动着翠绿的小身体，可真是滑稽。

一个满脸皱纹、脸膛发红的小老头从门口经过。

"再见，堂帕奇多……！"

"你好啊，费尔明老兄！有什么新鲜事？你家老太婆怎么样了？"

"还是老样子，不会有什么好转了……我身上倒是带了好药。"他边说边从腰间掏出一瓶白朗姆酒来。

"我说费尔明老兄，你为什么要喝那么多呀？"

"有什么为什么的？为了喝醉呗，不醉不成活呀……！"说罢便仰脖灌下一大口，连头发都颤抖起来。

"再见！"

"再见！别忘了明天给我带只羊腿过来。"

"我七点带过来，五点开宰。就是拴在那边那只……"

确实有一只可怜的羊羔被拴在杆子上。它知道自己马上就要成为刀下鬼，什么都不吃，只是一动不动地盯着干涸的土地，好像在想什么心事。

吃过晚饭，小村子里灯火初明。巴掌大的地方到处都响彻着高夫牌①和多米诺骨牌玩家们无休无止的喧哗声。

我们疲惫而悲伤地睡下，这一切没有那么愉快。当四周都是陌生人的时候，你会有一种奇怪的感觉，会害怕所有人。难道连堂帕奇多都怕吗？

盐库里睡着几个包装工，小托马斯也在其中。他就躺在我们旁边的吊床上，头上盖着毛线被，嘴里嚼着烟叶。

蚊虫猖獗，夜色带着大海与陆地的声响破门而入。浪涌，风吟，人语。汽油灯的光晕映照着点点繁星。盐袋里散发出炎热湿重的潮气。小托马斯鼾声如雷。

我在半夜醒来，想出门走走。屋外万籁俱寂，夜色清明，我走向这座水泥建筑的后院。那是什么？我看到两个影子……却找不到人。他们藏在墙后，但影子却在移动，时而会合时而分开。是谁在那儿？我蹑手蹑脚地走过去，唯恐被人听见动静，于是藏在一株仙人掌后，暗自观察起来。啊！原来是小黑人路易斯！他有气无力地倒在一个黑女人的怀里。那女人高大肥胖，屁股很性感，印花布罩衫遮不住高耸丰满的乳房，看上去宛如两个一模一样的人头。他们拥抱得那么紧，连我都能远远感受到那喷薄的激情。两个黑人的四只眼珠就如同四颗会动的星星，在暗夜里熠熠发光。看来还是走为上策。在离开前，我看到两双饥渴的嘴唇在

---

① 高夫牌，一种西班牙纸牌游戏。

情欲涌动中急不可耐地贴在一起。干柴烈火下，黑女人乳房乱颤，上半身在两条粗壮的腿上震荡癫狂。他们相爱，相吸，即将相互拥有。他们没有发现有人在偷窥，我必须得走了，不能如此亵渎这两个人的爱情。于是我转身朝相反方向走去，尽量不发出任何声音。

归途中，我禁不住再次回望他们藏身的那面墙，虽然既不见人，也不见影，但是墙在地上的倒影仿佛延长了，并且有了曲线。影子中有什么东西在有节奏地跃动。耳边响起一阵模糊的声响……是铃声吗？汗水依然从额头上滴下，正如露珠依然从星辰落到地上……

11.

朗姆酒和昆比亚舞。库玛蕾的现身。

来马瑙雷已经三个月了。日子一成不变，就像时间，尽管偶尔会被几桩或可笑或可悲的事件掀起波澜，但总体来说，没发生什么了不得的大事。

我来了没几天，盐矿的开采期就到了。一切都洁白耀眼，宛如一面明镜，碎裂成千百万个三角形、菱形和正方形。盐矿里充溢着几何形的线条。直线无处不在：左拐，右拐，前进，暂停，玩闹般描绘出人类无法描摹的形状。而在那些黝黑的印第安姑娘的身体上，处处都能看到曲线。它们在乳房上粗暴地跳跃，在丰腴的小腹上轻盈地绵延起伏，在灵敏结实的双腿上滑动，流畅得如同一阵颤抖。到处都是光明，无尽的白色闪耀出炫目的辉煌，宛若骄阳降临人间。

离开采期还剩八天，成群结队的印第安男人蜂拥而至。他们生着黝黑或是古铜色的肌肤，穿着结实的凉鞋，肩上的弯弓渴望着迅捷的箭镞——它们正在粗劣的甘蔗箭套里沉睡。随之而来的还有成群结队、香气扑鼻的印第安女人，她们浑身充满了阳光性感的味道，黑色的眼眸中尽是长途跋涉的疲惫。她们骑着顽劣的驴子，眼前只有耳朵之间的那点儿距离。这一群又一群的男男女女，经过长久的忍饥挨饿，终于到达了马瑙雷这片丰饶饱满的应许圣地，宛如大群迁徙的候鸟，在盐矿边安营扎寨，在树木间挂起龙舌兰草编制的吊床。出身富家的印第安姑娘，戴着粗大的、用金子和玻璃珠制成的项链和手镯，还有图玛串成的串子。图玛是一种灵异的石头，两端穿孔，埋在土著人墓地里数不清的瓦罐之间。贫家女子们系着断了线的兜裆布，裹着肮脏的斗篷，浑身没有一件首饰，只有熠熠的目光和光洁的牙齿。开采期一开始，大片乳房把整个盐矿都变成了浑圆的形状。所有女人都在袒胸露乳地劳作。那些玛胡云拉①的少女的乳房，就如同两个一模一样的圆球，结实紧致，高耸乱颤。而母亲和老妇人的乳房则疲惫不堪，被亲吻和啃噬折磨得松松垮垮。大家沉溺在交杂着黄铜和青铜色的肉体海洋里不能自拔，目光从一个女人跳到另一个女人身上，眼珠子都快跳出来了。空气中弥漫着一股香气，香气中交织着疲惫的淫欲和无休止的欲望，交织着温存、疾病、生命、亲吻和呐喊……人们把盐袋扛在肩头运出盐矿，用挣来的钞票换回玉米和糖塔，以及可以随意交换的东西。

最初几天，阳光直抵骨髓，令人醉意蒙眬。后来，我看厌了乳房、臀部、嘴唇和眼睛，一切又恢复了禁欲和洁白。我们被炎热和盐粒所吞噬，原本的晶莹洁白变成了不透明的石灰色，所有女人都变成了纸片人，如同梦中的形象，没有起伏，没有厚度，也没有生命。就在这个时候，库玛蕾出现了。

傍晚六点钟，天色依然明亮，炎炎烈日还剩下最后一线红色的余晖。从远处印第安人的营地里传来一阵微弱的低语。我看到地平线上升腾起红色的火苗，在将临的夜幕下闪着模糊的光芒。

---

① 玛胡云拉，当地方言，指女孩月经初潮。

此时此刻，海不在眼前，而在身后；我向盐矿望去，一个辨不清轮廓的身影映入眼帘。她披着红色的斗篷，系着一条划破了的、不再洁白的衬裙。那身影是笔直的，也是含混的，曲折的，越是朝我走近，越是看不分明……她的眼睛诞生在我的眼前……她只有孤单单一个人，身边没有人类也没有野兽，没有天使也没有魔鬼。只有浑身散发出的恐怖到置人死地的爱情和欲望……我不知道她的名字，但她的身体坦白了一切。她的脚步从那里潜逃。她走到我身边，我们朝尼卡家徒四壁的空屋子走去。周围的一切都在打着呵欠，而我就在她身体的岸边，在她丝般柔顺的唇边，面对着她双倍危险的眸子和臂膀。她一动不动的乳房呼唤着我，她的脚在喊叫，它们离我的床只剩咫尺之遥。夜色与她一起降临在曼努埃尔的帆布床上…… 我们两人的身体构成了一个钝角，仙人掌的枯枝发出陈旧的响声，用银灰色的起伏祝福着缠绵在一起的双唇。

就这样，整整一个晚上，我开始了解库玛蕾。黑暗伴她而行，随着第一颗星辰降临到我的屋子里。她的头上戴着麦秸做成的"诗嘉拉"（一种发箍），脖子上挂着图玛石项链，腕上的手镯发出铮铮的响声。欲望从我的双眸中喷薄而出，幻化成千万道目光。而她就像一座用烤焦的沙粒和贝壳的碎片打造的土著雕像，只适合远望，因为一旦走上前来，其他一切在我眼中都不复存在。她的肤色纯净和谐，整齐划一，但每个毛孔中又透出细致入微的差异，我的眼睛永远无法辨别出这些差异，但无所不能的触觉却感觉得到。库玛蕾不会说话，只会用清澈、细碎而又坦荡的笑声来表达内心的感情。她想说的每一个字都隐藏在抑扬顿挫的嗓音里。她随黑夜而来，又与我一道潜身于黑夜。我占据了她的身体，那里是黑夜；她占据了我的灵魂，那里没有白昼也没有晨曦……啊，此时此刻，我终于真切地感受到椰子油的香气中蕴藏的真谛！那香味令我的每一根神经都延长了两厘米……！库玛蕾是具备现代精神的矿区女工，但性别将她变成了一道裹着肌肉的恒久浪涛。她真是个可爱的人，就像钢铁一样虚幻而机械地吻我，举起我六十二公斤的身体，把那苦涩的吻痕印遍我的每一寸肌肤。

她想嫁给我，求我买下她。我通过长时间的无声交流和肢体语言，终于让她明白，这是不可能的。我是个穷小子，而她身价太高。我对她说，最好的办法是她偷偷过来相会，她也同意了。她的目光里闪烁着禁忌，如同一颗金苹果挂在睫毛的枝叶上。开采期一结束，库玛蕾就离开了。我守在雇工们称盐袋的磅秤旁边打发慢慢流逝的时光。天平在来回摆动，恰如我的精神一般摇摆不定。曼努埃尔去奥亚马当差了，那里的捕鱼期已经开始，刚来马瑙雷不久，他就接到了任命。我们互相通信，每封信都能写上千言万语，实际上却什么都没说。我收到的所有信件都漂浮着阿娜斯卡的香气，散发着深重的忧愁。我在信中从未向曼努埃尔提起过阿娜斯卡，也没提起过库玛蕾……我也有同样的预感。我离不开那个女人了。她激起了我疯狂的欲望，对我有着可怕的吸引力，我企图用思考来淡化对她的渴望，但这完全是徒劳。是她，是她，是她。那光洁的肌肤就如同无形的锁链，将我牢牢地捆绑在她的胴体上。

小托马斯一边用弯针缝补着盐袋，一边引吭高歌，天天都是这一套。他将熄灭的烟草留在嘴巴里嚼烂，最终吞下肚子。他还爱随地吐口水，浓重的、咖啡色的口水，就好像他唱着的那些淫荡的歌谣。

乌利比多喜欢嘲笑一切，总是笑嘻嘻地讲笑话，谈论着情人、宿醉和冒险。有一天晚上，他们准备了一曲昆比亚舞。在酒精和女人的陪伴下，每个人都极尽欢乐。

那天六点，大家收了工，一起去洗了个澡。跳昆比亚舞的地方在当晚聚会的恩丽盖塔家旁边的小广场上。那个曾与我在"脚步"号上同行、帮我开过烟斗的老黑人罗勒，昨天刚刚抵达这里。他是这一带最精湛、最快乐的黑人昆比亚舞者，同时也是优秀的鼓手和歌者。

所有人都到齐了，组长、维克多、拉斐尔和他来自特伦塔村的老婆，还有组长的印第安女人、尼卡的妻子、加布里埃尔、全体盐矿看守和村民们欢聚一堂，就连费尔明老头也来了，他从来都没有醉成这副样子，满嘴嘟囔着听不懂的胡话。堂帕奇多也痛饮了一场，还朗诵了诗歌。罗西塔则被人灌了四口朗姆酒，眼斜得更厉害了。

乌利比多、小托马斯、罗勒和我一起来了。

"现在是该好好跳一场的时候了……罗勒老兄，开始吧，敲起鼓来，使劲儿敲。我去拿瓜恰①。"乌利比多说道。他冲进恩丽盖塔的屋子——那姑娘眼睛都红了——取出一只盘子和一把小勺，荒腔走板地敲打起来。罗勒有节奏地敲着小鼓，阵阵鼓声冲击着黑夜。

朗姆酒装在五磅包装的矫健牌黄油罐里，供大家传着喝。这是一种黄朗姆酒，带着黄铜和泪水的味道。

---

① 瓜恰，哥伦比亚传统打击乐器，常用于演奏昆比亚舞曲。

"使劲儿敲，罗勒老兄，我得跟那个大个儿黑姑娘跳舞了。"乌利比多说道。

恩丽盖塔冲进人群中央，亮晶晶的目光里含着醉意。不知不觉间，她开始扭动身躯，从头发到腰肢都在翩翩起舞。她的整个身体涌起一道性感的波浪，从圆润赤裸的肩膀蔓延到紧致结实的小腹。她目中无人，仿佛在出神地思索爱的秘密以及受孕和痉挛。乌利比多踩着舞步，一路跳到她身边，高举双臂晃动着腹部和漂亮的窄臀。大家一起唱起昆比亚的歌谣：

> 我的手帕，我的手帕，我的手帕，花手帕
> 老兄，放开我的手帕，我的手帕，花手帕……

就这样，歌词重重叠叠，循环往复，直至精疲力竭。舞者扭动着轻盈的腰身越靠越近。他们眼神专注，气喘吁吁，嘴唇潮湿，如同经历了一次长久的亲吻……歌声越来越灼热，越来越紧张，越来越意乱情迷。此刻，恩丽盖塔的乳房更加坚挺结实，臀部也变宽了，就好像在期待着什么。而乌利比多干瘦的身体则变得僵直，就如一块灵活生动的木头，沉陷于深重而柔和的火焰中……耳畔传来醉汉们放浪的叫喊：

"要她，要她！"

"真是个辣妞儿！别……别捣乱！"

"靠上来，让我抓住你……"

"快抓住她！真热！"

舞者们毫不在意。他们沉醉在音乐和舞步里，臀部如同涌进身体而凝固的波浪。双脚纹丝不动，脸庞上尽是贪婪。就好像所

有的男人即将扑到所有的女人身上，如野人那样奸污她们。女人们眼睛中的欲火渐熄，重新呈现出紫罗兰的颜色。她们的乳房在音乐和黑夜中颤动。恩丽盖塔和乌利比多一直跳到力竭，就好像经历了长时间的亲吻，随后便瘫倒在粗糙的木头椅上。另一对舞者上场了。因为朗姆酒的醉意和库玛蕾的幻影（她的形象存在于每一声响动、每一个动作和每一阵香气里），我辨不清舞者的模样，只闻到汗味，灼热的汗味。小路易斯——那夜，正是他与恩丽盖塔吻在一起——一步步地向她走去，按住了她的后颈。她张了张嘴，好像要喊出声来，但却一言未发。她的头垂到男人的掌心，慢慢地闭上眼睛，嘴角掠过一丝快乐的抽搐……

昆比亚舞还在继续，罗勒单调的节奏划破了寂静。醉意蒙眬的男男女女们继续放声高歌：

> 我沿着这条街离开，
> 又沿着那条街回来，
> 若是有爱我的姑娘，
> 请为我把大门打开……！

空气穿不透浓重的歌声。一切都在醉意中死去，新一天的晨曦诞生于女人的乳房。我在黎明醒来，清新的海风从附近吹来，翻涌起一阵阵碧绿的浪花。库玛蕾的身影如同一棵黄铜色的植物，她站起身来，带着醉意走远了。

黑夜凝聚在黑人油亮赤裸的臂膀里。铃鼓躺在地上空寂无声，亲吻在嘴角边分崩离析。

12.
巴勃罗的回归。子弹、旧事与新闻。

我们喝了一整天，但却没有醉。大家疲惫的目光停留在一处角落或一个物体上许久不动，其实却两眼空空，对一切都视而不见。睡意在瞳孔周围轻轻私语，嘴巴和嗓子都在渴望被酒精灌醉和摧毁。

恩丽盖塔还在跳舞。她醒来时满嘴果汁，仿佛那些晨曦时消逝的荒芜星星滴下的汁液全都落进了她的嘴巴里。

万万没想到，组长跟我相处得特别好，他骑着一匹栗色的瘦马，跑遍了整个村子。他叫喊着，座下的劣马一跃而起，黑色的嘴角吐出满满的泡沫。他策马走遍了一个又一个地方，神情凝重，严肃的脸庞上带着沉睡的醉意，没有一丝笑容。他的印第安女人身材矮胖，乳房如同两个葫芦。她倚在门上，手搭在眼睛上面眺望。比起难喝的白朗姆酒，炎热和骄阳更加令人大醉。听说今天会有几个委内瑞拉走私贩子来贩卖白兰地。组长给每个人都订购了，足足搞来了三大箱。三个月的工资就这么没了。我买了玛格丽特牌和红旗牌香烟，付了尼卡的房租，为印第安姑娘们储备了玉米，另外又花了十五比索从维克多那里买来了一把史密斯和威尔森牌手枪，骄傲地把它别在腰带上。枪膛就像避风的摇篮，里面躺着五发子弹，也躺着五条未知的性命。这些子弹最终会飞向哪里？是射进某个人的身体里，还是落到脚下的沙地里？

我不知道巴勃罗是什么时候来这里的，也不知道他是怎么来的。他现在就在这里，在我身边，还向我打招呼，仿佛我们昨天才碰到过似的。我没有问过他，将来也不会问他任何问题。我注意到他的眼睛里画过寂静的皱纹，那里蕴含着细致而深长的悲哀。除此之外，他还是他，还是我在飞鸟岛见到的那个沉默而又不苟言笑的黑人。他来这里，是因为在盐矿找到了一份包装工的活计，组长派人给了他一把镐头、一把铲子和一根针。当我们再次上工的时候，他也加入了。他把曼努埃尔的女人怎么样了？难道把她抛弃在里奥阿恰，逼得她不得不卖淫为生？也许过一阵子我会知道的。不管如何，巴勃罗的出现令我心慌意乱。因为曼努埃尔对我说，他要在去里奥阿恰的途中来这里走一趟，买点东西，再单独待上一天。如果他们遇到了……会发生什么事？这是很可能的。事与愿违，我对巴勃罗没有任何憎恨。他所做的一切，我都觉得再自然不过，没什么要指责的。如果不是他去做，也有别人去做，甚至是我自己……他，或者以前的他，是很了不起的……

昨天我发现，来自安蒂奥基亚的那个叫拉斐尔的看守对我很不客气。每当他看我的时候，凸出的双眼都怒火中烧。也许是因为我太喜欢盯着他的女人看了……但错不在我。这片土地上的每个女人我都喜欢。所有女人都在诱惑我，哪怕她们乍一看很丑，所有缺点也会在强烈的欲望下化为无形。何况小贡恰还不丑，一点都不。这个十七岁的少女很强硬，强硬得恰如她男人的目光。她那双黝黑的、生着黑色细毛的美腿令我魂不守舍，连库玛蕾都忘记了。她就像所有女人一样，察觉到了我无言的仰慕，所以总是与拉斐尔形影不离。比如现在，在玩高夫牌的时候，她伸出一只胳膊搂住拉斐尔的脖子，用乳房蹭着他的臂膀。罗勒是所有人中醉得最轻的，他继续唱着歌，没有人理会他。我们都对震耳欲聋的鼓声习以为常，就好像已经听了一辈子，如今置若罔闻。另外，因为离海太近，澎湃的涛声削弱了罗勒手下的鼓点。有人玩着牌，牌上披着红蓝斗篷的国王和王后，老成持重地握着红红绿绿齐肩高的宝剑和手杖。他们被一次次地翻牌，满脸都是厌烦。有的牌上画着金杯，但质地更像木头；还有的牌上画着金子，或者一轮半张着嘴的太阳。纸牌在玩家的手中昏昏欲睡。马匹在我的想象中驰骋，它们停下来的时候总是后蹄点地，在空气中摇着卷曲的、假发似的尾巴。斜眼的骑士将双手放在臀部。辨不出男女的"仆牌"，身披斗篷，头戴礼帽，脚上穿着长袜和系带的靴子。这些纸牌上的中世纪人物带着千年不变的陈腐气；还有那些小丑，手里握着木头权杖和糖果做成的宝剑，真是太愚蠢了！

桌子上堆满了钞票、香烟盒、肮脏的纸币和闪闪发光的硬币。大家心不在焉，无所事事，眼神呆滞，对一切都兴趣索然。每个人身边都摆着几个酒瓶。大海、刺蓟、棒花牌、马匹和熬夜的脸庞，这一切组成的风景在酒瓶的衬托下更添了一层情欲的味道。我们连个简单的招呼都没打就散场了，大家已经醉到极限，不能再喝了。我们经历了暴怒、争吵和口角，也经历了方才的多愁善感。现在，每个人都无声无息，在一种平静的混沌下，双手颤抖，闭口不言。巴勃罗不喜欢喝酒，就连红光满面、目光炯炯的堂帕奇多敬他，他也不想喝了，就这么幸灾乐祸地看着一群人醉酒，打牌，争斗，乱成一团。阳光饱含着热气和微风，透过仙人掌的枯枝照进来，干净得一尘不染。细碎的汗水从额头上渗

127

出，汇聚，流淌。在眉峰上凝成豆大的汗珠，又一路跳跃滚动，挠痒痒一般地顺着鼻梁滑下，落到桌子上或衣服上。

费尔明老兄挣扎着想跳舞，但醉得太厉害，双腿沉重如铅，怎么也不听使唤。他总是醉醺醺的，嘟囔着些稀奇古怪的胡话。他经常好几个星期都不见人影，谁也不知道他干什么去了。有人说，他养了个印第安女人。可他都这把年纪了……不过……这也是有可能的。这里的男人们，无论衰老还是年轻，都在爱着、占有着女人们。仿佛那股阳刚之气在瓜希拉生生不息，老当益壮。

组长筋疲力尽地把坐骑拴在桩子上，在我身边坐下来。

"你伤心什么呀？"他问我，"你小子别他妈的那么胆小怕事。去，我跟你一起去找那个娘儿们，今晚就把她带回来。她和苏珊娜家住一个村，我知道她在哪儿……快走快走，别厌了……！今晚上咱俩都得高高兴兴的，以后也得高高兴兴。他妈的！只要咱们愿意，能快活多久，就快活多久！这儿我说了算，谁都听我的。有谁惹你不高兴，就让他住手！"

"好吧，我们走，"我回答道，"不过要等日头落一落，现在阳光太厉害了。"

"不！他妈的你小子就是怕了！"

"我？我有什么好怕的？"

"你怕印第安人……"

"你可别犯傻了！我怎么会怕印第安人！我才不怕呢！我也不怕你，我谁都不怕。我怎么会怕呢？我什么都不怕！"

"那就好！那咱们今晚上见！我今晚上就带你去，看你是不是真有种。要是你眼见过一回这里发生的事，肯定魂儿都吓没了……现在是开采期。那些印第安人一开始就坑蒙拐骗，扛一袋盐要我们付两罐玉米。我很客气地对他们说，不行，可他们不依不饶……有一天早晨，没有一个人干活……等到下午，他们无缘无故地烧掉了盐矿附近的龙舌兰，把我们包围了。大家为了安全，都藏在仓库里，无数支箭就像下雨一样射向房顶！铁做的箭头在石棉上嗖嗖地响。我们也不回击，就躲在混凝土的墙和盐袋子后面，非常安全。但是有一天，我实在受够了这种僵持的状态，就系上腰带，带上格拉斯步枪和手枪出了门。一切都很安静。我往矿上走，刚走了一半路程，他们便开始朝我射箭，我不得不稍稍后退。上衣划破了，全是毛边，但他们一点都没伤着我。我就躲在那棵号角树后面朝他们开枪，他们终于怕了。我回到仓库，组织大家拿起格拉斯步枪打了一场反击，还打死了一个印第安女人，这下他们更加气急败坏了。我本来是让大家放空枪的，但有个兄弟吓破了胆，冷不防一枪把那个可怜的女人打死了……就这样，我们在仓库死守了三天，大门都没迈出去，也不能喝水……小伙子们都要渴死了。熬到第三天，谢天谢地，海岸警卫队的人赶到了，他们冲进来，对着天空发射了几发炮弹，这才把那些印第安人吓走……要不是他们来得及时，我们可就有大麻烦了……后来，对方提出，只要我们赔偿死者，他们就息事宁人。才没人搭理他们呢，他们也就继续安安静静地干活了。所以，在这里混，你得像个十足的男子汉那样，跟这些混蛋们战斗到底……！否则你会吓得屁滚尿流……要是再折腾这么一回就好了，借机看看，我们一共多少人，还能剩下多少人……"

我什么也没说，因为不想逞强。我很确定，如果遇到这种事，我不会害怕。我从来不觉得人可怕，也不害怕打架……但我还是什么都没说，我怕自己惹他反悔，那样他就不会带我去见库玛蕾了。啊！今晚是多么幸福呀！我疲惫，我喝醉，我与库玛蕾在一起！我非要把她的嘴唇咬出血来，咬得她大喊大叫，这时候，我再哄哄她，就像在哄怀里的婴儿。今晚我要见她，吻她，爱她。库玛蕾！库玛蕾！她的芳名令我的舌头愉快，令我的精神活泼，令我的四肢欣喜若狂！

随着夜幕降临，欢乐也回到了村子里。大家又举办了一次昆比亚舞会，全村人都在舞着，跳着，叫着。罗勒唱着歌，恩丽盖塔亮开甜美响亮的嗓子，与他一起唱：

啊！把我要的东西给我，
我没问你要生命……
它来自腰带以下，
它来自膝盖以上……

"再唱一个，再唱一个！"加布里埃尔一边疯狂地舞蹈，一边放声尖叫着。小路易斯在他旁边跳着女步。

"再唱一个，下个该我啦！"乌利比多叫喊着。他的脸上时时刻刻都挂着笑，喝得越多，笑声就越响亮。

"好吧，那就再唱一个！"

黑姑娘在跺着脚，哎哟哟！
穿着高跟鞋跺着脚，啊！哎哟哟！
看看这群欢乐的人儿呀，看看哟！
昨晚我恋爱了，

昨晚我恋爱了，

　　我被月亮欺骗了……

　　可月亮是不会骗人的，

　　骗人的是我自己呀……

　　黑姑娘在跺着脚，哎哟哟！

　　穿着高跟鞋跺着脚……

　　我跨上组长的坐骑，在他身后伸出左手，按在他的前胸，感受着均匀单调的心跳声在敲击着掌心……马蹄踏着硬邦邦的布满盐粒的地面，与罗勒的鼓点合二为一。我们在仙人掌间前行，它们在夜幕下闪着黑色的光亮。一轮新月挂在天边，刚出生三天的新月。黄晕的月光洒在我们身上，清凉剔透，就如同库玛蕾的笑容。

　　我们不得不走得很慢，一边探路一边一口一口地喝酒。组长跟我说起了印第安人的故事。

　　"印第安人也有自己的传说和传统……他们自称是月亮的后代……在他们看来，月亮是男人……男人，你明白吗？据他们讲，月亮曾经碰到过一个女人，也是他的第一个女人。这个女人为他生了个儿子，名叫雅礼，他是加勒比海的始祖……后来，月亮把这个女人抛弃了，雅礼为了替母报仇，派人监视父亲。等到月亮再一次下凡的时候，儿子用细沙弄脏了他的脸……所以他们说，月亮上有斑点……"

　　我们在夜幕下策马而行，空气中散发着泥土的清香，这片疲惫衰老的土地已存在了亿万斯年。马蹄踏着坚硬的沙地，声音如同踏在青铜之上。万籁俱寂，听得见昆虫飞过的声音……树林压迫着夜风，呕哑嘈杂，不堪入耳……月光与黑暗嬉戏，在地面上一针针地绣花……我就要见到库玛蕾了……组长的心跳依然在敲击着我的掌心……

远方亮起一点光芒……应该是印第安老婆婆们点起的篝火。群狗乱吠，那嗥叫声如同一根根钢针，扎进夜色的缎子里。

眼前的茅屋一片惨淡景象。屋里只有一个印第安男人在脏兮兮的破吊床上睡觉。一个女人抱着吃奶的孩子站在篝火边上，金红相间的火苗映照着她的脸庞。她跟我们打了个招呼，问我们要找谁。组长用瓜希拉语回答她，如今我也可以听懂一言半语。印第安女人伸出右手指了一下，我们继续赶路。

夜色已深，朗姆酒也喝光了。天这么晚了，我们还能干些什么呢？夜空中，月亮已经落下，只剩几颗星星在孤零零地闪着寒光。天上一定很冷吧……四周一片黑暗，树木和花草都沉浸在寂静的黑暗里。这黑暗无处不在，就像空气一般温柔无形。我们可以用嘴唇和眼睛去感觉……组长一声不吭，我也一样……让他看看，到底谁才是那个胆小的尿包。就算我知道最恐怖的事情马上就会发生，我也一个字都不会说的。骄傲极大地助长了我的勇气。我注意到掌心下组长的心跳得更厉害了……难道那不是我的脉搏吗？我浑身无力，屁股发烫。满心想着往回走，却一声都没有吭……

"咱们怎么办？"组长开口了，"要么回去？天这么黑，我们找不到的……他们以前就住在那个印第安女人的屋子。但她跟我说，这家人搬到村子里来了，在他家附近有一口水井。但我什么都没……"

六颗子弹擦着我们头顶掠过。其中一发带走了我头上的草帽。我感到掌心下组长心如擂鼓，感到太阳穴上渗出了黏稠的冷汗。最初的几秒钟，我们茫然不知所措。随后便一起掏出了手枪，每人向印第安人可能存在的方向射出了五发子弹。等子弹打完了，我们调转马头，向着马瑙雷的方向夺路而逃……身后有人骑马猛追，子弹乱飞，那是温彻斯特枪的子弹，这些杂种竟然有这么好的武器装备。耳畔的马蹄声愈加响亮，看来追兵有上百人之多……恐惧加剧了危险，胯下的马匹每听到一声枪响就惊起一下，很可能把我们摔下去……组长把荆棘和刺蓟洒到马背上，它们尖利的刺扎着这可怜的畜生……我们又一次停下来，准备换子弹……队长只剩八发子弹了，我连一发子弹都没有了……四周一片漆黑，没法瞄准，所以手枪也派不上什么用场……组长上了五发子弹，把另三发给了我……我们俯下身一路狂奔，每隔很久才射出一发子弹。组长趴在马背上，我趴在他身上。这个姿势可真难受……我还是摔了下去，跌倒在一片仙人掌的叶片上，手上仿佛被扎了七千根刺……哎！真他妈的倒霉！

"怎么了，胆小鬼？……你中枪了？"组长听到我的喊叫声，上前询问。

"没有。我整个手掌都被刺扎了……你快过来！过来！"

他走过来，眼睛里冒着怒火，我跳起来准备上马。手撑在马屁股的时候，又被扎了一回。所有的刺都陷进了肉里……真该死！追兵的声音在身后渐渐远去，好像被黑暗吞没了。我们一路策马狂奔，身上的汗水与马的汗水汇流在一起……

我们终于回到了马瑙雷，酒已经全醒了，浑身散了架，嘴唇因为危险和饥渴都快烧焦了……一丝鲜血从马的右蹄渗出来。大家还在跳舞，随着我们的脚步越来越近，粗野的叫喊声也越来越响亮。

我们在恩丽盖塔家门口下了马。她已经躺下，但还没有睡着。小路易斯坐在床边，色迷迷地盯着她看……她的一个乳房露在外面，就如她的脸庞一样一丝不挂。他们递给我一口朗姆酒，我疯狂地一饮而尽，这是逃离危险后第一个自由自在的举动……组长欣慰地笑了，用嘲讽和暴躁的眼神看着我……恩丽盖塔叫住了我：

"来这儿，小伙子！……你为什么还怕我呀？难道我是个没人爱的老太婆……"

我坐在她半躺的身体旁边，闻着她身上酒精和烟草的味道，感到浑身瘫软无力。肌肉在松弛膨大，而胳膊渴望拥抱，紧紧的拥抱。

"谁都不爱你？我倒是很爱你……"

"啊？是吗？那就吻我一下……"她向我送上厚实的红唇，白色的牙齿亮闪闪的。我哆哆嗦嗦地把自己的嘴唇凑近她的，感觉生命都随着这个吻蒸发殆尽。当我们分开的时候，我发现小路易斯正惊讶无比地盯着我看，他的眼中闪着蓝光，如同酒精小夜灯一样。他什么都没说，组长突然爆发出一阵大笑：

"哈——哈！你这黑女人眼光还真不错。你现在对这小子动心了，你要给小路易斯戴绿帽喽……哈——哈——哈！"

也不知道是怎么回事，我成了孤身一人。恩丽盖塔看着我，眼神有点可怕……透过床单可以隐隐看到她肥胖结实的身体。热血在我的血管里流淌，一阵头晕目眩；我走上前去，热切而又愤怒地把自己的嘴唇贴到了她的嘴唇上……周围的一切都不复存在了，我只看到她的肉体——高大，丰满，肥硕的肉体。丰满如罪孽，高大如欲望……

天已黎明。简陋的床上笼罩着灰色的温暾的光，这光里浸满了生命的声响。窗外有人在说话，有狗在哼叫。身边有另一个生命在动弹，摇晃，呼吸……墙角的大瓮里存着一汪阴凉的静水……我站起身来，大口大口地喝着水，前胸、胡须和脖子都被打湿了。这清冷、纯净、明澈的水中，生命与回忆犹如海市蜃楼，冉冉而生……

13.

回忆与厌恶。印第安人。曼努埃尔来了。冤家路窄。

　　我在屋子里孤零零地待了三天，只有悔恨与回忆相伴。多么可怕的三天啊！我只有上工时才出门，一日三餐由罗西塔送过来。尼卡家的伙食太差，我好久都不在那里吃了。其余的时间，我都是一个人度过。我躺在床上，自我争论，自我反驳，自我审判。但一切都是徒劳。我感到罪孽深重，哪怕最完美的理由，也成了可悲的辩白。怎么能干出这种事……？我也不知道。醉酒，疲劳，还有那愤怒贪婪的淫欲在睁着绿色的眼睛寻找性器——该死的，藏在身体角落里的性器。在酩酊大醉之后，我体内的欲望更加强烈、贪婪、焦躁不安……也许是因为这个原因……不，不是……若真是这样，我大可以找几个印第安女人，她们没那么令人作呕！然而她的亲吻是那么甜蜜……甜蜜而热烈，沦陷在黑夜的怀抱里……但是，离开哥伦比亚港后那种着了魔般的胡思乱想，又一次缠上了我。是的……生一个穆拉托孩子，和恩丽盖塔生孩子……不，上帝呀！原谅我……！我不想这样……是她引诱我的……是她用嘴唇把爱情送上门来的……她的乳房里燃烧着火一样的温柔……她的大腿间在抽搐痉挛……我要是从来没看到就好了！我要是从来都不知道就好了……！我又一次坚强起来。昨天晚上她来找我，可我不能和她睡。虽然神经颤

抖，肌肉扭曲，身体在渴求另一个身体的尖叫，但是不能……我
忍住了……她的声音苔藓一般，毛茸茸的，温柔似水，就像玫瑰
花雨一样洒落在我身上。我遏住了身体的尖叫，控制住了肌肉的
抽搐和神经的震颤……我知道，她离我的双手和嘴唇仅仅一步之
遥……闻着她身上浓烈炽热的味道，我又回想起那个晚上，那个
令人饱受折磨的晚上。我不想……上帝啊！我不想占有她……！
原谅我……！我在哭吗？是的……我哭了，不知道为什么就哭
了……温热的眼泪流过面颊，流到唇边。这咸涩的眼泪仿佛是库
玛蕾的亲吻！

我们需要开凿一条三百米的沟渠，把海水引进盐场，将盐粒
溶解，然后再一次结晶。我们站在泥沙里，海水漫过膝盖，在耀
目的圆日下辛苦劳作。我红通通的双手上全是水泡，胳膊疼痛难
忍，仿佛骨头都碎了。

独自熬过那可怕的三天，我终于敢出门了。经过恩丽盖塔的
门前时，她冲我喊：

"喂！你怎么回事……小子……快过来！"

"我这就来……等会儿……我要去……去路易斯家！"

"你去他那儿干什么？还是上我这儿来吧。我真的喜欢你。"

"现在不行，过会儿……"

"过会儿？几点？"她的双眼如两团烧红的炭火，在脸上熠
熠发光。

"晚上……可以吗？"

"当然，太好了……但是，你真的不会让我一个人孤零零地
躺在床上空喜一场？你真的不会……"

"不，我会来的。一定来。"

小路易斯什么都没跟我说，对我也没什么不同。与他相反，拉斐尔，就是那个安蒂奥基亚人，倒是一天比一天尖酸刻薄，就好像我那晚上睡的不是恩丽盖塔，而是他的小贡恰似的。他一有机会就对我冷嘲热讽。

"这些波哥大人就跟闺阁小姐似的，真不适合干重活。"

"闺阁小姐？"我反唇相讥，"你才是闺阁小姐呢！我看你整天坐在那里挠肚皮①。"

"我挠肚皮，因为那是我的肚皮。我挠你肚皮了吗？"

"那你就挠一个试试呀！你这个胆小鬼！"

"就是，"乌利比多开口了，"快去挠挠他的肚皮，看他怎么收拾你。你们这些安蒂奥基亚人，就知道耍嘴炮，从来都不动真格的。你们整天跟这个吵，跟那个骂，可真打起架来了，只会坐在那里看热闹……咱俩干吗不去外面打几拳？别在这儿找人家麻烦……难道就因为他是个小男孩？……来来来……"

拉斐尔没说话，但满脸的怒色消失了。他紧抿着嘴唇，热切地张开嘴，脸色煞白。

"我没跟你们说过吗？"乌利比多嚷道，"你俩都跟个娘儿们似的……"

一艘帆船出现在天际。我们往沙滩走去。"棒槌"号要靠岸了。曼努埃尔正是搭的这艘船。

究竟该怎样做，才能避免让曼努埃尔碰到巴勃罗？后者离我不远，正在跟尼卡说话。不出意外的话，他几分钟之后就会与情敌狭路相逢。他毁掉了曼努埃尔的爱情，抢走了他的女人，那是

---

① 西班牙语里，挠肚皮有无所事事的意思。

他生命中最美好的东西。

小船劈波斩浪，跳跃着向岸边驶来，这一路顺风顺水，满船的帆都张得鼓鼓的。我看到了曼努埃尔！有人驾着小艇把他们接到岸上。人还没上岸，巴勃罗的脸色就成了一片死灰。曼努埃尔红了脸，身体抖了抖，但立刻稳住了。只是目光比以前稍稍明亮了些。

他满脸微笑，光着脚下了船。我们紧紧拥抱。他突然问道：

"他在这儿干什么？"

"做打包工。"

"哦……"

我们一起去了尼卡家。曼努埃尔想跟我喝几口。不多久，组长、拉斐尔、加布里埃尔、恩丽盖塔和维克多都过来了。

恩丽盖塔坐在我身边，伸出手臂钩住我的脖子。我感到她的温热如潮湿的火焰蹿遍全身。大家又喝起酒来。曼努埃尔说着渔场的事，声音焦灼又混乱，双眼不停寻觅着巴勃罗的身影，可谁也不知道他躲哪儿去了。所有人都听得津津有味，只有我一个人心惊胆战。我看到曼努埃尔的腰带上别着一支和我同款的手枪，又想起了那个印第安人，还有那场差点让大家丧命的印第安人的进攻……也不知道为什么，我感觉今晚太安静了，有人开枪的时候，才会这么安静。枪击会削弱风的力量，子弹带着金属的弹头，飞一样地划破空气。

恩丽盖塔离我越来越近，就像炎热本身一样，死死地贴在我的肉体上。我任由她为所欲为，一句话都不说。她把一只手放在我的腿上，就好像喝醉了酒一样，抚摸着我的身体。昆比亚舞的旋律又响了起来。

拉斐尔看看我，又看看恩丽盖塔，转头向小路易斯说道：

"你可真是个脓包！就这么由着他抢你女人？"

"关你什么事？"小黑人回答道。我第一次看他发怒了。

狂风暴雨就在此时降临。巴勃罗推门而入。他看到我们，脸上闪过一丝不安，目光焦灼，嘴巴发干。但很快就恢复了常态。

大家正谈论着印第安人。组长作为最熟悉他们的人，说道：

"是的。印第安人也是分种族的。有阿普沙纳人、乌里阿纳人、艾比那约人、伊普阿纳人……。这几大种族分别称自己是响尾蛇、拟黄鹂、秃鹫和猛虎的后代。真是一群蠢货。如果你杀了一条蛇，乌里阿纳人非得收钱不可，因为它们某个先人的灵魂可能就附体在那条蛇身上……"

"没错，"尼卡连声附和着，"这些人收钱的本事无人能比。哪怕你喊了一个死人的名字，他们都得收钱。如果你往沙滩上扔了一块玻璃，划伤了他们，也得收钱……"

"他们也收鸭血钱吗？"恩丽盖塔问道。

"收啊！那还用问？他们什么都收！"

"如果一个印第安女人结了婚，还……还是个黄花闺女呢？"加布里埃尔问道。

"黄花闺女？……哈哈哈！"尼卡笑道，"印第安女人里可没什么黄花闺女……你难道不知道，她们一生下来就被接生婆破了身吗？"

"真的？"我问道。

"那还有假？为了她们将来别受罪……"

"受罪……"小路易斯煞有介事地大叫起来。

我们喝了很多酒。恩丽盖塔想拉我回去睡觉，但我没法跟她走，曼努埃尔今晚要住我家，我得赶回去给他放吊床。

我想站起来，但双腿发软，一点力气都没有。拉斐尔又来看我笑话了。

"你倒是快走啊！中枪了？"

"你妈才中枪了呢……你这个婊子养的……"我怒火中烧地回骂他。

我冲他扑过去，一眼瞅见他手中握着刀，闪闪的白刃划破黑夜。我拔出手枪正要射击，感觉胳膊被人拽住，生生抬了起来。子弹射出去了，幸运的是，这一枪是朝空中开的。然而，身边有人用另一把手枪射出了另一发子弹。四下一片混乱和喊叫，桌子倒了，汽油灯也灭了……枪声又响了起来……我躺在地板上，警觉地观察四周。不能让任何人近身，否则会挨他们一刀的。有人在呻吟，我扯破嗓子大叫起来：

"灯在哪儿？"

"在这里！"有个声音回答，"快点灯！有人受伤了！"

我在热沙地上匍匐而行，沙粒在身下滚动。就这么爬了一会儿，我终于摸到了油灯，但没有火柴。我把火柴弄丢了。

"谁有火柴？"

"我。"尼卡一边回答一边朝我走过来。我在黑暗中认出他来。

"借个火。"

我点着了灯。火苗亮起来，在黑暗中开辟出一片宽敞的空地。我看到两米之外的地方躺着一个人。是巴勃罗！他张着双臂，灯光照亮了他的脸庞，圆睁的双眼里布满星星，嘴巴里则是一片死亡般的黑暗。他的胸前有一处枪伤。是谁干的？是曼努埃尔，还是我？是我吗？不，不是我……绝不会是我……开枪的另有其人……

"组长，快过来！有人死了！"加布里埃尔已经凑上来，放声大喊起来。

"是谁？"组长一边走过来，一边着急地问。

我们都沉默了，大家垂下眼睛望着巴勃罗的尸体。

曼努埃尔也走上前来，他神色平静，眼神里看不到任何讶异。

"这个小可怜……"恩丽盖塔嘟囔着，"都是那个该死的安蒂奥基亚人……就是他……他一听见枪响就跑掉了。"

她的声音打破了这异样的寂静，那寂静就如同光环般笼罩在尸体周围。大家惊讶地瞪了她一眼，她不说话。一个人死了，一个生命终结了。一个围绕着很多人转动，同时也有很多人围着它转动的小宇宙，就这样停止了。一切都是老样子。星辰依旧闪烁，夜色依旧黑暗，潮水依然带着宁静辽阔的亲吻拍打着陆地。我们呼吸，我们活着。而他却死掉了。

我们把巴勃罗抬到尼卡家的桌子上，在遗体上盖上一条床单。组长忧心忡忡，但他的忧虑无凭无据。是谁杀了他？曼努埃尔？我？组长？不，组长没带手枪……加布里埃尔……小路易斯？恩丽盖塔依偎在我身边，靠得更近了，就好像怕我也死掉似的……

我心里依然怀疑曼努埃尔是凶手……但他是怎么开的枪？难道是他在灯灭时开的那一枪，结果了巴勃罗的性命？难道灯灭时的呻吟声，也是他发出来的？

鲜血从桌子上滴下，如同钟摆一般接连不断，毫无变化。细小的血流汇成一条黑色的溪流，但没淌多久就被沙地吸收了。望着横陈眼前的尸体，惊惧和怀疑如同钢钳一般撕扯着我的内心。在我身边，是肉体、爱情、亲吻、承诺；屋外是夜色，安静的大自然四处流浪，与晚风嬉戏。大海如死亡般平静，如爱情般可怕。但所有这些，巴勃罗都看不到了，永远看不到了。现在，他的双眼就像两块深深的黑斑，映照着那些陌生的东西，而它们也是黑色的，黑色的，黑色的……如同我的灵魂，我的记忆，如同他自己，也如同枪膛。罪恶的问号从我和曼努埃尔的手枪里冒出来，宛如从枪口中蹿出来的一条毒蛇。

14.

在尸体旁。葬礼。可恶的小托马斯。

我们整夜都守在巴勃罗身边。我透过覆盖着他身体的床单，想象他的脸庞。他的身体已经不流血了。地上的血迹也随着时间慢慢的流逝而变成了黑色。时间带着睡意，停在我们垂着的脑袋前面。我们很少说话，保持沉默，因为安静，就连轻微的声响也显得分外清晰。我听见夜在呼吸，就像烧热的锻炉，一口口地喷着热气。几只绿色的昆虫围着尸体盘旋许久，停在脸部的位置，试图透过覆在上面的被单，钻到死者的皮肤上，旋即又飞起来。我们的眼睛，除了内心什么都看不见的眼睛，也追随着它们飞翔。风早早就停了，天气更炎热了。我们大汗淋漓，好像每个人的脸上都挂着泪水。小贡恰、罗西塔、恩丽盖塔三个人在祈祷。她们口中念着圣母和圣父，声音因为低沉而更加深刻。祈祷一遍一遍，循环往复，就好像在原地绕着圈。我们出去喝酒，已是黎明时分，但天色依然黑沉沉的。炭色的阴云压在海面上，尼卡判断一定会下雨。组长还是忧心忡忡，满脸凝重，再一次抿了抿嘴唇。哪里也找不到曼努埃尔的影子。他带着吊床，我给了他房间钥匙，让他在那里过夜。他的所作所为好像是在逃亡……但我也不敢肯定，他就是杀人凶手……谁也不能说什么。我们中的大多数都开过枪……这又该怪谁？堂帕奇多默默地咬着指甲，自哀自怜。我们心不在焉地抽着烟，缕缕白烟消失在夜色中，我们既不看烟，也不看隐藏在黑暗中的彼此的脸。烟刚燃尽，恰好为黑夜画上一个句号。夜晚最后的星辰开始暗淡，光芒减息，泛起清冷的蓝色，清冷得甚至可以缓解我们的炎热。最后，终于什么都看不见了，不知道这些星星是消失在黑暗里，还是消失在金光初现的晨曦中。大海几乎没有声音，风平浪静，海面上弥漫着疲惫的晨雾。海水是灰色的，如同黑人苍白没有血色的脸……当他们死了或者快死了的时候，他们的皮肤就是这样的颜色。巴勃罗，我再也见不到他生机勃勃的身体，看不到他慷慨善良的眼睛了。如今它们都将化为尘土，他浑身的肌肉都会分解，在古老的仙人掌根下腐烂。也许在他活着的时候，曾很多次骑着马从那四四方方的茎叶上飞驰而过。大地将在他的尸身上延绵万年，就如凝固而沉重的河流。虫子会吞噬他的血肉。那些可怕的虫子是从现在的昆虫所产的卵中孵出来的。它们吞噬他的身体，也彼此吞噬杀戮。等到他仅剩白骨，健壮洁白的骨头，地下的声音将会在骨头里高亢地回荡。他会听到昆虫的世界是如何工作的。那劳作声震耳欲聋，如同他头颅旁边的石头。他会感觉到，在自己分崩离析化为尘埃的肉体旁边，晶莹的暗河如同安静的动物体内长长的血管，在地层深处蜿蜒流淌。他骨头里的钙，血液里的铁，身体里的磷，都会滋养那柔弱的植物，赋予其繁衍生息的力量，就像滋养当年他母亲子宫里的那个胎儿。当那新芽破土而出，沐浴着与这个世界一样可恶的阳光的时候，它体内绿色的浆液将会汩汩跳动，带着与巴勃罗的心跳一样的节奏。

太阳还未升起，灰色的天空呈现出一道橙色的光带。时光在大地上肉眼可见地生发。现实重新主宰了这个脱离了混沌和黑暗，重新迎来光明和丰饶的世界。早起的鲣鸟沿着岸边呈角度飞行，身上的羽毛与清晨一样灰暗，这预示着凄惨的一天。太阳看上去很苍白，与我们一样彻夜未眠。它在其他地方见识了太多光芒和文明，被汽车的声音和新生儿寻觅母亲乳汁的声音搅得昏昏欲睡。当它升起在此地上空的时候，已是精疲力竭。白云低低地压在天边，如同遥远的舰船。静谧如同温暾的雨水从天上降落。蜥蜴爬出洞口沐浴阳光，它们的皮肤与大海同色。一只膝壁虎趴在墙上，目光如铁地盯着一只苍蝇，浑身一动不动，只有尾巴在有节奏地、不安分地摇来摇去。那双大头钉一样闪闪发光的圆眼睛，把苍蝇看得意乱情迷。壁虎接近猎物，猛地一跃捉住了它，然后更加猛烈地摇着尾巴，瞪着闪闪发光的眼睛朝墙洞里爬去。杀戮的生活开始了。唯有杀戮才能活下去。但是，难道曼努埃尔需要杀掉巴勃罗吗？不，不需要。也许他并不是凶手……难道我才是凶手吗？我……？不，不是我杀的……！如果真是那样，我会有感觉，而我现在却心如止水。如果我是凶手，这意识将如隐秘的疼痛撕咬着我的心。可此时我却丝毫没有这种感觉，我的意识相当健康、清新和纯净，就如女性侧肋内里的皮肤。然而，我的头痛得多么厉害！就好像已经肿了一般。难道，我的意识存在于……脑袋里？

　　不过，巴勃罗的死倒是帮了我的忙。它使我从与恩丽盖塔上床的那个可怕的晚上解脱出来。可怕的晚上？是的，我需要睡眠，可要总想着那事，我一定睡不着。虽然昨晚我还是没有睡，但感觉却好多了。此外，我终于可以控制自己了。今晚再也不会做噩梦了。我将安睡在自己的小床上，一个人，就一个人，不会有人打扰，也不会有人爱抚。我会好好地睡上它一觉，会在梦中见到巴勃罗和那个印第安人。也许还会梦见库玛蕾。梦醒后再继续被死亡打断的生活。当死亡降临的时刻,世间万物都在驻足观看。风停了,停在温热的屋顶上覆盖着的锌板上,停在树梢上,停在烟斗残留的烟丝上,清理着柔韧的翅膀。黑暗里布满眼睛,小眼睛,圆眼睛。光线更加明亮贪婪,一切都看得清了。这就好像生命轻蔑地自我审视一番,随即又重新出发,只带上死者呼出的最后一口气息。当风再起时,这气息会使得它更加猛烈。一切都发生在瞬间,几乎无法察觉,生命继续被打断的旅程和被中断的工作:在富人们松软温暖的床上创造人,在穷人们寒冷坚硬的床上创造人,随后又在妓院,在事故中,在工厂,在爱情里,在复仇中毁灭人。但是,生命不知道,人类也不知道,当一个人倒下的时候,会压扁上百万只昆虫,谁都不会在乎它们的生存和它们的死亡。然而,也许它们也像我们一样,有着自己的社会、法律和神明……

我们用另外一张干净的床单把巴勃罗的遗体包裹好,尼卡、加布里埃尔、组长和我四个人,一起把他抬了起来。尸体很重。小路易斯带着镐头走在最前面,小托马斯和乌利比多扛着铁锹走在我们后面。我们在离仓库二百米、离事发地三百米的地方停下,开始掘土。墓穴挖得很大,非常宽敞,足容得下两个人……我们将尸体扔进坑里,覆盖上新鲜咸涩的沙土……没有十字架,我们就在坟头摆了几块石头,以便过路人认得出来。一棵高大开花的龙舌兰,为墓地覆上了断续如扇形的浓荫。

我吃了饭,请了下午的工假。这一晚太疲劳了,我需要好好睡一觉。门温柔地打开,满屋的孤独迎面扑来。一张纸片在屋子里打着旋儿,床边一堆烟头中,有个东西在闪光。那是什么?

是一颗 38 口径的子弹。我的子弹是 32 口径的! 所以……真是曼努埃尔吗……? 肯定不是我。我好久都没在自己屋子里抽过烟了。我的手上全是黑色的荆棘刺,肿痛难忍。沙地上有一颗亮闪闪的弹丸,应该是刚被扔在那儿的。空中的纸片终于飘落到我的眼前,是一张从报纸上剪下来的东方药丸的广告,上面画着一个乳房高耸的壮妇。是曼努埃尔吗? ……是的,就是他。他进了屋,放下吊床,拆开手枪,四发崭新的子弹和一颗弹丸掉到了地上,他换了一颗弹丸,把手枪塞进套子里。尽管我又困倦,又焦虑,但心里却很高兴。但手上太痛了。我得把手上的刺拔出来,明天再拔。

夜里十一点,我满身大汗地醒来。汗衫湿漉漉地粘在身上。我洗了把脸,出门到海滩散步。远方的盐池闪着光,宛如故事里的钻石山。漆黑的风在猛烈地吹着,四周都不见光。房屋的暗影倒映在地面上,长长的,支离破碎。我转身往仓库走去。四周万籁俱寂,空气中带着睡梦的味道。地球沉默静止地在宇宙中转动。在大片的盐池里,有一个黑影在有节奏地移动。我想看个清楚,便走上前去。从大海的方向亮起一道绿光。啊! 那是小托马斯!我看到他高高的身影背对着我,黑黝黝的脑袋微微后倾,好像在眺望很远的地方。他的双腿微分,一只胳膊松垮垮地挂在身体上,在夜晚里显得分外长,好像已经垂到地面上了。是什么在动呢?啊! 是他的另一只手。他的右手用力而有节奏地动着,像在拽一根绳子,又像在揭掉步枪的通条。我不知道他在干什么,只见他手上的动作越来越快,越来越猛,几乎看不清了。突然间,他安静下来,身体一阵痉挛,右手颤抖着垂到体侧,与左手一样修长。他的头歪向一旁,发出一声粗哑的轻号……澄蓝的天上划过一颗流星,夜晚更加洁白。这一刻,有多少生命已经溘然长逝! ……

15.
堂帕奇多的出行。图库拉卡斯和艾尔卡顿。

自那晚看到小托马斯后，不知不觉间又过了些日子。在马瑙雷，星期三和星期一，星期四和星期天，都一模一样，没有任何不同。生命在这荒凉的半岛上匍匐前行，步履维艰。印第安姑娘们来得少了，有些看守也被调去了别的地方。维克多被派到了巴西亚翁达，我后来才知道，他从库库塔来的妻子也在那里。加布里埃尔也被派到了同一个地方。拉斐尔带着妻子去了里奥阿恰，看守长一点都没有不喜欢小贡恰。我们这些留下的人继续得过且过，忍受着光阴分分秒秒地流走。因为没有表，钟点显得更长了。我在帕奇多家吃饭，跟他无话不谈。他订了巴兰基亚的报纸，我跟他一起读，但从来不说话。我喜欢听他说，顺便打量他。他的眼珠像鱼看到饲料时那样鼓鼓的。他的"鱼饲"就是政治。他对波哥大所有的高门大户都了如指掌，一提到他们那些悲伤的、丢人的或是可笑的八卦，就口若悬河滔滔不绝。他的妻子总是静静地待在一旁听我们说个没完。因为斜眼，她看整个世界都是扭曲的。除了两个乳房外，她浑身都那么寡淡无味。堂帕奇多对此心知肚明……所以，每当我一告辞，他就立刻关上房门，也许是为了不那么寡淡无味吧。

一场意外的相遇使我幸运地摆脱了恩丽盖塔，意外是唯一能让男人摆脱女人的方式。体系坍塌了，只有冷面无情，坚如磐石的命运，才能战胜对女人顽冥不化的渴望。但我那个时候并不知道，男人总是要有个女人惦记的。我做梦都没想到，自己好容易摆脱了恩丽盖塔的羁绊，又栽到了另一个女人的手中——是的，是手中。因为我从来都没有栽进过她的怀中。

从印第安人进攻那一晚后，小路易斯虽说面目如常，心里依然被酸涩的痛苦折磨着，这痛苦渐渐摧毁了他外表的平静。我每天早晨都去恩丽盖塔那里，请她用针挑出我手掌上的刺，再在手上涂上羊脂，缠上绷带。有一天，我起得比平时都早，还是像往常一样，没敲门就进了她的家。只见墙角的床上躺着两个蒙着被单的身体，枕头上靠着两个黑色的脑袋，还有一张血盆大口和两只欢欣洋溢的眼睛。我只来得及酸溜溜地说一声：

"对不起"……转身就走了。门关上了，把他两人关在身后。我心里的门——原本已经快要打开的门——也关上了。从此之后，大家的友情还是一如既往，但我刻意不与恩丽盖塔做任何解释，永远都不，因为这既没必要，又很危险。

那个时候我们什么活计都没有。盐场注了水，宛如深绿色的大湖，在风中泛着阵阵涟漪。日子死水一般。没有人玩闹，也没人喝酒（费尔明除外），虚无在马瑙雷滋长着。小托马斯、乌利比多和其他工人也走了。一艘名叫"荷兰"号的大船从这里载走了四千袋盐。船靠岸的那几天，这里比任何时候都更像真正的港口。金发或者黑发的水手，腹部系着红色或者蓝色的腰带，远远望去分外引人注目。他们嘴里要么吐着脏话，要么嚼着烟叶或者烟蒂。

堂帕奇多搭乘"荷兰"号去了趟里奥阿恰，这一走就是五天。我还是一个人去罗西塔那里吃饭。她一言不发地伺候我，眼斜得厉害，嘴唇发白。我跟她在一起时从不想说话，但总是默默地、长久地盯着她看，只看她身上那一处地方……她察觉到我的目光，从头到脚羞得通红。有一天午饭后，她端上咖啡，我无法控制自己，也无法逃避，直接把手伸向她如盐垛般高耸着的乳房。我把她的一只乳房攥在掌心里，满手都是紧致的皮肉和温柔的热度。她双眼紧闭，脸庞上掠过一丝淫欲，风吹着她的印花衬裙窸窣作响……半个小时之后，我们两人都面色煞白，在我这个正常人看来，她的眼睛斜得更厉害了。

费尔明从门口醉醺醺地经过，嘴里不怀好意地嘟嘟囔囔，就好像猪在哼哼：

"鸡冠花呀红彤彤，出什么事了你可懂？"

我不懂他说的那句话的含义。他没话可说的时候，总喜欢念叨这句话。但从他的眼睛里可以看出，他在偷窥我们。

第二天，看守长和堂帕奇多来了。

我不知道费尔明是不是跟后者说了什么。但是第二天，当我去吃早饭的时候，罗西塔吞吞吐吐地道歉说，印第安姑娘们没送牛奶过来，所以没有早饭了。可我分明看到墙角摆着几个装着白色液体的瓶子……大概是药汁吧……

我去尼卡家喝了杯科荷索，接着就去了办公室。是看守长派人找我过去的。

屋里只有他一个人。他比以前更加矮胖，脸色也更加红润了。

"我派人去找你，"他开口道，"是因为你得去巴西亚翁达了。那里的开采期快到了，需要更多看守。你赶紧回去收拾收拾，

'美人'号明天就过来"。

这一走，眼下脑子里激荡翻腾的很多人和事，就要渐渐淡去了。库玛蕾、巴勃罗、罗西塔……还有我的朋友们。我已经在这里不知不觉待了将近一年光景，眼下又得结交新朋友了，这可不是那么容易的事，我一点都不开心。

"很好。"我说完就离开了。

我回到住处，把挂在钉子上的衣服收进破箱子里，把吊床卷起来。房间里空空如也，就好像从没有人住过一样。我向大家告别。恩丽盖塔的双眸黯淡下去；小路易斯给了我一个最快乐的微笑；堂帕奇多还是那么和蔼可亲，他祝我前程似锦；罗西塔又闭上了眼睛，就像风吹动她的衬裙时那样……我恳求尼卡，如果见到库玛蕾，就告诉她我在巴西亚翁达。清晨五点，我上了船，海面宁静，天空温柔。

"美人"号是一艘很棒的帆船，就像海鸥一样在浪花间跳动。无论是主帆还是顶帆都在迎风高歌。这是一艘小型船，负责半岛各个码头间的邮政通信。我们沿着岸边航行，一路顺风顺水，提前到达了图库拉卡斯。只有一个黑人下船去给路易斯·科特斯老爷——瓜希拉省第一个买汽车的人——送邮件。开车的那一天，瓜拉亚果被城市里的汽油味熏得晕晕乎乎，从来都没那么红过。在印第安人惊愕的笑容中，气缸扯着嗓子高唱着纽约的"早晨好"。路易斯老爷一踩油门，大家的红嘴唇立刻吓成了白嘴唇，鼻子就像发动机的螺旋桨一样瑟瑟发抖，深色的眼睛圆睁着，惊恐地陷入无尽的黑暗。舌头和味蕾品尝着神秘的酸味。图库拉卡斯的小路满眼青翠，那是热带的绿色，没过多久，一切的轮廓就模糊起来，宛如消融于海水之中。

快到下午六点钟的时候，我们的船经过了艾尔卡顿，人们正在钓鱼……曼努埃尔应该就在此地……远远望去，四十八艘单桅船和二十五艘独木舟在海面上竞发争流，天际线上点缀着不规则的四边形帆和三角帆。回首岸上的点点灯火，有小客栈微弱遥远的光，有灯塔的红光，也有信号灯的绿光。陆地上的人声、歌声、叫喊声和枪声混杂在一起，传到海上。帆布在轻吟，海风吹动着三角帆，发出鱼尾摆动时的敲击声；涂着沥青的绳索俘获了夜晚。我所有残存的关于艾尔卡顿的记忆，都是模糊的色彩、喊叫和人的面庞。沙滩上搭满了帐篷，在海风的吹拂下，如浪涛般作响。那些临时搭建的茅屋，虽然看上去陈旧，但住客很快便能随遇而安。玛加丽塔岛的水手们把尖刀插在腰带上，走起路来东倒西歪，好像还在甲板上颠簸似的。他们的脸上刻着又深又长的珊瑚色的疤痕。来自圣玛尔塔岛、马拉卡博和里奥阿恰的妓女，来自土耳其、法国和哥伦比亚的商人，不同种族、不同营生的各色人等齐聚于此。土著潜水员戴着金项链，头上绑着丝绸做的帕子。印第安女人满口谎言，总是缠着人要这要那；还有衣衫褴褛的乞丐，肆无忌惮的孩子……他们在保管人和主人的面前撬开贝壳。如果发现里面有天赐的硬核，便得意扬扬地大喊大叫起来：

"珍——珠！珍——珠！"话音刚落，周围便嘘声四起。

他们把贝壳扔进篝火上的铁锅里，在蚌肉里寻找小粒的珍珠。

我怎么也寻不见曼努埃尔的影子。港口上的独木舟很少，渔夫们要到天亮才能回来。一个来自玛加丽塔岛的水手正搂着个黑女人交欢，宽阔的后背把怀中的女人遮得严严实实，几乎看不清眉目。他们的叫喊声消失在村子周围。这个村落是临时搭起来的，将来也会在三个小时的白天和半小时的黑夜里被拆得一干二净。人们在激情澎湃地相爱：黑人男子爱上印第安女子；印第安女子爱上白人男子；穆拉托男子爱上黑人女子；白人女子爱上印第安男子；沸腾的热血在熊熊燃烧的熔炉里锻造出美洲包容万物的种族。

在屋里的桌子上和干仙人掌的屋顶上，回荡着海螺遥远的余韵。海螺里留存着浪花的声音，留存着那些在或清澈或浑浊的深海中的同类的声音——只有潜水员四下打量的眼睛才能看到它们。

曼努埃尔还是不见踪影，我们的船重新起航了。妓女们打扮得花枝招展，黑色的体毛用红丝绳扎得紧紧的，就像一粒粒胡椒。眼下她们的生意正红红火火，捕鱼季一向是出生率飙升和性病高发的时期。情欲赫然写在统计表里的温度上，但是统计表从来都统计不出每天世界上有多少精液被徒劳地射进了女人们如饥似渴而又不孕不育的红色阴道中。

我们的船与白色和黑色的渔船相遇，船员们或潜水或拉网，船帆也随之或松垂或鼓胀。棱角分明的风帆如毕加索的绘画一般装点着海面。怪兽般的潜水员作为被文明开化的入侵者，正强奸着这一片碧蓝的海水。他们野蛮地赤裸着黝黑的身体，佩带着一剑封喉的利刃，宽阔的胸膛随着深长的呼吸一起一伏。

沉重的钢板和铅底鞋把潜水员们压得动弹不得。他们背着笨重的氧气瓶，提着鱼篓慢慢下潜，只在水面上留下一串冒着水泡的垂直的余波。经过他们身边的鱼群被吓得连连后退。它们害怕头盔上那一只独眼，它的中央是一个十字架。万一葬身海底，这块无光的硬金属可以留个印记。在那里，所有陆地上的光芒都会消失殆尽。海最深处有玫瑰色的鲷鱼，下潜到那个深度时，人的心跳会迅猛加速。海底的一切都在游动，红色、黑色和绿色的鱼，瞪着蓝色和水色的眼睛。还有石珊瑚和带电的水母，它们是那样五彩纷呈，宛若沉入海底的太阳。在可怕的气压下，水草们随着浪涌翩翩起舞。潜水员能看清铺着碎石或者沙砾的海底。那里遍布着一颗颗银色的海星，仿佛夜空的倒影。海星挪动着触角一路匍匐，嘴巴位于身体正中……绿色的海马飞一样地掠过；危险的剑鱼令人心惊肉跳，生怕它们砍断氧气瓶，这样的意外曾经发生过多次。海底的植物比陆地上的还要五彩斑斓，如果不是亲眼看见，没有人能描摹其中妙处。那是红紫相间，又与深沉的碧绿交融的颜色；那绿色不能持久，分分秒秒都在随着细碎的阳光、星光或月光化为泡沫。海底的洞穴里异彩纷呈：紫红色，玛瑙色，逐渐复原的橙色，朦胧的亮金色和旧银色……那里是颜色的盛宴，层次细腻，光怪陆离。红与蓝之间存在着丰富的渐变，从橙黄色到浅红的皮肤色，从黑蓝色到辽远温柔的天青色。翠绿的洞穴深处，光芒由亮转暗，宛若从蓝桉的鲜明幻化为青松的苍劲。云朵过处，留下紫罗兰色的光带。橡胶管和钢丝把生机勃勃的空气输送到海底。生命在头顶，在光辉里，在大海上，在天空下，在那深深浅浅的珍珠闪着光泽的地方。那里有女人，有在亲吻和海难中驶向死亡的航船。但这里有极致的美，有最奇异、最混沌、最陌生、最专横的生命。这里的一切都在直面生存和死亡。这两股火一样的力量只相差不到一毫米的距离。其中一股力量在呼吸，在新陈代谢，繁衍生息；另一股力量在分解和腐烂。无边无际的马尾藻可以缠住氧气瓶，把它打得粉碎，任由潜水员睁着恐怖的眼睛面对着红绿蓝紫相间的光芒，那是死亡斑斓的光芒，它将所有颜色存于一人，融为一色。鲨鱼是睁眼瞎，它们围绕在潜水员身边，嘴巴棱角分明，锥形的牙齿闪着危险的寒光。在那边，一条不知名的大鱼正在追逐一条鲷鱼，后者飞一样地逃窜，跳跃又跌落，最后还是变成了大鱼饥肠辘辘的口中餐。石斑鱼成群结队地经过，孤独迟缓的游鱼鼓着鳃，张着筋疲力尽的鳍。龙虾穿着节日的盛装从宽阔的洞穴里钻出来，钢铁的外套闪闪发亮。螃蟹们一路横行，钳子般的蟹螯如同天线，将一切都打探得明明白白。潜水员手中抓着一只焦躁不安的珠贝，后来，一只渐渐成了十只。整个过程历时良久，但对于他来说，就好像几分钟那么短暂。他浮出水面，耳朵和鼻子都在流血，就好像身体挥洒出最珍贵的浆液，为那失去的海底世界伤心痛哭。现在，他终于可以去见他的黑女人、印第安女人或者白女人了。可他觉得情人又无趣，又愚蠢，眼珠浑浊，嘴唇漠然。尽管如此，她还是会将一米多的沙子堆到他的背上（这要看具体情况），然后带着属于尘世夜晚的微笑，用头发蹭着他的脸庞。

我们离开了码头。远方的灯火已经看不见了，汽车和卡车喝饱了汽油和润滑油，正睡得香甜。图库拉卡斯进入了梦乡。二十五艘独木舟和四十八艘单桡船上，二百三十三名船员双眼圆睁，雄心勃勃地在汹涌清澈的波涛间彻夜航行。

天亮了，海浪把一弯精致的新月送上天空。海底深处，有人对隐藏的珍宝大举进攻。在艾尔卡顿，陆地上的人们焦急地盼望着单桡船和独木舟返航。这些船上满载着珍珠，那来自海底的奇异光彩，将在不同的脖颈、后背和臂膀上熠熠生辉。

再见了，艾尔卡顿，我在这里见识了大海的深远与辽阔。在这里，千万种色彩齐聚眼底，而生命却满身风尘。人间的生活为什么会是这个样子！再见了，快乐的、覆盖着热带绿荫的青翠码头，这里圆形的港湾，只有船帆们安静的低语才能打搅；这里人声喧哗的茅屋和顾客盈门的店铺，就如同穆拉托女人的乳房那样丰饶。再见了，我会把这里的女人和珍珠永远珍藏在记忆深处！

就在我心灵中那颗浑圆的珍珠上，一缕蓝色的晨曦冉冉升起，勾勒出远处帆之角[①] 黑魆魆的轮廓。

[①] 这里指位于哥伦比亚瓜希拉半岛的卡波德拉维拉海岬，卡波德拉维拉在西班牙语中是"帆之角"之意。

16.
帆之角。献给泥土、湛蓝、多风的巴西亚翁达的
一曲斑斓的颂歌。

　　帆之角沐浴着阳光出现在船头。这一隅孤独荒凉的海岬，
被云朵和天空包围着，从岸边延伸至海中。黑色的、没有光
的灯塔，指引着航船驶向那些充满光明和欢笑的城市——巴
黎、柏林、伦敦、日内瓦。帆之角是船家的必经之地。也许胡
安·德·卡斯蒂亚诺斯[①] 曾经来过这处胜地，并写下信札和诗篇。
就是那位阿拉尼斯的胡安·德·卡斯蒂亚诺斯，他是修士和武
士，也是作家、诗人和冒险家。同样来过的还有阿隆索·德·奥
赫达，甚至我们的父亲哥伦布，也曾向这片土地投来探索的目
光。海鸟纷飞，涛声不绝的土地啊！你从陆上探向大海，永恒的
礁石历经几个世纪，依旧在碧水白浪间巍然屹立。你一身泥土，
坚强地从潮水里、从岩石堆里昂起头颅，去迎接芬芳的信风。轰
鸣、孤独、铿锵的帆之角啊！东西南北的海风画出十字，你在十
字架正中，将万世不易的目光投向满天星斗。你望着那些满载女
人和音乐的远洋轮船，望着渴望冒险的单桅帆船，望着可怜的印

----

① 胡安·德·卡斯蒂亚诺斯（1522—1607），最早描写西班牙美洲殖民地的
　 诗人之一，生于塞维利亚阿拉尼斯，曾作为士兵参加对美洲的征服。

第安人一生所系的黑色独木舟，也望着轻捷的海盗船——它们满身酒气悄无声息地经过，一如那些在码头彻夜纵情的水手。你在万顷碧波中放牧，鲣鸟一头撞死在你侧翼坚硬的岩石上。成群的海鸥随着来往的船只漫天飞起，随即又张着无用而迟钝的红色爪子停落在樯楼。它们想用叫声捍卫你的安全，想用迅猛的飞翔载你远行。你是海与天的卫士！你是风与浪的牧童！你是浪花与海鸟的港湾！你是水手们的向导！你是窥测风暴的瞭望塔！轰鸣、孤独的海峡啊！铿锵激昂的帆之角！

我的心就像磁石，吸引着陆地上所有的忧伤。那片遥远、静止、安宁的土地，如今再也看不到了。瓜希拉张张熟悉的脸庞在脑海中一一掠过：阿娜斯卡、巴勃罗、奥古斯都、因瓜、库玛蕾、小托马斯（那晚他的样子实在讨厌），还有恩丽盖塔、罗西塔、组长、堂帕奇多、加布里埃尔、小贡恰、拉斐尔和维克多……曼努埃尔……我好久都没见到他了。如果他日相逢，我看他的目光一定是黄铜色的，就是那天在马瑙雷房间里找到的那粒弹丸的颜色……他一见我就会明白，我什么都知道。他不能否认……为了一个女人去杀死一个男人……为了一个那么常见，那么不同，那么准确又那么简单的理由去杀人；为了保留锋利的刀刃，去剥夺一个艰难的生命……啊！是的！爱情是一只悬着罪恶的耳坠，总是浸满鲜血，恰如人的另一种本能——生育一样，常让人付出生命的代价。有些男人终日为了面包和女人陷于死亡和杀戮。这两者其实没什么不同，女人就是众人口中的面包。她们永远难以捉摸，永远都不会让你摸清底细，永远都行进在通往神秘而又折返真理的路上。曼努埃尔，你为了一个女人去杀人！此时此刻，这桩罪恶定如铅块一般，永远捶打着你脆弱的记忆。

那晚的每一幕都会清晰地落入你的脑海；那颗射向血肉之躯的子弹将会永远呼啸在你的耳畔。生命只在遭遇死神的地方相聚。马瑙雷将是你一生中最后遥遥相望的风景。哪怕能与阿娜斯卡重逢，当你吻她的时候，也不会在她的眼眸中看到天空或是你自己眼睛的映像。而巴勃罗的身影将会茁壮地生长在你湿漉漉的、带着笑意的嘴唇上。你女人黝黑光泽的皮肤将会变得和他的脸色一样混沌。那个死去的人的声音渗透在她的笑声里；她的大腿或乳房一经你触碰，便像石头和冰块一样寒冷，恰如巴勃罗深埋地下的骨骸……

库玛蕾，你在哪里？你的名字如圣杯般响亮。你在哪里？你酒红色的双眸和棱角分明的嘴唇，你饱受爱情滋养的青铜色乳房，还有你穿透马瑙雷金色空气的目光，它们都在哪里？你带着我的回忆留在遥远的地方，正如我带着你的回忆飘摇在这艘名字如果仁般温柔的船上。你身上那些生动的毛病，你嘴里的咸味，拂过你秀发的风，如今都在哪里，在哪里？

大理石一样洁白的天边出现了一片陆地。那是巴西亚翁达的海岸线。

紫色的海水清澈见底。岸边的岩石向水中舒展着浑圆的臂膀，如穿了弹力衣般紧致有力。海湾左侧，壮硕的雌鲨鱼群和玲珑的长嘴鸟纷纷跃出水面，像在比赛谁的身量更庞大或者更小巧。当年的征服者和冒险家们在那里建造了一座城堡。武士们穿着铿锵作响的盔甲，挥着寒光闪闪的利剑来到这片土地上，眼中燃烧着对金子的渴望，手里紧握着乳房状的圣餐面包。无论眼睛还是嘴巴都对黝黑青春的肉体置若罔闻。海湾右侧，深色的断崖激起千堆雪浪。远远望去，圣何塞德巴西亚翁达如同海市蜃楼，在曲折蜿蜒的岸上若隐若现。爱情与憎恨在这里融为一体，又被沉默分为两半：一半是饥饿，一半是痛苦。巴西亚翁达！你所有的一切都倒映在我的眼眸里，无论是变幻无穷的颜色，还是丰富致密的细节。泥土的、湛蓝的、金色的巴西亚翁达！你就在我身边，带着海滩上清醒的贝壳被切开时的痛苦，带着沙的锐利和水的温柔。清澈明亮的巴西亚翁达！"美人"号扬着风帆，船上的龙骨咬着浪涌温柔的脊背，也咬着那些独来独往的鲨鱼。它们把我带到你宽广宁静的港湾。你就在一场流光溢彩的梦境中，赫然出现在我的眼前！

海湾的水太浅，我们不得不在离岸边很远的地方抛锚停船。四名水手驾着小艇来接我们下船。这里的海岸姿态万千，礁石嶙峋，沙滩平坦。在延伸至海水中的一处高高的岩石上，有一所木质建筑，周边环绕着几间用纸板搭起来的锌顶茅屋。屋顶几乎毫无用处，因为从来都不下雨……有一条狭窄的坡路贯通于海滩和这所半遮半掩的木屋之间。几个人在岸上等着我们，因为距离太远，看不清他们的脸。

我在"美人"号水手们的欢笑中上了独木舟。趁着眼下海风正好，他们要尽快赶到卡斯蒂耶特，并在五天之后载着负责运送给养的看守沿原路返回。

独木舟上有我在马瑙雷的熟人——大胡子维克多。他向我介绍了其他几个同伴：黑人小伙子马克西姆，满脸带着笑；安东尼奥面色阴沉，身体瘦削；身材高大的切玛也是黑人，只有一只眼睛，是个可爱的马屁精！我差点忘了博亚卡人埃尔南多，他是个黄皮肤的印第安人，慷慨大方又疑神疑鬼。

维克多向我问起马瑙雷的一切，我也言无不尽，无论好事坏事都一股脑地告诉了他。我问他是否真的把老婆也带来了，他笑嘻嘻地说，不是他要带老婆过来的，而是他老婆自愿跟他来的。看那意思，他什么错都没有。

加布里埃尔在海滩上迎接我们，一见面就给了我一个热情的拥抱。和他一起来的还有另外几个人：安东尼奥的妻子弗朗西斯卡，她是个身材高大的印第安女人，目光敏锐，仿佛能看穿一切；看守帕特里西奥、组长、三个默默无闻没有姓名的印第安女人，切玛的四个孩子，还有另一个叫"楚佬"的印第安人，浑身一丝不挂，连兜裆布都没穿。

我背着单薄的行李，走在那条狭小的坡道上。黄蓝相间的土地干旱少雨，却又因临海而终日潮湿。苍穹下海风劲吹，一片蔚蓝，海鸥的鸣叫此起彼伏。我将在这里度过长久的岁月。生命在身体中缓慢地流淌，如同无风的云朵。满目雪白的马瑙雷已经消失在记忆深处！我的双眸因生活的痛苦而噙满泪水，身体却被愉悦的阳光染成金黄。死神虽然遥不可及，但也可能回来这里将我召唤。也许我会在这平坦无垠的土地上收获爱情。天空，大海，陆地，生命。沙地如同印第安人的肤色一样黝黑和棕黄；天空辽阔高远，仿佛上帝的微笑，任凭灵魂展翅翱翔。粗野的、荒蛮的生命，被时间塑造，被死亡切割，在岁月的利刃下断裂，在时针的嘀嗒中坚强。大海啊！蓝色、绿色、金色的大海！海面上有风有帆，有海难，有罪恶。海上的生活不为世人所容。充满了危险和诡计的生活啊！又聋又瞎，参差跌宕的生活！

东北风伸出咸涩的舌头，舔舐着岩石上的木屋。木屋周围是几间寒酸的茅舍。从北向南数，第一间茅舍里住着安东尼奥和弗朗西斯卡；紧接着是埃尔南多、切玛和帕特里西奥。在他们对面，分别住着维克多、加布里埃尔和马克西姆。切玛和埃尔南多的住处之间还有一处空屋，那就是我住的地方了。我放下自己的行军床，展开吊床，把行李箱放在桌上。桌子是前一任房客自己做的，外形粗糙，四个桌腿上全是木结。我问陪在身边的马克西姆，该去谁那里吃饭，他笑了，一脸惊讶地问道：

"吃饭？但是伙计，在这里，大家都是自己做饭的。"

"是吗……但谁也没告诉我，我既没带炉子，也没带锅，什么都没带……"

"好吧！既然这样，咱俩就一起吃饭，你负责从里奥阿恰给我订东西。"

我答应了，随后又跟他去拜访了另外几家人。我们去看了帕特里西奥和切玛，后者袒着肚皮躺在吊床上，请我们喝了杯咖啡。我们还去了安东尼奥家，他对我们的来访不太高兴，但弗朗西斯卡倒是满心热情。最后，我们去了加布里埃尔家。组长和另一个看守住在仓库里。那里是空的，只有很小一点地方可以储存盐袋。

我发现，加布里埃尔不再像以前那样，嘴角边总挂着欢喜的笑容。他面色苍白，忧心忡忡，有时候他会突然笑起来，笑得那么年轻，整个嘴巴都生出风来。但是他身上有一些奇怪的东西，令我无法适应。他也因此变得难以接近，古怪得几乎像个陌生人。也许在他的眼睛里，倒映着一个我不认识女人的面庞。

我们在加布里埃尔家里吃了饭。他的屋子收拾得最干净，最细致。桌子是一只大木箱，上面还铺了块三小马牌印花布做桌布。他做了椰子米饭和羊肉干，又端上加奶的咖啡。饭后大家边抽烟边聊天，天南地北无话不谈。

"这里的工作比马瑙雷轻松，"加布里埃尔说道，"只要把

163

水桶从小艇上搬下来再搬上去。虽然有一点沉，但最多不过十只……再就是这里的印第安人很危险，我们每天需要轮流参加两个小时的巡逻警戒，巴西亚翁达不像马瑙雷那么安全，凡事都要小心，咱们离哪儿都远，这就会给那些印第安人可乘之机。我们这里有很多紧缺物资，而他们天天都在挨饿。跟其他地方比，这里够安静的了，有很多印第安姑娘……你们要是机灵点儿，倒是能占些便宜。如果不的话，切玛就把她们全收了。真是禽兽……！"

"为什么？他那么喜欢印第安女人吗？"

"是的，他真的喜欢……他总是远远地等在外面，把她们都召到自己家里。我不知道他这么做是因为喜欢，还是只想买她们出售的羊皮。但无论如何，去他家的印第安女人比去哪儿的都多。这黑鬼可真是有毛病。"

"对，就是这么回事。"马克西姆附和道，"切玛总是把所有印第安人都拉到他家里，买他们的羊皮。他从不一个人一个人地谈买卖，那样赚不到钱。上个月他讨了只一百磅的豚鼠……他就靠这招数填饱肚子了，就凭他挣的那点薪水，谁知道该怎么过日子。他总是走东家串西家，问别人讨大米、玉米、糖塔、咖啡……只要能讨得到的东西，就绝不会买。他手上所有的钱都用来还债了……他不该那么堕落的……既然讨来的东西比自家的都好，那为啥要花冤枉钱……"

"他已经欠了我……"加布里埃尔说道，"三罐玉米了……昨天，我最后一袋玉米也吃完了。我现在连配咖啡的牛奶都买不起了。我不会用花布跟你们换牛奶的，我有别的用处……"

"什么用处？"我天真地问。

"什么用处？喝酒呀……"

"哈哈哈……"

"我说，"马克西姆说道，"贝碧塔什么时候过来？"

"我也不知道。大概星期一吧……还有三天。玛丽亚跟我说，她离这里还有好远的路。"

"这该死的老女人！"马克西姆嚷道，"谁让她多管闲事的？"

"这要看她从别人那里能讨到玉米还是糖塔了。但是，她从我这里连杯水也讨不到……"

"难道这里用钱什么都买不到？"我问道。

"当然，钱在这里什么都买不到，一切都要订购。要是那个叫帕拉达的委内瑞拉人不带着骆驼烟过来的话，咱们怕是连根香烟都没得抽了。"

"你认识维克多的女人吗？"我突然问道。

"当然，我怎么会不认识她？"他回答得很快，好像正在想她似的。

"那么，她怎么样？"

"她可真不赖……比维克多那个混蛋漂亮多了。"马克西姆抬起手来说道。

"是的，她很漂亮，非常漂亮……"加布里埃尔说道。

"她从哪里来？"

"库库塔。"

"为什么要过来？"

"哎哟，你问的问题可真多……可我怎么知道……你还是自己问她去吧。"

通常，只要在闲谈中一提到女人，大家就都不说话了，就好像所有人都在想象着她的爱抚似的。现在，沉默又降临了。马克西姆用脚在沙滩上画了个半圆。加布里埃尔伸手捋着大胡子，眼睛盯着地面。而我，既不知道该说什么好，也不明白大家为什么会沉默。我忘了所有要问的问题，一心想着这个素未谋面，但一提起她的名字，大家就会静默无言的女人。她是个什么样的人？我忍不住好奇，一心想快点见到她。她开始变成一种焦灼的需要，让我不惜一切风险也要满足自己。我无法承受那些见不得光的禁忌之事，所以必须见到她。她是我迄今为止唯一没见过的人，可我又住得离她很近，与她呼吸着相同的空气，看着相同的景色，过着相同的艰难困苦的生活。马克西姆命令一般的问话，打断了我们的平静。

"走……？"

我们向马克西姆家的方向走去。他神色紧张，烟斗一刻都没有离开嘴巴。烟斗已经成了他身体的一部分，一缕青烟总是在头顶上盘旋。他一口白牙，健康有力。浑身散发着十足的阳刚之气，是个真正的黑人大力士。他的脸上总是挂着笑容，有那么一点像巴勃罗……也许像在皮肤的颜色和微笑的幅度上……我们默默踏上木房子前的小楼梯。这座木屋位于临海的高地，能看到荒凉的、赭石色的另一面海湾。左侧小山上的云母水晶闪着璀璨的光芒。天空晴朗宁静，阳光明亮悠长。

"来看看菲尔博。""新"巴勃罗说道。

木屋正位于巴西亚翁达的中轴线上。在屋子的一侧是马克西姆的鸡窝，二十五只各色羽毛的母鸡和一只脖颈油亮的大红公鸡正在扬扬自得地找虫吃。它们在玻璃盆里喝水，随后仰头望天，像是在感谢这清凉的天气。菲尔博被拴着一条腿，躲在鸡窝的角落里。它是一只黑眼珠、灰羽毛的大公鸡，身材健壮，动作敏捷。在主人温柔的抚摸下，心满意足地咯咯叫个不停。

"这只鸡真是太好了……它是'船长'的儿子，就是那只加莱拉的斗鸡冠军……我花了十五个比索才把它买回来……我要是把它带到里奥阿恰，能卖一大笔钱……哟哟哟，这无赖。"

公鸡黑炭般的眼睛里闪着钻石般的光芒。它松了松银色的喉咙，抖了抖身上的羽毛。

"放下那只鸡吧，我们去看看盐场……"

"这个点的盐场……开什么玩笑，这么热的天……我先去睡会儿。"

马克西姆朝他的茅屋走去。我带着加布里埃尔回到了自己的屋里。炎热从狭窄的门板透进来，我躺在行军床上，加布里埃尔躺在一旁的吊床上。

"这儿的人怎么样？"我问他。

"啊？跟所有人都一样……在哪里都有好人和坏人……切玛是个禽兽，总是喜欢抢别人的东西……安东尼奥比魔鬼还要神经衰弱，小肚鸡肠，他要是能跟谁说句话，那可真是奇迹……不，比奇迹还神奇！组长从来不管别人家的闲事。维克多嘛——"他停了一下，"他总是盯着自己的女人不放……就好像别人要跟他抢似的……我敢肯定，他一点都不信任她……这可真不值得。在这里，大家都觉得白人女人更漂亮。实际上，女人都一样……特别是在床上……只要你在她们上面，管她是不是白人……马克西姆是最善良的……他算是这群人里最好的了，总是那么助人为乐。我在这儿待烦了，要是能走就好了。但又带什么走呢？我也不知道挣的这点钱都花哪儿去了，但手里面从来没有半分钱。所有钱都花到印第安女人身上去了……自从我来到这里，一个子儿都没攒下来。真正有钱的是埃尔南多，他原本是个穷鬼……但突然之间就阔绰起来，还给屋子装了窗户……他的乐趣就是做饭，发明了很多新菜肴……我烦得要死……什么读的东西都没有。我搞到了一本特别蠢的书，叫《工作与日子》……里面讲的全是农活……等我借你看……真是本烂书……再见。"

就算身边有人陪伴，我依然会感到孤独。这种孤独寂寥无垠，就好像顽固的苔藓，在所有东西上生长。而安静比孤独更强大……虽然我们离沙滩只有几步远，抬头就能望见大海，但涛声却几不可闻。黑夜已经降临，时间流逝得更快。这里的第一晚是多么孤独。四周安静得吓人，能听到母鸡跳上鸡窝又从上面摔下来的声音……还有它们咯咯的叫声和公鸡的打鸣声。远远有一个声音传来：

"切——玛！！！"

"什——么！！！"

回音在空中跌宕许久才渐渐消隐，待传到我耳畔的时候已经咽了气。又是安静。更深重、更结实的安静，就仿佛要把声音划破了的伤口合拢一样。

如果今后每一天都是如此漫长，那生活将会是多么恐怖！我将终日沉睡、做梦又起床。库玛蕾、梅梅、罗西塔和阿娜斯卡都远在天边。我需要慢慢去熟悉那些新同伴的脸。巴西亚翁达的同伴中，有白人也有黑人，他们系着腰带，踩着凉鞋，身上穿着汗衫，脚上套着磨破了的蓝色印花布袜子。

寂静和遗忘一样，都是黑色的。它的热度慢慢地将我全身包围，随着落入水缸的黑暗越发深重。潮湿炎热的阴影尽情畅饮着从里奥阿恰运过来的清凉的水，就如同我的影子和身体——一个孱弱却热爱冒险的孩子的身体，在瓜希拉赭色荒芜的土地上尽情享受着渴求已久的奇遇。蜘蛛在角落里结网，这是一只漂亮的、浅棕色的小蜘蛛。它灵敏迅捷地沿着从身体里吐出来的蛛丝向下爬，再将这条丝与另一条丝捆结在一起，紧接着又向上爬，就这样编织出规则的几何形图案来锁住昆虫们的飞翔。就像这只棕色的小蜘蛛一样，我也一根一根地编织着回忆，并沿着回忆的丝线上上下下，结成几何状的网：面孔，风景，情感，这一切或是棱角分明，或是四四方方，或是丰满圆润。夜已深了，蜘蛛停止了工作，而我却开始踏上通往昨日的无尽旅程。它遥远而平坦，如同地平线上黄色或者绿色的广袤平原，一路延伸到群山的浑圆脚下。

在这里，能听到墙上挂钟轻轻走动的声音。秒针嘀嗒嘀嗒，次第穿墙而过，那一点点永恒被撕扯成响亮的报时声。我在心中一遍遍地数着：一……二……三……四……五……六……七……

我在黑暗中看到自己赤裸的双脚，它们的生活与我的大相径庭。这双脚带我走过了那么多不一样的地方。它们把我带到这里，本也可以带着我去廷巴克图、卑尔根、波利尼西亚或是海参崴。这任性而又灵敏的双脚，谁知道接下来还能带着我去哪儿呢？或是某一天，当它们厌倦了追逐那些永远追不到的东西，从此便停在此地。或者有一天，它们会在天空与大地间僵硬不动。空气里有碘和泥土的味道，也有疾病的味道和星辰的味道。海风渐渐展开丝绸做的风帆，覆盖了整个天地。安静无穷无尽，上帝仿佛已经死去，又仿佛正在创造另一个世界。

17.

盐池边的对话。维克多的女人。半夜十二点。第一次警戒。

晚上八点半了，我出门去找加布里埃尔，可他不在。所有的门都关着。我以为大家都睡着了，便一个人去了盐堆。它就坐落在木屋后面，朝向东方。

除了习惯早睡的切玛和组长，所有人都站在上面。

"组长的女人是个婊子。"马克西姆说着话，看到我过来也没停下，"我说……你要是想买个印第安女人，现在就有门路……在这里，你要什么样的就有什么样的……为了一罐玉米，她们跟谁上床都行……她们就靠干这个养活自己。昨天切玛告诉我，那女人要了一条项链，还让维克多给她买了玉米、花布和其他东西……至少花了一百五十个比索……"

"可是值得呀！"埃尔南多嘟囔着，"虽然是个印第安人，可是她长得漂亮。"

"长得漂亮有什么用……"黑人反驳道，"还不是跟全天下的女人一个样，这个印第安女人和那个印第安女人，女人们都是一回事，全是婊子……"

"不是所有女人！"安东尼奥叫起来了，"弗朗西斯卡就不……"

170

"现在有你在，她当然不是了……不过你刚过来的时候，她已经睡过一堆男人了。"

安东尼奥不说话了。他知道马克西姆说的是实话，但他对那个女人有一种欲罢不能的野性和强烈的欲望。就算他知道弗朗西斯卡跟所有人都睡过，也还是对她难舍难分。

"照我看，"加布里埃尔说道，"他们还是结婚吧。这样他就能跟那个印第安娘儿们在一起，不用过来跟我们说些骡子一样的谎话了。真拿人当傻子呢！……会说话的骡子……他妈的！这样我们昨天也不会挨他的骂了。等到那天，咱们可得好好喝一顿……"

"当然！"马克西姆说道，"到时候咱们都喝个痛快，他得订上四罐白朗姆酒和两瓶杜松子酒。这家伙也该破破财了，他待在办公室里写瞎话，挣得倒比我们都要多。"

"马克西姆，那天那个印第安女人怎么样？"埃尔南多问道。

"怎么样……她比鲻鱼还要滑头，除了二十粒金珠子，什么都不要。我给了她一块花布，可什么都没干成……我对她说，只要能让我压她身上，就送她一块镜子，结果也不行……她只想要珠子，还说她可没那么傻，穿着别人送的花布让自家丈夫看到……"

"她为什么不把花布藏起来？"

"往哪儿藏？"

"难道送珠子，他男人就看不见吗？"

"我也问过她，她说珠子可以藏在兜裆布里，一颗一颗往外拿，这样她丈夫就发现不了了。"

"别理这娘儿们，你等着瞧吧，不出几天她就会来找你要花布了。”

“来找我？她可是比白人还自高自大……不过我确实觉得能睡到她……该怎么接近她……那些印第安人可真够多的。”

“几点钟轮到你警戒？”加布里埃尔问我。

“我不知道……”

“十点到十二点。”安东尼奥发话了，他的声音里充满了严肃和厌恶。

“那我到时候叫你。”埃尔南多说，“你没有枪，先用我的。明天发你枪。”

“不用叫我了，我不会睡的，现在都九点了……”

“九点了？那我们去喝点儿咖啡吧……我只剩一点儿了，不过还是够请大家的，就放在炭火上。”马克西姆一边起身一边拍拍沾满了盐粒的屁股。

“夜色真美呀！”安东尼奥赞叹着。大家抬起头仰望星空，紧接着又都望向他，而他一句话也没说……这可真是奇怪。

我们去了黑人马克西姆家。屋子的一角是厨房，堆着很多锅碗瓢盆。另一端是一张廉价的小木床。另外还有一只和床差不多的木箱子。墙上的钉子上挂着一顶大草帽。

我坐在床上，大家一起喝着咖啡。有些人站在门边，加布里埃尔和埃尔南多坐在我身边。

“你得多注意盐矿旁边，那些印第安人可能会破门而入。”马克西姆的目光从杯子边缘上面向我看过来。

“好的。”

我陪着埃尔南多，一直等钟敲过十点。他递给我一支步枪和十发子弹，就去睡了。

好大的风啊！吹着口哨、唱着歌、怒吼着的风。月亮在天空上飞速穿行。脚下的海一刻不停地撞向岩石，粉身碎骨。一切都是那么寂静，偶尔会听到一声轻咳。我努力去辨别，到底是谁在咳，但一无所获。我始终不知道是谁发出的咳嗽声。如果是有人在大笑，那就好认多了。但是咳嗽……差不多人人都一个样，只有一两处来自肺部和嗓子的细小差别。

　　我很快厌倦了眺望夜色、木屋、海岸、海水和盐矿，我都围着它们绕了一百个圈了。透过办公室的小窗能看到挂在里面的钟表。现在是……十点二十五分……！怎么可能！才十点二十五分？还要待多久才能到十二点呀！还剩多少分钟呀！九十五分钟……九十五乘六十……六乘五，三十……从零数到三……六乘九……五十六……不！是五十四！五十四再加三，五十七。后面再加一个零，不，是两个零，一共是五千七百秒。五千七百秒……！他妈的！这也太长了……足够走半里①地了……

　　盐矿看不分明，却闻得见它的味道，也感觉得到它的存在。空气中仿佛漂浮着一片芳香扑鼻的绿斑……夜色越发泛蓝，星辰更加璀璨。退潮了……我为了消磨时间一路闲逛，从仓库门外一直走到盐矿边上。一、二、三、四、五……我数到二十五，又看了看时间。他妈的！才十点四十五！我还以为至少十一点半了呢！我所有的思想，所有走过的路，所有的脚步和思绪，都坠入了被懒惰的分秒所慢慢打开的深渊里。我感到无尽的孤独，周围笼罩着同伴们的酣梦。经过白日的休息和夜里的辛劳，他们脸上带着醉意，睡得无声无息。熟睡的身体摆出各种奇怪的姿势。有

---

　　①　这里指的是西班牙里程单位，约合 5572.7 米。

些人四仰八叉地睡在了别人身边。有谁能感觉到身旁另一颗心脏的跳动？是切玛，还是被印第安情人烟灰色的头发缠住的安东尼奥，或者是维克多——现在他是否像很多男人一样，躺在一个我不认识的女人身边？至于加布里埃尔，他是否在幻想着有个女人枕着他的胳膊，与他头挨着头？他是否在爱抚着某个姑娘，她与他是那么亲近，却又是那么遥远？

我把步枪从一只肩换到另一只肩，从一只手换到另一只手，实在不知道该拿它怎么办才好。这是一支很有年头的枪，曾经在卡拉祖阿之战[①]中被怒发冲冠的革命者握在手里，喷射出致命的子弹。当年的它是那么快乐，深色的木质枪体泛着光泽，扳机洁净，枪膛闪着蓝光，迎接着敌方呼啸的弹雨。可它如今却是那么肮脏油腻，浑身都被风、盐和岁月刻上了斑驳锈痕。因为长期弃置，它精神萎靡，粗糙坚硬的子弹艰难地穿过枪膛，就如同穿过厚重的人群，再像无头苍蝇般地窜向空中，在风中左摇右摆，完全不遵循射击手原定的方向。然而，哪怕子弹盲目到毫无意识，它们终将如来到这个世界上的人类一样，飞向自己的终点，自己的终点。

黑暗在身边滋长，好像随着夜色深沉，事物的体积也变大了一样。木屋的倒影几乎延伸到盐矿，屋顶宛如宝塔。我自己的影子也变得又瘦又长，再配上那支枪，活像漫画中的人物，在峭壁上分崩离析，一头栽进了海里。

母鸡们也在睡觉。它们把头埋在翅膀里，仿佛被砍了头。可

---

① 卡拉祖阿之战，发生在 1901 年 9 月 13 日，在委内瑞拉与哥伦比亚千日战争中。

它们睡得并不安稳，而是充满警觉，神经兮兮。切玛门口躺着一只干瘦的黄狗，好像在等待着什么。也许有人会把他杀了，也许会有人扔给他一块面包。他躺在温热的土地上，做着流浪的梦，梦里饥肠辘辘，厄运连连。

终于，钟表开始报时，新的一天又来临了。一……二……三……四……五……六……七……八……九……十……十一……十二……时针和分针沿着分分秒秒的链条，如登山队员一样向上攀爬，一直爬到黑夜雪白的峰顶，星辰的结晶洒落在空气飘动的脊背上。时针与分针经过半天的追逐，终于在这一刻两两相叠，在这个只持续一秒钟的吻中达到了极致的完美。这一秒的生命，转瞬即逝又刹那永恒，它同样属于十二小时后的明天。到那个时候，它会带着微笑，截然不同而又一如既往地重现。它脸上的微笑既如婴儿初生亦如垂暮临终。我置身于时针无穷无尽的轮回，如同置身于无穷无尽的孤独中，这孤独在我身边如野草般疯长。半夜十二点已经过了，但一切如旧，地球和天空依然在环绕彼此地转动着。

我得去叫醒马克西姆，让他来接我的班，继续守夜到凌晨两点。我感到有点困倦，更多的是劳累。我的后脑勺沉甸甸的，一团混沌。

我敲了一下、两下、三下门……无人，无人应答。看来他睡得很沉，魂魄不知道飞到了少年或者童年时代的哪个地方。我必须叫醒他，把他从梦里拉回来，拉回到生活中来，拉回到这两个小时孤独的巡逻中，没有别的时刻能比这段时间更加充满回忆。我看到他还没回应，便开口叫道：

"马克西姆……马克西姆！十二点啦……！"

"啊？……！"耳边响起一个陌生的声音，粗鲁地嘟囔着。

"十二点啦！……快起床！"

"好的……啊啊啊……"他打着呵欠说道，"我来啦……"

趁着他起床穿衣，我沿着他的屋子溜达了一圈，接着又去了鼾声如雷的切玛家。夜色更加透明，星辰的光芒也愈加清晰和璀璨。

"出什么事了吗？"马克西姆问道。

"没什么……明天见……"

"你回去睡吧……明天咱们去游泳，是吧？"

"是的。明天见。"

小屋又冷又孤单。看来除我之外，小床还需要另外一个人。

第二天一大早，我就去巴勃罗那里喝咖啡。晨曦中，新砍的木材燃起篝火，就好像干净的风帆在空中飘扬。我闻到附近高山的味道，而大海就如未婚妻的身体一样清澈。

大家都来游泳了。这些白人和黑人的身体太强壮了！皮肤下的肌肉独立而和谐地运动着。大家游得又尽兴又热闹。大海透明碧蓝的微笑倒映在每个人的眼睛里，连维克多也不例外。

早饭后，维克多来找我，请我去他家，认识一下他的妻子。

她躺在一张吊床上，肌肤雪白，白得能透过皮肤看到血液的流动。忧心忡忡的眼睛里闪过一丝邪恶。洁白整齐的牙齿活像倒挂在红宝石岩洞里的石钟乳。她的双唇是那样新鲜，接起吻来一定又甜蜜又温柔，现在它们正半张半合，向我绽放着欢迎的微笑。

"幸会幸会……您以前为什么没来过这里呢？请把这里当成您的家。"

"谢谢——"我结结巴巴地回答。

"坐下喝点咖啡吧……"

"不麻烦了，非常感谢……我在马克西姆家刚喝过。"

"没关系的……多喝点咖啡没坏处，对吧，维克多？您看他天天咖啡不离口，还不是活得好好的……趁着还热……"

她站起身来，矫健结实的肉体在宽大外衣下动弹，就好像倒进杯子里的水一样。

她走向正热着咖啡的轻便炉，煮咖啡的旧燕麦罐带着金属丝的提手，已经发了黑。

"你要香烟吗？"我问维克多。

"不……我还是喜欢雪茄，一抽这些美国香烟就头晕。不过罗拉喜欢……你要吗？"

"好吧……"她朝我们转过身来。

维克多从我手中接过香烟，送到她手里。他朝她俯下身去，在她耳边嘀咕了几句。

"好吧。"我听她这样说。

维克多转过身朝我走来，手间捏着一根点燃的火柴，他挡着风，免得火柴被熄灭。他对我说：

"我去切玛家看看还有没有肉了。他昨天搞了只羊，我去问问他，有没有给我留点什么。"

他出了门，只留下我一人来面对着有女人陪伴的危险的孤独。也许她不知道，等到维克多出远门那天，她将会面对什么。虽然这里有成群的印第安女人，不会没地方解决性的问题，但她是这里唯一的白种女人。她的皮肤是那么白，嘴唇是那么红，牙齿是那么亮！

我深陷在这些思绪里，一言不发。直到她把咖啡杯递过来，对我说：

"不知道糖加得合不合适？"

我一边看着她，一边默默地喝完，她对我开口道：

"维克多要去里奥阿恰给大家买给养，他希望这段日子您能过来吃饭……他不想跟您说，因为马克西姆还有您的另一个伙伴会不高兴。那个人叫什么来着？"

"加布里埃尔？"

"对，就是他。谁知道他们知道后会说什么。他们可能会说，我们两个替您买东西，是想骗您的钱……"

"非常感谢您的美意，但我也很为难。他们会觉得是我不想帮他们做饭……"

"是呀，是很麻烦的……您能做什么饭呀！您把东西都烧了还差不多。您最好午饭后就过来。等维克多带着肉回来，我马上就去炖汤，这样能快点。这个地方的人总容易挨饿……"

"是呀。"我回答她，因为大家什么饭都不做。

"在这里待着太没意思了。我靠做饭和缝纫打发日子，再就是和那些印第安女人吵架。她们总是指望别人把一切都送给她们……有一天，几个住在附近的印第安女人非要用一只小羊羔来换花布……您想想看！她们就是这么没脸没皮……您有没有去盐矿周围散散步？还没有吗？改天我们一起去……那里非常美。"

维克多拎着一根羊脊进了门，满手的血还在往下滴。人看到他这副模样，都会以为他刚杀了人。

"切玛把羊身上最坏的那一块留给我了……这个混蛋！每次我托他办事，总是办不好。他还想瞒着我……"

"这已经不错了，亲爱的。"她甜甜地安慰着。

"什么不错啊！现在怎么说都没用了……谁知道什么时候还会再屠宰。现在我们得把它做成肉干了，真是气死我了……"

"谢谢，维克多，"我对他说道，"谢谢你的款待。太感谢了。"

"没事，别那么胆小，你为什么要走？"

"马克西姆让我帮他砍些柴火。"

"啊，是吗？那我们等你吃午饭？"

"好的，非常感谢。再见了，堂娜罗拉。"

"再见……但是，请别再叫我堂娜……别那么客气。"

"好吧，再见……罗丽塔①。"

我也不知道自己为什么会脱口而出地管她叫罗丽塔，不由得红了脸。我跑着离开她的家门，直奔马克西姆那里。加布里埃尔也在，他见我进门，问道：

"出什么事了？……你怎么这副……"

"我很好……她非常美。"

"你说什么？"

"没有……没什么。我也不知道自己在说什么。"

"好吧！"马克西姆打断了我们的谈话，"咱们快走吧，日头越来越热了……"

他肩上扛着斧头，手里拎着砍刀出了门，我和加布里埃尔跟在他身后，边走边说话。

"你知道吗？"我对他说，"他们请我去家里吃饭。"

---

① 罗丽塔，罗拉的缩小词，也就是昵称。

"啊，是吗？"他脸色突然变得惨白，随即又涨红了。

"是呀。你觉得怎么样？"

"很好……你还想要什么？她从来都没出过门……"

"没有？为什么？"

"维克多不让，他太爱吃醋了……我一共见过她不到三面……"

他脸上的红晕和惨白加深了我的怀疑。我想他爱上罗丽塔了，这可不是件好事。倒不是因为我也爱上了她，只是如果维克多知道有人惦记他的女人，那将是非常危险的。

就像在马瑙雷或者飞鸟岛一样，这里的道路两旁也长满了仙人掌。余下的路途中，我们惶惶不安，各怀心事地想着罗丽塔，一句话都没说。走在前面的马克西姆小声地哼着歌。晴朗的蓝天下，各类植物和树木显得分外青翠茂盛。瓜希拉的天空见证了四面八方的风吹过的痕迹，而我又一次在路上遇到了一个女人。但我对她的感情不是爱恋，只是一种兄妹般的同情。我相信她既不爱加布里埃尔，也不爱维克多。这一点从我第一眼看到她孤零零地躺在吊床上，愉快的眼睛里闪出狡猾的光芒的那一刻就明白了。在这个女人身上迟早要发生什么事情。从一开始我就知道，她的微笑充满危险，她的身上散发着可怕的诱惑。跟所有漂亮女人一样，她的身体就是原罪。人间的爱情在她双手中战栗，她热情的声音如同夏日午后的清风。语言在那里嬉戏，演奏出热烈、愉快和奋斗的乐章。而你一定会闭目聆听，就好像她圆润的小手在轻抚着你的前额。然而，这深沉而又温柔的音乐，猛地被一阵尖锐的金属声打断，宛如小提琴独奏曲中突然掺杂了一声号角。

可爱的罗拉啊！你两个音节的甜蜜芳名，其实掩饰着一个可怕的真名：多洛雷斯①……！你是从何处来到这片与你的皮肤一样干涸，与你的身体一样辽远的土地的？又是为了何种缘由来到这一方涛声阵阵、植满了翠绿的仙人掌和龙舌兰的海滩？这里的男人凶狠贪婪，他渴望的不是金子，而是肉体和生命。他就像一个长着千臂百口的怪兽，要从你的嘴唇中吸干所有欢愉的汁液！你为什么要来这里，撕碎灵魂，戕害身体，把自己折磨得脸色煞白，只有在别人的目光下才能泛起红晕？罗拉啊！罗拉！在这个女人身上，有危险也有牺牲，有冒险也有痛苦，有母亲的温柔也有魔鬼的诱惑。她纯洁、慈爱、晦涩、复杂而又简单。她肌肤胜雪，素齿丹唇，带着洁白和焦灼的武器，从悲剧的国度一路走来。走吧，快走吧！在你被魔鬼抓住之前，在它用你汩汩如溪流般的鲜血浇灌贪婪的黄沙之前，快走吧！

　　然而，她像个不屈不挠的胜利者那般留在原地，朱唇皓齿间闪过一丝邪恶的微笑。

---

① 多洛雷斯是西班牙语"痛苦"的意思。"罗拉"这个名字与"多洛雷斯"在拉丁语中是同源词。

18.

罗拉的家。维克多的旅行。信与歌。

我帮马克西姆砍了柴，做了午饭，就往罗拉家去了。打我们一到家，加布里埃尔就怪怪的。现在大概已经回自己屋里了。

罗丽塔正在做饭，火热的炉灶把她的脸颊烤得红通通的，她系着白色的围裙，显得更稚气了。维克多坐在木箱子上，嘴里一成不变地叼着细长的雪茄。

"啊哈……您可好呀？"

"很好……你们呢？都干什么了？"

"您都看见了呀。我在做饭，维克多在发呆，我也不知道他脑子里都在胡思乱想些什么……不过，这儿的钟点就跟死了一样，一动不动。他只是让我煮咖啡，一杯一杯地喝下去，也不说话，也不干别的……好像屋里就他一个人似的……"

"你懂什么！"维克多嘟囔着，抬眼看着我。

"你们两个为什么不趁着我在烧饭玩一局牌呢？"

"好呀，"我说道，"那就玩一局。"

"拿什么玩？"

"拿五角钱玩吧。既有意思，又不会输得破了产。"

我们玩了好久。维克多把脏兮兮的纸牌甩到桌子上，啪啪作响。我差不多赢了九局，却心不在焉，思绪一直绕着牌桌不远的地方转悠。我偷偷看着罗丽塔忙忙碌碌地在灶台边走来走去，又是扇火，又是把盘子弄得叮当响。铁锅里升腾起一股香喷喷的蒸汽，诱惑着味蕾和舌尖，直教人垂涎欲滴。

"'美人'号什么时候过来？"她突然问起话来，好像在回答一段长长的自言自语。

"依我看，要么明天，要么今晚。按说这个时候它就应该到了。真该死，这下又得去里奥阿恰，把好不容易攒下来的几个钱花个精光了。"

"永远留在这里才是真该死。至少那里还能见识点新鲜事。"

"你写好采购清单了吗？"维克多问我。

"还没有。不过如果你愿意，我们可以一起写，你正好帮我看看我需要买些什么。因为我不知道……"

"好的。拿支铅笔，再拿张纸过来——"他嚷道。罗拉从隔板上取下纸笔，递给他。

"你写字漂亮，你来写吧。"

就在几天前，我注意到维克多说起话来带着波哥大口音。但我之前并没觉察到这一点。

"两袋玉米够不够？"

"我觉得够了。"罗拉替我答道。

"好的。那再来一袋大米，免得每次都要托人买。两磅咖啡……一罐五磅的奶油……啊！还有锅……你需要几个锅？"

"好家伙，那就来三个吧！还有什么？"罗拉站在屋角的炉子边上，又开口了。

"好吧……"维克多继续数着，"五磅糖……二十个糖塔。"

"二十个？为什么买那么多？"我吃惊地问，怎么也想不到自己一个人能吃下二十个糖塔。

"为了用它们换奶换肉，换鸡换蛋……你没见在这里，大家都用糖塔和玉米换东西吗？"

"原来如此！那咱们继续……"

"你需要轻便炉吗？还是继续用柴火烧饭？"

"给他买个炉子吧，那个更好。就这样。"罗丽塔说道，"做饭更方便，没那么费事。"

"好的……那么，还得买袋煤……你喜欢燕麦吗？"

"喜欢。但不知道怎么做。"

"我教您，做起来非常简单。"维克多的女人说道。

"那就是——"维克多继续列着表，"燕麦两罐……山药十磅……要土豆吗？那就来十磅……再给你带点儿巧克力？好的……两磅巧克力……还有没有了？我觉得这些够了……你可以向那些印第安女人买一口水缸，余下那些小东西，可以慢慢置办。啊！我忘了……还有盘子、杯子和刀叉……这也得记下来，免得我忘记……两个盘子、两个杯子、两把叉子、两把刀……"

"为什么要买两把？"罗丽塔不怀好意地问道，"接下来是不是要跟法布里西奥学了？您会干那种野蛮事吗？不，我可不信……我不明白这个法布里西奥为什么这么狠毒……与其买下那个印第安女人，还不如从里奥阿恰带一个回来呢！"

"你少管闲事，别胡说八道，要是给别人听了去，有你好看的……"维克多说道。

"我就是没法赞同……就好像女人都死绝了似的……什么都离不开那些印第安女人……您真不干这事？"

我也不知道她为什么会对这种事那么上心，于是期期艾艾地回答说：

"不……不干。"

"好吧……"罗丽塔继续说道，"现在吃午饭吧，您饿了。"

"都过来都过来……看看，汤要凉了……"

我们坐下来大快朵颐。外面响起一阵铃鼓，一个粗犷有力的声音在一首接一首地唱着奇怪的歌。

"是谁在唱？"我问道。

"除了切玛还能有谁。他从天亮起就用瓜希拉语唱个不停，唱的人昏头涨脑。我简直绝望了。今天以前，他都是晚些时候才心血来潮地唱的……都是等到天大亮了才唱的。"

切玛用他混沌而铿锵的嗓音，唱着悲伤、疲惫又单调的歌谣，宛如一声被无限拉长的鸟鸣：

> Eeeeeeee guarapáin tanai,
>
> eeeeeeee guarapáin tanai,
>
> eeeeeeee guarapáin tanai。

直到这时，这首歌不过是一阵缓慢而有节奏的叹息，然而突然间，曲调就变得欢快起来，虽然充满疲惫，却是那么急切而又生动：

> Painka puchira chon, taché，…
>
> Painka puchira chon, taché，…
>
> Cococococo… Conturera…
>
> Cococococo… Conturera…

Eeeeeeeeee guarapáin tanai…

我们吃完饭，都跑出门去听切玛唱歌。我坐在他身旁，面对
着茅屋的大门。那里有三个又脏又丑的印第安女人，还有几个以
前在码头上见过的小孩，蹦蹦跳跳地用瓜希拉语说着话。

切玛用一只蓝白相间的浑浊眼睛看向我，眼珠打着转，很是
吓人。他的另一只眼睛在观赏着翠绿的风景。他穿着一件污浊的
汗衫，敲着小鼓，敞开胸膛，扯着嗓子唱起来：

Terrín piama poú, makara piama juroks,
jamush máraka putuma, entishi guayú tamana?
Mureo tapa, ero, cheche atapa ero…
Na por piáguatin taniki ayúishere tái putuma…
Ay tu amaira piéchin taya, anákara térrin
pia…!
Entishi anúa mureo jurieski guaima kasá…
Jauya jurieskeshi prana, panera, maiki,
aguariente…
Na pórsun áutere pia… Na pórsun áutere taya…

这首循环往复到昏头涨脑的歌，把我带到了一个遥远的国
度。那里的音乐像雾霭般朦胧，如愿望般醉人。印第安人在我的
想象中舞蹈，与此同时，我看到切玛茫然地敲着单调的铃鼓，声
音单薄疲惫，始终如一。可突然间，音乐的节奏变了，变成了快
乐放荡的黑人风格。那是黑白混血儿和咖啡园的节奏，带着甘蔗

和烟草的味道。夜幕降临，萤火虫纷飞，一曲新歌回荡在空气里，就像非洲少女的大腿一样颤抖而有弹性：

> 卡梅拉呀罗佩把它给我啦……
> 卡梅拉呀罗佩把它给我啦……
> 我就要它呀其他的我不要……
> 卡梅拉呀罗佩把它给我啦……

紧接着，切玛开始借着歌声说起他自己的故事来，只听他唱道：

> 可怜的切玛·瓦内加，
> 你在盐矿上工呀，
> 挣着微薄的薪水呀，
> 都为了养家糊口呀！

> 可怜的切玛·瓦内加，
> 一个人走在山岗上，
> 他看到狄安娜骑着马，
> 那匹马是莱昂特的呀……

"你喜欢这些歌吗？"他问我。

"当然，非常喜欢。你用瓜希拉语唱的那几首歌，都讲了些什么？"

"没什么，混蛋……看我能不能跟你说清楚……第一首唱的是：'你快长成大姑娘，快给我你的小奶子……'其他歌词都在学母鸡被公鸡骑在身上时咯咯咯的叫声……另一首唱的是：'我看到你漂亮的眼睛，就好像两颗启明星……你为什么要走，你的印第安小伙子为什么不来？你的东西真大，是的可真大……啊！他妈的为什么你不是我女人，我也不是你男人……开来一艘大帆船，我们去买香蕉糖塔玉米和烧酒，这样就不会挨饿了，你和我都不会……'你觉得这些歌怎么样？都很美吧？是不是？"

"是的……很美……"我失望地答道。

有个印第安姑娘用瓜希拉语跟他说了几句话，他的眼睛马上亮了。更确切地说，是一只眼睛亮了，那只发白的可怕的眼睛依然浑浊而沉默。他对我说：

"梅赛德斯说，你是个好小伙子，她家小侄女很漂亮……你为什么不买了她？"

"我……？"

"是呀，就说你！买个姑娘陪你睡觉，给你洗衣做饭，你就什么都不用干了。价钱很便宜。帕特里西奥兄弟买的那个，是我帮着砍的价，只花了一百个金珠子、二十袋玉米、五块印花布和五块棉布……小菜一……"

"可我连吃饭的钱都没有啊。"我回答道。

"从今天起，只要你攒三个月的钱，随便哪个都买得起。你不像我，有一大家子人要养活，那点工资总是不够花。要不是我做点毛皮生意补贴家用，早就饿死了。你等着，我看你迟早得买个印第安女人回来……"

"也许吧……"我一边回答一边站起身。

就这样，四天过去了，"美人"号还是没有来。我继续在罗丽塔家吃中饭和晚饭，早饭只喝一杯咖啡。像第一晚一样，我每天都要孤独安静地参加警戒。自从我跟加布里埃尔谈起罗丽塔，这可怜的小伙子就比往日更加沉默和自闭起来。他的屋子里一整晚都亮着光，有很多次，我想进屋陪陪他，但最后还是躲开了，也就无从知道他在这个时候都在干些什么。罗丽塔从来不提加布里埃尔的名字。帕特里西奥时而会过来喝杯咖啡，一说起他来，言语中总是带着几分恶意。我们一听到他的名字就沉默不语，就好像大家都知道，这个名字会带来厄运一样。

一天晚上，轮到我两点到四点间警戒，我听到加布里埃尔的屋子里传来咳嗽和抽泣的声音。我蹑手蹑脚地走到门口，把耳朵贴在门板上。我听到他在哭，那是人类可怕的哭声，带着长久、深沉、上气不接下气的呜咽。也许他正俯身趴在床上，因为我只能听见一阵疲惫模糊的低语：

"我要离开，胆小鬼！哦，是的……我要杀了……这个混蛋……！"

时间到了，我抽身离开，去叫马克西姆替班。他大概注意到我神色异常，但什么都没问，而是径直向加布里埃尔的住处走去。我听到他一边敲门一边说：

"开门，是我……"

他进了门。我睡了一会儿，等到起身的时候，正好看到他从门口出来。我来到加布里埃尔家，对他说：

"你怎么样，昨晚睡得好吗？"

"是的……"他的语调中带着一点惊惶，"怎么了？"

"没，没什么……我看到马克西姆刚从这里出来，还以为你病了呢。"

中午时分，光彩夺目的"美人"号扬着风帆到港了，当初我就是乘着这艘船来到这里的。大家在沙滩上等待着，船刚入海湾口时，风帆望着甚小，继而隐匿不见，后来又再次出现，终于，整艘船都清清楚楚地停在我们眼前。维克多与他的女人告了别，他总是在我面前夸罗拉好，这一走，便把她托付给我来照顾。想到此行有那么多麻袋和包裹要带回来，他很是焦躁不安。我们把小艇放下水，海水微温，我也斗胆下船撑了一回桨，双手磨得生疼。我们下了小艇，又把一桶桶淡水搬上另一艘单桅帆船。水手长从箱子里掏出一封信交给我，说道：

"有艘船去巴西亚翁达送一个警卫赴任，顺道给你送了封信来。现在我们到了，他们让我把信给你带过来。"

我把信别在腰带上，打算稍后再读，与维克多告别时，他对我说：

"替我好好照顾她……！"

在他的眼睛中滚动着两滴泪珠。

我们回到小艇上，"美人"号拉起小小的锚，扬起低垂的帆，飞快地驶远了。在这里停留期间，他们甚至没有把帆降下来。

我们把小艇拖上岸，切玛收起桨，把它们放回家中。我在回去的路上一直在细致地思考维克多的嘱托所带来的责任。我该如何对待他，对待加布里埃尔，又该如何对待罗拉？所有都取决于罗拉，她现在孤零零地被抛弃在家里，沉默着准备应对一切。

信是用打字机写的，原文如下：

里奥阿怡，19xx 年 10 月 23 日我亲爱的朋友：

　　我给你写这封信，是为了通报一个不幸的消息。尼卡诺尔昨天来了一趟，是他建议我给你写信的。你还记得曼努埃尔吗？他在艾尔卡顿的渔场做看守，有一天，他碰到了一群玛加丽塔岛人，那里面有个印第安女人，是他以前的旧相好。那娘儿们总是管不住大腿。结果，他被那群人盯上了，还跟其中一个家伙起了冲突，最终引发了一场斗殴，他被捅了三刀，第二天就死了。那个印第安女人跟着个土耳其佬跑了，那人名叫安德烈，至于姓什么，我就不清楚了。可怜的人啊！捕鱼是最危险的活计，好久之前还在马瑙雷的时候，我就提醒过他，玛加丽塔岛上的人特别坏。尼卡诺尔很惦念你，我和恩丽盖塔也是，她向你顺致问候。希望我们很快能在老地方见面，你可以住我家里。我被调到办公室工作了，请接受所有老朋友的祝福，还有我的拥抱。祝你一切顺利。真希望能见到你，而不是只给你写信。

　　　　　　　　　　　　　　　　　　　　　　　　　路易斯

　　这封信令我痛彻心扉。它以如此简短冰冷的方式，向我宣告了朋友的死亡，那是我在瓜希拉的第一位挚友。那个女人，那个叫阿娜斯卡的女人，都是她造的孽！曼努埃尔为什么还要去找她？关于这事，我一句话都没有跟他谈过，因为我相信他绝不会与那女人破镜重圆。可如今，一切都大白于天下。她先是要了巴勃罗的命，后来又要了曼努埃尔的命，现在跟着个土耳其人跑了。这印第安娘儿们可真是个婊子！谁第一个出现在她面前，她就跟谁跑路……可是她为什么不跟……不……我真是太

191

卑鄙了！刚刚才收到曼努埃尔的死讯，我怎么能对阿娜斯卡想入非非……为什么路易斯在信里一句都没提库玛蕾？难道他是故意沉默的？他正跟恩丽盖塔鬼混……真是个可怜虫！一个胆小怕事的好人。曼努埃尔啊，你现在又见到巴勃罗了……他骤然遭遇死亡时的面孔与你一模一样。他一定在用空洞的眼神望着你，生着一口白牙的上颌骨上挂着宽宽的微笑。你们旧友重逢，总算可以把一切都说清楚了。你们将会一起诅咒那个女人，她代表着世间所有的罪恶，你们将会紧紧握手，两具坚硬的骷髅白骨凝聚着永恒的友谊。那个女人……我现在不也在时时关注着一个女人吗？紧盯着一个女人不放是件多么愚蠢的事，就如同盯着风和空气，阻止它们钻进任何地方，就如同巴望着白天的太阳不会把一切照亮。没有人能扭转乾坤。现在，你一个人孤零零地被我监视着，却可以随时随地躲在光天化日之下。我知道你要躲，躲着加布里埃尔，或者任何一个人。如果除我之外还有别人，你也同样会躲着我。邪恶在你的眼中嬉戏，如同点点滴滴的神秘与罪恶的灵魂嬉戏。如果你愿意，那就去做吧。我无法阻止你。我只愿那个人永远都不知情。只愿满身污渍的你，在他的眼睛里依然纯洁无瑕；只愿那双他以为专属于自己的红唇上，洗净了别人留下的亲吻的味道。但愿他永远都不知道，永远都不像以前怀疑过的那样怀疑你。等他回来，你一定会装出一副圣洁崇高的模样，装得跟真的似的，直教人原谅一切。

　　死亡又一次降临到我的头上，现在，它与爱情只有一步之遥。真见鬼，怎么又一次碰上了死亡和爱情，为什么事情总是这样？不是男人亲吻了女人，就是女人献身给了男人，而那亲吻，那嘴唇或者性器的接触，滋养了死神——它从痉挛中诞生，被五脏六腑的鲜血灌溉，通体的神经都在颤抖，活像一株乌钢做成的植物，锋利的叶片投不下一丝阴影。

曼努埃尔！曼努埃尔！请保佑她在这里成为一个好女人，如果她成不了，也别让他知道。他完全掌控着她。但愿那远行之人的记忆不被伤害，但愿他的暂离不会被玷污！

我感到悲剧的低吟如同地下的溪流在身边沸腾。悲剧的低吟？是关于爱情，还是关于死亡？阳光在清净炎热的空气中战栗，黄狗趴在我身边，耷拉着红色的舌头，一动不动地盯着我的眼睛。狗的目光比所有的目光都更富有人性。"美人"号载着维克多离开了，要是遇到海难该多好……

正当我神游天外之时，门外突然响起了罗丽塔的声音。她在叫我：

"喂，小伙子……你怎么了？我们该吃饭了……"

我从来没见她出过门，另外，她终于对我以"你"相称了。

我们回到她家，默默地吃着午饭，就好像在承受相同的恐惧。正在这时，加布里埃尔来了，他在门边待了一会儿，好像很惊讶的样子，最后还是进来了。

"早上好，罗丽塔……！"他支支吾吾地说。

"早上好——"她一本正经，干巴巴地回答，"您想坐下来喝杯咖啡吗？"

"不了，谢谢。我就是来问一声，您还要不要肉了，马克西姆明天要屠宰。"

"好的，请给我留一条腿，再留一截脊椎骨。谢谢。"

看到她庄重凛冽的举止，以及明显流露出的厌恶，我心安了许多。

罗丽塔走到煮着咖啡的炉边，我默默地望着门，猛地一回头（现在想来，我宁可永不回头），正巧看到她嘟着的清新红润的嘴唇。加布里埃尔不禁吻了下去，她惊慌失措，把头转向墙壁。加布里埃尔脸色煞白，我满怀着鄙视和憎恨，愤怒地瞪了他一眼，便站起身来出了门。

　　罗丽塔冲向门口，大声嚷道：

　　"你怎么不喝了咖啡再走？……"

　　"我不想喝……谢谢！"我近乎窒息地冲她嘶喊着，头都没有回。

　　罗丽塔和加布里埃尔被我单独扔在屋里，我却束手无策。现在还能做些什么呢？是的，你可以做点什么的。你应该像蟛蚁一样地扔掉这些想法，再踏上一只脚。这样就算维护朋友了吗？然而，犯错的是她……是她。是她向他嘟起嘴唇，暗示着要献出全部的身体。她看上去是那么美好，高贵地驾驭着一切危险。现在，她和加布里埃尔一定在接吻……是的，他们一定是怀着渴求已久的愤怒吻在一起。他们是自由的，而我无足轻重。加布里埃尔垂头丧气地走过来，看样子他们没接成吻。他浑身颤抖，不知是因为幸福和快乐，还是因为恐惧。我抬头望着他的脸——眉目无波，神情漠然，整个面庞像草原一般平坦，唯有双眼闪烁着邪恶的光芒。

　　他走过我身边，蛮横无理地看着我。我无法自控，向他吐了一口唾沫：

　　"你这个婊子养的……！"

　　这一句骂声仿佛给了他迎头痛击，他双腿发软，一个劲地颤抖。眼中的光芒消失了，只剩下混沌、寂静和黑暗。他又睐了我

194

一眼，耸了耸肩，做出一副玩世不恭的表情回答道：

"你为什么这么说我？难道是吃醋了？"

他的怯懦真让人恶心。我翻着白眼把他从头到脚打量了一番，就回家了。

唇齿间因为责骂和痛苦而浸满了苦涩的味道。阳光隐匿了我的影子，圆圆的，就在脚底下。弗朗西斯卡倚在家门口，向远方微笑着。她在眺望什么？故乡，家园，还是另一个男人？我把手枪别到腰带上，躺倒在床上，耳边又响起切玛的歌声：

> 别相信那些女人
> 哪怕她们说自己属于你。
> 我有十根缆绳，
> 她们把绳子都弄断……

"这真是太蠢了！为什么这黑人总唱这种废话连篇的歌？罗丽塔，快回去！别这样，别让他知道……"

黄狗站起身号叫着，四下无人，它在朝谁叫？也许它看到了前来与爱情相会的死神。孤独的阳光下，别在腰带上的镍质手枪闪着光芒……

19.

剪不断理还乱。每天的印第安女人。隐瞒。

　　十月的日子漫长晴朗，酷热无边无际。沉重的热度使人触觉细腻，视觉清晰。一切事物都轮廓分明。抚在物体表面的指肚前所未有地敏感，但凡指尖触及之处，无论帆布、绳索、木箱还是吊床，都那么黯淡粗糙。当然，还是有丝绸的……罗拉的衣裳就是丝绸质地，却可望而不可即。味觉安安静静，仿佛在熟睡，过了很长时间，也没被什么香气打扰。可是，当印第安女人走近的时候，就如同一把刀插进长发的馨香里。出神又疲惫的目光，从单调风景中转回来，与盒子的锋利棱角碰撞，星星点点支离破碎，继而又重新在海面上寻觅清凉。大海变幻而又甜美，宛若潮湿的平原。

　　巴西亚翁达的生活静止，慵懒，悠闲。我们低着头在沙滩上看蚂蚁背负着轻便的行李神秘地说着悄悄话，借此打发时光；混沌的炎热和清澈的风总是如影随形。流浪的想象在永恒的、冒险的蓝海上劈波斩浪。慵懒的双手软绵绵的，老茧消失了，看上去像女人的手。然而，思想却因单调的重复而生出了茧子，千篇一律的想法总是绕着一个地方打转：孤独，寂静，遗弃，女人，死亡……

　　因为那场不愉快，我与加布里埃尔和马克西姆疏远了。我思

196

索良久，觉得自己的行为既无情无义，又不可理喻。我有什么权利那样辱骂他？我得不出满意的答案，但有一个答案接近真相：我嫉妒，这嫉妒对外表现为高贵，公正，有仇必报。可我究竟要报什么仇，又要向谁去报仇呢？

暂时破裂的友情迫使我去结交其他同伴，组长、埃尔南多和安东尼奥，我以前几乎没有跟他们打过交道。啊！还有另一个看守，他皮肤黝黑，脸庞是青黄的烟草的颜色，名字很长，我从来都没记住过。他的姓名有多复杂，心灵就有多简单。实际上，巴西亚翁达的人们可以分成三个小帮派和一个人。第一个小帮派是维克多、罗丽塔和……加布里埃尔。第二个是切玛、跟切玛交好的印第安人和小孩子们，马克西姆也可以算一个，但他有时候也跟第一帮派混在一起，帕特里西奥也是一样。第三个是组长、安东尼奥和弗朗西斯卡夫妇，还有埃尔南多和另一个看守。而那个单独的人，那个表面上跟他们没什么两样实际却大相径庭的人，就是我本人。我之所以特立独行，并不是因为更聪明或更善良，而是因为交流起来更困难，更容易沉默，更喜欢回忆。回忆越多的人越容易沉默寡言。至于那种不管遇到什么事情，看到什么风景，都立刻脱口而出的长舌鬼，他们既没有记忆，也没有生命。

在我们这三派和一人之间，潜藏着一种沉默的憎恶，错综纵横，不可理喻。我们怀着最大的善意和最真诚的心愿互帮互助。但也许正是因为性格上的相投和智识上的相近，才致使如此不同的人接近又孤立，分离又相聚。

每天早晨，切玛一起床就开始唱歌。嗓音在晨曦清朗时最为嘹亮，继而随着时间的流逝慢慢嘶哑。他的歌谣千篇一律，却自有新颖迷人之处。一成不变的瓜希拉语歌谣，一成不变的卡门·洛佩斯的小调，还有那些他自己作词作曲的歌，无不如此。

夜幕下的盐矿，安东尼奥弹着吉他，埃尔南多和着音乐唱着内陆的歌谣。加布里埃尔和马克西姆已经不去那里了，两人躲在马克西姆屋里，几乎不见踪影。歌声让我想起了日益遥远的家乡。当年那些印第安人一大清早就拎着装满鸡蛋的笼子来到波哥大，迈着疲惫的脚步经过我的家门。每当这个时候，我总会听到他们唱起相同的班布科舞曲。他们身上背着沉重的陶锅，常因为不堪重负而摔倒在地。陶锅的颜色与肌肤的颜色如出一辙，就好像是用他们自己的生命烧制出来的。我们一边喝咖啡，一边听组长吹牛。难以置信的胡话和天花乱坠的谎言，都被他信手拈来。他的奇思妙想可以把沙粒变成大厦，把细菌变成恐龙。在他的故事里充斥着魑魅魍魉，巫婆神棍，口若悬河的动物，囚禁公主的花朵以及骨头可以招来魔鬼的黑猫。各种正常或者不正常的人类以及虚幻无形的生灵，鱼龙混杂，共同从事着世界上最邪恶的营生。

一天晚上，他向我们讲了这样一个故事："在皮塔里多城那边住着个富翁，家里牛羊成群，耕地千亩，每年要去首都的银行存两次款，总之是个非常有钱的人。但从来没人见过他的家人，无论远亲还是近亲。他独来独往，自己做饭，每天晚上六点准时把长工们打发回家。我见过他庄园的大房子，真是一眼望不到头，可比咱们这座楼大多了。可那座宅院很荒凉，房前的花园里杂草丛生。哪怕是黑夜，窗户也没有亮光。因为他太抠门了……总是跟佃户们讨价还价，每分钱都要斤斤计较。一到发工资的日子，他就兴奋得跟过节似的，因为又能靠阴谋诡计和坑蒙拐骗占别人便宜了。人们都说，这家伙肯定会被赤猴抓走，不得善终，最后果然应验了。有一天，因为总想……"

"他长什么样？"那个名字很长的看守打断了他的话。

"长什么样？他是个小矮子，非常矮，浑身像蟾蜍一样裹着一层灰色，只有一双眼睛炭球一样地闪着精光。手上的指甲又长又脏，留着一副卷曲的大络腮胡子。他走起路来健步如飞，说起话来咬牙切齿。这丑八怪也是个可怜人……有一天，因为总想赚更多的钱，他打算向魔鬼出卖自己的灵魂。别人会怎么看这个无耻的老家伙呀！是的，先生，他开始着手打听如何呼唤曼丁卡[1]，一个在庄园上工的老女人指点他说，要去偷一只黑猫，还有三分之一段木柴，一口陶土锅，一点水和几根火柴。是的，所有东西都必须是偷来的，否则魔鬼才不会上门呢。对了！还得偷几根棍子来做三个十字架。老女人把什么都告诉他了。他得挑个没有月亮的夜晚爬上山，那座山距离庄园至少有一个小时的路程。他需要随身带上黑猫、大锅、清水、柴火和三个十字架。出发那天必须是星期六，出发前必须算好时间，要确保能在十二点整到达山顶。于是老家伙夜里一点就上了路，我后来听说，他带上了所有偷来的东西爬到了半山腰。他先是用偷来的火柴点燃了木头，接着用火烧水，等水烧开后，他把那只可怜的猫活活扔了进去。你想想，那倒霉的畜生嚎叫得多么惨烈，而那糟老头子又被吓成了什么样子！在这月黑风高的半山腰上，他魂飞魄散地伸手死死按住锅盖，以防那跟犯人一般惨叫的猫咪蹿出来。后来，锅盖不动弹了，猫显然已经死了，这时才到了最可怕的一步。这老头得一直等到猫被煮得骨肉分离才成。水烧得滚烫，就如给鸡

---

① 曼丁卡，南美洲的魔鬼。

199

剥皮一样，一转眼就把猫咪煮得稀烂。老头哆哆嗦嗦，生怕遇到魔鬼。他背对着锅，准备捞出一个十字架，再捞出这可怜畜生的一把骨头。他刚捞起来一小块骨头，就被沸水烫到了手，于是大叫起来'是这个吗？'。这时，一个与老头相仿的声音放声吼道：'不……！' 吼叫一声接着一声，比猫的嚎叫还可怕，这可怜的小老头快要吓死了。我这辈子都没让自己陷到这种危险中去，不管为了什么。过了好一会儿，骨头捞得差不多了，开始捞猫的爪子骨了，他手上又是一阵剧痛，再加上害怕，眼泪都快要疼出来了。'是这个吗？'那个声音又响起来：'是……'老头抱紧骨头，抓起十字架拔腿就跑。没想到途中需要穿越一条峡谷，路上没那么顺利。等他回去后，需要把骨头移到箱子里，放到床底下，只要骨头还在，箱子里就装满银子。但是，倘若哪一天魔鬼来了，把骨头抢走，或者他把这事泄露给别人的话，那就会当场毙命，死后还得下油锅。正因为如此，老头一路飞奔，跑峡谷的时候，已经吓得跟只兔子似的了。正当他在寻觅从哪里通过的时候，听到石缝间有声音在又哭又喊：'爸爸……爸爸……'那声音听起来像个小孩，又像个女人。也许是因为恐惧，老头的心脏一阵抽搐，他开始找那个喊他的人，最后终于找到了一个裹在褓褓中的一岁大的小男孩。那孩子是个混血儿，生得很漂亮，一头黑发，眼眸黑得像墨一样，天性也很快乐，一见老头，咧嘴就笑。老头把孩子抱起来，打算把他带回家。他开始动身穿越峡谷，刚走了一半，那孩子开口说起话来，声音跟刚才回答老头的那两句'是'和'不'的声音一模一样。孩子说的是：'爸爸，我长牙了！'老头吓坏了，回头一看，方才那个漂亮的小孩子已经变成了魔鬼。两只铜铃大眼中喷射着烈焰，手上长出了雀鹰般的指甲，嘴里生出了长长的獠牙。可怜的老头扔掉了裹着魔鬼的褴褛。后来，人们在峡谷中发现了他伤痕累累的尸体，全身如同被叉子划过似的，手中还握着一小块猫骨头，那块骨头不像从锅中取出时那样雪白，而是滴着鲜血，就好像那只猫刚刚被宰杀了似的。谁也不敢把老头葬到墓地里，只得将尸体就地掩埋。有人提走了他的银行存款，卖掉了他的房子和家里养的牲畜，把所得的钱财捐给了教堂的弥撒。其他剩下的家财，也被捐给了修道院。这就是那个老头的故事，这就是他的贪婪和无耻招致的报应。”

费德里科·拉米雷斯（组长的真名）的故事常引来议论纷纷，帕特里西奥总讲黄段子，埃尔南多和安东尼奥还是一个弹吉他一个唱歌。夜色渐渐深了，人群也渐渐散了，大家都要回去睡觉，过一会儿还要爬起来守夜呢。

有一天，安东尼奥病了，轮到我去叫加布里埃尔。那天我的守夜时间是半夜十二点到两点，而他的是两点到四点。在闹过那段不愉快后，我特别不想跟加布里埃尔说话，但眼下也没什么办法，还是得去叫他。该发生的都发生了，对我来说，还有什么要紧的？我打算一直敲他的门，敲到他答应为止，然后直接回去睡觉，不用等他起来。

十一点半，切玛过来叫我。他总是习惯提早叫醒跟他交班的人，并大谈那些印第安人，他熟悉他们所有的风俗习惯，一直在孜孜不倦地劝我买个印第安姑娘，那晚上又一次旧话重提：

“我早告诉你了，买一个吧！那家人总是来问你要不要他们的丫头，这可是件好事。我认识那姑娘，可以向你保证，她很诚实，人也年轻漂亮。她住得不远，你要是愿意，咱们明天可以去她家相看一回，要是你愿意，咱们就跟她叔叔说，至于其他事情，分分钟就能安排好。你看看，安东尼奥跟弗朗西斯卡过得多么幸福。她可是个十足的婊子……幸运的是，她现在知道收敛了。现在就算一个又一个男人争着把命给她，她也不会看一眼的。"

"好吧，如果你愿意，明天我们就去看看那印第安姑娘。不过我可不能向你保证什么。搅和到这种事里没什么好处，要是以后她变了性子，成了魔鬼，我又该向谁诉苦去？"

"啊！那你只管跟她叔叔说，把你先前付的钱都要回来，他必须还给你，一个子儿都不能少。"

"你觉得，我能干这种事吗？我不需要……"

"在这里，你不能当个胆小鬼，那样会被老虎吃掉的。你不能老去想这事有多卑鄙。大家都这么做，你也必须这么做。所以明天我们还是去吧，你看可好？"

"好。那我们中午动身，下午回来。你觉得怎么样？"

"行！明天见！"

"祝你做个好梦！"

又剩我一个人了，握着一把没有用的步枪，思绪万千。我细致入微地回忆起与加布里埃尔冲突后所发生的每一个细节。

那天下午，我照例去罗丽塔那里吃饭，发生了那件事后，她大概很生我的气，我一直在琢磨，怎么对她做一些友好的表示。然而，她一如平常地招待了我，就好像什么都没有发生过。她端上饭来，坐在我身边。我感到一阵异样的惶惑，我想她大概也注意到了，因为她语带讥讽地问我：

"你的脸为什么这么红……难道我还能吃了你不成？我又不

是母老虎……"

"没什么，都挺好的。"

"还没什么呢！我看你这样子，活像被条恶狗追着跑了一里路。"

"那是因为天太热了……您难道不觉得热吗？"我依然不敢对她以"你"相称。

"是啊，天真热，面包也热！我知道你这是怎么了。难道是为了早晨的事？"

"早晨的事……？早晨能有什么事……？"

"别装傻了……你知道我说的是什么。我跟加布里埃尔开了个玩笑！"

"玩笑？……"我又愤怒又讽刺地笑了起来。

"是的，玩笑！……除了玩笑还能是什么？难道还能是真的？就好像我能随随便便跟人干这事似的。够了。您难道不了解我吗？您觉得，不管是谁，只要先到，我就什么事都敢跟他做？您想得可真美！"——从她的眼睛里我看得出来，她在拼命忍着笑，装出一副怒气冲冲的模样。

"我什么都没想……我只是看到……"

"看到什么？"

"没……没什么。"

"没什么……那你为什么板着一张臭脸？"

"我怎么就板着一张臭脸了……您没看见我一直都是这个样子的吗？"

"您怎么就一直都这样了？谁知道维克多跟您说了些什么……他可是一肚子坏水……"

"他唯一跟我说的，就是把您夸上了天。"我为了强调这句话，一边把嗓门提到了最大，一边死死盯着她的眼睛。

"他把我夸上了天？他中了什么邪了，要这么夸我？哈哈哈……！"她笑得尖酸又邪恶，满脸都是嘲讽与轻蔑。

"他当然夸您了。他向我夸您，是想让我陪着您，力所能及地帮帮您。再也没什么了……！"

"啊，是吗？再也没什么了？那您干吗为了一件傻事就朝我摆臭脸，就好像要打我似的？"

"您觉得跟加布里埃尔接个吻也是干傻事吗？"

"吻他？我疯了才会去吻他！我可不喜欢蓝眼睛男人，我只喜欢黑眼睛的……就像维克多和另一个人……"

"啊！是的！您喜欢黑眼睛的……？"我起身要走，但她拉住我的手，拦下了我。

"但是，你真的相信我会喜欢那个傻瓜？不，我才不呢！"

"我什么都不信。"

我走出门去。关于这件事情，我们再也没有说过一句话。她对我一天比一天殷勤，总是为我准备最好的食物，讨我的欢心。当我们跟帕特里西奥打牌的时候，她总是一边抽烟或者缝衣服，一边盯着我们看。我一度认为以前的一切只不过是自己想多了，但是一个小细节又一次令我疑窦丛生。有一天，我的烟抽完了，就想问她借一根。她对我说，她没有烟。可是等过了一会儿，我回屋里喝水的时候，却发现她正在抽"骆驼"：我们这群人中，能抽这种牌子的香烟的人，只有加布里埃尔一个，他是从帕拉达那里弄来的。

我的脑子里翻腾着这些事情，时间不知不觉地过了好久。快到凌晨两点了，天色有些阴沉，布满点点繁星和透明的云朵。炎热退去，微风轻轻卷起落叶和尘土……一只山羊被马克西姆绑在柱子上，心绪不宁，东张西望，仿佛预感到自己大限将至——天一亮就是它的死期。加布里埃尔的屋子里没亮灯，他应该是睡着了，也许还在做着和罗丽塔在一起的美梦。他都梦见了些什么？吻她吗？就像那天承诺的那样吻她。也许他还没有吻过她呢，真相如何只有天知道。

夜色渐深，云朵慢慢变成灰色，平坦厚重，铅块一般地向天边、海上和陆地压下来。炎热的土地被白日里骄阳一刻不停的炙烤折磨得筋疲力尽，整晚都在呼吸着凉爽的空气。

已经两点了，该去叫加布里埃尔了。我困极了，打算一觉睡到下午七点，不能再晚。当经过切玛的房间时，我听到一阵有节奏的木头的吱呀声，宛若一段音乐，却又单调规矩，活像他唱歌时的伴奏。也许……是的，他正在跟今天刚来的那个印第安姑娘共度良宵。那姑娘叫贝碧塔，性感撩人，皮肤黝黑，一双乌漆墨黑的大眼睛深不见底。听听这声音，这动静，他当真跟贝碧塔睡在一起？他那么黑，那么丑……那么脏。而她的皮肤是那么白……那么白？我把她跟罗丽塔混淆了。她们两个人的名字太相像了。罗丽塔怎么能上切玛的床……？不！不！不！这太可怕了。

"加布里埃尔！两点啦！"

没人回答，跟随在我的敲门声后面的是一片死寂，如夜晚般宽广无垠的死寂。

"加布里埃尔！加布里埃尔！两点啦！该起床啦！"我又开始叫起来，心中满怀着憎恶、恐惧和担忧。

回应敲门声的是又一次的死寂。切玛门口睡着的狗被惊了起来，汪汪地号叫着。

"加布里埃尔！加布里埃尔！加布里埃尔！！！"我扯着喉咙狂吼不止，简直要把大家都吵起来了。看来还是得推门进去，好亲眼看看他到底怎么了，出了什么事。

门板微弱地抵抗了一阵，就被推开了。门闩上插着一截破船桨，屋子里一个人也没有。也许他是从窗户里溜出去的。床上没有被动过的痕迹，吊床上搭着一条红毯子。这混蛋去哪儿了？难道跟她在一起了？我得去找他。是的，我得去找这对狗男女，要用我的眼神告诉他们，我一定会把他们的丑事告诉维克多，而后者一定会把两人斩尽杀绝。他们肯定吓得魂儿都没了。

我权衡片刻，拎着枪出了门，就好像要瞄准射击一般。帕特里西奥被我吵了起来，同样背着枪跑过来问道：

"怎么了？你刚才喊什么？你看到印第安人了？"

"没有……没有什么……什么事都没有……你回去躺着吧，没什么的。"

"哎呀！我还以为印第安人来偷袭了呢！有时候他们晚上过来，大家可能误以为是有人在偷鸡摸狗……几点了？"

"一点半……"

"才一点半？我还以为天快亮了呢！……明天见！"

"明天见！"

帕特里西奥刚进屋，我就看到加布里埃尔从罗拉家里溜了出来。头发乱蓬蓬的，惊恐的眼睛滴流乱转……他嘴唇湿漉漉的，衣冠凌乱，腰带都没系，一只脚后拖着鞋带。

他一步步地走到我身边，颤巍巍地含泪说道：

"你看……你什么，什么都别跟她说。"

"别跟谁说？"我态度强硬，斩钉截铁地回答。他还没出声，就被我凌厉的语调压制住了。

"跟……跟她……她说。全是我的错……我想她想得都要发疯了。"他的声音终于镇定下来，不再结巴了，"我崇拜她，她成全了我……但是，你什么都别说……她可真是个小可怜。你能答应我吗？请答应我，什么都别告诉她！随你把我怎么样都行！你真答应装作什么都不知道？是的，你答应了是不是？"

在这个男人颤抖的、含着泪水的声音里，充满了痛苦、恐惧和深爱。这足以令我将一切置之度外，对他说道：

"好……！天知地知，你知我知！我去睡觉了。"

他一直追到我的家门口，继续问道：

"你真的什么都不会对她说吗？明天你不会跟她说，今晚看到我从她家里出来？你真的不会说吗？"

我当着他的面关上了门，就好像要把门板摔碎在他的罪孽之上。我脱了衣服，正要躺下，却在一股不可抗拒的力量下，又打开了门。加布里埃尔坐在地上，手里握着我给他的枪。他可以对我为所欲为，但我不做此想，对他说道：

"不，我什么也不会说……"

我又一次关上了门，耳畔传来一声模糊的声响，像抽泣也像亲吻。是加布里埃尔在哭泣，还是切玛在亲吻？原来二者的声音竟然如此相近……

我又疲劳，又困倦，却怎么也睡不着。罗丽塔的事情总是压在心头。目光所及之处全是她的身影，全是她雪白雪白的面庞。今天是十月三十日，十月三十日……我来瓜希拉已经很久了……眼看就要满两年了……罗丽塔躺在床上，加布里埃尔在哭泣……那我要干什么？要告诉维克多吗？不！这太卑鄙了！还是让别人跟他说吧！但是，谁又会去说呢？如果我不去说的话，难道不是犯下了一个更大的错吗？这意味着背叛了朋友，他和加布里埃尔都对我那么好！不，我不能这么做！但也不能将那两个相爱的人判处死刑。他们相爱，这是无可置疑的事情。女人和男人睡，要么为了爱，要么为了钱，这里尤为如此。如果说其他地方的女人这么干，尚有可能是为了贪婪、厌倦或者好奇心的话，在这里女人们一定不是为了爱，就是为了钱，再不就是为了填饱肚子！是的，就像那些印第安姑娘一样！但是，罗丽塔既不需要填饱肚子，也不缺钱花……她爱加布里埃尔，她爱他，她爱他！他们两个带着摧枯拉朽、排山倒海的渴望，扑向彼此的怀抱，我又怎能将这样两具身体扔到维克多的枪口之下？我怎能让死亡去摧毁他们在疯狂中梦想了这么久的一切！不……我不能这么做……也许这不道德，但此时此刻，我不在乎什么道德。人性，意味着理解；仁爱和牺牲的深刻的人性，远比墨守成规、囿于成见的道德更加重要。不……我不会这样做……维克多没什么要紧的。他是个男人，一个好人，一个坚强的人。在爱情和一个女人的生命面前，哪个男人会把爱情作为唯一活下去的理由呢？他不会这样做的。他会拥有很多女人，她们会让他忘掉当下的这一个。他还有烈酒、赌局和冒险相伴……但爱情却是女人的唯一。它会充满她的身体，为她带来全身心的欢愉。一个吻会赐予她一生的甜蜜，也会耗尽她全部的幸福。女人之所以会爱男人，是因为她们没能找到社会和教会指点过的那种爱……社会……！社会……！哈哈哈！哈哈哈！哈哈哈！！难道还有什么东西，能比这个社会更加无耻、肮脏、道德沦丧的吗？这个道貌岸然、淫荡无耻的社会！暗地里奸淫掳掠杀人放火，转天却又在光天化日之下宣扬什么道德、正义和真理——他们所谓的真理……！那些人满嘴都是酒味，浑身都是性器的味，却能滔滔不绝地痛骂别人：无耻的流氓！卑鄙的小偷！——啊！那些凶手呀！那些老爷呀！那些穷人呀……！社会！社会！是谁给他们审判别人的权利？明明是他们，他们，他们，才需要掩盖自己的罪行，贪婪和邪恶呀！我是什么都不会说的。什么都不说，不说，不说……就算他们杀了我，我也不会说一个字！

就让他们相爱吧，就让他们互相撕咬、亲吻、抵死缠绵吧……对于爱人而言，生命是如此短暂……在真正的爱情面前，一个男人的幸福和生命何足挂齿？生命中唯一清澈、纯净、真实的东西就是爱情，因为它总是关乎死亡……至于其他的一切，又有什么要紧？我什么都不会说，不会说，不会说……！就让他们在我沉默的庇护下相爱吧！就让他们的亲吻因为我这个共犯而更温柔吧！就让他们在我的目光里再次确认彼此的幸福吧！

时候已经不早了，埃尔南多家的鸟唱起歌来。歌声在厚重的空气中遇到了阻碍，带着一点点跳音，反倒更加悠扬婉转，清澈透明。我的头脑总算清醒了，就像刚出生的婴儿一样清醒。平静在身边蔓延，大海般安详起伏，再也不会被任何回忆所打扰。我的平静不偏不倚，沉默无语。沉默，沉默，沉默。啊！坚守秘密的感觉是多么甜蜜！这件事只有我一个人知道！在我百无聊赖的生活中，从此多了一件珍宝，一处矿藏，可以让思绪徜徉其中，寻找详尽神秘的黄金脉络。没有人比我知道得更多。大家都视而不见，而我只是沉默，大海一样沉默，就连那温柔如遥远的小提琴的歌谣，都不再低低吟唱了。当贝碧塔从切玛的屋子里出来的时候，天就亮了！我满心欢喜，觉得自己又善良，又可爱。

"贝碧塔！你这个小坏蛋！"

"啊……你想要什么？"

"过来，快过来，我跟你说件事……"

"等会儿，我这就来……"她回答我的声音，金币一般的声音，许久以前就在那里了。这瓜希拉的声音，既如响亮的东北风，又如被仙人掌的荆棘撕碎的海风。现在，她来了！贝碧塔！罗丽塔！就是现在！

只有在凭海临风、眺望和抚摸着绿色的植物和灰黄白三色相间的土地的时候，我才会忆起瓜希拉的女人们。她们次第闪过我的脑海，却没有在唇边留下一丝笑容，直到我想起库玛蕾。库玛蕾，库玛蕾！她是我生命之船的桅杆，她的嘴唇像蜜一样甜，胳膊是胡桃的颜色。现在我又遇到了贝碧塔，她深邃的眼眸可以终结一切黑暗，也可以开启万丈光明。她金色的皮肤，她亲吻过切玛的嘴唇。切玛！那个淫荡好色的皮条客。他趴在她柔弱的娇躯上，甚至用自己的线条全无、死气沉沉的肉体，把她压了个严严实实。

风景被抛弃在寂静里。听不到歌声和人语，也听不到鸟鸣。炎热并非随阳光一泻而下，而是自空气中沉降，从泥土里蒸腾，闪闪烁烁地将世间万物都翻卷进一阵狂热的震颤中。

贝碧塔来了！风吹拂着她身上蓝色的披风，她的乳房诞生在我的眼前，宛如两只浑圆熟透的蜜橙，蕴藏着一整天流失的清凉。那里有甜美的温暖和金色的柔软。微风在青铜色的乳峰上缠绕旋转，敏捷地变换着各种姿态。她的微笑为空气注入了芬芳，在此之前，只能闻到遥远的海盐的味道。贝碧塔来了！朝这里来了！来到我身边了。她沉默着，脸上不带一丝笑容，嘴唇显得更加宽阔和庄重。阳光照耀着她的黑发，如同照耀着龙腾鱼跃的湖水。她的身体散发着椰子油的香气和亲吻的精髓。她走进我的家门，满头乌发和漆黑的眼眸加重了屋里的幽暗。然而，我们的亲吻照亮了每一个不见光的角落，几个世纪的人生在这短短几分钟里掠过了彼此的头顶。

"贝碧塔往那里去了……！"

现在，她的臀部更低，步态也有些踉跄，眼神因为心知肚明的疲惫而慵懒散漫。疲惫一定会到来，我们虽然明白，却又忍不住沿着灼热干涸的皮肤一路寻找，这种灼热与干涸如同巴西亚翁达的风景，在我的眼中只剩下单一的颜色。

我随着切玛和埃尔南多去拜访那个只见了一面就想让我买下她的印第安姑娘。我们沿着办公楼右边走，再转到去往她家茅屋的那条路，随后沿着一道满是泥巴的平坡下去——去年这里还是个盐矿。途中翻过一处靠近海滩的小山，满山都是菱形和方形的云母。在这片明镜般的石头中，只看得见光芒，却看不到太阳，因为它们只反射自己的光，蛮横骄傲，不差分毫。

余下的道路和瓜希拉所有的道路大同小异。一样的仙人掌和龙舌兰在旅人的视野中延展，企图用荆棘阻挡住他们的脚步。扇形的龙舌兰厚重结实，海水般碧绿的叶片上布满了白色和焦黄色的硬刺。干仙人掌上满是被鸟啄过的痕迹，号角树干瘪缺水。土地向万里无云的天空张开饥渴皲裂的嘴巴，后者却只回报以阳光和炎热。可是，水呢？水在哪里？在污浊的井里——与其说是井，倒不如说是泥潭更加恰当。牲畜们埋头喝水，天鹅绒般的表皮下分布着坚硬绵长的血管。他们在主人无穷的注视下，饮尽了所有可望而不可即的清凉。

"另一张吊床，"切玛说道，"被我卖给了加布里埃尔。他说他想要。除了他以外，还有人想买吊床，好在帕特里西奥买回那个印第安女人的当天送他当礼物。时间很紧迫，维克多回来的第二天，那些印第安人就要把她带走了。那姑娘叫赫妮娅，她还有个小妹妹，这时正在关禁闭，大概再过半个月就能出门了。"

"禁闭是什么意思？"

"小姑娘月经初潮的时候——这里管初潮叫'玛胡云拉'，大家就会把她关在家中，谁也不准见，只从窗户里给她递水递饭。在这段时间里，她需要学习缝纫，织腰带，以及如何用加拉巴木果和葫芦制作容器。过了三个月，等她走出家门的时候，就可以被买卖了。每到那一天，大家都要载歌载舞地庆祝一番，基本上当天就会有个印第安后生把她领回家了。"

"谁都不能见她吗？"

"谁都不能。据说在这个时候见她，会给自己招致灾祸和诅咒。那些印第安人听到诅咒就暴跳如雷。听说他们的邪恶之神名叫关杜鲁，还有一个魔鬼，好像叫什么雅鲁哈——或者跟这个差不多的名字，这两个鬼怪会一路跟踪着偷窥的那个人，看看都能给他带来哪些不幸。不管发生了什么事，大家都会怀疑他，都会觉得是他的错。"

"所以，他们信鬼神喽？"

"当然信了……当然！你没看到印第安人从不在夜里单独外出，不管胆子多大也不出去吗？因为他们非常害怕会撞见魔鬼雅鲁哈。"

"那他们信神仙吗？"

"是的，信的。他们的神叫马雷瓜，但他们不祈祷，也不……"

"难道方济各会的修士们什么也没教他们，也不到这儿来吗？"

"方济各会修士？得了吧小子！那些人成天待在纳萨勒和潘乔的孤儿院里无所事事，除了长胖，什么都不干……所以政府才付钱给他们……每分每秒都有印第安小女孩和奇诺小男孩从孤儿院里逃跑，可他们权当没看见。他们每天只发给那些孩子很少的面包和糖塔，外加一丁点玉米糊，害得小可怜们整天挨饿……"

"但是，印第安人总是整天挨饿，整天讨要东西呀！"我辩解道。

"啊！是的……可是他们从小就在那里长大，不习惯……"

"所以，那些方济各修士从不离开纳萨勒和潘乔？"

"离开那里，还能去哪儿？……去做什么？他们又不是胆小鬼……"

我们到了。两个高大粗壮的印第安人上前问好，裸露的肉体颤巍巍地闪着光泽。他们围着秸秆编成的饰带，用干净的兜裆布遮蔽着私处。一个女孩躲在角落里啃玉米，啃完了就把玉米棒丢到一口大缸里。她的模样稚嫩清纯，稍稍有点胖，但并不美丽，也没有什么吸引人的地方。切玛跟她说了几句话，又指了指我，她脸红了，或者说，她明明没有脸红，却非要装出一副脸红了的样子。她脸上的红晕与身体其他部分的颜色是一样的。

"喂，小伙子！快过来……别那么无精打采的……"切玛一边说一边把我推到这印第安姑娘身边。

"看看，"埃尔南多对我说，"那就是初潮女孩关禁闭的地方。"

他指着一间用脏兮兮的旧布条搭起来的茅屋。一个印第安女孩注意到我们正在不远处朝她张望，顿时变了脸色，打着手势示意我们退回去。我们坐在吊床上，喝着主人家的玉米酒。这酒酸酸的，在五脏六腑里横冲直撞。印第安人没有朗姆酒，也没有烧酒，全靠这个买醉。污浊的地面上堆满了砍断的干仙人掌，还摆放着水缸、木盆和加拉巴木果。母鸡带着小鸡满地捉虫，咯咯咯地叫个没完没了。他们还养了很多狗，瘦得皮包骨头，眼神混沌，尾巴拖在地上，疯一样地左冲右突，完全不知道该干些什么，只想找点东西填饱肚子。一只母狗生了六只小狗，黝黑的乳房干瘪瘪地耷拉着，小狗们无时无刻不在挨着母亲找奶吃，却总是竹篮打水一场空。母狗摆出一副满不在乎的架势，既不觅食，也不张望，不管狗崽们闹成什么样子，只顾一个劲地朝前走，仿佛已经知晓自己逃不过饿死的命运。

一个高高瘦瘦的印第安姑娘微笑着朝我们走来，皮肤很白，眼睛是淡淡的烟草色。湿润美丽的牙齿泛着仙人掌的绿光。

"这就是帕特里西奥买下的那个印第安姑娘！"切玛对我说道。

"真是个俏妞儿，对吧？"埃尔南多问道，在他眼睛里，就没有一个印第安姑娘是不完美的。

我没吱声，一直盯着那个印第安女孩看，她一边跟切玛说话，一边欢快地笑着，笑容是那样透明纯净。也许切玛正在取笑她即将到来的婚姻。一个印第安男人坐在墙角，把头靠在柱子上打盹儿。我看他很是面熟，便问埃尔南多：

“那印第安男人是谁？”

“他呀——”他回答道，“他就是‘楚佬’。”

“啊！是他。我来的那天，他也在沙滩上……就是他！”

“是的，每逢有船过来，他就去海滩上帮我们搬水桶，挣点买玉米和烟草的钱。”

“那么，”切玛问我，“我帮你给那些印第安人传个话，说你想买那个刚来初潮的姑娘？”

“不……什么都别说。”

“那还买个屁……！不过你就是个㞞包……！”

“不，最好还是再考虑考虑……我还没想好。”

“行，那咱们回去？”

“好的，那就走吧。”

我们与那家印第安人告了别，踏上回巴西亚翁达的归途。暮色四合，灰色的云朵镶着玫瑰色的金边，堆积在西方的天宇。空中呈现出昨日未见的新色调，橘红与紫罗兰、黄色与红色斑驳交错，晕染铺陈。风更加猛烈，仿佛被临近的夜晚赋予了力量，能一直呼啸到天明。我们一路沉默，脚步踩着温暖的沙地，有节奏地吱呀作响。

我又一次想起了加布里埃尔和罗丽塔。整整一天都没见到罗丽塔了。今天上午，她打发帕特里西奥过来请我去家里吃午饭，我拒绝了，但这做法并不妥当。她可能会怀疑我知道了什么，可我就是不想去。一股奇异的恐惧涌上心头，我生怕自己神色异样，被别人看出端倪，揪出她偷情的铁证。正是这恐惧阻止了我与她相见。我试图放松面部表情，努力使之成为一块对着天空的镜面。镜中没有风景，没有人物，也没有任何线条和实体的记忆。然而，对她偷情的笃定，将一切的努力都变成了徒劳。她为什么要偷情？为什么要用这个愚蠢的字眼？在那一刻，她的双手一定在微微地颤抖；巨大的羞耻感一定如黑色的巨浪一般，在她原本苍白的脸颊上翻涌而过……不！不能那样做！……过了一会儿，等到我的眼睛又能看到其他人的脸庞，等到我的思想又可以聚焦于其他的人物，又可以探求其他的情感和故事的时候，我去了埃尔南多家，在那里喝了汤，还吃了米饭和鸡肉。这里的母鸡可真便宜……我们的眼神清清白白，与维克多离开时没什么区别，就算他回来，也觉察不出什么异样。我们的微笑也一样真诚坦率。时间一久，什么都见怪不怪了。不管起初是多么稀奇可怕的事，终将化作最寻常的鸡毛蒜皮。我刚待了一会儿就走了。汽油灯蓝黄相间的微光，勉强可以照明。当两人守着什么秘密又不愿向第三者坦白的时候，这昏暗的灯光足以遮住彼此的眼色。我们不能不去使眼色，尽管心照不宣，但彼此的眼色却不发一言而又言无不尽地出卖了一切。我会去维克多家吃饭的，也会气定神闲地目睹发生在眼前的悲剧。我倒要看看她是如何被意料之外的亲吻刺激得脸色煞白，也许那样的亲吻，维克多从未给过。也要看看在她为他魂牵梦绕的时候，又是怎么与我甜蜜相处的。也许一不留神，情人的名字就会从她的唇边溜出去。她想抓住它，想重新将它塞回到沉默里，塞回出生伊始时用声弦编织的摇篮里。她白费工夫地想要装出一副若无其事的样子。而最后，当看到自己不小心说漏了嘴的话在空气中膨胀生长的时候，她的眼睛暗淡了下来。她带着悔意转向我，祈求怜悯。我要去！我要去见她，为了不爱上她，我要去见她！自从那真相大白的一夜，我对她便有了一种超越了初见时的亲密的感情。现在，只要一听到她的名

216

字，我便热血偾张，肌肉时而松弛，时而抽搐。我痉挛般地握着双手，咬着下嘴唇，就好像那是她的嘴唇一样。她的影子总是在我脑子里打转，在任何思绪里出现，浮现在我眼前的每一张面孔之上。她的脸在寻找着一切缝隙，从别人的脸上钻出来，直至完全将它们填满：无论是血肉、空洞、凸起还是平坦的地方。

我们踏月而来，影子走在前面，遮住了脚下的路。它们从左边晃到右边，好像要阻止我们看路一样。影子们变长，变细，时而藏入草丛。这些灰色、扁平、多变、多动的伴侣，当我们转个弯继续走的时候，它们又跳到我们身边。

巴西亚翁达的灯光爬上了那块小小的高地，在这里也能望得到。巴西亚翁达！那里有贝碧塔，那里有一边想着加布里埃尔一边为我做饭的罗丽塔！她是在想着他吗？或者……在想着我？想着我？她为什么要想我？

我又一次回到了自己的房间里，放下一身的疲劳。疲劳总是留在我们的房间里，用灰色的风尘充满每一个角落。屋里很清凉，缸里清凉的水与空气循环交融，在我周围依然存留着贝碧塔的体香。贝碧塔来过这里，她脆弱的身体就躺在我的吊床上，她金色皮肤的味道还残留在我的双手上，她橡胶一样的身体的曲线还深映在我的眼眸里。要不是有她们这些善良、轻浮、慷慨的印第安姑娘，我们根本没法在瓜希拉生活下去。这片土地到处都是伤口和棱角，遍地都是荆棘、尘土和狂风。这片充满了饥渴、阳光和梦想的土地，与我的波哥大万里之遥。波哥大一年四季都那么凉爽，气候也稳定，从来不见温度计有什么大的波动。整个城市一动不动，连天上的云朵都总是在同一个地方停留，又以同样的方式，在一段特定的时间里消散。在这里，虽然时间是静止的，但炎热却随着风变幻无常。有时候，当猛烈的东北风刮过来的时候，我们冷得裹上毛毯过夜。而大海和天空则永远变化无穷。云朵在天上翻卷纷飞，有时如丝如絮，一阵风就能吹得无影无踪。有时却如巨大的教堂，开始时一片黑色，如腹部般深沉，慢慢地，那颜色和体积便弥漫了整个天空。

此刻的巴西亚翁达充满了柔软和爱情。两个人愤怒地相爱，分秒必争地相爱，吞噬了从手心中逃脱的、企图将他们化为永恒的光阴。他们的嘴唇伸向生命，伸向爱情血肉的撕咬。他们将爱情具象化，具体化。视觉、嗅觉、味觉、触觉和听觉，生命将这五种感官放置在死亡的胸膛上。我们知道，每个目光，每一缕白昼都充满了丰富的层次的私密的香气，每一个亲吻的味道，都将这爱情向终局推进了一步——婴儿或是死亡，最终还是死亡。他们向死亡走去，又聋，又哑，又瞎，闻不见气味也尝不出味道。因为爱情已经用它独一无二的对彼此摧枯拉朽的占有欲，覆盖了一切感官。

在那两人年轻的肉体上方，是顽固如嘴唇一样打开的一角天空。海浪用音乐和着他们听不懂的爱语。他们身下是坚实永恒的土地，就如同僵硬的肢体。土地干涸而又辽远，所有生活其中的人们，都能相爱。

20.

在罗丽塔的注视下。埃尔南多的夜间冒险。巴西亚翁达的新生命。

我要到罗丽塔家里去。她打发切玛家一个印第安姑娘过来叫我。刚才走了一路，脸上全是沙子。我用湿布擦了擦，脱下两只凉鞋，一手一只地拍打一番，抖落了上面的尘土。随后又梳了梳已经很长的头发。

饭菜已经端上了桌。我不敢进屋，就站在门边看她，但影子却已经伸到桌子边上了。也许她看到了我的影子。她的眼睛那么精明，别人企图掩盖什么，她偏要往那个地方看。

"早上好，罗丽塔。"

"晚上好。"她回答我，故意拉长了"晚上"这个词，就好像在提醒我在犯迷糊。就好像没发现我……

"晚上……"我赶紧纠正过来，却更加迷糊了。

"真是奇迹呀……每天都要等我做好了午饭或者晚饭，你才过来……看看，我的力气可不是白出的……"

"真抱歉。但今天早晨我有点不舒服。"

"是吗……你怎么了？有客人来吗？……啊！当然了，我忘了贝碧塔在这里……每次她一来，大家就像发了狂……也不知道她有什么能耐，让你们疯成这样……"

"我跟贝碧塔什么事都没有……"我干巴巴地回答。手上正要把一块鱼肉往嘴里送，听到这话，突然停了下来。

"什么事都没有……其实每个人都跟她有一腿。这里所有女人都跟别人有一腿……"

"我可不信所有女人都一样。"我冷嘲热讽地说道。

"我可不是指所有女人。听见没？我指的是所有印第安女人。这可不是一回事。难道您觉得，我会跟她们一样？"她轻而易举地收回了那个"你"字，突然以"您"称呼起我来。语调里充满了厌恶和距离。

"我不知道您是什么样的人，也不知道她是什么样的人……"

"啊！您现在又不知道了呀！好吧，那就这样吧。"

突然，就好像被自己脑子里的想法震惊了似的，她的举止闪过一丝慌乱，但声音还是老样子。 她问我：

"船什么时候到？"

"快到了。差不多五天后吧……"

"五天……？"灯光下，她的身影在晃动，眼眸中折射出缤纷的苦楚。

我们沉默了一会儿。在这段漫长的时间里，我们的头脑被相同的思绪占据着。我们都在想，维克多就要回来了。我有些幸灾乐祸，因为所有非同寻常的事情必将变得更加紧张，更加非同寻常。而她却悲悲切切，因为可以肯定，一切都要终结了，至少暂时终结了。我们对维克多的思绪强大到几乎能感觉到他的存在。他人虽然远在天边，却好似近在眼前。

"我要睡了。"她伸了个懒腰，好像在暗示我离开。

"好吧，罗丽塔，明天见……"

"祝你好梦，明天可别摆出这么副脸色过来了……"

"好。你也好好睡一觉。"我也不知道，为什么一提起梦来，我就又管她叫"你"了。也许因为做梦是最私密的事情吧。

屋外，夜色寂寥，繁星满天。港湾的入口闪着光，应该是有船靠岸，可能是那种我前所未见的满载着贵妇人的航船。她们盛装华服，珠光宝气，浑身散发着浓郁的香水味。可是，这里的印第安姑娘们身上也有椰子油的香味……那是通往五湖四海的航船，通往一切文明的航船……我永远都不会去乘坐那样的船……我这种像流浪狗一样过着饥寒交迫生活的小人物，只配得上单桅的小渔船和寒酸的独木舟，永远都不会登上那些镶着玻璃、奏着音乐的远洋巨轮。对我而言，那些满身首饰的女人不像夜晚，反倒是这里金色肌肤、风一般敏捷的印第安姑娘们像极了白天。

同伴们都待在盐场。我一言不发地坐下。他们的对话在耳边回响，但我完全听不懂，也不关心他们究竟说了些什么。

一种难以名状的焦灼侵入了我，使我的身心无处安放。我好像应该做点儿什么，可既没有动手，也无从下手。我瞪大眼睛，竖起耳朵，想要寻找能够给予我指引的人或者声音，但什么都没有找到。于是我站起身来，在盐场附近来来回回地踱步。我去了办公楼，也去了山下的海滩。海水里生长着马尾藻，潮水上涨，带着厚重宽广的泡沫，殷勤地没过我的双脚，将它们打得湿淋淋的。海上空无一人，只有岩石，没有码头，也没有任何机器或是其他人造的东西。在这片赤身裸体的海滩上遍布着黑绿相间的各种色泽，还有黄色的小贝壳和白色的大贝壳。

我是在为罗丽塔忧愁吗？但是，如果我果真为她忧愁的话，这忧愁为什么无法描摹？为什么我依然搞不明白，究竟是什么令我的神经如此紧张，仿佛赤裸地暴露在肌肉和皮肤之外？究竟是什么突然激起了我的冲动——斗争、窒息、杀人的冲动。为何我会突然消沉，反复吟哦着不知所云的诗句，满嘴嘟囔着毫无意义的胡话？

难道我又一次陷入了爱情？罗丽塔的爱情？不，我不爱罗丽塔。眼下我又满足，又快乐，而这快乐中又掺杂着少许对加布里埃尔和罗丽塔的爱情的憎恨。所以我没有爱上她。那我爱贝碧塔吗？不……我怎么会爱上贝碧塔呢？我喜欢她，每个男人都喜欢她……因为她身体漂亮结实又柔软，因为她的嘴里千变万化的味道，因为她皮肤的触觉里糅合了所有的甜蜜和粗糙，因为她的嗓子唱得出一切音乐，因为她浑身都散发着椰子油浓郁的芬芳。香气包围着她，仿佛将她独自置于另一个世界。但是，我爱她吗？爱她吗？不……！我没有恋爱……我怎么会恋爱呢……！我只是厌倦了一成不变的生活。没有什么事情可以真正伤害我，恐吓我，凶狠地把我打击得倒地不起。我眼睁睁地看着生命一声招呼都不打地从身边溜走，看着时间日复一日、月复一月地过去，既没有痛苦，也没有欢乐。既然这样，那活着又有什么意义？好在我正在经历一场冒险。死亡围绕在身边，大海和爱情近在咫尺，天空下的我是自由的。如果我明天想走的话，没人能拦得住。我这个永远的行路人和流浪汉，必须收拾好简陋的行囊，背上它去寻找另外的脸庞、嘴唇和风景了。否则我的身体将会无关痛痒地留在这里，就像太阳下的一棵树。我太微不足道，太没有价值了。可生命呢？生命有什么意义？　哦，是的！我的生命是有意义的，它就像战场上的空气，充斥着一切危险。它的表面贫瘠苦涩，内里却如温柔的田野和高深的峡谷——在那里，回忆的小溪波光粼粼地在脑海里流过。溪水中闪动着遥远的欢乐，多么纯洁，多么甜蜜；还有童年的游戏和慈爱的母亲，她用双手抚摸着我的额头——如今已在阳光和生活下成熟的额头。生活本身，在我们身边，在我们体内，在我们眼皮底下。

上帝，我究竟是怎么了？我为什么会说这些？连我自己也不知道这些胡言乱语究竟是什么意思。

大海带着遥远的潮声，排山倒海地冲进我的房间里，随之而来的还有充满遗忘的安宁的梦。梦境将明天的我带回昨天的我，将我交还给我自己，交还给我的坦率与美德，喜好与憎恶。至于身边这出凝聚了痛苦精髓的爱情悲剧，在我脑海中留下的所有疯狂的点点滴滴，也都会随着梦境烟消云散。明天的太阳依然会照耀着我安静的眼眸、灵巧的双手和凌乱卷曲的头发。我的思想也将再次如眼神般清明，如双手般敏锐。

"快起床，两点啦！"门外传来了切玛的叫喊声。

"到点了呀——？"这声音不像是从我嗓子里发出来的，倒像是从曲折的梦里冒出来的。

"是的，到点啦！既然你醒了，那我就回去了……晚安！"

"去你的。你走得可真急……"

"我……我困了……"

"你困了……？"我嘲讽地回应他。

"当然……！除了睡觉还能干什么？"

"没什么……贝碧塔走了？"

"没有，还在那儿呢……晚安……"

虽然是凌晨两点，但天已经开始亮了。可以感觉到光，风渐渐停止了舞蹈。充满异域情调的苍穹上呈现出我曾在国外冬日里

223

见过的极光的颜色。黎明洋溢着春天的色调，就像个金发小姑娘，因为太过纤细，那颜色完全不像它自己的。随着太阳步步紧逼，星辰开始渐渐转白，像滑石那样变得浑浊起来。

空气中浸满了碘和盐的味道，我的梦还没有醒，它藏在我的睫毛和嘴角——那里还残留着亲吻温柔的余烬。煦暖的气息依然在我双手上缠绵。梦里我又看见了旧日的风景，黑色的蓝桉树涂抹着草原上暗淡的天空。风吹着谷穗沙沙作响，如同耕地的汉子把农家姑娘按倒在黑土地上。姑娘双腿红润健壮，眼眸漆黑，嘴唇上洋溢着鲜血和生命，身体里流淌着印第安人湍急沸腾的血液。我们的印第安人啊！他们的血统高贵纯净，却被侵略者杀戮，被税务官掠夺，被生意人和白人剥削，被政客和修士欺骗。印第安人呀，你们是美洲的杏仁和精髓！

孤独带着成串的人影和回忆从我身边掠过。没有什么比孤独更能在我身上停住的东西了，无论是完整的孤独，还是撕碎的孤独。那里有我被回忆钩住的一抹灵魂。星辰低垂在我乱发的上方，在那里酿着光的蜜，而月亮就像搬运工，在其中注入纬线的棱角。

明天我们要去钓鱼！小船又黑又破，扬着四角的帆，就像某桩心愿得偿。这心愿模糊，圆满，缥缈无形，但一旦实现便线条分明地定格在记忆之中。鱼又纷落如雨，刀刀毙命，渔网在风中建造起一座座清真寺。我们一到目的地就朝厨房奔去，那里和我们的身体一样冒着热气。

夜幕降临，如同云朵遮蔽了港口的光芒。这是我的思考开始萌芽的时刻。

有一只手拍上了我的肩膀，手后面是两只因为有了主意而闪闪发亮的眼睛：那是埃尔南多，但是，他又在这里做什么？

"怎么回事……？你在这个点起来做什么？"

"笑话……！闭嘴！给我好好值班……切玛睡了？"

"哦，睡了好一会儿了……你为什么问这个？你想干什么？"

"没，没事……我就是想看看，还能不能去找他那个住在走廊里的印第安娘儿们。"

"走廊里？"

"是的，小子……你没看见？屋里住不下，有几个人只好睡在办公楼的走廊里吗？"

"我不清楚……你是要找贝碧塔？"

"是的，我太喜欢她了……"

"可是，被切玛看见怎么办？"

"他不乐意，那就自认倒霉呗……！但他要是敢问我要人，那就滚蛋吧。我可不是空手而来……！你看，我带着家伙呢！"他向我晃了晃上了子弹的左轮手枪。

"好吧，你可轻点儿……"

我们从侧门进入办公楼，一、二、三、四……那里一共挂着五张吊床，散发着睡梦、汗水、精液还有椰子油的味道。所有这一切都混合成性爱的味道。

"她睡哪张床？"我轻轻问道，就好像要把声音捅进窄小的孔洞里去。捅进去？为什么我会把"捅"这个词和声音联系在一起？

"最里面那张。从这里数第三张是切玛的床……"

"可是，你跟她说什么了吗？"

"是的，今天下午她说，如果半夜十二点她还没去我房间的话，我就过来找她。"

"好，那你小心脚下，可别把人吵醒了。"

"你在门那边等我，要是切玛醒了，你缠住他，我才能抽身……"

他俯身趴在沙地上匍匐前进。天将破晓，我借着晨曦的微光追逐着他的每一个动作。他肚皮贴着地面，活像一只捕食的猫，在吊床的影子下面慢慢爬行。我弯着腰，已经看不见他了。现在他又站了起来。切玛在打鼾，贝碧塔在吊床边等着他，一条金色结实的长腿悬在空中，充满了情色的味道。一股关于啃噬的甜美回忆在我的唇齿间喷涌而出。埃尔南多朝那条腿弯下腰，我看到他的乱发在晨光下如同一只棕色的大蜘蛛趴在贝碧塔混血的皮肤上。暗影里伸出两只轮廓模糊的胳膊，那里正萌发着人世间的爱情。木头和吊床的绳索在吱呀作响，看来我还是退到门那里为妙。万物气息交融，如同带毒的光圈，升起在我的头顶。此时此刻，有一种白色的味道吸收了其他的气味，愈加厚重浓烈起来。狗还在熟睡，长长的小脸垂在前爪里，一只耳朵在动弹，脊柱突然一阵战栗。它们在做梦，不知梦中见到了什么，是狗还是人？可是，埃尔南多为什么还没出来，他难道想跟她待一个晚上？还晚上呢！天色已经渐渐亮起来，马上就要到大白天了。已经四点了，可我不能去叫安东尼奥过来替班，他会发现埃尔南多，这事说不清。还是等等吧，反正我睡得足够多，不会四点躺下，六点就起床。清晨多么美丽！远方玫瑰色的天空洗净了黑夜，纤细绵长的白云从南方静悄悄地飘过来。南方，那里躺着曼努埃尔的尸身，那里的泥土中埋着巴勃罗腐烂的血肉，万物就在他的身体上面蓬勃生长。维克多也在南方，而我随时随地都可能说漏了嘴：

"他们……是的……有天晚上……"维克多会伸出沾染了死亡颜色的双手，抓住那两具罪恶的身体……南方还有阿娜斯卡、梅梅、恩丽盖塔，以及波哥大……那座城市里有十二万五千个女人和一千五百辆汽车。死神在南方，而爱情和生命就在我的身旁和背后。

自从那晚之后，我就没再看到加布里埃尔，我寻思他是在故意躲着不见我。那天晚上他泣不成声地苦苦哀求，蓝眼睛里闪着点点泪花。他大概是因为羞耻才不想见我的吧。他又去罗丽塔家了吗？也许吧。也许此时此刻，他正带着幻想，眺望着懒散的白天。在他眼中，那意味着分离。至于她，此时的睡梦正如微风拂过她的脸庞。这风停留在她凸起的眼皮上，用最轻盈的动作开启了这爱与床的伴侣的神游。

埃尔南多出来了，满面通红，眼神散乱。几分钟前，他的双眸还如同清明的钢珠在闪闪发光，一转眼就干瘪浑浊，一点光亮都看不见了。然而，从身体中逃脱的欢乐依然在他的嘴角上留下了一抹微笑的痕迹。

"你让我多站了两个小时岗……"我不高兴地对他说。

"真对不起，可我太喜欢她了……！"

他说这话的时候，眼神里闪过刹那光亮，但很快就熄灭了。

"她不喜欢你吗？"

"那当然了，比以前还喜欢。可糟糕的是，她今天就走了。"

"今天就走？你怎么不早说……也许等你睡完了，我还能接着睡呢。"

"你难道没跟她睡过？"

"当然睡过了。不过这有什么要紧的。难道我就不能跟同一个女人再睡一次吗？"

"当然可以了。但睡多了也是浪费……第二次睡就不一样了……没有第一次的感觉了。"

我们两个都沉默了，各自回想着自己跟她的第一次。现在我们不仅是用头脑记住她，更是在用所有的感官记住她。我们身上的每一块肌肉，每一条神经，都在不约而同地回想着当初的那一刻。晨光照亮了前额，我们的肉体颤抖着，宛如第一次做爱——摸得着，看得见，闻得到。

切玛已经起床，放开嗓子唱起歌来。我们在埃尔南多家喝了咖啡。他如数家珍地向我炫耀着，自己认识多少个印第安女人，又亲过多少个。所有的艳遇都千篇一律，如同每个姑娘的标价一样，不差毫厘。她们都是那么迷人结实，秀色可餐。那个拉皮条的老玛丽亚从她们身上赚了多少钱啊！

八点了，我们打算去钓鱼，但组长说，今天风浪有点大，还是别坐小船出海了，以防被狂风吹到海湾以外不知什么地方去。

于是我们便去挖蛤蜊，切玛和他的印第安女人们留在家里，弗朗西斯卡、马克西姆和罗丽塔也在，除了这几位，其他人倾巢出动。每个人都带了水桶，这是挖蛤蜊需要的唯一工具。我们三两成群地走在海滩上，黄沙柔软潮湿，海浪几分钟就抹去了我们留下的脚印。沿着海边走了两个小时，才到达挖蛤蜊最省力的那个地方。大家把裤脚挽在膝盖上就下了海。海水没过半条腿，我们真想不管不顾，穿着衣服跳进海里畅游。海水温中带寒，引诱着皮肤和身体。大家把桶埋进沙里又拎起来，满桶都是海水、细沙和贝壳。把桶来回摇晃，只需一刻钟的时间，沙子就都除光了，只剩下深紫色的贝壳，就像石化了的耳朵。空壳是没法分离的，等我们往回走的时候，满桶的贝壳发出像铃铛一样快乐的摩擦声，如同演奏着甜美的海的乐章。

我打算把自己那桶蛤蜊送给罗丽塔，午饭时正好可以做一道美味的汤。为了不浪费太多淡水，可以先把蛤蜊放在海水中煮沸。煮熟后的蛤蜊会像带着玫瑰色衬底的珠宝匣子那样张开贝壳。这时再把它们洗净去沙。蛤蜊中还掺杂着少许螺蛳，螺蛳壳上生着黄白相间的纹路，搭配米饭最好吃，嚼起来有点筋道，就像口香糖一样，同时又很柔软。味道性感腥咸，恰如罗丽塔，也恰如我自己。

"罗丽塔……！"

"……"

"罗——丽——塔！"

"你……你来……干什么？"

"你怎么了？怎么吐了？这是什么？"

"我不知道……"一阵恶心打断了她的话，又钝又重，带着深深的疲倦和厌烦。就像曾经做过的一样。就像曾经见过的那样，我用双手抱住她的头，拼命往下按，也不知道是为什么，过了一会儿，她终于停了下来。这是一种强烈的，难以抑制的恶心，一遍遍地重复，无药可救。

"你这是怎么了？"我问道。她已经平静下来，眼泪汪汪地坐着。脸色煞白，筋疲力尽，我摸了摸她的脸颊，觉得有点发热。

"我也不知道……这几天已经吐了三回了。大概是肝出了毛病，胃里面翻江倒海，头也晕乎乎的，我都快疯了……"

"你怎么不吃点药？"

"吃什么药？我可不吃印第安人那些垃圾……"

"跟下一个去里奥阿恰的看守说一声，让他带点药回来……啊，看我给你带了蛤蜊和螺蛳，你尝尝，会不会感觉好一点。"

"当然好了！今天正好没肉了，家里东西都要见底了。真希望维克多能快点回来……！"

可是，她果真盼望丈夫早点回来吗？我可不信。她怎么会希望那个一出现就会破坏自己幸福的人回来呀！还有，她为什么会呕吐？为什么深重的黑眼圈会从睫毛边上一直延伸到鼻梁中央！那里的皮肤明明像空气一般温润光洁！难道她怀孕了？孩子是谁的？是维克多的还是加布里埃尔的？到底是谁的？是谁的？话到嘴边，我再也忍不住了，忍不住了！终于让它在平静的空气里脱口而出：

"你是不是……怀……怀孕了？"

"什么？"她的脸顿时涨得血红，就像海面上的第一缕晨光。就连藏在发间的两只蜗牛一样的小耳朵也红成一片。

"难道是真的？"

"是的……"她回以沉默。一言不发，却又那么坚定而骄傲地妥协着。她低下头，弯腰看向别处，右脚在地上踩出一个小小的沙包。

"你结婚多久了？"我也不知道自己要问什么。

"三年了……"

"那……那……那你现在才……"

"是的，这没什么奇怪的……很多夫妻十年都没怀孕，等到不去想了，倒是怀上了。我为什么不能呢？"

"维克多一定很高兴……"

"我可不这么觉得……"

"为什么呢？如果这是天意，他当然高兴了！"

"不，他太奇怪了。我不知道……"

"如果你特别不舒服，那就躺一会儿，别做饭了。如果你愿意，还是我去埃尔南多那里拿点吃的过来。你看怎么样？"

"不，不，我现在不会吐得那么狼狈了……"

"好吧！那我一会儿再来……再见。"

走到门口，我又转头对她说：

"啊！我都忘了恭喜你了！"

"谢谢，不过你就别自欺欺人了……"

"我怎么自欺欺人了……"

"你听着，这事儿不要跟任何人说……"她的话中带着乞求和恐惧，就好像只要我知道了这个秘密，我的熟人们也都会知道似的。

"不，我谁都不会说的。"

"你向我保证吗？"

"当然。"

"好吧。别去太久，别等饭都凉了才回来吃，那可太讨厌了。"

她怀孕了！她的腹中生长着一个新生命，一个跟我们大家相同的生命，她的血肉正在滋养着这个生命。精子穿梭在黑暗的小道，神秘狭窄又陌生的甬道内部一片鲜红，红得像远方的大火。器官宛如混沌的污渍，阴森恐怖地乱动，形状像巨大的洞穴，面目可憎。受精卵冲进生命中第一个庇护所。胚胎与子宫同生共死，但前者成熟后却对此一无所知。记忆的触角还未萌生，但不久之后，那里将挂满回忆，宛若缤纷的树叶。七百万颗精子从男人的身体里喷出，除它之外都停留在半路上。生命有多么艰难，死亡就有多么简单。但是这颗精子到底是谁的？维克多的？加布里埃尔的？是谁的？到底是谁的？一切都无关紧要了。那是她的孩子，她的孩子。她日日夜夜地向他输送着血肉的精华和身体的温暖。她用最隐秘的精髓养育他。她宽阔浑圆的臀部是哄他入睡的摇篮，她眼前的一切所见都是他的样子。那是她的孩子，这足以使她成为我眼中最纯洁的女人。难道她犯了错，也可以如此高尚吗？她犯了错？为什么是她的错？如果不是因为这个错，也许她的肚子永远都不会尊贵地孕育生命，而只能像这片只有耐旱植物才能活下去的沙地一样寸草不生。她会像石灰一样荒芜，像烟尘一样无用。而现在，她获得了新生。这生命是一次亲吻的延伸，而孩子是爱情的血肉。两具肉体，两股血脉，两次震颤，退尽遮挡，合二为一。而孩子通过属于未来的身体，将我们带向永恒。孩子是我们的镜子，以后他们的眼里能看到我们看不到的东西。我们闻不见的香气会令他们心旷神怡。我的双手活像聋子和哑巴，而他们却能用手去爱抚我们感知不到的东西。他们的耳朵里萦绕着我们听不见的音乐。孩子啊！我们身体的花朵！是男孩还是女孩？是黄头发还是黑头发？他的皮肤会不会像奶一样白？他的眼睛是蓝色还是绿色？应该是绿色的，就像她母亲眺望过的大海。他浓密的头发是青铜色的，就像这里的风景一样粗犷辽阔，波涛起伏。在光天化日之下还存在着另一个生命。阳光会照进另一个身体里。在巴西亚翁达存在着一个新的生命，它的诞生源于爱情，而这种爱，无论在别人，还是在我自己的眼里，都叫作"罪孽"。现在，在巴西亚翁达，有人身上拴着两个人的性命。

其中一个人在为两个人而想着，吃着，听着，闻着，同时也在为三个人而爱着和希望着。她体内的鲜血快乐湍急地汇聚于一点，重新去灌溉青春蓬勃的蓝色的动脉和膨胀的静脉，并在流到心脏的时候对它说："我们的孩子就在身边！"而那幸福的心脏也更加欢快有力地在她浑圆结实高耸的左乳下跳动，去哺育阳光下新生命的血肉。

巴西亚翁达的天空上飘着绵延纤细的云朵，女人面朝大海，任海风吹起丝质的衣裳。她的腹中孕育着一个婴儿。巴西亚翁达即将诞生一个新的生命！那是一个人血脉的延续，当死神降临时，他并没有死，因为这世上留下了一个新生的自己。阳光越发温柔地照进罗丽塔的房间，亲吻着她的嘴唇和臀部。海风歇息片刻，复又迅猛吹起，用心满意足的呼啸向所有人宣布——在巴西亚翁达生长着一个新生命。

21.

泄密。"美人"号归来。工作和新鲜事。

不知是邪念还是欲望作祟，我很想看看那张苍白扁平、波澜不惊的脸上闪过的讶异表情。在这幸灾乐祸的冲动下，我向他吐露了罗丽塔的秘密。也许我以后会后悔——因为脆弱和胆怯，我们时常会后悔，然而做都做了，我也确实没什么悔意。后悔不是必需的，因为无济于事。难道还有什么比这更没意义的事情吗？错误一旦铸成，就只属于记忆，不属于现在，那为什么还要为它难过呢？如果不能回到过去重来一次，难过又有什么用呢？至少这是一种愚蠢的表现。如果每个人都能随心所欲地将时间定格于他想定格的那一刻，那生命必将成为一条循规蹈矩的直线，这是多么可怕的事情！生命唯一的可爱之处，正在于出乎意料，变化无常。我们都知道可怕的意外会在某一刻降临，对它而言，我们既是对象也是工具。我们这些行走于世间的人类，终究只是两种激烈斗争的本能和一种犹豫不决的理性的俘虏。

我没想到，他就站在马克西姆房间门口。时值正午，天空正中钉着一轮金色的太阳，虽然他的脸色依然苍白，金黄的胡须却被阳光映得闪闪发亮，身上还是穿着平日里的衣服。可是，为什么我会留意到他一如既往的穿着呢？他前臂上的汗毛随风起伏，眼睛里倒映着罗丽塔的双眸。

234

"知道吗，我有事告诉你。"我用最友好的语调对他说道。

"有事……什么事？"他满脸好奇地问道，双眼紧紧盯着我的嘴唇，右脚均匀地晃来晃去，暴露出内心的惊涛骇浪。

"啊，罗丽塔……"我停下来，瞪着他的脸庞，像猎犬一般迅速地窥探着他脸上的每一个角落。我看到他的脸上渐渐布满了黑紫色的愁云，满腹的狐疑在接近鼻梁的眼角磨刀霍霍。

"……罗丽塔，她怎么了？"他嗓音大变，充满了挑衅、复仇和力量。或许他以为我会说，罗丽塔不爱他，而他血性男儿的骄傲如绳索一般，将浑身肌肉捆得像石头般僵硬。

"罗丽塔……她怀孕了……"我笑了，就好像本不情愿对他说出来，就好像从另一个人嘴里听来的消息一样。

他慢慢地闭上眼睛。一股轻颤，就如同海面上第一缕晨风，从头到脚地吹过他一米七三的身高，把浑身的血肉都变成了石头。他迅速地睁开了满是欢喜的眼睛，绞着双手，咧开嘴巴展露出宽宽的笑容，说道：

"可是，这是真的吗……？你没骗我……？不，你是不会撒谎的……"

他每一个毛孔上的汗毛都如草木般快乐地生长。

"当然是真的……我干吗骗你？还是你觉得这一切对我……很重要？"

我转身就走了，没给他机会说一句话。这个秘密已经不属于我一个人了。它成了共同的秘密，这也没什么要紧的。现在我不会再受良心的谴责，也不会总是心里有话却说不出口。一旦有了秘密，保密的人就必须谨慎，嘴巴越紧，就越要斟字酌句。好容易想好该说什么，话到嘴边了，还要等到第一个好机会才能送出去。他会去做什么？会不会去罗丽塔那里验证我说的是真是假？不，他肯定盼着她亲口告诉自己。他已经欣喜地知道她的秘密了，如果她能亲口告诉他，那他会更加高兴。她会迈着孕妇疲惫的步子，摇摇晃晃地走到他身边。会把一只手搭在他的肩膀上。她的手在战栗，五个修长的手指和五瓣玫瑰色的指甲都在颤抖。她日益圆润的身体紧贴着男人轮廓分明的躯干。一缕秀发如死去的闪电垂在她洁白的脸颊上。她的脸向他凑过去，充满宠溺和柔情，带着有意识的骄傲和慌乱，向他说道：

"你知道吗……加比（她会叫他加比吗？这是很可能的），我们要有孩子了……"

而他则装出一副吃惊的样子（这是最难装的），用怎么装也装不像的嗓音嘶吼着：

"是吗？太好了！但是……你不害怕吗？"

"害怕？……怕什么？"

"怕……没什么好怕的……"

他们的对话一定是这样的。直至最后，什么都没有发生。我们的意志太薄弱，总是放弃那些最应该在此刻去做的事情，总是听天由命，顺其自然，从不想动用个人的意志横加干涉。不过我们又能做些什么，才能随心所欲，逆天改命呢？事情会这样发展，也会那样发展，终归不会一样，又有什么好怕的？难道是怕死吗？不，死亡其实是最不可怕的，它总是如影随形，所以敌人永远不可能用死亡来吓倒我们。死亡会带来勇气，我们既不害怕被人捅上一刀，也不害怕将五块铅弹射进别人的肚子、脑袋或是左侧第六或第七块肋骨里。至于爱情，为什么要害怕爱情？不，要去追求爱情，不惜一切危险，拼尽全部勇气，绝不犹豫，绝不

236

动摇。我们得昂首挺胸地拿着枪活着。如果有人不愿这样活，如果他身上没有傲骨和武器，那就会受尽鄙视、嘲笑和凌辱。肌肉也是有用的……如果其他人，或者说其他那个人（这有什么要紧的吗？），也骄傲地带着武器呢？那他是要挨上五颗子弹，还是一顿拳打脚踢，或是一命呜呼呢？哪怕结局是死亡，又有什么要紧？要命拿去就是，重要的是不能当懦夫孬种。如果我们能跳过所有没有承诺过的事，司空见惯地认为生命不属于自己，那枪膛和刀尖上还剩下什么呢？我们不知道死亡何时降临，所以随时随地都在不出意外地等待着它。在每时每刻，我们都要更有人性，可人性又会增加虚无。

　　我守夜的时段很痛苦。从十二点到两点，此时睡眠未足，困意正浓，却要在半夜十二点起床，等着时间一分一秒过去，用钢制的小锤敲着永恒的门。而迟早有一天，那些宽广的门，那些无人知晓的门——是钢的门，空气的门，还是想象的门？——都为陌生的人敞开。我得等上两个小时，当我在这里的时候，分钟敲过一百二十回，无穷无尽，不知疲倦，这七千二百秒藏在分钟的胸膛里，就如懒惰的黑色小蚂蚁一样，肩负着无聊、痛苦、幻梦和希望一路前行。在这七千二百秒中，有多少东西掠过眼底，多少记忆随之同去？当七千二百秒溜走的时候，我比以前又老了一点，我的生命又丢失了一百二十分钟，而我在这个世界上已经生活了九百七十六万六千五百六十分钟了，可值得留在记忆里的还不到六十分钟。其他的时间都是乏味的，休息的，千篇一律的——就如我正在经过的这七千二百秒一样。我什么都没有干：只是抽着烟点燃记忆，打发时光罢了……好吧！难道生活中还有什么更重要的事情吗？也许有……

时间终于过去了，无人知道它从何处来，又往何处去！这两个小时和其他过去和将来的时辰都没什么两样。我去叫加布里埃尔过来替班，他坐在屋子里，大概一夜没睡。一听我敲门，就应声道：

"我就来……你躺下睡吧。"

我睡着了，梦见自己正走在一条羊肠小道上，高大粗壮的树木撒下一路浓荫。我一个人走，旁边却跟着一个影子，如水的双眸在盯着我看。我看不见它的嘴唇，也不知道它是不是在微笑。浓密的树木排成一条直线，把地平线遮得只剩窄窄一条，透出些许光明。我一言不发地走着，双手放在……

"快起床！'美人'号回来了！……"加布里埃尔在我门口大喊大叫。真该死！我的美梦就这么被他打断了，再也想不起来了。我都梦见了什么来着？有树叶……还有土地……有水。有水吗？还有眼睛和光……这一切都乱七八糟地混成一团，无法物归原位，将那坍塌了的不堪一击的建筑重新拼起来。

我睡眼蒙眬，连裤子在哪儿都找不到了。也许是那边那团黑影里吧……是的，就在那里！我系上腰带，做好准备去迎接海水冰凉的洗礼。此时海面上波澜不惊，我紧紧腰带出了门。

岸边，所有人都整装待发，大家把小艇推到海里。因为困倦，我浑身的肌肉还是松垮垮的。大家下了水，都问我加布里埃尔去哪儿了。

"我也不知道。是他叫醒我的……他不在这儿吗？"

"没有呀……加布里埃——尔！"切玛扯开嘶哑的嗓子拼命喊。

"你下去叫他，他得帮我们搬水桶。组长留在这里等你们，快去……！"

于是我又上了岸，去加布里埃尔家找人。他不在屋里。也不知道是为什么，我抬腿就往罗丽塔家走。马上就要到了的时候，我看到他们两个倚在门口，久久地亲吻。随着这个漫长的亲吻，传来了切玛的喊声：

"出什么事了……！你们快过来！……"

他们循声望去，正好撞上我愉快的目光。也不知道为什么，我觉得自己才是深感羞愧的那一个。我转过身，三步并作两步地跑远了。这两个可怜人哪！也许这是他们最后一个吻了……他们把今生所有的爱，和今生最后一次的孤注一掷，都留在这个吻里了。加布里埃尔也一路跑过来，跟在我身后，一双大眼睛里满是离愁。好像在想，今后再也不会吻她了。

我们上了船，开始划桨，小船一路勇往直前。海面上风平浪静，一丝白沫都没有，海水碧绿，温柔得如同一片橘树叶子。我们朝"美人"号驶去，船帆还没有放下，看上去就像一只小海鸥，伸出桅杆去啄天空上遥远的星辰。

小艇靠近大船，维克多已经在左舷上等我们了。他的眼中尽是海上的风景，对陆地已完全陌生。

"快点儿，快点儿……怎么样？……肚子饿吗？……我给你们带了好多食物……"他笑得那么开怀，连话都听不清楚了。

"你很想你老婆吧？"切玛回应着，划桨太用力，打断了他的话。

"才不呢。在里奥阿恰有很多……"

"把绳索扔过来！"帕特里西奥在船头大喊着。

"哦哦哦……！接着！……好啦！"

我们匆匆忙忙地上了船，切玛留在小艇上，用缆绳拴住它。

满船都回荡着问候、叫嚷、问询、不情愿的回答和各种新鲜事。

"你怎么样？"我问维克多。大家把他团团围住，就好像他刚刚经历了一次奇异的旅行，一切都变得那么遥远。我们试图从他的脸颊和衣服上寻找这趟奇遇留下的痕迹，然而却一无所获。他的脸色更苍白，笑容也更深了。他一定玩得很痛快。

"你问我过得好不好？当然是好极了。小路易斯给你带了封信……就装在那个箱子里。他现在跟恩丽盖塔住在一间小屋里，就在去潘乔的路边上。看守长跟技术员一起出差去了。"

"你给我带烟叶了吗？"切玛在下面的小艇上问道。我们看不见他，那声音好像是从海面底下传来的。

"是的，这就给你。"

"好吧！小伙子们，快卸货！起风了！"船长发话了。他是个来自委内瑞拉的小老头。

"我们还得再过来一次，把水桶运回去……"马克西姆说道。

我跳到小艇上，帮切玛接货：成袋的玉米、大米、奶油罐头、邮件、大包的糖塔、箱子……

小艇载满了货物慢慢行驶，就好像发胖了一样。吃水线已经看不见了，海面快和我们平齐了。

"里奥阿恰有什么新鲜事吗？"

"没什么……还是老样子。大家都喜欢来这边，马瑙雷的活计太多，他们要挖整个世界的壕沟，都要烦死了……大家都说还是这里好，因为工作轻松。那里正流行一首叫《木炭》的歌，大家都喜欢得疯了。"

"好听吗？"马克西姆问道。

"当然了……你会听到的……"切玛回答道，就好像会唱似的。

"那就走着瞧吧。下次就轮到我去了……"

"啊！我差点忘了，小宝拉问你好……"维克多一脸坏笑地对我说。

"谢谢！她怎么样？"

"是个美人儿！她问我，你有没有买个印第安姑娘……"

"你怎么说的？"

"我说没有，还说你总是跟我提起她。"他笑道。

罗丽塔站在大楼后门向我们挥着手帕。她不是在跟维克多打招呼，而是在提醒加布里埃尔，或者提醒我，不要走漏任何风声。如果她得知，我知道的比她以为的还多……我不经意地朝加布里埃尔瞥了一眼，他正在沉默地划船，眼中那恳求的神情和被我发现秘密的那天晚上一模一样。我努力用眼神告诉他，我坚决不会背叛，随即就向岸边望去，组长的白衬衣分外醒目。

"罗拉怎么样？"维克多突然开口，就好像故意要给我个猝不及防，令我没时间编谎话。不过幸运的是，我还是找到了合适的词语去回答他：

"她有一点糟糕……身体不好。"

"她得什么病了……？"他的语气很平静，听不出一丝慌乱，就好像把她牢牢握在掌中。

"呕吐……头痛……偏头痛……"

"呕吐？吐得很厉害吗？"

"是的……我想……"我凑近他的耳朵，轻轻地说道，"她怀孕了……"

他惊得睁大了眼睛，大到整个脸庞都好像变成了巨大的瞳孔；嘴巴张着，却一句话也说不出来。他沉默地弯下腰去。

小艇到岸了，切玛抛了锚，我们把船头系到岸边竖起的柱子上。

我们将一堆堆包裹运上岸，堆在维克多家的门口准备分配。趁着这工夫，他也上了岸。我正忙着，没看见他与罗丽塔见面后是怎样的情形。

我们又返回去搬运那些装着淡水的金属桶。这些桶不知在船上滚了多少圈，桶里的水大概都要被晃晕了。水桶沉得要死，运送时需要特别小心，否则会有翻船的危险。为了固定船上这六只水桶，防止翻滚，我们还用上了楔子。

水桶，口袋，还有维克多带来的各种消息，都被清空了。还没等到我们把最后一只水桶完全搬上小艇，如释重负的"美人"号便快乐地开足马力，飞一样地驶向远方。

我们把水桶搬上岸，再两人一组，使出吃奶的劲，用肩膀把它们一个接一个地推上山坡，每个人身上都沾满了沙子和从里奥阿恰买来的那些玉米口袋上蹭到的灰尘。等到把小艇也拖上岸来，大家一起脱掉衣服，跳下海去。

身子洗干净了，众人一起去了维克多家。他搬出一个小板凳，开始对着清单派发东西。

"安东尼奥，这是你的三袋玉米、一袋糖塔……"

"你，马克西姆，这是你的奶油、烟草、两磅菜豆。这里还有剩下的一点钱……咱们数一数，你还剩八块四毛五，对不对？"

"你说什么就是什么吧。"黑人将信将疑地答道。

"不不，这可不行。我不喜欢这样。事后抱怨可没用。你拿着单子好好算算，看我到底有没有错……"

一切东西都分配妥当，我们扛着包袱各回各家，一边走一边默默算着账。

"这次玉米确实贵了……"马克西姆肩上扛着个大包，吃力地转过头来对我说道。

"是的。但糖塔便宜了。"

"这倒是……"

我把装玉米的袋子放在屋子一角，又在一张歪歪斜斜的小桌子上，有条不紊地把大米倒进一个织得很厚实的口袋，还依次摆上了燕麦（一看就是外国货）、咖啡、烟草、排列得整整齐齐的香烟、茶叶、糖，以及所有维克多帮我采购的东西。那几只小锅真好看，铝制锅身干净闪亮，就像玻璃似的。还有陶土质地的轻便炉，颜色像是加了奶的咖啡。我把装着煤的袋子堆在另一个角落里，为了这点燃料能用得久一点，得把木柴和炉子轮着用，今天下午我就自己开火。刀具没有开刃，铝制的盘子和镍银刀又都很轻巧，仿佛什么都装不下。现在的日子太舒服了，如果不是突然心血来潮，想出去逛逛，我会在家里待上整整一个下午。再也不用去别的地方做饭了，我和马克西姆的淡水桶就放在门口，现在什么事情都能在家干。然而，既然什么都不用做，那又该做些什么呢？我一边烘烤研磨着咖啡豆，一边享受着巧克力和煎蛋。捕虾的季节就要到了，盐矿五彩缤纷……那里有一整个世界……捕来的虾既可以拌米饭，也可以油炸……好吃极了。我可以跟埃尔南多学学这门手艺，跟他轮流捕虾，一个人捕虾的时候，另一个人做饭。这样对我们两个都好……

我一边收拾，一边琢磨着这些琐事。这次储备的粮食够我吃一个月的，但也很可能撑不到一个月，因为从明天开始，那些印第安女人就要来了。"楚佬"已经到了，可惜来得太晚，没能帮我们运水桶，现在正嬉皮笑脸地挨家敲门，乞求大家施舍点儿烟草和玉米。

我去了埃尔南多家，他也在整理自己的东西。旧壶里正煮着咖啡，我要了一杯，边喝边对他说：

"有你的信吗？"

"不知道……我想是没有吧……从来没人给我写信……你收到了吗？"

"我倒是收到了，但不是家里人写的……是以前在马瑙雷的朋友小路易斯寄来的。"

"可你至少有人惦记，还知道了点新鲜事。"

"好吧，那就去维克多家，看他怎么说吧。"

大家都聚在维克多屋里。罗丽塔为所有人煮了咖啡，就好像在光芒中迷路了的蝴蝶，忙忙碌碌地在屋里走来走去。可怜的罗丽塔呀！也不知道她现在这个样子能够维持多久。

"组长，有给你们的消息。"维克多边说边递过去一封公函。

组长撕开了信封，大家都凑上去看。不知我们是被提拔了，还是被降职了……他慢慢地读完，终于笑了起来，一边向我们挤眼，一边用温文尔雅的声音说道：

"小伙子们，我们马上就要发了……"

"发什么？"马克西姆问道，两眼好像看到了金山般闪闪发光。

"发财呀……！还能发什么？看守长说，有三万袋盐需要运走。得把它们称重打包，堆好后装船。'荷兰'号要来三趟，'脚步'号也要来两趟。如果扛上船，一袋运费七分。只扛到海滩上，运费五分。咱们要忙起来了。搬货全凭自愿，不强求。如果你们不想挣这笔钱，那我们就雇上二十几个印第安人来干。"

"雇什么印第安人啊！……"马克西姆争辩着，"这难道不是我们自己的事吗？大家都别闲着长肉了，还是赚点钱花吧！加布里埃尔，你是一定要去的，对吗？"

"是。"加布里埃尔根本没听明白他在问什么就稀里糊涂点了头。

"那你呢？"他转头问起我来。

"我也……量力而行。"

"安东尼奥也去，是吧？"

"当然。"他的语气很不高兴，这人说起话来总是怒气冲冲的，"不需要找人。我瘦归瘦，可不是孬种。就算力气最大的切玛，我也不会落在他后面。"

"那当然。"切玛发话了，"不过我不干这活。我还是喜欢做皮革买卖和印第安姑娘们的生意。我就靠这点钱买东西了。"

"你付钱买东西？"埃尔南多问道，"你买东西竟然还付过钱？"

"喂！要不是因为那个，我早就……"

"别说了，别说了……"马克西姆继续发话道，"快别提什么你曾经富过之类的话了……只有胆小鬼才这么说……事实就是，你把所有挣来的薪水，都给那个印第安女人买披风了……你送了贝碧塔半袋玉米，可我借了你三罐子，你从来都没还过……你就是个孬种，所以才留在这里不去干活……"

除了切玛，所有人都决定去搬盐袋。议罢此事，大家就各回各屋准备午饭去了。

我从马克西姆的炉子里抽出了一段没烧透的木柴，微弱的火苗在风中一闪一闪的。我在轻便炉里加了一点煤，再放上几块炭，就把它搬到朝向东北的门口，好让风灌满炉子。炉火在风中越烧越旺，我想起了加布里埃尔。他现在在干什么呢？一定很绝望吧……罗丽塔近在咫尺却又远在天涯，他会被逼疯的。他随时随地都可以动用各种手段让维克多一命呜呼……比如，趁着晚上巡逻，谎称陪他，趁着无人觉察，把他带到陡峭的悬崖边，朝背后一推……就一了百了了。蓝色的火苗在风中跳动，迸射出无数红色的火星。只有白天的火星才是红色，如果现在是晚上，怎么会是这种颜色的呢！从切玛家飘出烤肉的味道。今天我不会去罗丽塔家吃饭，而她也不会亲吻加布里埃尔……就是这两种可能瞬息万变的直觉，吸引着我们向她靠近。是的，迟早有一天，加布里埃尔要么杀了维克多，要么一个不小心被维克多杀死。黄蓝两色的火苗变红了，就好像被我对谋杀的思考染上了鲜血。

22.

工作和新朋友。加布里埃尔和罗丽塔的生活。信。
玛丽亚的死亡和葬礼。

当我们看到小山一样巨大的盐堆，一股深深的倦意油然而
生。多少次，我们把这盐堆当成了瞭望塔，爬到顶端极目远眺，
将视线融进那一片无穷无尽的碧海。我们看着点点船帆时隐时
现，看着远洋巨轮如一团灰影，船上的黑烟囱总是悲哀地冒着
烟。现在，我们不得不亲手拆毁这座高台了。在泥土和海风的作
用下，覆盖在最外层的盐壳坚如铁石，我们费了好大力气才用锤
子把它凿开。

大家分成两组。马克西姆、加布里埃尔、帕特里西奥和我是
一组，组长、安东尼奥、维克多和另一个看守是另一组。埃尔南
多负责缝口袋，弗朗西斯卡给他帮忙。随后大家轮流交替。

我们的工作千篇一律。趁着早晨阳光还不是那么强烈，大家
砸开盐堆，使盐块松散，易于包装。中午到下午四点，再把散盐
装袋。地上的盐袋开着口，我们得把它撑起来，让马克西姆一铲
子一铲子地把盐装进去填满。这工作很危险，一不小心就会被铲
断指头。白色粗糙的盐块令人生出咬上一口的冲动。我们挥汗如
雨地工作，大颗浑浊的汗珠，带着劳作的疲惫和灼热，滴落在白
雪一样冰冷的盐山上。这些盐是凝固了的海，却又即将被运回

到流动着的海。铲子铲着它们晶莹剔透的颗粒，发出沙子般的声响，听得人牙根酸麻。开始几天我累得要死，脚底被划成了蛛网。但随着双脚和双手渐渐磨出茧子，整个身体日益强壮，现在已经完全觉不出累来了。两个小队你争我赶地干活，大家互开玩笑，笑话和叫骂声不绝于耳。埃尔南多为所有工作的人做饭，除了维克多，他自己回家开火。切玛时不时过来看看我们，也许他后悔当初没有一起来。我们这次赚的工钱足够买下他手上所有的羊皮，大家心照不宣地建造着最神奇的空中城堡。虽然有些夸张，但如果我们仅凭自己的力量，将三万包盐一一称重、包装、封口、装船的话，每个人能挣到二百多比索。不过这种做法并不实际，我们必须再雇一个印第安人来缝口袋。每个人都在拼命干活。晚上是最惬意的时候。大家借着月光或是台秤上的汽油灯光加班加点。组长一直在给我们鼓劲，他和马克西姆一样，从来不知疲倦。我和加布里埃尔就没那么精神抖擞。埃尔南多边缝口袋边跟弗朗西斯卡聊天，大概会说出什么秘密来……安东尼奥努力不让自己晕倒，尽管身体虚弱，还是全神贯注地工作。加布里埃尔一天比一天若有所思。他从不说话，当别人问起什么的时候，嘴里也总是蹦出个单音节的词，回答得又简单又粗暴。他突然间就会朝同一个地方眺望，皮肤纹丝不动，满眼都是回忆。他的嘴唇紧紧地闭着，就好像在吻住另一只嘴唇。我猜自从维克多回来，他就只见过罗丽塔两次……连我也与她疏远起来。但在我看来，对于这被迫的分离，那女人并没有像我们两个男人这样伤心。将为人母的喜悦令她变得自私起来，她总是对着一张只有自己才认识的脸蛋微笑。母亲们总是有两副面孔，甚至在恋爱前就能描绘出孩子的模样。每次遇到她，我都会用近乎无耻的眼光偷看她的肚子，把她看得满脸通红，转过身去，就好像我碰了她的身体，或者对她说了什么调情的话似的。

我想起维克多还给我带了封信，便去他家取。他正在吃午饭，从箱子里翻出信来递给我。信是小路易斯寄来的，内容没什么特别，他告诉我，载我来瓜希拉的老船长被辞退了，因为他在马拉卡博跟一个相好喝得酩酊大醉，弃船而逃……也许那正是他在卡塔赫纳跟我提起的那个黑姑娘……啊，船长……那段日子是多么美好……老迪克接替了船长的职位，我马上就会再见到他了，他现在一定更加不苟言笑，脸上洋溢着希望和预兆，嘴里叼着黑色的烟斗，身上穿着条纹汗衫……他是个老好人，却也有点奸诈，爱捉弄人。他会开着"脚步"号来装盐。我一直怀着温情，保存着那天在飞鸟岛分别时他送我的礼物，那里也是曼努埃尔和巴勃罗的悲剧开始的地方……他送的是一只小小的铝杯，上面用刀刻着我名字的缩写，大概是他自己刻上去的。我不知道他识不识字，但他很有可能认识我名字的首字母。我决定请他来家里做客，用咖啡、浓汤和烟草好好招待他一番。小路易斯还说，上面又往这里派了个看守，他来自里奥阿恰，也许看守长也会跟着一起过来。他还说堂帕奇多病得很重，尼卡又添了个儿子。除此之外再没有别的了。信上对库玛蕾只字未提，也没有阿娜斯卡和奥古斯都的消息。

这天一早，一艘单桅船从卡斯蒂耶特返航了。甲板上载着二十五只永远都在抬头望天的海龟。龟壳摩擦着木头甲板沙沙作响。为了给它们降温，我们用大桶装了海水猛泼过去。这些小可怜一定难受极了，总是瞪着云雾蒙蒙的蓝眼睛，望着一成不变的天空，仿佛对所有星辰的位置都烂熟于心。水手们坐在龟壳上说着闲话，维克多卖了三十四只母鸡，帕特里西奥把四只库拉索鸟卖给了一位里奥阿恰的朋友。这些鸟被他的印第安女人照顾了一段日子，也许因为婚期临近的原因，他对其他女人都失去了兴趣。马克西姆带上他的菲尔博去里奥阿恰参加斗鸡比赛，并决心拿出所有积蓄赌上一把。我给了他五个比索作为自己的赌注。他兴高采烈，希望满怀地去了。他对我说，如果这次赢了，就动身去加莱拉。他把辛苦积攒的二百多比索全下了注，一旦赢了就会翻倍，这样就可以买一间小屋，和一个美丽的黑人姑娘双宿双飞。那姑娘有着坚挺敏感的乳房和荫翳丛生的腋窝。他会买上几只猪，再养些母鸡，还要买一头小驴子，好骑着它去卖奶油，买玉米，再踏踏实实地生几个孩子。他的灵魂就像水晶石一样明亮和纯净，祝他一路顺风！

　　马克西姆的离开令我们很不适应。他总是插科打诨，让劳乏单调的工作变得妙趣横生。这份活计只有白色这一种颜色，白得让人在黑夜里都睁不开眼睛。白色没有秘密，没有思想，再没有比它更无聊、更疲惫的色彩了。也许，它还会令人产生一些天使般的念头。有那么一天，我突然想起了自己的第一次圣餐仪式。据家里几个女佣说，那天是三月十九日，也是我父约瑟①的纪念日。我父约瑟……好吧……对于这种父子关系，还是不要多想为妙……我的左臂上系着一根象征纯洁的绶带，水手领上拴着一根肥大的领带，看上去活像一只信鸽。人们把一支大蜡烛塞到我的右手里，蜡烛里全是柑橘花……是柑橘吗？记不清楚了。我那时特别害羞，眼睛里都是恐惧。大人们把我带到教堂，把我抱

---

　　① 　指耶稣之父。

到祭品台上。全家人都坚称，那是我生命中最幸福的一天。对此我无法确定，也无法否认，因为完全不记得了。我的教母是一位迷人的女士，她送了我一本书。这也是我平生第一次收到书做礼物，所以我特别喜欢。书里写的是圣内思 ① 的故事，封面是蓝色的，内页还有插画。但是我从来都没有看清过圣内思的眼睛，他总是双目低垂，仿佛上帝不在天上，而在地下。可上帝明明是无处不在的啊！圣内思又是那么纯洁的一个人，他的眼睛总是死死地盯在地上……这确实有些奇怪。如果说这世界存在什么能够刺激性欲的东西，那可非大地莫属。地上有淫秽的昆虫，还有女人们留下的鞋印。这本书里还有其他一些插画，我最喜欢的一张画的是圣内思全家人跪地祈祷的场景。画中的少女们穿着庄重的长裙，裙摆布满了大幅的褶皱。小小的脑袋从精致的皱褶领子里钻出来。但我最喜欢的还是她们的胸部，也不知道为什么，她们身体的这个部位总是令我移不开目光。我当时才八岁，就像前文提到过的那样，特别害羞。我已经开始学《圣经》了，那些圣女的名字，比如拉克尔、莉亚、萨拉、埃斯特等，都如鸟鸣一样在耳边回响。从此之后，我的教母再也没有送过我书，而这本蓝色封皮的写圣内思的书也在一次搬家中遗失了。如果我那位教母知道我现在在干什么，她一定会觉得，当初送书给我是白费了心思。

所有这些胡思乱想都是洁白的盐引起的。这片晶莹剔透而又布满灰尘的白色，总是给人以干渴绝望的感觉。大家干活的速度飞快，每天能装五百只口袋，口袋上用多种语言标记着各国国名，以英文居多。口袋有大有小。有些口袋特别狭长，原是用来

---

① 圣内思（1568—1591），意大利耶稣会会士。

装西贡的大米或者辛塞林的蔗糖的。这些盐怎么会知道，它们不但要被装进这些散发着苏打味道的口袋，还要被装进一些四四方方、原是装玉米的小口袋里。不出所料，我们得去把"楚佬"叫来顶替马克西姆的工作。这印第安人对谁都冷嘲热讽，对什么事情、什么人都一副无所谓的样子。他说着一口充满瓜希拉特色的西班牙语，弹性十足，简直就像印第安人的弓箭一样。他一刻不停地干活，还向我们讲了很多事情，他对那些委内瑞拉人和方济各会教士恨之入骨，说他们四处抢劫，用碎成片的糖塔交换他们手中那点可怜的毛皮，这点价钱还不及他们每磅获利的百分之一。他还说那些教士特别喜欢玩弄印第安姑娘，不过我自从来到瓜希拉，还没碰上过一个教士。的确，印第安人中也有混血儿。他们皮肤黝黑，但比一般人要白。从前有史学家说过，他们的头发像狮子的鬃毛一样，是金黄色的，穿衣走路时，看着和我们没什么区别。而他们的眼睛，有的像巴斯克人，有的像坎塔布里亚人……我和"楚佬"关系不错，他对有文化的人很亲切，他说潜水是自己的拿手好戏，还答应带我去巴西亚翁达一处只有他熟悉的海滩。他在那里采了好多珍珠，但那地方水很深，遍布着马尾藻，所以危险异常。我们曾经见到过覆盖在海湾上的灰色的马尾藻，就像一只遭遇海难的航船那样辨不清轮廓，如果水深，那将极其凶险，但一想到只有我们两个知道这处秘境，我还是心下窃喜。"楚佬"告诉我，人们在勘探的时候，什么都没有发现，但他非常肯定，确实有这个地方。他特别开心能从野心勃勃的政府那里抢来独属于自己的宝物。正因为喜不自胜，这才向我吐露真情，希望能拉我入伙。他睡在一只露天的吊床上，跟我们一起吃饭。我们倾尽所有来招待他，看到我们把他当同伴而不是当畜生对待，他非常高兴。

我很为加布里埃尔担心，他迟早有一天会做出什么傻事来。我从他嘴里一句话都套不出，他一直躲着我，对我提出的问题，总是不耐烦地顾左右而言他，我很想帮他一把，使他免于巴勃罗或者曼努埃尔的命运，但无论我做什么，也换不来哪怕一刻真正的信任。我们没多少时间单独相处，总有别人过来，把一切都弄得一团糟。但我相信，就算一千年以后，他也不会向我吐露哪怕一点谋划。毫无疑问，他一定在谋划什么，不是谋划带着罗丽塔私奔，就是谋划杀掉维克多。他肯定会惹出什么事来。这样一个终日里双手紧握、头发凌乱、眉头紧锁的人，是不可能两眼空空地打发死水般的日子的。

尽管难以置信，但我肯定维克多对所有事情都一无所知。明明有那么多细节，可以顺藤摸瓜从迷宫中找到隐藏的秘密，可他都视若无睹，这听上去简直像谎言。罗丽塔的眼神、表情和沉默，比我所有能告诉他的话都有说服力。可是他好像什么都没有觉察到，要么就是他已经把整件事情都看得明明白白，心中早有了周全的盘算。这两个男人在为了一个女人展开一场不施拳脚的战争。这战争隐匿在内心深处，双方如同对弈的棋手，撩拨感情，挑起风波，算计反应，权衡结果。有些东西诞生在他们的目光里，有时温情柔软，有时暴戾蛮横。有时如甜蜜的糖浆，有时如扼住喉咙时的抽搐。他们仿佛是两个阴影，带着不同的武器，怀着不同的目的，竞相追逐着那个女人。而她挺着大肚子游走于他们中间，臀部更加浑圆，耳朵也宽大起来。在她的黑眼圈下——也许是右边的黑眼圈——一条细小的蓝色静脉正在流淌，就如小溪流过覆盖着烟尘的田野。既然她已经得到了所有女人都盼望的东西——孩子，那还要男人干什么呢？孩子，只要念着他的名字，她们的嘴巴就甜丝丝的。孩子会在母亲的目光中探身，慢慢感知这个世界，也会通过母亲的嘴巴来汲取营养。婴儿躁动于母腹，一如将来躁动于世界之腹，而出生只不过是换了个肚皮而已。母腹中也有河流，河水是鲜红的热血。也有山川，叠嶂的峰峦是隐秘的器官。岩石是骨头，山脉是脊梁，火山是心脏，它喷发的岩浆淹没了整个身体。肝脏分泌胆汁，就像地下冒出石油。母腹中也会发生地震。而胚胎就像在地球上那样，坐在车里，在不知不觉中驶向未知的终点。

老媒婆玛丽亚去世了。这个塞莱斯蒂娜[①]，为我们这些可怜的、心属梅丽贝娅的卡里斯托拉了无数次皮条。我们通过她的牵线搭桥，和数不清的印第安姑娘上了床。她年事已高，突然有一天，身体就不行了。她的足迹遍布瓜希拉的每一寸土地，属于印第安人和龙舌兰的土地。她游历过加拉帕塔玛那和马奎拉，登临过肥沃富饶的山岭，眺望过孤独矗立的奶头山，土生土长的瓜希拉乡亲在山脚下流浪。她还到过卡兰皮亚、纳萨莱斯、星辰港和图喀喀斯湖，也曾沿着海岸线一路行进到风暴肆虐的母鸡角[②]。她的家在克霍罗，那里将铁匠角的山丘、伊帕普蕾的号角树和冷峻嶙峋的帆之角尽收眼底。过世的时候，她的四肢布满了凌乱的几何状皱纹。老玛丽亚年轻时一定爱过很多人，等到人老了，没人爱了，便兴高采烈地看着年轻人相爱。有时候，她带过来的姑

---

① 塞莱斯蒂娜，西班牙中世纪同名小说中的人物，是个拉皮条的老女人。卡里斯托和梅丽贝娅是该书中的男女主人公。

② 母鸡角，南美大陆的最北角，位于瓜希拉岛北部。

娘正值豆蔻梢头，还在发育的乳房青涩如干仙人掌做成的纽扣，鲜嫩红润的嘴唇宛如仙人掌果实酿出的美酒。

所有人都参加了葬礼。她的遗体被包裹着，停放在茅屋里的吊床上，我曾经来过这里几回。根据风俗，死者的家人要摆几天宴席招待宾客，大批印第安人从四面八方的各个部落蜂拥而至。有些身无分文的印第安人，一碰到葬礼就前去蹭吃蹭喝，借以维持几日温饱。等我们赶到的时候，一大群印第安男女已经喝得酩酊大醉。他们眼神迷离，手上倒是利落，轮流传递着加拉巴木果壳做的大碗，碗里装满了奇恰酒和朗姆酒。空气中散发着烤肉和半生不熟的羊肉味，椰子油的香气也越发浓郁起来。女人们有老有少；有钱的男人们正襟危坐，如同青铜雕像。小伙子们健壮结实，就好像是从健身俱乐部里出来的。我们向停尸的茅屋走去，根据传统，大家需要用双手捂住脸，一边哭喊一边向尸体鞠躬。我们"哭丧"完毕，便和"楚佬"一起离开。他随我们一起来，还带我们去赴了主人家的宴席。大家吃了滴血的烤肉，喝了奇恰酒。这酒虽然又酸又甜，但酸味和甜味各自为营，一点也不交融。我看到两个印第安女人躲在屋后一个阴暗的角落里亲吻，于是问切玛：

"她们……为什么要亲嘴？"

"穿白斗篷的那个姑娘是阿乌亚玛酋长的女儿，她亲的那个女人，是……是她老婆……"

"怎么会是她老婆！"

"喂，我说，你不觉得你自己就娘娘们们儿的吗？如果你是个印第安女同性恋，你既可以买个女人做老婆，也可以买个男人做丈夫。"

我感到万分惊讶。一个如此强壮和正派的种族，竟然允许这么离经叛道的同性婚姻存在（这可以叫作婚姻吗？），不过文明是迟早要走到这一步的。同性婚姻在瓜希拉凤毛麟角，所以对大家都没什么影响，也许这也是它得以存续的原因。这个奇怪的种族不但对性自由抱有无限宽容，而且没什么社会矛盾是用钱解决不了的。

我们要离开的时候，切玛把我带到了玛丽亚的亲戚家。参加葬礼的每个人都能获赠死者饲养的一只家畜。他们送了我一只小绵羊，送了切玛一只山羊。每个人都领了自己的牲畜，可是我们在回家的路上走了将近一公里才发现，帕特里西奥没随大家一起回来。

"他肯定去会那个印第安相好了。"

"那我们还要去找他吗？"埃尔南多问道。

"不，让他一个人回来吧，他能出什么事！"

我们返回一个小时后，帕特里西奥现身了，他容光焕发地向我们宣布：

"我说各位，他们明天会把我的女人送过来……如果组长愿意，我们明天不上工了，大家庆祝我的好日子！"

"我怎么会不愿意呢，我当然愿意了！你订朗姆酒了吗？"

"那还用说！酒明天就送过来，我还订了一头小牛犊呢！"

"不过你可别光顾着关起门来快活，当心早晨起来头晕。"切玛说道。

"啊，那不会……我今晚跟你一起睡。我就是为了干那事才买了她，当然得好好享受，不买她也会买别人，我可从来不缺女人。"

"要是你往后连扛包袱的劲都没有了呢？"

"那就是我的事了……我总会剩点力气的。"

他的想象中总有一丝不挂的裸体。只有私底下偷偷地摸，才能将其烂熟于心。还有他的眼睛，它们正出神地盯着情人的皮肤，盯着明天将会拥有的一切。他的手上掠过一丝不知不觉的温柔，这温柔将双手掏空，如同它们正捧着一个坚硬的圆球。我们看着他，不禁羞涩地笑了起来，如同将他最私密的时刻尽收眼底。

23.

帕特里西奥的婚礼。陆上的生命消逝于海底。珍珠
与鲜血。祈祷。

天光明澈纯净，犹如璀璨的钻石。风吹过整个海岸，偷偷潜
入房间，在门锁的空隙中窥探，如果看到了什么，就微微一笑，
接着继续以每秒四十米的速度在干枯的银色海藻中翻卷。它在海
螺壳里留下关于自己的回忆，又用亮金色的画笔，在我们的面庞
上留下岁月日复一日的痕迹。

今天是帕特里西奥结婚的日子。是的，他要结婚了，还要按
照印第安人的风俗举办一场婚礼。我不喜欢有人说"他买了个印
第安女人"，不，我们应该说"他娶了个印第安女人"。为什么瓜
希拉人的婚姻就要比天主教、新教或者犹太教徒的婚姻低一等
呢？其实他们的婚姻才是最前卫的，简直和 2050 年的婚姻一样
新潮。在商业化的生活方式下，迟早有一天，我们都会效仿这些
印第安人几百年来一直都在做的事——把婚姻变成一桩金钱买
卖。

"女朋友"在瓜希拉语中读作"teméjinchon"，妻子读作
"terrinchon"。小妻子，小情人。

此时此刻，帕特里西奥想必在背着所有人，一遍遍地小
声重复这两个词，直到背得滚瓜烂熟。他也会在婚礼上说

"Kamáshira pía"，意思是，赶紧的！

在办公楼的墙边，整整齐齐地码着二十个大肚子口袋，袋子里装满了玉米。席子上还摆着几匹印花布和棉布。帕特里西奥本想送匹骡子当聘礼，新娘家没答应。他们坚持要一支卡宾枪，但被准女婿斩钉截铁地拒绝了，关于这件事，帕特里西奥向我解释过，我认为他说得很有道理：

"我可没傻到搬起石头砸自己的脚……要是有一天，他们跟我打起来，一定会用我给的卡宾枪来对付我……他们想打架可以，拿自己的枪过来……雷耶斯将军发了他们很多破枪，但跟我那支步枪全都没法比。"

这一番讨价还价颇费了些时日，最后印第安人还是让步了，表示可以不要卡宾枪，但新郎必须多出两匹棉布。为了说服他们，切玛费尽了口舌。

在瓜希拉婚礼上，有时候会用项链充当戒指，新娘的项链在她舅舅手里，他也是双方唯一确认的血亲。大家都说新娘的父亲身份不明，这传言大概不是假话。项链由一百颗带纹路的珠子串成，真是美极了。我亲眼见过了项链，却还不知道帕特里西奥娶的那个印第安女人姓甚名谁。也许以前听说过，但早就忘得一干二净了。名字是为人的根基，通常而言，如果不提名字，我们很难记住一个人的脸，所以我既然忘了她叫什么，也自然想不起她是哪位。啊！可算想起来了！她叫赫妮娅！现在我终于可以像当初去她家拜访时一样，重新打量打量她了。她个子高高的，身段灵巧，宛若百合的花茎一样亭亭玉立。

每个人的脸上都洋溢着非比寻常的兴奋，也许大家已经开始频频举杯，痛饮起朗姆酒来了。一切事物都在伸懒腰。人们就像树枝一样向空中张开双臂；树枝舒展着浓密的枝丫，就像人在舒展着胳膊。肌肤与树皮都在拉伸。人群在向西张望，印第安人的马队如同海市蜃楼，映入了大家的眼帘。他们佩着羽毛装饰，背着弓箭和卡宾枪，胯下的马鞍上装点着羊毛流苏。

弗朗西斯卡和切玛家的印第安姑娘们负责料理那些大肚子砂锅，锅里煮着带羊肉块的玉米粥。在用桶板临时搭起来的架子上，烤着新鲜的小牛肉。美酒佳肴近在眼前，切玛心花怒放，放声高歌道：

> 印第安后生拉起他的姑娘
> 一鞭子抽得噼啪响，
> 因为她躺在海滩上，
> 没系腰带也没穿兜裆……

歌声舒缓，如同袅袅青烟，笼罩着暮色渐沉的村落。

罗丽塔双手扶着浑圆丰腴、颤颤巍巍的臀部，那里吸引了所有人的目光。她的脸上挂着独一无二的微笑，笑容如同快乐的水滴，凝结在两排贝齿上。

巴勃罗因一个印第安女人断送了性命，谁知道帕特里西奥会不会重蹈覆辙。他现在正在海中认真地沐浴，准备迎接与新娘的肌肤之亲。他的肩胛骨上有一块粗大的黑痣，我一眼就能认出来。他会用海水把身子洗得干净锃亮，直到每个关节都闪着绿光。

新娘赫妮娅也净身沐浴，款款而来，一头乌发散发着椰子油的香气，邪恶得就像猫头鹰的眼睛。她系了一条新兜裆布，还没有沾染性器的味道。一条宽大的串珠腰带围住了臀部和肚脐。腰带上的珠子是从捷克斯洛伐克进口的新货，璀璨夺目。她的半张脸上涂着健力果的赭色粉末，嘴角荡漾着甜蜜性感的微笑，胯下骑着毛驴，驴身上装饰着鲜亮的颜色。

帕特里西奥现身了，肌肤洁净，眼神明亮。头上缠着的毛巾衬得脸色有些黯淡。这是新婚柔美的初夜，他手上的动作温和缓慢，却处处流露出凶险的意味。

"你高兴吗？"

"那还用问，当然了！"他带着假惺惺的微笑回答我。

我们朝海岸走去，这里与我们居住的村子在一个水平线上，也许是哥伦比亚最北的地方。大批印第安人接踵而来，如同一团烟尘，一支军队。他们是来送赫妮娅成亲的。随着队伍越来越近，帕特里西奥的神情也越来越郑重起来。

来人很多，至少有三十个，包括四个女人，分别是新娘的母亲、姨妈和两个姐姐。姐姐们都年轻漂亮，带着已婚妇女特有的柔顺。而赫妮娅圆润的脸颊和笔直的双腿，却尽显少女的蓬勃骄傲，她灼热得近乎危险，娇艳如同新生的花瓣，鲜润如仙人掌的琼浆。

印第安亲友们就像事先商量好了一样，把口袋从驴背上卸下来。赫妮娅的母亲牵着她的手，把女儿送到她的丈夫面前。一对新人在我们不怀好意的注目礼中走向爱巢。罗丽塔笑得肆无忌惮。屋门"砰"地关上，阻隔了大家的视线。现在他们要开始做爱了，压抑许久的情欲即将从紧张痉挛的身体中喷薄而出，滚烫而自由。但是，我明明有罗丽塔可看，为什么会去想这些？婚礼马上就要开始了，印第安人们开始讨要香烟，就好像这是必须遵守的规矩似的。不管对自己有没有好处，既然无事可做，那就要个没完没了。可他们讨了烟回来又从来不抽，鬼知道攒这么多烟是要干什么。

我们坐在沙地上，准备开饭。腿和嘴巴离得太近，有点别扭。我们男人可不像女人，能把自己的双腿当垫子坐。弗朗西斯卡操办的宴席丰盛极了，这女人是察言观色的行家，也是烹制汤羹的好手。

紧接着上来的是烤肉，肉里滴着血，带着丛林的味道。我们大撕大嚼，感觉自己活像野兽，就连鼻子底下的气味都不一样了。每个人都成了豺狼虎豹，除了肉味什么都闻不见。

下午五点，大家都喝醉了。印第安人开始向空中开枪，虽然现在还看不出效果。但枪声会驱散阴霾，今晚一定能看到更多的星星。

赫妮娅的一个兄弟跌跌撞撞地向我走来，问道：

"Jáuja Puyárajin guané anásh majúyur（你什么时候也娶个印第安老婆）？"

"Jiétsadido（我想都不敢想）。"我这样回他，我们一起笑起来。

大家跳昆比亚舞和奇恰玛雅舞，后者是印第安人的舞蹈，就像他们的土地一样单调乏味。舞蹈中的印第安姑娘们倒退着跑，试图逃离追逐她们的男人，并将他们推倒。切玛敲着他永远的小鼓，唱着歌为我们伴奏，现在他唱的是：

> 我把所有的东西，
> 都放在自家屋里。
> 因为那个婊子呀，
> 生了一双勾魂儿腿……

262

歌声与舞蹈在烂醉如泥的人群中畅行无阻。罗丽塔没喝酒，可维克多和加布里埃尔已经喝得找不着北了，我可得留心点，别让他们惹出什么祸事来。切玛又唱起来了：

　　　　玛丽亚就像柠檬花
　　　　开在我的心尖上
　　　　提布哈的房子是你的
　　　　另一间房子是佩德罗·安东的

　　所有这些歌，还有那昏昏欲睡的配乐，简直比朗姆酒和奇恰酒更让人长醉不醒。随着大家的醉意越来越浓，切玛也唱得越来越露骨：

　　　　我的男人小心肝
　　　　一见女人穿皮衣
　　　　对着别人耍威风，
　　　　就要让她见识下
　　　　到底什么叫英勇。
　　　　我的男人小心肝，
　　　　你有两个花环戴，
　　　　一个戴在头顶上，
　　　　一个戴在鸽子 ① 上。

---

　①　指男性生殖器。

我醉得要死要活，只觉得凿空了的白色盐堆开足了马力，循环往复地围在身边转个没完没了。罗丽塔和弗朗西斯卡的脸庞在脑海中合二为一，加布里埃尔和维克多也变成了同一个人，暴躁又好心，邪恶又善良。最后我又听切玛唱道：

我翻山越岭呀
去会我的小卡梅拉
她的眼睛大大的，
她的嘴唇小小的。

醉意用朦胧的线绳把我们缠得严严实实，又用厚重灼热的梦境塞住了我们的耳朵。醉意在舞蹈，舞步在眼睛和双手间催动着情欲的滋生。梦境穿透毛孔，香气扑鼻的风猛地从身边掠过。醉意在舞蹈，缭绕在我们周围。女人的臀部把夜色揉圆，又把乳头磨尖。

我又一次从宿醉中醒来，满嘴都是深重的苦涩，像是黄铜和干草的味道。那种可怕的恶心，以及关于昨晚恐怖而懊悔的回忆，再次令我备受折磨。水落在嘴唇上，落在燃烧的热血上，落在焦灼的皮肤上，润泽了喉咙，也润泽了在闪亮的回忆下化为灰烬的思绪。天空混沌，不见白云的痕迹；天空晴朗，令人展翅欲飞，任意东西——无论乘船，坐车，还是步行，想去哪儿就去哪儿。天空蔚蓝。蓝，蓝，蓝。激荡的蓝，沸腾的蓝，凛冽而永恒的蓝！

烈日如铁，天光大亮。所有人都在睡。我悄悄溜到帕特里西奥的屋子外面，透过一道裂缝朝里看，但是什么都没看见。啊？
为什么眼前一片黑，就好像在晚上一样？那边透出一点光，好像
是白色的。那是什么在动？我真傻！原来这个缝隙早被他用纸糊
上了，那点光只不过是被虫子咬出来的一个几乎看不见的小孔。
白天里的孤独最为致命，我四处乱逛，却一个人都没有见到，可
又不愿看到有人起床。心中寂寞难耐，就好像我是全世界第一个
在这里住下的人类。周围一片死寂，听不见哪怕一点点最轻微的
声响。大海在陆地上延展，无精打采地做着寂静无波的美梦。阳
光下的一切都在闪光，一切，一切，一切，哪怕是我那双对一切
都视而不见的眼睛，也在闪着光，仿佛开始发现生灵和事物。为
什么此时此刻的孤独不能天长地久？因为这孤独，我不得不去爱
岩石，爱盐块，爱仙人掌讨厌的叶片。哪怕一只小昆虫，也会使
生活充满欢乐。我看着这小虫如何生活、繁殖和死亡，看着它的
身体机制被强制性的本能指引着达到预定目标。看着它那对小到
几乎看不见的眼睛，如何将我视为危险的庞然大物。真希望它能
知道，我爱它，不愿伤害它，甚至刚刚从它那里学到了很多道
理……

　　西方灰褐色的天边渐渐出现了一个人影，看得出来，那是个
印第安人，浑身黑得像炭。他是谁？是要去巴西亚翁达吗？他的
头部有个红点，大概是一块手帕。大腿上系了条白布，凸起的阴
茎活像身体的纽扣。耀眼的阳光碎裂在黄沙上，织就了一条光
带，把我们分开两侧，随着来人步步走近，我的眼睛却被阳光晃
得越来越模糊。直到他走到眼前，我才认出来，这不是"楚佬"
吗？……就是他！他是昨晚走的，还是今早跟众人一起离开的？
对，他确实走了，大概是在附近找了个地方借宿了一晚吧。

"兄弟，你还好吧……？昨晚睡得怎样？"

"挺好的，你呢？"

很奇怪，他没像平常那样跟我开玩笑：Jerá pía aipá（你昨晚跟女人干了几回）？"

他没说话，心里好像在盘算什么事情，最后，终于下定决心对我说：

"喂，趁着大家都在睡，我带你去见识一下那个捞珍珠的海湾怎么样？你想去吗？我的小船就在下面。"

"好呀，当然去！"我欢呼雀跃地回答，语调中充满了贪婪和希望。

"那走吧……"——这些印第安人，为什么这么言简意赅？他们什么都不解释，也从来不像我们那样，画蛇添足地发散思维，拖长句子。他们说起话来从来都没有废字。

满地的螺蛳壳在沙滩上闪闪发光，细小的浪花在脚下翻腾，几乎感觉不到它们的存在。小舟通体黝黑，跟"楚佬"的皮肤一个颜色。海水清澈透明，"楚佬"撑起宽大的船桨，小船在起伏的波涛中前进。我们沿着海岸一路航行，仿佛永不复返。我为什么要在这里落地生根？这个国家幅员辽阔，有森林也有平原，有的地方炎热，有的地方寒冷，有的地方青翠阴凉。可究竟是什么强大的力量，把我束缚在这片荒无人烟、巴掌大小的沙滩上？我为什么不去寻个更加甜蜜凉爽的地方过日子？这里一切都那么坚硬，干涸，尖利，就连海水都是那种黯淡无光的绿玉色。海风拨动起万千条琴弦，奏响悠扬的乐章。回望遥远纵深的陆地，高山沃野上一片温柔的青葱翠色。植被新鲜，一眼望不到边的树叶如丝如麻，沙沙作响。臣服于未知法则的海水温顺地漫过船头，在我们身后留下一道清浅的气泡和白沫，转眼便不见踪影，就如这红尘中善良的芸芸众生，听天由命，随波逐流。

"我们到了？"

"是的，马上……看到那块岩石了吗？就在它前面偏东北一点的地方。"

"楚佬"拼尽最后的力气，把小船停靠在湿漉漉的岩石边上。岩上青黑蓝绿，斑斑驳驳，满是刀砍斧凿的痕迹，如同被垂直劈下，伸向海中。

"喂，我先潜下去捞只珠贝上来，也好让你瞧瞧，我说的都是真的。你看好船，别让它漂出去太远。这船桨很结实，你把它放到船尾，在那儿好好坐着。时间来不及了，快把刀给我。"

我把他刚磨好的钢刀递了过去。他在船舷上停了片刻，然后纵身跃入水中，古铜色的肌肤闪着亮光。海水漫过了他的身体，水下冒上来一串气泡，一切又静止了。四下无人，然而水底却有一个人在经历无尽的风险，只要鲨鱼一张口，寒光利齿瞬间便能将他吞噬掉。现在他的眼前是什么东西？深处的海水绿得更加厚重，如同融化在阳光里的翡翠。沉默的鱼群环绕在他周围，用危险的眼睛盯着他看。琥珀色的鱼眼中倒映出身体的结构和致命的部位。五彩缤纷的颜色次第绽放于眼前。形形色色的海藻——尖利多刺的锯齿状海藻，如臂膀似铁钳——都睁大了眼睛盯着他看。

"咕噜……咕噜……咕噜……"水中泛起气泡，他浮上来了。

"看看，看看……把它打开……你拿着刀。"他一手扶着船舷，一手把珠贝递给我。我将尖刀插入贝壳的缝隙，把珠贝打开。没有……什么都没有……我难过地看了他一眼，将手指伸进蚌肉里，那里没有珍珠……什么都没有……我一言不发地看着他，他的眼神好像蒙上了一层尘土，显得异常疲惫。也不知道为什么，当我把刀子递给他，刚要跟他说"咱们走吧"的时候，那深沉的黑眼睛和湿漉漉的头发再一次没入了水中。于是我也再一次想象起他此刻眼前见到的一切，思索起我在艾尔卡顿曾经看到而又希望永远看到的万千美景。陆地上的眼睛从来不曾怀疑深海中的缤纷绚烂。现在那里的颜色应该更加深重，汇聚了千变万化的赭色和紫色。海底的风景像扇子一般徐徐打开，将所有奇观和闪亮的珍宝呈现于我无知的眼前。就在这片水下，活跃着章鱼、水母，还有各种软体动物，它们在自己的世界中生老病死……在更遥远的海域，有原始的生命在歌唱。它们比陆地上的生灵更加古老，更不为人所知。从那些美丽的珊瑚孔隙中传来独属于水底的语言，那是静谧的海水的声音，是那些眼睛闪亮却一动不动的鱼群的声音，阳光如同绵延无尽的剑刃，湿漉漉地直插海中，一路带着颤动的浪涌和沉甸甸的负重。无数见所未见的颜色丰富着光线从水面到水底的旅程，习惯于单调光谱的眼睛根本无法想象那里有多么斑驳陆离。可是，为什么"楚佬"还没上来？我也不知道他下潜了多久，但好像已经过了一个世纪。可无论如何，他潜下去至少有一分钟了。他为什么没浮上来？为什么？恐惧、憎恶和痛楚如同装甲弹射入了我的灵魂，将我的心炸成碎片，将七情六欲都捣成齑粉。他没上来，没上来。为什么没上来？我的脸色一定很可怕，我的眼睛一定睁得溜圆，就像"楚佬"受惊时睁大的眼睛一样。我向右边望了望，海水碧绿清澈，风平浪静；又向左边望了望，蓝色的水中渗着血红——我感觉自己的瞳孔受了伤，拼命闭上眼睛，真希望此时一切都看不见，一切都感受不到，一切都认不出来。一切，一切，一切！但我不能视而不见，不能，不能，不能！我再一次睁开了眼睛……我看到他的鲜血延绵成一条长长的带子，越来越稀薄，就要被浩瀚的碧水吞没。我的上帝呀！我的上帝！若你果真有灵，为什么不救救他？上帝呀，是你创造了这片海，是你在海底填满了无数珍宝，可你现在为什么要坐视他的生命消逝在海中，再也回不到岸上？上帝啊！你为什么要让我如此恐怖地经历这近在咫尺的死亡？上帝啊！我的上帝！你也把我吞了吧！他是为我而死的！为我，为我，为我而死的！

几个小时过去了。太阳升到中天，又开始西沉。大家一定在找我，我却没法回去。我就在这里守着埋葬"楚佬"的坟墓，守着这片如同永恒之门一般没过他的头顶、没过他那双深沉潮湿的眼睛的大海。他已永远葬身海底，难道是被鲨鱼夺去了性命？是的，那是一条巨大的鲨鱼，一个追随着猎物的睁眼瞎。现在，那死去的人的双眼周围想必围绕着好奇的小鱼群，赤裸的双脚上拖着一只螃蟹。万物生灵都在望着他黑色的眼睛，他的眸子美得胜过所有的珍珠。上帝呀！我的上帝！你为什么让他一去不回？我诅咒着，痛骂着，脑海里一片迷蒙。这片风平浪静的海水，刚刚杀死了一个人。我想跳下去找他，却又没有勇气。水面上汇聚着一切生命——浑浑噩噩、无足轻重的生命，正直漫长、一丝不苟的生命，但归根结底，它们都是那么可爱的生命！想到这里，水下那场悲剧更加令人心如刀割。"楚佬"要么在礁石堆里长眠，要么葬身鱼腹——在那条鲨鱼巨大的肚子里，混杂着鱼虾的残躯、空空的罐头盒以及所有奇奇怪怪的东西。如果"楚佬"果真被它吞掉了，那他一定会成为大海的一部分。我真希望能够永远待在这里，陪在他的身旁。我的眼泪在很久之前就流干了，如今我再也不会流泪了。我望着大海，希望能够再次看到他的眼睛，但是什么都没有，没有，没有……海水又一次恢复了寻常的颜色，这一片沉默的碧绿，将一切都掩盖掉了。

啊，有人来了……有人乘着小船，拼命地划桨。可我还是动弹不得，被死亡和寂静占据了整个身心。

"出什么事了，出什么事了……？"加布里埃尔在冲我大喊。

"'楚佬'……"我喃喃自语，伸出颤抖的手指，凄楚满怀地指向那一片如铅的死水。

"'楚佬'？……"大家都惊呆了，双目圆睁，嘴唇疲惫。

"是的……"

"好吧，可你得走呀。我们还能怎么办？"

"咱们走吧……切玛，你划船过来。"我回答道。

"好，抓住绳子……"他抛过来一根缆绳，朝我这里划过来，待到接近了我的小船，一把抓起宽宽的船桨。"楚佬"的这艘船陪伴了主人多年，如今也像一具没有灵魂的行尸走肉，被切玛的大船一路牵引着。

我拾起楚佬捞上来的珠贝，锋利的外壳里空空如也。我死死地按住它，就好像那死去的印第安人的生命就藏在里面，而我要阻止它逃出去。

又一次踏上了陆地，心中越发痛不可当。那片海域成了"楚佬"难忘的坟墓，再也没有人能认得出来。死者的回忆在眼前掠过，撞击着浑浊的、用眼泪砌成的墙壁。泪水风干，我再次拾起那珠贝，它依然是空空的……大海轻轻地吟唱着悲伤的歌谣，"楚佬"逝去的声音和灵魂也如回声一般，在我的心灵中喃喃低语。

24.

悲伤。马克西姆归来。帕特里西奥和赫妮娅。工作。

"楚佬"遇难已经两个多月了。我算不清日子，但他死去已久，久到我已完全忘掉了他临终那一刻的表情。他留在世上最后的话是"把它打开"。他说的是那只珠贝，他把它捞上来送给我，满心希望里面是满满的珍珠。贝壳空空的，洁净明润，就摆在我的桌子上。珍珠质的内壳泛着蓝红相间的光泽，石灰质的外壳却浑浊黯淡，看不出颜色。我仔细用小刀清理过这枚珠贝，把它作为对"楚佬"最亲切的回忆珍藏在身旁。我依然在为他的悲剧伤心，怎么也放不下，连对那些印第安姑娘都提不起兴趣，无论干什么事情都打不起精神。我沉浸在回忆里无法自拔，也许"楚佬"是因为我的错误而送了命。但我又错在哪儿了呢？我从来没有求他带我去看那一片盛产珍珠的海湾，是他主动提出来的，我没拒绝而已。我所做的最自然不过，没什么稀奇的。然而，一种莫名的愧疚，就如同他从另一个世界传来的声音一样，在告诉我，我做错了。可是，事已至此，我又能怎么做呢？什么？自杀？不是因为"楚佬"死了，而是因为他不存在了，我就得同他一道放弃生命，就好像他对我而言比空气还重要似的。不，不，我可不想就这么死了。这是我经历过的最惨痛的打击，直教人肝肠寸断。巴勃罗和曼努埃尔的死亡怎能与之相提并论？还有什么死亡能比"楚佬"之死更加恐怖和猝不及防呢？有些死亡的原因是显而易见的，我们摸得着，听得到，也看得见。但这一次的死亡，却是如此沉默，如此神秘莫测……命运之神在海底抓住了他，用死亡的锚将他永远禁锢在那里……但是，我还活着！我不能再去想他了。我还可以眺望那取人性命的大海，还可以亲吻女人们邪恶诱人的红唇。我的精神依然年轻，肌肉依然紧绷。我要工作，要生活，要亲吻……

"楚佬"的死让我错过了窥探赫妮娅和帕特里西奥这对新婚夫妇起床的机会。我猜他们一定在满目昏暗中开了门，灿烂的阳光瞬间穿透了瞳孔深处。黑眼圈如同爱与梦之树上那充满异域情调的树叶，在双眸周围张扬地蔓延着。也许，在赫妮娅的臂膀上留着牙印……也许她的脖颈上还有一处几乎看不见的淤青……脖颈，是亲吻的海湾……

眼下的日子还是一如既往。我们继续工作，马克西姆也欢天喜地地凯旋。菲尔博气宇轩昂地待在一只专门为它定制的漂亮笼子里，它为主人赢了三百多比索。马克西姆分了我十五个比索，除了斗鸡比赛，他嘴里就没别的话。

"别捣乱……！这可是只公鸡……我到了里奥阿恰的第一个星期天，就把它夹在胳膊下面，一个人去了斗鸡场。我伺候它简直比伺候漂亮小姑娘还用心，它也做好了上阵的准备，谁来了都不怕。那些人一见我进去就哈哈大笑。他妈的，这些可怜的冤大头……！他们那只芦花鸡死定了……！下注开始了，我狠狠地回击了他们……菲尔博的对手是只里奥阿恰的本地鸡，就因为这一个理由，没有人赌我赢……。只有罗勒站在我这边，跟我下了注。看到我把全副家当都压上了，全场顿时鸦雀无声……他

272

们怕我逃跑……我就算饿死了也不会……少废话……！我相信
菲尔博胜过相信我自己，芦花鸡的主人对它就没什么信心。我
取出带在身上的白朗姆酒，冲菲尔博喷了一口，又在鸡肋那里系
了块圣牌。我把它放开，它死死盯着对手，浑身的羽毛都竖起来
了，那眼神好像要把对方吞下去。菲尔博的眼睛比钻石还要漂
亮……！两只鸡斗成一团，比帕特里西奥和他那印第安老婆抱得
都紧……！菲尔博发起狠来，连骡子都啄过！啊！我这天杀的漂
亮公鸡呀！哎呀！你赌谁能赢？废话少说……咱们走着瞧……！
真该死，我没有更多的钱可以押上……！斗到第二回合，那只芦
花鸡就顶不住了……！一瘸一拐的活像个瘫子……！怎么回事？
那只鸡又瘸又叫，血流如注，突然发了疯，它冲着菲尔博猛啄起
来，每啄一下，我的心就冷一下……斗到最后，菲尔博抓住了那
只鸡，在它的眼睛上啄了一下，把他啄成了睁眼瞎……斗罢这轮
接着斗下一轮，最后又斗了一轮，菲尔博直接要了那只鸡的命，
一切就这么结束了……直到最后那一仗，它才兴奋起来，扯着嗓
子尖叫着东张西望。我一把把它抓起来抱在怀里，要回了我的赌
注。他们起初是不想给我钱的，非说我的鸡被下过咒。我去了后
场，用一条热烘烘的毯子把菲尔博包起来，以防它着凉。最倒霉
的是，没有别的场次可以斗了……！别捣乱……！这只公鸡真是
我的摇钱树……！一切都结束了，我拿到钱就抽身，往加莱拉去
了，我带着菲尔博沿着海岸一路前进……这可真是见了鬼了，就
没有任何一只鸡能比得上它的，他妈的！"

　　"楚佬"死后，我就搬到了埃尔南多家。他的屋子大，刚好
够两个人住的。工作的时候，我们轮流做饭，在那几日，"荷兰"
号第一次开过来了。直到他们把盐运到里奥阿恰的仓库，或者转

运到巴兰基亚的时候，我们才能拿到工钱。我不喜欢与人合住的生活，为了不打扰埃尔南多和他那些印第安姑娘的好事，我随时都得出门躲避。他可真是个色鬼！

罗丽塔腹中的胎儿就像肥皂泡沫一样慢慢长大，日渐隆起的肚子上仿佛凝聚了她的整个生命。她的臀部越来越宽，走路时迈着疲惫不堪的鸭子步。可怜的加布里埃尔骨瘦如柴，仿佛每天晚上都要被看不见的吸血鬼狠狠折磨。他对谁都爱答不理，就连马克西姆也跟他说不上话。看着他一天天憔悴下去，我心中真不是滋味。要是罗丽塔能离开就好了，他最终会把她忘了的。但她总是在他眼皮底下晃悠，只要他伸出皮包骨头的双手，就可以碰得到。这双手曾经多么健壮有力呀！罗丽塔好像也在承受痛苦，但我不能确认，她的状态很有欺骗性。我想劝劝维克多，把她送到里奥阿恰去，她就要生了，在那里能够得到更好的照顾。但我又不敢开口。维克多生性敏感，不通人情，就像一堵墙那么顽固。他可能并不喜欢我，如果我没猜错，他正期望着借罗丽塔分娩之机来确认她的忠诚，这是让他离开妻子的最大障碍。如果他没那么猜忌，这事就很容易办到……但猜忌很容易令人犯错。哪怕当他在工作，而加布里埃尔跟我们在一起时，他的目光也会越来越频繁地追随着他，也追随着罗丽塔。他又焦虑，又紧张，两个男人就这样被那个女人毁了个彻底！性爱在两人之间酝酿着一场永恒的战争，在他们的额头上描画出带血的阴影。这件事无论如何都不会有好结果。我敢肯定，一定会发生什么事情，这种笃定令我惶惑不安。记得有一天晚上，我对埃尔南多把一切都和盘托出了，总这么藏着掖着真是太难受了，我需要找个倾诉的对象。没想到埃尔南多一点都不惊讶，他全都知道，哪怕对最小的细节都如数家珍。他也对我说了自己的想法，我们想得一模一样。从那时起，我俩就经常琢磨这件事，却总拿不出个可以接受的办法来。既然后果无可避免，那还不如听从命运的安排。我们还考虑过让组长跟看守长说说，把加布里埃尔调到马瑙雷或者里奥阿恰，再不就是其他什么地方去，但我们马上就意识到这根本无济于事。他是铁了心要留在这里的，肯定不会接受。那我们还能怎么办呢？只能任凭老天决定每个人的命运了。

今天有船靠岸，我们开始搬运盐袋。这份活计可真是累死人。一个盐袋重达六十二公斤半，需要两个人同时抓住袋子两侧的角，把它抬到头顶，一路下坡地抬到岸边的小艇上。小艇随后再把袋子运到大船上。走下坡路时需要格外小心，严防滑倒。组长在船上清点盐袋，我们需要搬运六千袋。这是一艘三桅大帆船，看上去又新又安全。船员们都来自玛加丽塔岛。"脚步"号会在三天后靠岸。

我们拼命干活，挥汗如雨，大滴温热的汗珠结晶成盐粒，挠得人身上痒痒的。汗衫和裤子都没法穿了，不然会发疯的。这几天真是酷热难当！我们把破棉布像裙子一样系在腰上，赤着脚在盐堆和小艇间来来往往。一入夜，双脚就浮肿起来。在最初几天，我们还能看见东西。后来搬得多了，在筋疲力尽中一切都变得模糊不清，成了混沌的灰色……大家的肌肉疼到丝毫感觉不到疼痛的地步，活像机器人一样。但是，当我躺在门口清爽的软床上，享受着四面八方的风的吹拂的时候，却又感觉到无穷无尽的舒适和惬意！

帕特里西奥和赫妮娅还是那么甜蜜。两人成天粘在一起，难舍难分。当帕特里西奥和我们一起干活的时候，赫妮娅就在沙滩上望着他，用开心甜美的微笑给丈夫加油鼓劲。我们在装盐的时候，她就帮弗朗西斯卡缝缝补补。我们已经差不多装满三万袋盐了，"荷兰"号的搬运工作结束后，工地上会放一天假。"脚步"号已经从里奥阿恰启航，预计后天靠岸。

终于又可以享受一天的假期，静静地观察周围的一切了。有那么多已经遗忘的东西亟待重新认识。大船开走了，留下孤零零的我们，与身边的工友、建筑、仙人掌一道，迷失在时间蜿蜒的河流里。

当有运盐船停靠的时候，"美人"号就不来了。于是帕特里西奥跟着"荷兰"号前去里奥阿恰进行下一轮的采买，赫妮娅跟他一同前往。他对妻子的不信任是很有道理的，孤独意味着危险和各种出轨的契机。如果不这样做，他可能重蹈维克多的覆辙。哎！可怜的维克多！

晚上，我们和埃尔南多一起去看罗丽塔。她躺在吊床上休息，维克多还是跟平常一样，坐在小凳子上一言不发。

"怎么样，罗丽塔？你感觉还好吗？"

"我还好……就是突然有点累，腰也有点疼，没什么要紧的。"

"那是因为你太娇气了。"维克多带着责骂的口气对她说道。

"我娇气……要是你肚子里揣个孩子，我倒要看看，你娇气不娇气……又不是你们怀孕，你们怎么知道那滋味……"

"啊！是的……真能那样可就神了。那我们就无所不能了……真好！"

"我说，"她调转了话题，"帕特里西奥跟赫妮娅这么相爱，你们怎么看？"

"相爱当然很好，"埃尔南多说道，"就是不知道他们能不能长久。"

"为什么不能？都过去两个半月了，他们还那么如胶似漆，就跟昨天刚结婚一样。"

"这才到哪儿啊，"维克多插话道，"时间一久就腻歪了。刚开始相爱的时候，总觉得时不我待，再往后……"

"再往后怎么了？"罗丽塔阴阳怪气地说道，"你对我腻歪了？那你就直说，我可不跟腻歪我的男人一起过日子！你要是喜欢印第安女人，这里有的是……！你怎么看？"她又转身对我说道："你对谁腻歪了？你这么好看……"

"不不不，尊敬的夫人，我不是有意惹你生气的。"

"不，这都是你冲我扔过来的鲜花。真好看！"她一遍一遍地嘟囔着，两眼放光，双唇紧绷，"真好看，真好看……真好看。"

"但是，"我继续劝道，"你别犯傻，不值得为了个玩笑就把自己搞成这样。"

"是的，玩笑。真是漂亮的玩笑……如果你是在照顾我的情绪，那可以在没人的时候告诉我。"

大家都不说话了。她重新躺回吊床上，好像在抽泣。我们都离开了。

"明天见……"我站在门口告别，不想逼她抬起布满泪痕的脸庞。

我真想折返回去好好安慰她一番，再给维克多那个混蛋一记耳光。但我更明白，这么做既无用处，也无必要。

现在看来，一场冲突马上就要爆发了。无论如何，罗丽塔已经不复当初的模样。我总能感觉到他们夫妻对彼此的厌恶，如今这厌恶愈加激烈，不久便会演化成一场危机。像今天这样的口角还是趁早解决为妙，不然的话，大家都不得安宁，谁也得不到好处。

明天就是休息日了，为了好好利用这一天的假期，大家都准备上床就寝。

夜幕偷偷摸摸地降临了，好像生怕别人窥到它一身补丁、穷酸黯然的模样。黑暗犹如一株单茎单叶的植物，在角落里茁壮生长。愉悦宜人的晚风沙沙吹过，风中一如既往地带着清凉和芬芳，欢欣宁静，无限美好。

我在波哥大的亲人和朋友，现在生活得怎样？会有人死去吗？死亡在这边司空见惯，在那边却是很久之后才会发生的事情，好像死神一爬上高原就会受伤似的[1]。波哥大的人们都是久病而亡，临终的病榻前云集了亲朋好友和医生，后者用科学为他们筑起高墙，常令死亡也望而却步。而这里的人死去时，要么孑然一身，要么相伴者寥寥，而这零星的几个人，还或多或少地做了死神的帮凶。比如那个死在飞鸟岛上的印第安人……他被巴勃罗一枪命中前额！那场死亡把我们的午餐会变成了惊魂场。死者的眼睛里闪过万千风景，嘴巴里灌满了垂死挣扎的咸水。后来，死亡降临到了巴勃罗自己的头上，灯光下的人群仿佛围着赌桌的强盗。因为某些人的缘故，骰子和身体一起落下，骰子上两个黑色的圆点就如同尸体一动不动的眼眸。叮咚作响的钱币成了死者耳边最后的声音。还有曼努埃尔，他因一个印第安女人而死，巴

---

① 波哥大位于高海拔地区，故有此说。

勃罗和那个印第安人，也是因为同一个女人而死。女人，被死神保护和追逐的女人啊！她们就是生命本身，是装满财宝的钱柜，是民族繁衍的种子！还有"楚佬"，他孤零零地死在绿玉般的海水中，死在我眼前灿烂的阳光下。

"埃尔南多，埃尔南多……"我叫道。

"你想干什么？"他大大地打了个哈欠，一时说不出话来。

"关于今晚的事，你怎么看？"

"嗯，这可真是糟糕……罗丽塔忍不了他了，我看随时都会有新麻烦。"

"你果真是这么想的？"

"喂！你难道没长眼睛吗？你没看见维克多说以后就会腻歪了的时候，罗丽塔脸上是什么表情？她简直要把他吞了。"

"我当然看到了，但她可能只是一时气急而已。"

"不……那是因为你不了解她……这女人真是难以捉摸，竟然能一直忍到现在。想当初她刚来这儿的时候，那性子就像凶猛的野兽，我猜维克多可能揍过她。"

"是什么原因让她变成现在这副模样的？"

"不，我倒觉得她一直都是老样子。"

我们沉默着各自思索起来，满脑子都是悲剧，彼此再也没有交流过。我们俩都知道，一定会有可怕的事情发生，这件事情可以发生在白天、晚上或者清晨，只不过现在还没到时候。

公鸡已经开始打鸣……时候不早了。今早四点到六点轮到我值班。我讨厌早起，但却没有办法……

埃尔南多打着呼噜，和我做着同一个梦。昨夜我们的眼睛里闪烁着同样的疑虑和恐惧。路上来了两个人……还有一个，看上去像黑影……一个影子？是的……一个影子。他们是谁？是维克多、加布里埃尔还是罗丽塔？是的，其中一个人确实是罗丽塔……但浓重的夜色中，实在看不清另一个人是谁……一个影子……一个影子。

阳光从窗子透进来……没人来叫我守夜，这样最好……我继续睡着，想看清那个影子是谁，但梦境总是停滞在同一个地方……他们停下了脚步，仿佛三尊石头或者其他材料做成的雕像，静静地，雕塑般一动不动。我只看得清罗丽塔的脸，她笑得那么凄凉。另两个人影模糊不清，我绞尽脑汁企图把他们辨认出来，然而一切努力都是徒劳。

我继续睡着，阳光照进屋来，没过多久就像忠诚的狗一样，用温热的舌头舔着我的脸庞。

"快起床吧……别懒了！"埃尔南多冲我嚷道，"赶紧喝咖啡去，都九点了，快！"

日上三竿，屋里每一个角落都亮堂堂的。欢乐、纯净、灿烂的阳光，驱走了梦中的黑影，将生活重新染上了明媚的颜色。

我面向浩瀚苍茫的大海，抬起清醒而渴望冒险的双眸。无数条殊途同归的道路幻化成千瓣玫瑰，在波涛间纵情绽放……

25.

迪克的变化。废弃的帆船。遇袭。

迪克来了，就住在我屋里。我把吊床让给了他，这张白色的吊床是从一个叫恩恰的女人那里定制的，她是瓜希拉最好的吊床编织工。迪克横躺在吊床上，还是叼着他那把形影不离的老烟斗。但他的模样变了很多，络腮胡子已经斑白，白色的胡须亮闪闪的，看着像黄铜色。他比以前更加木讷寡言，一句有关船长的话都不愿跟我说。这奇怪的抗拒免不了令人疑窦丛生。如果有人说，是他在货主那里告发了船长醉酒弃船，我一点都不意外。还有那天晚上，在小宝拉的店里说过的话……? 全体船员都被更换了，就连厨师也不知所踪，当我问起他的时候，迪克干巴巴地说道：

"他也留下了。"

"留在哪儿了？"

"在马拉卡博。他们全体留在那里，跟他……船长。"

"他们在另一条船上找到工作了？"

"我想，他们正盘算着用船长的积蓄买条小船……"

"还有……他在'脚步'号上做了那么久的船长。可现在满船都是陌生人了，你会不会不喜欢？"

"我有什么不喜欢的? 所有的水手都一个样。现在的我跟咱们在哥伦比亚港刚见面时一个样，什么都没变……我们总是一个样……"

然而并不是。迪克变了，现在他的身上总是带着一种莫名其妙的焦虑。他闷闷不乐地吸着烟斗，不知被什么勾起了回忆，眼睛里蒙上了一层阴霾。我差不多可以确信，是他背叛了船长。否则无法解释，为什么一听我提起后者，他便越发心神不宁。

迪克和我们吃完午饭就回船上了。下午，我跟埃尔南多还会再去他那儿待一会儿。现在该干活了。午后的时间很短，必须在天亮前完工。这是看守长的主意。他人已经到了，还带了个女人过来。她的脸上生着疹子，看上去很可怕，应该是看守长的情妇。我听他管她叫"米拉"，那她的名字大概是"阿米拉"，我也不知道，为什么有些瓜希拉人会把自家的厨娘提升成情妇或者夫人，看守长就是一例。他说阿米拉既是他的厨娘，也是他的情人。事实上，像他这样的男人，也找不到更好的女人了。他成天半醉不醒，裤子后面的口袋里永远塞着瓶白兰地，通红的脸庞上大汗淋漓。他还带了另一个叫胡安的看守过来。他是个和善的成熟男人，嘴巴很大，无论他刻意摆出多么严肃的样子，也总是掩不住满脸的笑容。好在看守长马上就要跟"脚步"号一起离开了。他借住在条件最好的维克多家里，在最里面的那个房间用餐和就寝。房里的两根顶梁柱之间，拴着一张宽大的吊床。我只看到了一张床，但他们只留宿一晚。"脚步"号最迟中午就启航，我们要搬运一千二百袋盐，这艘船现在可好看了！

我们乘着载满货物的小艇驶向"脚步"号，并帮忙卸下了艇上的三十四只盐袋。"脚步"号焕然一新，比以前干净多了。水手们还像我在船上时那样，在用桶里的水清洗甲板，就连船上散发的鱼腥气也和当年一模一样。现在的厨师是个爱干净的年轻人，不再是那个脏得令人恶心的老头。黑色的绳索泛着光泽，就像在风中颤抖的花朵。船帆也换成了新的，帆布还没被雨水淋得陈旧泛黄。整条船都上了新漆，还在马拉卡博涂了沥青。所有的仪器也都簇新发亮，没怎么用过。在这一番之后，"脚步"号应该比"美人"号的航速更快。

迪克船长邀请我们共进晚餐。我是多么不甘心用"船长"来称呼他啊！现在是下午六点钟，时间还早。也许近在眼前的海水给了我们一种深深的清洁之感。我们享用了美味的梭鱼汤，还有炸木匠鲨配米饭、猪油煎肉和烤香蕉。帆船上的咖啡还是那么难喝。

在现在这艘船上做水手可真是件美差！迪克趁着休息的空当，把渔线扔进船尾翻腾的白浪，引得木匠鲨、梭鱼、石斑鱼纷纷上钩，一派丰收景象。如果再遇到无风的天气——就像我们战胜了风暴的那次——水手们还会纷纷扔下鱼钩，捕捉深海中的石斑鱼。

曾几何时，每当有船过来，我的心中便会油然升起一种茫然不知所终的恼怒。现在这种感觉已经没有了。我不再像以前那样，一看到大海就心神不宁，反倒是沉醉在它的颜色、音乐和气息里难以自拔。陆上的生活令人昏头涨脑，我想放下这身皮囊乘船远航，无论以什么样的方式，无论是纵横海面还是深潜海底。只有见识过水底之后，我才真正开始了解大海。那里缤纷的风景会驱散由枯燥导致的混沌。海中的生活怎么可能是枯燥混沌的呢？在那个世界里，有美人鱼和章鱼，有极致的恐怖，也有极致的美丽。玛瑙色的天光穿透温柔而成熟的碧水，水面上点缀着云朵的呼吸。

船影消逝在天际。我们又一次被孤零零地抛弃在坚硬而又热情的陆地上。帆船的轨迹和道路就在眼前，它的桅杆指向全世界的地平线，它的船尾可以向着所有陆地调转方向。

现在，我们在这一湾起伏的碧波间寻觅航船的身影，用指挥手和脚的眼睛去探查它的踪迹，结果却一无所获。海面荒凉，天空寂寥，太阳疲惫，日光坚硬。

下午，大家一起去捕虾，盐场及其周边都盛产海虾。这里的虾个头很大，足有十厘米长，虾身红中泛黄，散发着腥气。我们每人都捕了满满一袋，回去煮过之后，便放在日头下晒干。整个村子都弥漫着那种性感的味道。黄色的香气熏得人昏头涨脑，阳光照在口袋上，阴沉而黯淡。

今天切玛犯了一次险。他一路狂奔回来，没瞎的那只眼睛里充满了恐惧，肥壮的身体颤巍巍的。瞎了的那只眼睛也企图装出害怕的样子，可惜没能成功，因为假眼的恐惧只能反射在光亮的外表上。冰冷的汗滴风干在他卷曲的胡子上，不知道这汗水是热出来的，还是吓出来的。

"出什么事了？为什么要跑？你脸色怎么这么苍白，就像见了鬼一样？"

"他妈的！真是倒霉，他妈的那块悬崖上藏着个印第安人……我正要去沙滩那里拉屎，发现他正用鳐刺做的箭偷偷瞄准我……感谢上帝，我发现得及时，拔腿就跑。箭虽然射出去了，但我已经跑远了，他没得逞。他大概是哪个印第安女人的亲戚……那些个该死的印第安娘儿们，她们先跟你要玉米，再跟你上床。你明明什么都没做错，却被她们叫来的男人用印第安人那套玩意儿来威胁……"

"可是，你对每一个印第安姑娘都说，要给她们买东西，又没钱去兑现承诺……她逢人便说……"

"你说我什么？……我从来都没说过要给她们买东西。她们没法从我身上捞什么好处，便心血来潮地说，是我要给她们买东西，就是想吓吓我……"

"我看那个印第安男人是把你吓坏了。"埃尔南多幸灾乐祸地说道。

"喂……我是吓坏了……你可不知道鳐刺有多厉害……不管是谁，只要被射中，都逃不过一死。他们收集鳐鱼的毒刺，两两一组扔进砂锅，然后把所有能找到的动物的尸体，比如蝎子、毒蛇、鳐鱼、蜈蚣……统统都扔进锅里，让它们腐烂。最后再往尸体堆上面浇一层草药汁，到底是什么草药，他们谁都不说。所有这些东西要整整放上三十天……你们想想，这鳐刺箭有多厉害！中了箭的人，浑身发抖，耳鼻出血……"

"那你可要小心，我看说不定哪天，你一出门就回不来了。"

"我要做的是，永远枪不离手……对那个想要射死我的印第安人，要先下手为强。"

他到处宣扬这番经历，就好像赢了什么东西似的。在众人面前扮演受害者，对他而言是一种享受，当他向别人借玉米或者大米的时候，也容易多了。

厌烦的情绪再一次笼罩了村落。大家又过起了无所事事、百无聊赖的生活。盐袋都装好了，大家希望能够下点儿雨，如果再不发生点什么事，所有人都要绝望了。不知为何，所有人都开始谈论下雨和即将下雨的事情，然而这希望没有任何依据。

鲣鸟在海湾里捕鱼。它们在空中盘旋，展开的双翼如同几何状的灰旗。它们一旦瞄准猎物便一头猛扎下来，鸟嘴呈垂枝状，一口吞掉猎物。捕食过后，它们在水中游上片刻，便再一次艰难地冲上云霄。

天空没有一丝云朵，海上没有一条航船。眼前是一片死板单调的风景，茫茫的深黄在遥远的地平线上变换成蓝色。支离破碎的时间缓缓流淌，贪婪地消磨着分分秒秒。我们的厌倦如蔚蓝的海天一望无垠，我们的厌倦亦如灰色的小湖，光阴溺死在静寂的湖水里。

26.

我们饥饿！饥饿……！饥——饿……！！！绝望……！！！

自从把三万只盐袋搬运到"荷兰"号和"脚步"号，已经过去好久了。高耸的盐堆只剩下巨大的痕迹，以及几处零星分布的残壳。以前，我们可以爬到盐堆上聊天，远眺，思索。可现在只能坐在地上或者家门口的翻车鱼牌汽油箱上。海湾的另一面阻挡了视线，外海再也望不到了。

但这并不是最糟糕的。最糟糕的是，如果"美人"号还不来，我们就得挨饿了。加布里埃尔搭乘"脚步"号去采购食品，半个月来音信全无。据一个从马瑙雷来的印第安人说，"脚步"号已经平安抵达里奥阿恰，这就排除了遭遇海难的可能。也许那时候"美人"号并不在，所以加布里埃尔需要留在那里等船。食物已经开始匮乏，而大家对饥饿将至的担心甚至胜过了饥饿本身。

我们总觉得明天船一定会来，在前一天就把储存的事物吃得一干二净。等到大家意识到风险，已经太迟了。我们连第二天做早饭的储备都没有了。切玛分给大家一点他从地上捡到的烤玉米粒。他可真是个好人，明天一早，他会动身去那些印第安人的地盘，看看能不能为大家找点儿吃的。

287

已是下午四点了，我唯一吃过的东西就是烤玉米粒和一块少得可怜的糖塔。之后只能拼命喝水，直喝得连嗓子里都是粗劣、温暾的咸水……这样我会把那块糖塔吐出来的。不，不，不，如果什么吃的都没有，接下来的日子该怎么过……？但是在利己的情绪和空腹导致的恶心中，我还是想到了罗丽塔。这小可怜呀！一想起她来，我感觉自己的心脏都揪成了榛子。我不想去见她，那会更加绝望的。

　　此时此刻，城里人正在享受着饕餮盛宴：金黄的烤鸡，柔软的奶酪，还有烤肉和炸薯片。一想到那些精心烹煮、加了胡椒和酱汁的美味佳肴，我便口水直流。啊，除了这些，他们还在大口嚼着蓬松绵软的面包。但城里也有饥肠辘辘的人……是的，有些穷光蛋什么吃的都没有……但他们可以乞讨。乞讨？是的，当人们没有吃的，马上就要饿死的时候，他们就会不知羞耻地乞讨……乞丐的目光胆怯而贪婪，满眼都是大鱼大肉的幻觉……他们把讨来的钞票或钱币塞进破旧的衣袋，用这点钱短暂地安慰自己的辘辘饥肠。可是，我们呢？在这里，我们又能做什么？我们都有钱，这些钱足够在大城市里恣意快活，可眼下在这不毛之地，钱有什么用？什么用……！在这里，乞讨没什么丢人的，大家都是朋友，都在挨饿，但没有一个人有吃的东西……

　　夜深了，我们把报纸铺在床上，努力抖动着装米的口袋，只抖落下几颗不透明的白米粒……这一丁点小米粒于事无补。所有粮食都吃光了……罗丽塔这个小可怜呀！她一定比我还饿，一定被可怕的眩晕折磨得卧床昏睡。她虚弱的血液还得滋养腹中的胎儿，随时面临母子双亡的危险。她一定希望活下去，拿出更大的气力，更热切的渴望，挣扎着活下去。

我们早早睡下，等待天亮，也许天亮了，船就来了……我想祷告却无能为力。郁闷如同昏暗浇灌的植物，在黑夜里生长。一线微弱的光亮刺穿这满室昏黑，直叫人想起此生所有吃过的东西。最后，我们再次陷入了沉重恐怖的噩梦中。

第二天一大早，我就被剧烈的胃痛惊醒。肠子在肚腹中扭转拉伸，胃部像个调皮捣蛋的胎儿一样翻腾来翻腾去。五脏六腑如同刀割，利刃穿心般的剧痛中，眼前的一切都模糊起来……所有回忆、所有事情都乱成一团，人和物都无法对号入座。昨晚我梦到了一道巧克力的瀑布，咖啡色的熔浆带着闪亮的泡沫在眼前飞流直下。身后是一座炸薯片堆成的高山，山上洒满了盐粒。它就在咫尺之外，我马上就能上山了，甚至已经闻见了薯片和香肠的味道，那香肠吃起来，舌尖上酸酸的……然而，一道漆黑、高耸、厚重的悬崖挡住了道路，我上不去了，上不去了，不得不在食物的飘香中转身离开。不，我上不去了……上不去了……我醒了过来，疼痛就像疯狗一样撕咬着肠胃和肺腑。我一路下坡走到海滩，费尽力气想让疼痛缓解下来，可是，我白费了力气不说，反倒疼得更厉害了。于是我只好又一路上坡返回家，重新躺到床上。我感觉这张床突然变大了，变成了一片无边无际的绿色，绿得我头晕恶心。我想呕吐，却只吐出了一些黏稠的咸水。胃在一个劲地翻腾，想要倾倒出里面本不存在的东西。嘴巴里充满了苦涩的味道，还有金属、矿物和干涸的味道。而胃部如同松软的口袋，就要从嘴里跳出来。我慢慢地喝了一点水，这才感觉好些。

天亮了，这是个晴朗而沉重的早晨，仿佛一切都在忧心忡忡。我回想着童年读过的故事，竟忘记了饥饿。那故事讲的是一个名叫豪哈^①的神奇国度，那里的街道上流淌着牛奶河，还有千层饼做的小房子、糖果做的屋顶和果酱做的草坪……人们躺在大树下，树上成熟的水果直接往嘴巴里掉：酸核桃、梨、樱桃、苹果……果子新鲜可口，就如同记忆中的河流……炉子上穿成串的烤鸡，背上又着刀子满地乱窜……

可我想这些有什么用？有什么用？埃尔南多双手抱着脑袋坐在床沿上。他的手指插进头发里，恼怒地挠着头皮。他沉默着，我们一句话都没说。

"埃尔南多，埃尔南多——"他正在出神，没听见我在叫他，"喂……！"

"什么？"他转过头，瞪着黄色的眼睛盯着我，满眼都是悲伤。

"咱们为什么不去钓鱼呢？"

"拿什么钓？你难道没看见，我们没有鱼钩吗？切玛早来这儿找过了……"

"拿鱼叉怎么样？"

"鱼叉掉进马尾藻里，捞不上来了……你忘了？"

"啊！对！真倒霉……那我们怎么办？"

"会发生什么……！那群地痞流氓想饿死我们……"

"别绝望……昨晚上我们收起来的那些米粒，你放哪儿了？"

"那些……那些……"我不敢说实话，"我扔……"

"你扔了？"他两眼冒火，恶狠狠地盯着我。

"是的，那点儿米粒太少了……"

---

① 豪哈，秘鲁地名。传说中此地有两条河，一条是牛奶河，另一条是蜂蜜河。

"你这个傻瓜！你可真傻！现在我们真得等死了！"

我没法还嘴。他说得对。我是个傻瓜！我们曾是那么和气善良，现在却被饥饿折磨得垂头丧气。我没说话，一边想着下一步该怎么办，一边朝他望去。他又一次把脑袋埋进了掌心，用指甲挠着头皮。

我想到了最后一个办法。也许……我不敢肯定……也许他听到这个主意，会跟我和好。于是我颤颤巍巍地问道：

"喂……我们还能挖蛤蜊……"

"别犯傻了……现在是七月，上哪儿挖蛤蜊去？"

"那……没有蛤蜊吗？"我害怕了，他一定会跟我说"没有"。

"当然没有了！如果有的话，你以为我们所有人还能安安静静地在这儿待着？你这个蠢货！"

"那螺蛳呢……"我继续问，好像不是在说话，而是在继续自己的思绪。

"那就更没有了……那得等到一月份……"

一月份。现在是七月。我离开波哥大已经三年多了。我可真蠢，是谁把我送到这儿来的？为什么我不留在家乡？那里至少从来不缺吃的。真是该死……

"哎哟……哎哟哟……哎哟我的胃！"埃尔南多双手紧捂着肚子弯下腰，好像这样就会疼得轻一点似的。他像我一样朝海滩狂奔而去，也一定会像我一样徒劳而返。什么？谁不吃饭还能拉得出屎来？从前天起，除了一小块糖塔和一点玉米粒，我们什么都没吃。

脑袋里弥漫着一层黑雾，胃却不那么疼了……只觉得昏昏沉沉，好像吸了麻醉药。但我不能睡，万一切玛在我睡觉时回来，别人是什么东西都不会给我留的。

我出了门，碰到了马克西姆，他坐在门槛上，望着海滩的入口。干涸的唇边围了一圈的盐一样的白色。他两眼空空地看着我，就好像我是个陌生人。菲尔博待在笼子里，我竟然忘了，他还有一只公鸡！想到这里，我不禁通体舒泰，喜上眉梢。马克西姆一定也有这想法。他当真这么想吗？我什么都没跟他说，如果他不答应，肯定会心存戒备，不是把鸡藏起来，就是自己一个人吃了。

"有事吗……？船来了？"我问道。

"我他妈的怎么知道！我这个傻瓜，当初搬完盐袋，就该跟着船去里奥阿恰，挣笔钱后一走了之，才不会碰上今天这些糟烂事……都是我太蠢！"

"依你看，会出什么事？"我一边问话，一边打量着菲尔博。它正把弯弯的鸡嘴从铁笼子里伸出来。

"不是告诉你了，我他妈的怎么知道出什么事了？你自己看去吧！船要么沉了，要么还没下海，要么就是出了别的麻烦……管他怎么样的，反正就是没来给咱们送吃的……这天杀的……你有烟吗？"

"可惜没有。三天前就抽完了，昨天把最后一点烟屁股都抽没了。你不是有烟斗吗？干吗不划根火柴塞进去？至少能冒点烟。"

"我当然点了……结果把整个舌头都烧着了……连抽烟的时候都会觉得饿……但就算那个……"

为了不惹他怀疑，我一直陪他闲聊，但心下已经有了盘算。

这是唯一能救大家的办法了……

"切玛这一走就不回来了吗？"我无聊地明知故问。

"当然。他一早就出去了，我那时候正值夜。现在你也看见了，都三点了，他还没回来……要是这边所有的印第安人都走了，那是因为他们从我们这里什么东西都要不到了。"

"海关警卫那边也跟我们一样吗？"

"那还用说嘛！他们比我们惨多了。你没见拉米雷斯今早晨过来，问我们有没有东西吃吗？"

"啊？今早有人来过？我不知道。"

"你能知道什么……你在呼呼大睡……"

"那你想让我怎样，我该号啕大哭吗？"

我回到屋子里，想跟埃尔南多说说我的计划。但他不在屋里，也许到安东尼奥家去了……啊，他就在那里，跟弗朗西斯卡、帕特里西奥跟赫妮娅在一起。安东尼奥在里屋，赫妮娅前几天回了趟娘家，打算讨点东西回来，结果却是人去楼空。家里人全走光了，茅屋里只剩下一个灶台和四根梁柱。

所有人都默默无言地眺望着大海，却望不见一只船的影踪。如果此时此刻天边能出现一片帆影，那我们该有多么欣喜若狂！我们奔向海滩，只为能离得近一点，可眼前还是什么都没有，都没有。海里尽是游鱼，柔软白嫩的鱼肉能使我们免于死亡的威胁。然而世间万物都在和我们作对。所有的，所有一切——鱼钩、鱼叉、蛤蜊、螺蛳……我可真是命苦！啊！还有我的计划呢？马克西姆的公鸡……于是我对埃尔南多说道：

"喂，我有急事告诉你。"

"你他妈的想说什么？找到吃的了？"

"不是！我能找到什么？但是你看！"

"你怎么不过来？你要找我就过来呀。"

"不，不，这件事我必须私下跟你讲……"

他气哼哼地从床上爬起来。脸色苍白，浑身发抖。紫色的黑眼圈快要蔓延到嘴唇了，他问道：

"怎么，你找到吃的了？"他颤抖的声音里满怀着希望和渴求。

"是的，"我回答，"你回屋，我跟你说。"

他走在我后面，踉踉跄跄却脚步如飞。进门后一屁股坐到我的帆布床上，满眼痛楚地等我开口。

我走到他身边坐下，犹豫了一会儿，生怕他拒绝我的提议。但最后还是心一横说了出来：

"马克西姆……他的公鸡……菲尔博……"

他睁大了眼睛死死地盯着我，眼神中尽是惶恐，好像被我吓到了。

"不……不……"他回答道，"我们不能这么做。他会心疼死的……你没看到他把所有希望都赌在这只畜生身上了吗？"

"可这他妈的关我们什么事？你可真是个傻瓜。吃了那只鸡，我们就不会饿死。他有什么权利留着它？为什么？我说，今天晚上，我们就把菲尔博捉过来。他总是把它放在外面，咱们杀了鸡，每人分一块……再偷偷给罗丽塔送一点儿，其他的留下来……我们可以把鸡毛扔到海里或者埋起来……怎么样，一起动手吧！"

"不，不，不……还是等切玛回来再说。也许他能找回来点什么……就算他不回来，也许今晚船也会到……我可不能干这

294

种事……要是他知道了，他要么杀了咱俩，要么自杀。"

"他自杀还是杀咱俩，有什么要紧的？不管怎样，总比等着饿死强吧？你怎么了？害怕了？我这么做不是为了你，也不是为了我，而是为了罗丽塔。"这通谎话可真够卑鄙无耻。其实我这么做完全是为了自己，只为了自己。埃尔南多和罗丽塔跟我有什么关系？他们死了无所谓，只要我不死就行……

"我也可怜罗丽塔，但这事我不敢干……这么做是不对的……"

"像傻瓜一样干等着饿死才是不对的！我们别无选择，为什么不把那只鸡抓来杀了？想想可怜的罗丽塔，她的情况多么糟糕，她的身体多么虚弱……"

他不说话了……我趁着他在沉默，思考着如何瞒着马克西姆把菲尔博抓过来。罗丽塔挺着大肚子，把裙子都顶起来了。眼圈一天比一天深重，几乎成了黑色。她的双腿曾经那么美丽，那么修长精致，现在却消瘦得变了形状；她珍珠色的脚踝曾经圆润如贝壳，如今却肿胀不堪。埃尔南多打断了我的思绪，对我说道：

"好吧，我们先等切玛……要是他什么都没带来，那就……"

"好……今天你什么时候守夜？"

"十二点到两点，马克西姆是什么时候？"

"好像是四点到六点……那谁在你后面？"

"切玛。"

"啊！那他应该是六点到八点……因为切玛后面是我。"

"那太好了……他肯定会觉得是某个印第安人干的。"

"我们怎么处理骨头？"

"扔海里。我去看看切玛回没回来。"

我也挣扎着想起来，但双腿太虚弱，太乏力，好像连骨头都抽空了似的。浑身都散了架，只剩下一团松垮的肉，没有韧性也没有力量。胃已经不疼了，但头疼得厉害，疼得我视线模糊，直至坠入昏暗。眼前跃动着一团浓黑的迷雾。光与影编织着复杂的阿拉伯纹样。光线看厌了饥饿与贫穷，消逝得无影无踪。在这块被遗弃的土地上，有些人正在死去，谁也不记得他们的名字。我的脑袋里仿佛被塞进了一把钳子。太阳穴在跳动，心脏也在跳动，跳得是那么虚弱、激动、剧烈而又努力。鲜血稀薄、绵软无力。切玛还没有回来，不过就算回来也为时已晚。他什么也没带……我们要死了，是的，我们要死了。死于饥肠辘辘，死于胃如刀割，死于头痛得发狂。

　　饥饿刺激了一切感官。哪怕最细微的气味都能闻得到，哪怕一点关于味道的回忆都能给予人力量。屋里散发着香蕉的味道，却没有一片蕉叶，一张果皮，我也不知道这味道来自何处。难道这是幻觉？不，不是幻觉……确实有香蕉的味道，千真万确。那味道是红色的，红色，是的，是红色……触觉在手上沉睡，我摸着裤子粗糙生硬的布料，觉得它与毯子毫无区别。我搞错了，其实我在用手指触摸着毯子的一角，它的质地就像裤子一样粗糙……不，不是的，不是这样的……是裤子的质地像毯子一样，柔软得就像丝绸……是，是，但是，我究竟为什么疯了？好像一切都颠三倒四，乱成一团，什么都分辨不清……不，耳边响起了一个遥远的声音，遥远，遥远……那是我母亲的声音……这声音曾温柔宠溺地一遍遍唤着摇篮里我的名字……这声音曾经劝导着我，指引着我……如今，在死神将至之际，我又一次听到了它……是的，死神就要来了，它就像一只折翼的鸟，寄身在我母亲的声音里，因为受伤而姗姗来迟。不，它不像是受了伤的鸟，它是……是……是什么呢？究竟是什么？它是……是一只公鸡……对，是一只银色的公鸡……它身上没有镰刀[1]，只有弯弯的鸡嘴，啄着所有的石头，石头一遍遍地发着那个声音的辅音，它在对我呼唤着：我的心肝儿……我的……心肝儿……为什么要叫我？我就要死了，这声音是在向我告别，好让我不至于走得太孤单……好让我把这个词永远铭记……不，这不是我母亲的声音，不是。它更加遥远，更加扑朔迷离。这是她的声音。她？她？是的，是她的声音，带着未来昔日的颜色。那是明日的阳光，她想在抵达之前就将我带走。她与死神……她……死神。她即死神……死神即她……神即她……即她……她……

　　一切都昏暗下来……难道是我的眼睛看不见了吗？难道我开始瞎了吗？是的，我看不见了，看不见了，看不见了……

　　我不知道自己是怎么醒的，不知道自己是不是还在做梦，不知道眼前的一切到底是现实还是幻觉。不，这不是现实，绝不可能。屋里还是空荡荡的，仿佛被抛弃了……我已经睡了好长时间，甚至几天之久……埃尔南多也在沉睡……在他的脚下是一堆鸟骨头……鸟骨头……是的，我把它们拾起来，骨头已经被牙齿咬碎，连骨髓都被吸了个精光，什么都没剩下，只让人觉得恶心……但是，我为什么还能呕吐？如果我的胃是空的……空的……就像空气那样，就像天空充满了空气……他妈的！埃尔南多为什么没叫我起来？为什么一点肉都没给我？我扑到他身上，虚弱如棉花的双手扇着他的脸。我伤不了他……我的拳头和

---

　　① 　希腊神话中，死神通常拿着镰刀。

胳膊好像长在另一个人身上……

"你这个婊子养的！你这个无赖！我要去告诉马克西姆！你没给罗丽塔，没给罗丽塔？你这个恶棍！"

他坐起来，不费吹灰之力地把我推开，两眼冒火地冲我喊道：

"你以为呢？你这个大傻瓜！我为什么要为你去偷？为什么要为了你这张漂亮脸蛋去担风险？你这个娘娘腔！"

我又一次扑到他身上，他抢在我抓住他之前，一把抓起枪来对准了我。

"给我老实点，你这胆小鬼，要不然我一枪崩了你！"他声嘶力竭地朝我喊着。

在圆形、无齿、黑洞洞的枪口前，我停住了。我可不想做个饿死鬼，不，不，绝不想。然而，我还是摆出一副嘴硬的模样对他嚷道：

"那你就开枪啊！有种你就开枪……你这个胆小鬼，把我一枪崩了又能怎么着？"

"喂，别犯傻了，我不跟你开玩笑。给你留了一块肉呢。你想要吗？想要我就拿给你。"

"想，想！给我，快给我……！"我叫喊着，迫切地渴望着能嚼点什么，能把牙齿陷进肉里。不管嚼什么肉都行，只要有肉嚼就行……哪怕是人肉，我也能欢天喜地地吞下去。

埃尔南多递过来一个盘子，里面盛着他为我留的肉。看得出来，他后悔了，但事已至此，他也没什么法子。他放下了枪，我按住枪杆，随即扑向盘子，一把抓起鸡腿，几乎把那块半生不熟的肉囫囵吞了下去。我感到至高无上的欢喜和幸福，整个身体都在莫名而持久地战栗着。我饿，我——饿——是的，我饿，饿得能吃下整个世界……我的牙齿越发坚固，带着毁灭的渴望，咯吱咯吱地嚼着细小的骨头，那是马克西姆公鸡的小骨头。等到什么东西都吃完了，全吃完了的时候，我捧着迪克送的小杯子，在水桶里舀了杯水喝下去，只觉得全身心充满了幸福。

"我说，你是怎么干成的？"

"啊，很简单……切玛什么都没找到，完全没希望了。我等到马克西姆睡着，就去抓菲尔博。他把鸡藏起来了，但门还开着。我悄悄地进去，提起笼子，那家伙动都没动弹……我觉得它大概是病了……我把笼子拎到外面，杀了鸡，再把笼子放回原处，马克西姆还没醒……那可怜的畜生到死都没叫唤。我回来烧好水，把羽毛一根不漏地用纸包起来，再撒上点沙子，就扔到了海里。然后我就回来把鸡煮了，我只加了点盐，因为什么都没有了……我把罗丽塔叫过来，她喝了整整一锅鸡汤，我们一起分了鸡肉，还给你留了一只鸡腿……你可高兴？然后我就睡了，鸡骨头就堆在那里……咱们得把它们收拾起来……你满意了吧？"

"是的……"我气哼哼地回答，觉得他太自私了。我的胃又开始疼起来，真是倒霉！

"什么时候的事？"

"不知道……应该是昨天……我不记得了。"

我出了门，头又开始疼了。胃里一阵痉挛，我龇牙咧嘴地弯下了腰。马克西姆家是去海滩的必经之路。可是，这是什么？是真的吗？难道埃尔南多在骗我？……我看到菲尔博好端端地待在笼子里，一切如常。我万般惊讶地跑回屋里，对埃尔南多问道：

"但是，但是……菲尔博还在那儿呢！"

"是吗？……"他笑嘻嘻地回答，"你这个傻瓜！你吃的是鲣鸟。哈哈哈哈……你跟我说起菲尔博的那天，我就想到咱们可以捉几只鲣鸟填饱肚子。我杀了两只鸟，大家一起分着吃了，然后我跟他们说起了公鸡的事……他们让我把骨头堆在那儿，骗你说我们吃了菲尔博……你没看见那里有四条腿吗？难道你觉得这世界上有四条腿的公鸡？"

我又一次出了门，心里忧伤又气恼，一边向海滩走，一边想着，要是能捉来十只鲣鸟就好了。我刚才确实尝出了一点鲣鸟的味道……有点咸，像皮革一样。可菲尔博是只斗鸡，这么好的鸡，吃起来是这个味道也不足为奇。我到了海滩，突然听见切玛喊了一声：

"看呀！看呀！……船来了！"

他站在悬崖岸边，我朝那里狂奔而去，一艘帆船正缓缓驶进海湾。我心花怒放地与他相拥，泪水夺眶而出。我们得救了！太好了！听到我们的喊声，所有人都聚集到了海滩上，除了卧床不起的罗丽塔，这小可怜病得厉害，她现在该有多么虚弱。我来到她家，进了门，她躺在吊床上，蠕动的大肚子遮住了视线，看不见她的脸。我走上前去，她正睁着眼睛发呆。

"船来了。"我对她说。

"是吗？"她的声音细弱如丝。

"是的，刚到，我给你做了肉汤。你想喝点吗？也许船上有鸡，要是没有，我们也能向他们买点肉。"

"好的，好的，谢谢你……"

看着她幸福感恩的模样，我又想流泪了。她一定吃了很多苦。每当看到怀孕的女人，我都有流泪的冲动。我走出门去，与同伴们集合，每个人的脸上洋溢着欢欣和快乐。我们又活过来了。可大家是多么苍白和瘦弱啊！多日未剪的胡须在脸上投下凄惨的阴影，却又那样美丽，因为它们终于挣脱了死亡的怀抱，投身于崭新的生活——吉祥如意、生龙活虎的新生活。

我们饿了，满心想着大快朵颐，吃个痛快淋漓。

我们又可以仰望金光灿烂的太阳了，阳光比以前更加辉煌。我们又可以眺望赐予我们生命的大海，以及被我们无所事事的牙齿咀嚼过千千万万遍的风景了。

我们重生在水晶般纯净的阳光下，怦怦跳动的心脏在一遍遍地感谢上帝：

"谢谢……谢谢……谢谢……"

上帝带着嘲讽的笑意俯视众生。对他而言，我们有什么要紧？正如此时此刻对我们而言，上帝又有什么要紧？也许我们心底的声音是说给命运听的……可是，命运难道不是上帝的另一个名字吗？

27.

饥不择食。分娩。自始至终。告别。

我记不得自己吃了多长时间，看见什么吃什么，把所有的东西都往嘴里塞，风卷残云，毫无章法，就好像吃过这顿后，这辈子都吃不到东西，就好像这是活着全部的意义。

我终于吃饱了，肚皮撑得圆圆滚滚，皮肤都绷紧了，心中只觉无限满足。也许我吃病了，也许所有人都吃病了，但这无所谓。现在就算要死，我们也可以当个饱死鬼了。

我们精疲力竭地上了船，这一路耗尽了仅存的气力，随即如饿疯了的野兽一样冲进了厨房。我们喝鸡汤，喝咖啡，吃肉，吃香蕉，吃所有能吃的东西……汗水沿苍白的太阳穴汩汩而下，汇聚成涓涓细流。

加布里埃尔的眼神越发焦灼，两个眼珠如同沉默的问号，因为恐惧而渐渐放大。他不敢问，可我和埃尔南多都知道他想问什么，于是我们再三安慰道：

"所有男人，所有女人，都好好的。但既然船没有及时来……！"

吃相最凶猛的是切玛。只要是能看到、能抓到的东西，他不由分说，通通往嘴里塞。这是很自然的……可怜的切玛！

咸湿的海风卷起尘土，我们躲进办公楼里，一起说着话。脑袋晕晕乎乎，乱成一锅粥。肚子虽然吃饱了，身体却还是那么虚弱。只听加布里埃尔说道：

"你们绝想不到，我心里有多着急。船一到'帆之角'，海面上就没有风了。我们好歹抓住时机，开到了里奥阿恰，刚好碰上满载货物的'美人'号，我们向他们买了所有的东西就往回赶。可海上又没风了，整整十五天，船纹丝不动。我知道你们没有吃的了……"

"十五天？"我问道。

"是的，我们提早五天出发，却晚回了五天。"

所以，我那一次睡了整整三天。足足三天后，我才醒过来。这不可能！当我发现床边那一堆鲣鸟骨头时，我觉得自己只睡了几个小时……我错失了三天的光阴，关于这三天，没有记忆，甚至连梦也没有。整整七十二个小时，就这样被充溢着空气、黑暗和光明的饥饿吞噬掉了……永远游离于我的生命之外，缺席于我的回忆和人生。

加布里埃尔继续说道：

"我们那时翘首盼望能有艘独木舟或者小船经过，哪怕用手划桨，也比我们的帆船到得快。但海上什么船都没有。一想起你们都要饿死了，不管吃什么，我都觉得恶心。要是海风晚起三天，谁知道你们会是什么样子……"

"维克多在哪儿？"埃尔南多问道。

"在家呢。罗丽塔情况很不好……遭了这么多罪，我看她是要早产了。"

"早产？可她已经到日子了……现在是几月？"

"七月……今天是十八号。"

"除了维克多，还有谁陪着她？"

"还有弗朗西斯卡和切玛家的一个印第安女人……"

"好吧，"加布里埃尔继续说道，"恐怕我们中有几个要失业了……名单就在我带回来的信里。是吗，组长？"

"是的。"组长回答，"这么好的朋友要离开，我真的很难过……但这就是生活……"

"是呀。可谁会走人呢？"安东尼奥问道，"是我吗？我才不在乎呢！政府就是这样，要是你没什么要求，嘁！一脚就把你踹了。"

"不，不是你。是埃尔南多、加布里埃尔和……"

"和我？"我的声音被阻塞在嗓子里。

"是的……"

"好吧。"我的泪水在眼眶中打转，"我们该怎么办？"

"我说，组长……"马克西姆说道，"我也要走，宁可辞职也要走……我再也过不了这种日子了……这里能饿死人。我要是再等下去，连菲尔博都要被大家吃了……上次他们就想吃了它……要不是埃尔南多……我怕是不得不宰了某个小子。"他说完这番话，微笑着看着我，用胳膊拍了拍我的肩膀。

"你真会杀了我吗？"我忧伤地问道。告别已经开始了。

"不，伙计……！我就是想想而已。这只是个玩笑。"

"那么，"埃尔南多问我，"'美人'号刚到了，咱们收拾东西，跟船回去？"

"那当然！"马克西姆嚷着，"咱们还待着干什么？"

"加布里埃尔带给你们的食物，我都买了。"安东尼奥说。

"我也买，"组长插嘴了，"这里从来剩不下东西。"

"还有我。"胡安也开口了,"我可以买下你们的玉米和糖塔。"

"好的……等我们明天结了工资,再说这事吧。"

"啊——!啊——!啊——!!"

三声尖厉的惨叫,饱含着痛苦在耳边炸响。那是新生命诞生时血肉撕裂的喊叫。惊愕中,我们面面相觑,组长急切地问道:

"什么声音,出什么事了?"

"是罗丽塔……"我低声回答,提到她的名字,我浑身都在哆嗦,仿佛想用自己的沉默对她伸出援手。

"噢!"他皱起眉头,面色凝重起来。

三声惨叫在夜色中延绵回荡,久久不绝。夜色清朗如新生赤子,弯月如钩,纤细纯净。大家出了大楼,在维克多的房门前席地而坐,随时准备搭把手。我真想进屋去帮帮罗丽塔,跟她说说话……加布里埃尔失魂落魄,焦灼地走来走去,两只眼珠像是要超越内心的好奇和恐惧,简直要从脸上蹦出来了。

我在想象屋里人的模样。罗丽塔皮肤白皙,整张脸庞白得如同不透明的旧瓷器,没有一丝黑影,就算平常皮肤上那些许的暗处,还有眼睛周围的角落,都看不见一丝丝斑点和黑影。只有长而卷的睫毛如同凝固的目光,在因痛苦而圣洁的脸上投下荫翳。前额上的皱纹聚成狭窄的河道,任由汗水肆意奔流。双眼无神地盯着天花板,目之所及全是鲜红的颜色,鲜红如火热的生命。她的瞳孔中燃烧着紫色的火焰,倒映着视而不见的屋顶。从她的腹中,从五脏六腑的最深处,从身体最隐秘、最血淋淋的角落,从她生命的核心里,喷薄出一阵阵抽噎和叫喊。

哭喊声滑过她的喉咙,就像滑过空空的管道。无瑕的皮肤纹丝不动，张开的嘴唇苍白干枯，如同结冰的花瓣那样憔悴枯萎。为了方便接生，她应该被安置在地上，身下的床单和皮肤一样洁白，带着盐的味道和她自己的体香。这床单见证过她所有的秘密，无论是身体还是爱情。她的手指纤细小巧，被饥饿和阵痛削尖了的指甲一阵阵地痉挛。她的腹部在蠕动，就像被地震动摇的小山。即将到来的新生命正寻找着合适的位置，一头扎进洋溢着空气、情感、人和物的生命之海……胎儿在母腹中骚动撕扯，他已经可以独立活动，与另一个生命的联系仅剩下一根血肉做成的细线。那个衰弱的生命曾孕育他数月之久，为他输送血液，还有萌芽中的感觉和激情。他已经冲到了母亲的下腹，那里的皮肤就像切玛的鼓一样紧绷着，门户大开的私处活像一朵黑红相间的三角花朵，正在土地上播下自己的第一粒种子，第一颗果实……时间一分一秒地过去，恐怖而又漫长……腹中的婴儿苦苦折磨着母亲，她忍受着剧痛，却依然渴望看到孩子的脸庞。她还记得亲吻、拥抱和受孕时的颤抖……她笼罩在喊叫和痛苦的浓雾里，却还在望着深爱的那个男人的脸，还在期待看到心心念念的儿子的眼睛……她盼着认识那个把她的疼痛打得粉碎、使其成倍扩散的人。她的嘴里又迸发出一声叫喊，更加尖厉，深沉，绵长，鲜血淋漓：

"啊——啊——啊——咿——咿——咿！"

这一声声"啊咿"的喊叫刺穿了我的心脏和头脑，刺穿了我的听觉和心灵中最敏感的地方。这喊声久久不散，时间仿佛静止了，夜色在恐怖中激荡。星辰与她一样苍白，月亮吓得不知藏到了什么地方，连晚风都收敛起来。已是凌晨三点了。现在，从她的下身涌出一股浑浊的水流，预示着孩子就要出来了……究竟是水还是脓？我也不知道……但我听人说，有液体在她赤裸的双腿间汩汩而出，就像冲开了堵塞许久的泉眼……离她第一声喊叫已经过去五个小时了……现在那叫喊声更加凄厉，更饱含人性。孩子的脑袋应该已经钻出来了。金色、干净、柔软的小脑袋……还有洁白温热的小身体……温热厚重的鲜血依然在喷涌，汇成一条凝聚着爱与柔情的溪流。这是亲吻的血，痛苦的血，它被饥饿和牺牲赋予了圣洁的光辉，令圣母、英雄和圣徒的血都黯然失色。母亲的血啊，从爱情的伤口中喷涌而出，只有基督的鲜血才能与之媲美。弗朗西斯卡从门里探出头来，说道：

"好了，好了。"

加布里埃尔冲进了分娩的屋子，除他之外，我们所有人都跑回家去找枪，大家排好队，一一扣响扳机，向新生命致意。六发出膛的子弹如同离开母体的胎儿，疯狂地消失在寂静的夜色和罗丽塔最后一声叫喊里，没有目的地也没有方向，枪口朝向哪里就飞向哪里。也许，它们恰好替那孩子终结了等待在前方的痛苦。

现在，圆满的爱情已经凝结成血肉，她的双颊上一定流淌着心满意足的泪水。她会甜蜜地记起《圣经》上的诅咒。她双手安详，腹部肥沃，眼睛潮湿，乳房圆隆，沉睡在血泊里——那是她的生命之湖。在最后一波阵痛中，一个生命从她的身体里分离出来，成为独立的个体。哪怕是母子，将来也可能互为仇敌。这漫长艰辛的过程，如今只剩下纤维质的胎盘和长长的、血淋淋的脐带……她睡着了。我想见她。加布里埃尔在里面，我们朝屋里走去……马上就要到门口了。然而就在此时，维克多跟跟跄跄地冲了出来，面目狰狞，头发凌乱，一面狂奔一面在风中嘶吼着：

"不是我的种……！！不是我的种……！不是我的种……！"

我们一路望着他奔向悬崖峭壁的岸边。也许是因为恐惧或是回忆，他的身影停滞了片刻。但我们还来不及反应过来发生了什么，那黑白相间的身体便一跃而下，跃入海中，跃入死亡，宛若一团墨色倏忽划过黑夜，只有那延绵不绝的呐喊永存在我们的记忆里：

"不是我的种……！！！"

长长的喊声如同未烧尽的柴火，渐渐熄灭，渐渐黯淡，最终归于寂静。这寂静属于生前死后，广阔、深沉、默默无言。有人诞生，有人死亡。生命继续它的轮回，单调却又一丝不苟。黑夜停留在原处，只有树叶沙沙作响，只有一只鸟在独唱。

我们飞奔到岸边企图救人，但海面上一片空茫，只远远地望见岩石上有一点白色，还有一点红色……那是鲜血和脑浆……什么都看不见了……那个男人，那个被女人和爱情杀死的男人，什么都没有留下来……海上风平浪静，厚重深色的波涛沉默着起起伏伏。

痛苦如同深重无垠的阴影，刺穿了我们的心脏。我们的胸膛发黑，晶莹的泪水在眼眶里打转。就连切玛都哭了，黝黑的脸上挂着两行钻石般的清泪。他带着满腔愤恨，咬牙切齿地小声咒骂着：

"天杀的娘儿们……"

我们满眼凄怆地望着他，一句话都没说，但浑身每一个细胞都觉得他说得对。

我们去睡觉。睡觉？不，是做梦，是思考，是忍受冰冷的床铺。今晚所有的激情、痛苦和喊叫，都化作心中黑色的苦水，在灼热的血管中奔流。我对埃尔南多说，装睡没用，还是出去呼吸点新鲜空气吧。微风伸出无数玉手，温柔地抚慰着我们的前额。

我们走近罗丽塔的屋子，朝里望去。门虚掩着，她还在熟睡，加布里埃尔坐在维克多以前抽烟的凳子上，紧紧挨着她的床沿。现在，他才是她真正的男人，另一个男人已经被孤零零地抛弃在无穷的记忆里……襁褓中的婴儿睡在母亲的左手边，身旁是装满了枕头和毯子的箱子。他刚刚出生，就导致了一场悲剧。他呼吸了还不到一百次，有人就断了气。死亡如同钻石，切断了生命的玻璃。加布里埃尔走到我们跟前，又疲惫又快乐。眼神里的愧疚冲淡了初为人父的喜悦。他被难以言喻的痛苦和沉重纠结着，想说话，却又嘟囔着说不成句。只有一串毫无章法的词语，从嘴里乱七八糟地迸出来：

"我……我……罗丽塔……我没……没有……没有错……是个男孩……男孩……死了……维克多……我没……没有错……他很好……蓝眼睛……蓝眼睛……她没有错……什么错都没有……没有错……罗丽塔……罗丽塔……生命……"

他要说的话，我们既不想听也不想懂。一种心照不宣、难以言喻的鄙夷，疏远了往日的友情。我俩刚要进门，就被他拦住了：

"不，不，他们睡了……"他颤抖的声音是那么温柔，满含着激动和深情。

快天亮了，我和埃尔南多一直在散步，什么都没说。脑海中千头万绪，百感交集。我们思索着旅行、死亡、大海和分娩……所有事情都纠缠在一起，剪不断理还乱。各种感觉、激情和想法一个劲地迸发，光芒四射却又纷乱如麻。

耳边传来婴儿的啼哭。我们怀着悼亡的悲伤对望了一眼。这孩子在为谁哭泣？是为那个死去的男人哭泣，还是为他自己的生命哭泣？

现在我们确实可以看看孩子了。罗丽塔还在睡着，一只手伸出被窝，捂在胸前，就像一朵洁白如珍珠的花。深深的黑眼圈静默无声，洋溢着美梦和幸福。一缕微笑在她的脸庞上游走，不知这笑容是源于双唇，源于安安静静闭着的双眸，还是源于湿漉漉的头发。不，不，我们在心里说道，这笑容源于爱情，源于她的灵魂。

孩子醒了。他睁开惺忪的睡眼。淡蓝色的眸子还未褪去母腹中九个月的荫翳。他被包裹在襁褓里。这么一个弱不禁风的小人儿，竟能造成如此深重的痛苦，真是难以置信。而一切难以置信的事情，都一一呈现在那双蓝色的、纯洁无辜的眼眸前。这孩子既是通奸的私生子，又是合法的嫡生子。这是子嗣们天生的差别，也是唯一的差别——子嗣……

我们怀着对生命更深的畏惧，从罗丽塔家离开，觉得灵魂都在颤抖。我们的灵魂原本昂首挺立于生命之上，如今却被一场人间惨剧压折了腰。我们不愿再想却又不得不想，就像被锉刀磨破了脑袋。眼前只剩下一种颜色：那双蒙眬的眼睛的蓝色，只剩一个身影：那个男人纵身跃入海中的身影，只有在那唯一的深渊里，才存在寂静与安宁。

……

……

行李已经收拾妥当，能带走的东西少得可怜，不过是几套内衣，几双鞋子，一套破旧不堪的礼服。看来必须得去里奥阿恰置办件体面的行装，才能继续下一站旅程。可下一站要去哪儿呢？去巴兰基亚吧。我在这里没有找到幸福，所以才被生活抛向了别处。我会带走被海风和海水浸满咸味的旧衣，为了将来能回忆起经历过的一切。箱子里还有两本书，一本是赫西俄德的《工作与日子》，另一本是尼采的《漂泊者和他的影子》。后者我还没有读，打算带到船上消磨甲板上漫长的白日，这次跟船一走，便再也不会回来了。

我们把所有的厨房用具都送了人，安东尼奥买走了剩下的食品，看上去很高兴。我们这一走，这里差不多就剩下他了。他天性孤独，不喜欢任何热闹，最能在这样一片土地上扎下根。有人留下，我们却要走了。切玛和马克西姆聊着天，互相夸奖，互相分享秘密，仿佛被勾起满腹离愁。加布里埃尔会继续待一阵子，等到罗丽塔身体好起来，再带着她和孩子离开。起初我们骗她说，维克多被紧急派到马瑙雷出差去了，但她一定什么都明白。她一滴眼泪都没掉，向来都是波澜不惊、温柔甜美的模样。如今儿子和爱人都在身边，维克多死了跟她又有什么关系！

马克西姆把所有东西都留给了切玛，我也送了他一袋玉米。埃尔南多一丝不苟地把自己的食物和炊具平分成好几份。马上就要出发了，"美人"号下午就到，陆上起了风，吹向海的方向，我们远远望见帆船正在逆风而行。

离别在即，我在心里向这里的一切告别，包括每一棵树，每一个发生过故事的地方。那边那块岩石是珍珠海湾的路标，在波涛一日日的冲刷下愈加坚不可摧。前方右转有一棵龙舌兰，浑身是刺，叶片是扇形的，我每天天一亮就能看见。还有办公楼和它周围简陋的住处。这座楼听到过我或惊恐，或痛苦，或欣喜的叫喊，也听到过我忍饥挨饿的呻吟……我用心告别所有的一切，只觉灵魂就像卑微的枯草，支离破碎地摇曳着。

我向罗丽塔告别。这次不能和她一起走，真是件悲伤的事情。经此一别，再无机会相见，但我会永远记住她。我们默默地道别，我吻了吻她的前额，亲了亲她的孩子，又跟加布里埃尔握了握手。我望着这个男人，心里不知是什么滋味，既把他当朋友，又觉得他可恨。

我也拥抱了弗朗西斯卡，她的乳房顶着我的胸膛，这是瓜希拉带给我的最后一丝肉欲的快感。她心满意足地笑起来，笑里带着情色的味道。

我们登上小艇。组长等在沙滩上，像兄弟一样对我们说再见。上船之前，他用充满怀疑的口吻说了声：

"别忘了大家伙儿……给我们写信……"

"美人"号的甲板上爬满了海龟。切玛一直把我们送上船，哽咽着与我们拥抱告别，就像个孤儿一样回到了小艇上。胡安是最不动感情的一个，跟大家都没什么交情。安东尼奥、帕特里西奥和其他看守默默地与我们拥抱后，也回到了切玛的小艇上，准备返航。切玛又一次向我伸出他那双布满青筋的高贵的手。他是这座岛上的苦役犯，也是个好人。我们的手刚刚握住，就被大船起锚的冲力分开了。"美人"号像游鱼一般在浪涛间穿行，今天的大海跟我来这里的时候一模一样。

我们跪在船尾，用手臂撑住船舷，最后一次久久凝望着生活了那么多年的土地。

明亮湛蓝的巴西亚翁达，充斥着死亡、悲剧和爱情的巴西亚翁达。你远远地留在了碧空的尽头，静止无言地矗立在那片坚实

312

的土地上。那里有我洒下的泪水。那里有黑人切玛，善良、温柔又懒散；有孤僻的安东尼奥，说一不二，强制专横；有背叛了友情的加布里埃尔，也正是因为如此，他才更像个凡人；有罗丽塔，这女人的肉体是悲剧和痛苦的源泉。还有弗朗西斯卡、赫妮娅、帕特里西奥、费德里克和胡安。再见了！我巴西亚翁达的伙伴们！再见了！我的黑人、白人和印第安朋友们！再见了，维克多！再见了，"楚佬"！再见了，交织着贫穷、邪恶、痛苦、厌恶、饥饿、牺牲、苦难、淫荡与圣洁的土地！在仙人掌与黄沙之间，在海与岸之间，万物生生不息，如裂开的果，如饥渴的嘴。再见了！

眼前一片空茫，什么都看不见了，可我们还在假装眺望着荡然无存的一切。马克西姆和埃尔南多一动不动地看着风景，这风景不是映在他们的眼睛里，而是映在他们的脑海里。

帆船在波涛中跃动，海风在船尾呼啸，我们又一次驶向未知，驶向偶然的罗盘随意指向的地方。船头的铁锚缠着锁链，如同一朵钢铁浇注的花。

曾经所有的生活、震撼、颤抖和惊愕，如今都成回忆。

帆船驶出港湾，奔向无边无际、亘古奔流的大海。

泥土，湛蓝，消逝在天边的巴西亚翁达！

28.

归程。重返文明。终章。

"好像我是在聆听自己细若游丝的声音。"在这本晦涩难懂、充满讽刺意味的书里，当漂泊者那位从光中诞生的影子同伴说，好久都没听到你说话了，他这样回答[1]。

眼下，我也在这夜航船中聆听自己的声音。海风的颜色是气态的，饱含着速度的颗粒。我们在风的羽翼下前进。澄明的海上泛着蓝莹莹的磷光，那是海底的生灵们发出的光。大片黄蓝相交的色块在眼前铺陈，我们的生命就悬在船头上。繁星满天，明灭闪烁，这沉甸甸的收获把黑夜压得颤颤巍巍。天边一轮新月，纤细得如同指甲的边缘，跟维克多跳崖那天一模一样。

我听到灵魂在耳边窃窃私语。它提起了太多往事，揭示了在巴西亚翁达时从未料想到的方方面面。好奇心如同大山深处的矿藏，艰难却笃定地滋长。船驶过了"帆之角"，我的双眼依然在身后流连，希望告别能够更长一点。船驶过了艾尔卡顿，我在那里见识了海底的奇景，目睹了来自另一个世界、另一个星球、另一个宇宙的异彩纷呈的光芒。船驶过了马瑙雷，那里埋着巴勃罗的尸骨，还有库玛蕾的爱情和盐场。从早到晚，我们几乎没有说

---

① 这里指前文提到的尼采的《漂泊者和他的影子》。

314

话，只是沉默地静听着内心深处的声音，重新描摹着一张张脸庞，一件件事情，一个个词汇。我们再一次转身回头，仿佛同伴们就在身旁，但周围只有孤独的夜色陪伴着寂静的波涛。

天亮了，里奥阿恰浮现在曙光里，睡梦中，船已驶过飞鸟岛小小的码头，在那里，我结识了第一群印第安人，还撞上了阿娜斯卡的眼睛。那里有奥古斯都、罗格、因瓜和罗西塔……他们就在那儿，远远消逝于神秘的过去，模糊成半岛的轮廓线，疲惫而安静地伸向北方。

因为还有一点儿搬盐的工钱没结清，大家还得去飞鸟岛走一遭，与其说是领工资，不如说是讨债。

小路易斯端坐在办公室里，还是那样衣冠楚楚，脸上永远挂着微笑。看守长也是老样子。他们帮我们算了钱，做了说明。最后把我们带到仓库保管员那里销账。现在我身上的盘缠不但足够支付回到哥伦比亚港的船票，还能在巴兰基亚消遣几日。我将继续编织属于自己的人生。

一艘无名小船还有半小时就开了，我买了件现成的卡其布衣服，没跟任何人告别，就孤单单地上了船。回想自己第一次来到这里的时候，不管是人，是物，还是大海，所有一切都是老样子。我们还有半小时就出发了，不出三天就能抵达哥伦比亚港。

我没有勇气和马克西姆与埃尔南多告别，他们是我最好的朋友。我把他们留在旅馆里，带着寒酸的旧箱子上了船。我对他们说，我会回来的。但那是谎话，一如我的整个人生。再见了，我的朋友！再见了，关于这里的记忆，还有靠着苦力和天性的生活。在远远的前方，是属于文明和机器的社会。在这里，悲剧、痛苦、赤裸、饥饿和贫穷，带着大片的赭色和绿色，一路延伸到北方。

　　时光带着一个个名字穿梭而过：库玛蕾、阿娜斯卡、因瓜、弗朗西斯卡、贝碧塔、贝碧塔……罗丽塔、罗西塔、罗西塔、恩丽盖塔……我努力回忆着，希望能记住每个人的名字。一想起那些遥远的人名，他们的面孔和眼睛，带着最后一次相见的表情，都浮现在我的眼前。

　　还有那些死去的人：巴勃罗、"楚佬"、维克多、曼努埃尔、玛丽亚以及那个叫不上名字的印第安人。我看到他们苍白的脸庞，狰狞的五官，简单的棱角，残破的身躯。阴影在掌中飘荡，一股神秘的力量沉睡在紧闭的双眸下。

　　还有泪流满面的切玛，他高歌的昆比亚歌谣，他那双阳刚的手。还有蓝眼睛的加布里埃尔，他的恳求与背叛，那双蓝眼睛啊！和他儿子的一模一样。还有不起眼的胡安，一个没意思的俗人。还有组长，他总有讲不完的故事……

　　船驶过了圣玛尔塔岛，陆地就在眼前。喧闹的空气里带着粮食的香味。当年就是在这里，我们遭遇了一场风暴。我又想起了船长和迪克。

　　一串串的名字和面孔在脑海中次第掠过。尼卡、小路易斯、马瑙雷的组长、堂帕奇多，我如数家珍般地一一呼唤着。费尔明、安东尼奥、帕特里西奥。你们就在那里，在那片面朝大海的土地上，而我的身影也将或少或多地留在你们的回忆里。

　　我们一路乘风破浪地驶过了灰烬口，还有一两个小时就能靠岸了。所有关于大海的回忆都凝聚成碧蓝的颜色和咸腥的味道。我永远不会忘记这色彩与味觉的千变万化。而文明的世界再一次回到了我的眼前。

船靠岸了，铁锚如同种子被抛入海底。在一番握手之后，我又踏上了永恒、静止、一动不动的陆地。

　　脚下是当年与迪克一起散步的码头，就在这里，我曾两次登船远航。如今，姑娘们依然是昔日的模样，文明依然在唱着一串串数字的歌谣。暮色昏沉，夕阳西下，天边只剩余晖。悲伤的夜幕降临了，就和我一样形单影只，无人过问。我坐在箱子上再一次回望大海，记忆里走过的道路如同纸牌在脑海中展开，那是巴黎、柏林、巴西亚翁达和世界上所有的城市和村落。希夏奥拉河在身侧咆哮，从陆地上传来叫嚷声和机械的乐声。我不懂这样的文明，无论是会飞的机器、翅膀还是轮胎。虚伪的生活戴着教育和偏见的面具。唇上的口红泛着邪恶，杀人的鬼魅游荡在一杯杯醉人的鸡尾酒间。这文明中充斥着数字、日期和商标，而我在远方所经历的生活，却是那么真实，就像石头一样赤裸和坚硬。那里有一丝不挂的女人，有推心置腹的男人，有单纯到不加丝毫掩饰的危险。而这里，一切都是遮掩、躲藏和虚假。

　　我听到自己的声音在自言自语：你做过什么？你不过是附着于骨架上的一小团肉，你不过是一小片记忆、一小撮感觉和一小块情感的混合体。阳光、咸盐和女人撕咬着嘴巴，我用疼痛的肉体回应着它。

　　那段漫长宽广的岁月，多彩又单调，隐秘又真切。我曾在每一个清晨看太阳升起，在每一个夜晚数满天繁星。我曾见过男人为女人互相残杀，见过女人背着丈夫与情人热吻；见过受尽侮辱压迫的印第安人；见过五个邪恶的城市中所有的罪恶——它们如同挣脱镣铐的魔鬼般横行于世。我曾见过女同性恋的亲吻，她们火热的双眸闪着欢愉的光芒。我曾见过男人在黑夜里颤抖着手淫，脑子里幻想着远方曾被自己肆意占有过的女人——那是他欲望的倒影。性爱痛苦地折磨着我所有的感官，赤裸袒露的淫欲用邪恶沾染了我善良的眼眸。它的形态千变万化，爱情却总是一马当先。我还见到过饥饿，它用没有锋刃的牙齿消灭信念和思想，加剧邪恶和诅咒，摧毁对新生活的希望。我目睹过各种各样的死亡：谋杀，妒杀，还有自杀。死亡与爱情如影随形。死蛰伏于生的围城，突然间从结实的身体中一跃而起，要么在银白或精钢的刀刃里藏身，要么随着子弹头乱飞，要么在大海深处等待。我曾经开怀痛饮，脑袋和后背都尝过酩酊大醉的滋味；我笑过，哭过，眼泪如苦胆，笑容如蜜糖。我靠工作养家糊口，和众人一起逃过了近在咫尺的死神。我的双手因为辛勤劳作而布满老茧，对我而言，它们远比褒奖和美貌更加温柔高贵。我的眼睛见证过悲剧、分娩、亲吻、爱情和死亡；我的耳朵倾听过女人在床上颠鸾倒凤的尖叫和男人自杀时痛彻心扉的嘶喊；我的舌头品尝过粗茶淡饭的滋味，也品尝过交织着酸甜和苦涩的饥饿的滋味；我的双手触摸过青铜色的胸脯和花生色的皮肤，它们既握过人类慷慨的手，也握过尖刀、手枪和珠贝。我的鼻子细嗅过所有的味道：意乱情迷的血腥味道，爱情的味道，椰子油的味道，咸盐的味道，海水中碘的味道。我听过，尝过，闻过，触碰过，目睹过，痛苦过，哭泣过，做爱过，热恋过，笑过，恨过，也活过……！

我内心深处的那个虚伪的声音在笑着发问：

"你管这叫活过？"

而浑身颤抖的我，不知为何，用沧桑久远，浸满了光阴和痛苦的声音回答：

"是的，我在自己的航船上，活过了四年……"

既然一切都是原来的模样，不如就将此时、彼时和旧时，勾连成一个三角形。

（本书将在这里画上永远的句号，然而从一切句号里也都会衍生出新的篇章。）

手 记

这部小说动笔于 1930 年 5 月 9 日晚 9 点。那天是星期五，街巷上笑语喧哗，我在 14 街 89 号《晚报》办公室里一台记不得编号的大陆牌打字机上敲下了本书的第一个字。

这期间我曾数度搁笔，直至今日——1932 年 1 月 24 日晚 11 点 30 分，才在 57 街 11 号一台编号为 A23679867 的下木牌打字机上完成全稿。此时此刻，夜色深沉，灰蓝的天上不见星光也不见雾气。风向西南，云朵低垂。我心中欢喜，虽不知何故，却无限欢喜。

后 记
关于爱德华多·萨拉梅亚·博尔达的诗，"尤利西斯"

　　爱德华多·萨拉梅亚·博尔达出生于 1907 年 11 月 15 日。出生之时，祖父安赫尔·玛利亚住在皮奥五世街，父亲罗伯特和全家很可能还住在玻利瓦尔广场的老房子里。作家本人在为托马斯·卡拉斯基亚的小说《水彩画和剪坏的唱片》所写的前言中，亲自承认那里是他呱呱坠地的地方。

　　萨拉梅亚·博尔达十四岁入伍，1921 年到 1922 年在军队服役两年。十六岁时突然独自去往瓜希拉，在那里度过了四年时光，二十岁的时候才回来，回归的具体日期已经无从考证，在 1927 年到 1928 年之间。

　　从祖父安赫尔·玛利亚起，博尔达①家族就与文学结下了不解之缘。一家人做官和从商之余，也经营着一家印刷社，出版了大量书籍。

　　有传言说，爱德华多·萨拉梅亚·博尔达为自己取了个尤利西斯的笔名，是受了希腊神话或者乔伊斯的影响。我认为两者都

---

　　①　博尔达实为本书作者母亲的姓氏。作者祖父安赫尔·玛利亚·萨拉梅亚膝下共有三子，分别娶了波哥大博尔达家族的三姐妹，所以根据西班牙的姓氏规则，萨拉梅亚家的所有后代都姓萨拉梅亚·博尔达。

有可能。还有人说他加入过共济会。他的两个朋友阿尔贝托·耶拉斯和阿丹·阿里阿葛·安德拉德都是共济会成员。

1929 年，赫尔曼·埃奇涅卡斯主编的《大学》杂志第一次发表了他的诗作。这三首诗分别刊发于 6 月 6 日的 141 期、8 月 3 日的 145 期和 12 月 4 日的 151 期。

1930 年 4 月，萨拉梅亚在《晚报》发表了一首名为《巴西亚翁达，瓜希拉的港口》的诗作。整整九年后，《帆之角赞》终于问世。此诗收录在国家教育部为纪念波哥大建市四百周年而出版的丛书《波哥大的散文家和诗人》第二卷中。

萨拉梅亚最初的想法是创作一部题为《北部瓜希拉的港口》的组诗。对"瓜希拉"这个地名，他特别用了方言"goajiro"而不是官方的"guajiro"。与小说一样，他按照地理上由南到北的顺序先后写了飞鸟岛、马瑙雷和图库拉卡斯，但在出版时却把顺序颠倒了过来，最先出版的一首是关于巴西亚翁达的诗，接着是《帆之角赞》，这条地理线与小说的顺序恰好相反。他的小说完成于 1932 年，萨拉梅亚采用了其中的线索，在 1939 年将其写成了诗歌。

据伊内斯·萨拉梅亚·博尔达的说法，在赫尔曼·埃奇涅卡斯发表其首批诗作前，作家在瓜希拉期间一直在写日记。从地名和时间的吻合上看，他的创作极有可能与这本日记的内容有关。我们也并不知道《行到水穷处》是否受到了《狩猎女神狄安娜》[1]的直接影响，尽管开头的风格与其相似，但随着情节的展开，后文已完全不同。

---

[1] 本书作者为萨拉梅亚的舅舅克里玛葛·索托·博尔达。

关于《行到水穷处》献词的某些误传

　　萨拉梅亚写完这部小说之际正值半个月的假日。此时他已经与蜜蜜·罗阿结婚，住在 57 街。本书是献给妻子和儿子缇布隆的，这对母子于 1933 年年底到 1934 年年初早逝。《时代报》1932 年 5 月 29 日的社会生活版刊登了缇布隆出生的消息："爱德华多·萨拉梅亚·博尔达先生及夫人蜜蜜·罗阿·德·萨拉梅亚喜得长子。" 由此可以推断出，这孩子是在 1931 年 9 月末受孕的。我们知道，作家 1930 年在《晚报》任职期间完成了小说的开头几章，并在以后的日子里进行了修改。待到在 1932 年的假期写完全部的二十八章之时，他已经是二十五岁的已婚男人，与妻子住在一起。缇布隆是 1933 年 8 月去世的，蜜蜜于 1934 年年初去世，同年本书出版。虽然不知道第一版的月份和日期，但对于年轻的作者而言，它一定意味着对过去和未来的安慰。

　　作者对蜜蜜和缇布隆的献词是用四个大写的字母 A 开头的。在第四个 A 后面，他这样写道："回忆中的爱。" 由此可以肯定，当作者妻儿双亡的时候，小说已经完成。而献词本身就是这份爱的见证。

　　《晚报》上的十二期连载是《行到水穷处》真正的开头。刊登日期分别是：

1930 年 5 月 10 日，周六（作者自周五晚九点开始动笔）

5 月 12 日，周一

5 月 14 日，周三

5 月 15 日，周四

5 月 16 日，周五

5 月 20 日，周二

5 月 21 日，周三

5 月 22 日，周四

5 月 27 日，周二

6 月 2 日，周一

6 月 4 日，周三

6 月 5 日，周四

书名、各版本详情及本书问世后的文学界

我认为有必要提一下本书的不同版本，也许是因为时间紧迫，关于本书编辑和出版年份的记载都出现了错误。

本书第一版问世于 1934 年，被收入圣达菲出版社的"倒数第二丛书"系列。圣达菲出版社的社长是胡安·洛萨诺·伊·洛萨诺。当时该社首先出版了"哥伦比亚经典丛书"系列，该系列第一卷是埃雷迪亚诗歌的翻译版，译者是伊斯玛埃·恩里克·埃奇涅卡斯。第二卷是马克斯·克利奥的《千日战争》。随后该社开始出版"倒数第二丛书"系列，该系列的第一卷是何塞·乌玛纳·伯尔纳的《逃亡录》，第二卷是拉斐尔·玛亚的评论集《人与土地的颂歌》。第三卷和第四卷均为爱德华多·萨拉梅亚·博尔达的《行到水穷处》（奇怪的是，本书出版时只有一卷）。第五卷是胡安·洛萨诺·伊·洛萨诺本人的评论集，第六卷是马里奥·卡瓦哈的诗集《雅各布的阶梯》。第七卷是奥古斯都·拉米雷斯·莫雷诺的政治小说《猎豹》，第八卷是豪尔

赫·埃利塞·盖坦的《政治堂璜主义》。最后，圣达菲出版社又推出了"倒数第一丛书"系列。该系列第一卷是阿方索·洛佩兹·米切尔森的《资产阶级自由派的波希米亚父亲》，第二卷是菲利佩·安东尼奥·莫利纳的小说，第三部是爱德华多·卡巴耶罗·卡尔德隆的《虚弱的翅膀》。除卡尔德隆和盖坦的两部作品外，其他作品均出版于 1934 年和 1935 年间。

爱德华多·萨拉梅亚是自由党在报界的红人。他曾在阿尔贝托·耶拉斯的《晚报》担任主笔，这家报纸是总统爱德华多·桑托斯[①]创办的。同时，他还为著名的《自由报》撰稿，并与豪尔赫·埃利塞·盖坦一起在自由党人以全国名义发表的公报上签名，谴责保守派对民众的压迫。他为自由派政府的官方日报《观察家报》工作了整整二十二年。

《行到水穷处》第一版中，书脊、扉页和封面上的数字"四"[②]都印作阿拉伯数字"4"。本版没有目录，但包含了献词，并在结尾加入了手记。

1948 年 3 月 5 日，本书第二版由阿尔图斯出版社的马克斯·涅托在阿根廷出版。这一版中书名中的数字 4 被换成了字母，既没有目录，也没有献词和结尾手记。

1959 年 7 月到 8 月间，借第一届哥伦比亚图书节之机，本书的第三版由秘鲁的拉美编辑出版社出版，由托雷斯·阿吉雷印刷社印刷。本版被收入"拉丁美洲文化基础图书馆"系列中，编号第 73 卷，并于同年 8 月 17 日首发于波哥大。大哥伦比亚出版

---

① 阿尔贝托·耶拉斯和爱德华多·桑托斯均担任过哥伦比亚总统。
② 本书题目的字面意思为《在我自己的航船上度过的四年》。

公司是拉丁美洲组织驻哥国各大图书节的代表。在这些图书节上会推出拉美作家们的主要作品。秘鲁举办过三届图书节，委内瑞拉、厄瓜多尔、哥伦比亚和古巴也举办过，古巴图书节的主席是著名作家阿莱霍·卡彭铁尔。

秘鲁的这一版本中，封面和书脊上书名中的"四"都印作字母，只有扉页上印作阿拉伯数字。这也是作者生前出版的最后一个版本。

1970 年，《行到水穷处》的第四版由哥伦比亚贝都特出版社推出，并于 1973 年、1980 年和 1982 年三度再版。其间历经五次加印，还被收入"贝都特口袋书"系列，编号第 76 卷。贝都特出版社所有的版本中，书名的数字都用字母印刷。虽然目录、献词和结尾的手记都没有收录，但却新加了一篇前言。

除此之外，本书还被黑羊出版社收录到"哥伦比亚文学图书馆"系列丛书，作为第 30 卷出版。与秘鲁版本相反，该版书脊和封面上的书名用了阿拉伯数字，而扉页上的书名则用了字母。本版加入了一小段作者生平，但没有收结尾手记。

后来，哥伦比亚总统府将本书收入"家庭图书馆"系列。一年后，巴拉尔出版社①出版了本书的修订版，并附上了评论。《时代报》的出版社也于 2003 年将本书作为"哥伦比亚图书馆"系列中的第 15 卷出版。

总统府版、巴拉尔版和《时代报》版回归了作者最初的文字，封面、扉页和书脊书名中的"四"都印作"4"。同时，这几个版本还包含了目录（此前的版本只有捷克语的译本中收入了目

---

① 即总部位于巴塞罗那的塞伊克斯巴拉尔出版社。

录）。总统府版没有献词，但包含了前言和结尾手记。巴拉尔版和《时代报》版是最完整的，收录了献词、手记、目录、作者生平和作品评论。

2014年，哥伦比亚"e书"出版公司推出了本书的电子版。

截至2016年年底，本书共有十一个不同的版本问世。

特别值得一提的是1942年由布拉格鲁道夫·斯凯里克出版社出版的由达格玛·瓦格内诺瓦翻译的捷克语译本。该译本作为第146卷被收入"文集"系列丛书。这个版本的三原色印刷、封套和装订都别具一格。在书脊书名的上方印着作者名字的缩写"Z.博尔达"，但封面上还是印上了作者的全名。本版最重要的是目录部分，出版社在校订时打碎了原文各章的题目，又重新归纳排版。考虑到当时正值二战最激烈的时候，他们这么做想必是为了节省纸张。

多年来，针对这部作品的评论极其少见。直到1997年，本书被行星集团旗下的巴拉尔出版社出版之后，才开始涌现出一些专门的研究。虽然难以置信，但这些日期和名字上的细节，确实有助于读者理清自己的思想脉络，也有助于理解作品本身。

关于作者自杀未遂事件以及家人的回忆

关于爱德华多·萨拉梅亚那次未遂的自杀，到底发生在去瓜希拉之前还是之后，如今已不可考。但有一件事情是清楚的，即诗人格雷戈里奥·卡斯塔涅达·阿拉贡在巴兰基亚的咖啡馆里救下了他的性命。若是他当时带着枪的话，倒是从瓜希拉回来后的可能性更大。因为他在小说中提到过，自己曾在盐矿上警戒巡逻。

但这个猜想依然不能成为定论，因为萨拉梅亚当年在通哈入伍，后来又在总统警卫队效力。他的家庭与当时的总统是多年好友，把他送到通哈服役也是总统的主意。他在自己的第二部小说《炮兵四团》中描写了这段经历，但颠倒了事情的先后顺序。所以，作者在去瓜希拉岛前，就在通哈的军队里和总统卫队中学会了使用枪支，这是一个重要的细节。另外一个事实是，他的堂兄豪尔赫·萨拉梅亚[1] 和《新人》杂志的青年诗人们[2] 常与格雷戈里奥·卡斯塔涅达·阿拉贡相约用海螺聆听大海陌生的涛声。而爱德华多·萨拉梅亚在 1927 年通过堂兄认识了这位来自圣玛尔塔岛的诗人。众所周知，《新人》杂志的诗人们 1925 年才在文坛崭露头角，那时候爱德华多·萨拉梅亚还在瓜希拉游历。所以可以推断，那场自杀是在瓜希拉之旅之后发生的。

在小说《炮兵四团》中，作者母亲所读的报纸是故事结束的第二天才出版的。这部小说的时间边界在梦境与现实中模糊了。但是，作者那场逃学的梦，却是无比真实的。

爱德华多·萨拉梅亚·博尔达的藏书

从瓜希拉归来后，萨拉梅亚阅读了大量书籍。他喜欢找些外国书来读，特别是法国作品，这没什么惊奇。然而，作为一名出色的记者和作家，萨拉梅亚非常注重完美的自我表达，也非常喜爱

---

[1] 豪尔赫·萨拉梅亚（1905—1969），哥伦比亚诗人、剧作家、政治家。1936 年担任教育部长，后来还担任哥伦比亚驻墨西哥和意大利大使。

[2] 又称"新人集团"，特指 1925 年以《新人》杂志为中心涌现的一群青年诗人和作家，他们为现代哥伦比亚文学的发展做出了突出贡献。

"卡斯蒂利亚古典名著"丛书。这套丛书由埃斯帕萨卡贝出版社出版，旨在传递西班牙语中词汇和表达的真实意义。他没有读完整套丛书，却将其一直保留到生命的终点。因为图书室面积太小，他不得不将已经读完的书捐赠出去。我们至今保存着路易斯·德·格拉纳达修士的《以耶稣的名义》《熙德的诗》《青年熙德》和由梅嫩德斯·比达尔[1]编纂的三卷本《西班牙英雄传说集锦》。这部书中收录了摩尔人征服西班牙的所有故事，它们为那场历时八百年的征服勾勒出大致的轮廓。这部书出版于 1927 年，正是爱德华多·萨拉梅亚·博尔达从瓜希拉回来的那一年。而路易斯·德·格拉纳达修士的著作则表现了那些期待着弥赛亚降临的人们的故事。

在他以小说家著称于世的年代，萨拉梅亚收藏了亨利·普拉耶[2]的小说《士兵与面包》。这部作品创作于 1914 年至 1917 年，1937 年由格拉塞出版社出版发行。除此之外，萨拉梅亚还收藏了普拉耶的多部小说，这些作品都出版于 1925 年至 1935 年间，这也正是萨拉梅亚致力于小说创作的人生阶段。

1948 年，萨拉梅亚收藏了一本对他早年影响深远的作品：亨利·德·蒙泰朗[3]的《圣地亚哥骑士团团长》。蒙泰朗也是他最喜欢的作家。通过路易斯·安赫尔·阿兰戈图书馆保存的借书记录，足可见他对于蒙泰朗的偏爱。

作者在旅居法国的岁月中收藏了很多书籍。能够阅读这么多

---

① 梅嫩德斯·比达尔（1869—1968），西班牙语文学家和历史学家、西班牙皇家语言学院院士。对西班牙古典文学、西班牙语历史及西班牙民俗诗歌文化有深入研究。曾被提名为诺贝尔文学奖候选人。

② 亨利·普拉耶（1896—1980），法国作家、无产阶级文学先驱。

③ 亨利·德·蒙泰朗（1895—1972），法国小说家、剧作家。

历史和文学作品，想必是莫大的快乐。他喜欢西蒙娜·德·波伏娃的《岁月的力量》，不但买来收藏，还在书中签上了自己的名字和"巴黎，60 年 12 月"的字样。在本书末尾印刷日期的后面，也留下了一行笔迹："回忆家，道德家，回忆家。"二十世纪六十年代的生活令萨拉梅亚感到紧张，他把这种紧张感传给了后人。那个时代的精神是与世隔绝，自我流放，是对根本，对人民，对真实价值的否定。他还在另一本书上签了名，并落款"巴黎，1960 年 1 月"。这本书是张歆海 [1] 的小说《赛金花》，此书也有英文版本。

萨拉梅亚·博尔达喜欢在藏书的最后一页写一些算式和电话号码之类的信息，我不知他这么做是为了表明自己对这些东西的喜欢还是厌恶。他还喜欢在书籍的精彩之处画一个五角星的标记，或者在文字边上画一道蓝色的竖线。其中一本写下算式的书是莫妮克·贝里奥 [2] 的。另外他还收藏了美国作家詹姆斯·古尔德·科岑斯的小说《被爱占据》的法语版并签了名。这个译本是1960 年 9 月由阿尔宾·米歇尔出版社出版的。他的藏书中还包括奥地利作家罗伯特·荣克描写原子弹制造的著名小说《耀过千阳》，这部小说 1958 年 2 月 15 日由阿塔乌出版社出版，萨拉梅亚在书中多处地方画上了美好的蓝色五角星。

作家签名的藏书中还包括奥古斯都·柏里德的作品《埃及艳后》，本书于 1946 年 1 月 15 日由法国朱利·塔兰德出版社出版。

---

[1] 　张歆海（1898—1972），中国学者、外交家、文学家。曾为捍卫中国主权、改善中美关系做出过重大贡献。他的小说《赛金花》出版于 1956 年。

[2] 　莫妮克·贝里奥（1925—2015），法国女子游泳世界冠军，后成为法国青少年及体育部发言人。

虽然萨拉梅亚几乎没有在字里行间留下蓝色标记，但本书因其厚重的历史感，与安德烈斯·莫洛亚的《法国史》、斯大林的《列宁主义问题》成为萨拉梅亚最喜欢的几部签了名的作品。除此之外，从安德烈·豪金 [1] 签名相赠的《法国诗歌》，以及贝尼托·佩雷斯·加尔多斯和托马斯·卡拉斯基亚的作品全集，也可以看出萨拉梅亚的阅读品味。至于诗歌方面，他收藏了阿波利奈尔和马拉美两人的作品全集。

何塞·比森特·卡斯特罗·席尔瓦 [2] 阁下的文学和历史散文也在萨拉梅亚签过名的藏书之列。签名下的落款是"1937 年 1 月 13 日，波哥大。"此外他还收藏了戈麦斯·皮孔 [3] 石版印刷的《作品集》。

最后要提及的，是他临终前还在阅读的劳伦斯·达雷尔的《亚历山大四重奏》，本书全部四卷都留下了他舒展的签名。这本书描写了生活在埃及亚历山大港的几个社会边缘人的一生，充满了卡拉菲斯那种诗意盎然的自然主义。本书是南美出版社 1962 年 6 月 11 日出版的西班牙语译本，译者是伯纳德斯、费拉里和霍尔。在阅读过程中，它一定激起了萨拉梅亚长久的思考。

胡安·迪亚斯·萨拉梅亚

----

① 安德烈·豪金（1918—1989），哥伦比亚作家。

② 何塞·比森特·卡斯特罗·席尔瓦（1885—1968），哥伦比亚教士、教育家、作家。

③ 戈麦斯·皮孔（1900—1986），哥伦比亚作家。

译 后 记

"请您把手按在胸前问问自己，谁是爱德华多·萨拉梅亚？别担心，大多数哥伦比亚人都不知道他是何方神圣。然而此人在二十多岁的年纪便写出了一部惊世骇俗的小说，并以出类拔萃的专业素养兢兢业业地在新闻界工作了三十多年，这足以使他跻身二十世纪最有才华和奉献精神的哥伦比亚作家之列。"1998 年，当《行到水穷处》再版之际，加西亚·马尔克斯为它的作者写下了这样的文字。

又过了一年，《时代报》举办了一次"二十世纪百位哥伦比亚名人"的评选活动，加西亚·马尔克斯不但众望所归地入围，还亲自参加了评选。他把自己那一票投给了爱德华多·萨拉梅亚。此时距后者离开这个世界，已经过去了整整三十六年。

马尔克斯的投票可能会让很多普通人感到意外，但在他的研究者和忠实读者看来，却一点都不惊奇。作为对马尔克斯影响至深的"伯乐"，爱德华多·萨拉梅亚这个名字频频出现在前者形形色色的访谈录、回忆录和私人通信里。许多人虽然没有读过他的作品，却早早通过马尔克斯的文字和讲述了解了他一生的故事，甚至对一些私密八卦都能如数家珍。

爱德华多·萨拉梅亚是二十世纪哥伦比亚杰出的作家、记者和文学评论家，1907年出生于波哥大一个显赫的家族。祖父安赫尔·玛利亚和他的弟弟恩里克白手起家，投身商界，积累了巨额财富。两兄弟不但富甲一方，还特别重视文化事业，对子女的教育更是一丝不苟。在良好家风的熏陶下，萨拉梅亚家族名人辈出，涌现出了许多文学家、艺术家和政治家，在哥伦比亚的历史上书写下了传奇的一页。

作为含着金汤匙出生的"富三代"，爱德华多·萨拉梅亚从小便接受了严格的贵族教育。也许是物极必反，在叛逆的青春期，这位公子哥突然厌倦了繁花似锦的富贵生活，决定去经历一种完全不同的人生。他刚满十四岁便应征入伍，十六岁时又切断了上流社会的一切联系，只身来到哥伦比亚北部的瓜希拉半岛，在那里的盐场当了一名普通工人。军旅生涯和盐场岁月在萨拉梅亚的人生中刻下了深刻的烙印。多年之后，他分别以青少年时代的这两段经历为蓝本，创作了自传体小说《炮兵四团》和《行到水穷处》，这也是他仅存于世的两部长篇作品。

在与瓜希拉的印第安人和黑人工人们劳作了四年之后，萨拉梅亚回到了波哥大，然而漫长的自我流放并没有消除他精神上的迷茫和苦闷。归航的船在巴兰基亚停靠了几日，他上了岸，在文人聚集的罗曼咖啡馆里朝自己开了一枪，幸得另一位诗人朋友及时相救，才捡回了性命。又过了很多年，也是在这间咖啡馆里，年轻的加西亚·马尔克斯经常躲在僻静的角落，点上一杯浓巧克力或者一块三明治，从夜晚一气读到天明或者写到天明。那个时候的萨拉梅亚已经成为哥伦比亚最优秀的作家和评论家，他的小说《行到水穷处》让新一代的文学青年们大开眼界。马尔克斯曾在回忆录《活着为了讲述》中提到了这间咖啡馆里发生的历历往事，还特别指出，当他躲在这里彻夜阅读和写作的时候，萨拉梅亚自杀时的那张桌子已经被咖啡馆奉为文物，只能看，不能坐。

从瓜希拉返回后，萨拉梅亚进入《晚报》，先后担任记者和主编，后来又分别在《自由报》和《观察家报》担任编辑和专栏作家。他为自己起了一个"尤利西斯"的笔名，这个名字来自詹姆斯·乔伊斯的同名小说。那个时候，这部被后世誉为"二十世纪最伟大的英语文学作品"的奇书才刚刚出版不久，并在英语国家里引发了巨大争议，甚至被英国、美国和爱尔兰同时列为禁书，只能在法国出版全本。然而独具慧眼的萨拉梅亚却对其一见钟情，除书名外，他还将小说的主人公"布鲁姆"和"代达勒斯"用作自己另外两个笔名，仿佛仅仅一个"尤利西斯"远不足以表达他对此书的热爱一样。就像马尔克斯曾经说过的，萨拉梅亚的眼光极具前瞻性，步子总是比同时代人迈得早，也许正是因为这一点，人们在许多年后才能意识到他的伟大。

从 1932 年一直到 1960 年，萨拉梅亚一直为《观察家报》工作，他在这家日报上开设了"城市与世界"专栏，还担任了该报《周末》文学副刊的主编。当时的哥伦比亚文坛充斥着一股孤芳自赏的风气，比如《观察家报》最大的竞争对手《时代报》就对本国传统文学极尽吹捧，坚称波哥大是南美的雅典，全城都是作家。萨拉梅亚是少数几个对这种坐井观天的态度嗤之以鼻的评论家。他已经预感到一个变革的时代即将到来，哥伦比亚的作家们不能故步自封，必须要以世界的眼光开辟新的风格。与《时代报》的做法相反，他在《周末》副刊大力推介外国文学，同时不遗余力地呼吁本国的青年作家们打破传统的束缚，勇敢地创新，创新，再创新。

萨拉梅亚的一番努力并没有见到立竿见影的效果，这不免令他感到失望。1947年8、9月间，他在《观察家报》上发表了一篇评论，感慨哥伦比亚新一代作家资质平庸，后继无人。当时的加西亚·马尔克斯还是个大学一年级学生，正沉迷于卡夫卡的《变形记》中不能自拔，读罢此文感到自尊心受到了极大伤害。为了给同龄人争口气，他挥笔写下了一个短篇，然后就像下战书一样，雄赳赳气昂昂地把稿子送到了《观察家报》的传达室。但是当门卫让他亲自上楼交给萨拉梅亚时，他突然吓得两腿发软，把装文稿的信封往门卫桌上一扔，就落荒而逃了。

这个短篇便是《第三次忍受》。1947年9月13日，它被整版刊登在最新一期《观察家报》的《周末》文学副刊上。这是加西亚·马尔克斯发表的第一部作品。同时发表的还有萨拉梅亚欣喜若狂的评论，他承认自己犯了错，并宣布哥伦比亚真正的文学天才诞生了[1]。

这份珍贵的知遇之恩令年轻的马尔克斯深受鼓舞。几个月后，他又创作了第二部短篇小说《埃娃在猫身体里面》，萨拉梅亚再次将其整版刊登在1947年10月25日的《观察家报》上并赞赏有加。这两部作品的发表标志着加西亚·马尔克斯在哥伦比亚文坛崭露头角，也标志着一段忘年友谊的开始。在此后的岁月里，萨拉梅亚从未吝惜过对这位小自己二十岁的年轻人的青睐和提携，他给他起了个亲切的外号——"加博"（现在全世界的马尔克斯迷们都这么叫他），还说服了《观察家报》的高层，为他

---

[1]　加西亚·马尔克斯在《我不是来演讲的》和《活着为了讲述》中，马里奥·巴尔加斯·略萨在访谈中都提到过此事。

在报社谋得了一个长期的记者职位，两人从此成为同事；而马尔克斯也将萨拉梅亚视为良师益友，他曾在与友人的通信中满怀感激地说起这位伯乐："我遇到了自己的哥伦布。就连美洲大陆都不敢像我一样坚信不疑。"

1960 年，萨拉梅亚正式退出《观察家报》，前往巴黎担任哥伦比亚驻联合国教科文组织大使，1963 年 9 月 13 日病逝，这一天恰好是《第三次忍受》发表十六周年的日子。四年后，《百年孤独》问世。

加西亚·马尔克斯曾经这样谈到萨拉梅亚对他们那一代的作家和记者们的影响："他的目标只有一个：时不我待地推动哥伦比亚的文学和艺术与世界接轨……很少有人能像他那样，对写作有如此独到的见解，又能清晰地阐述并分享给他人……他常说，好的对立面不是坏，而是平庸；换言之，判断一个作者是不是勇敢，是要看他敢于打破什么，而不是发表什么。至少，我作为当年那群年轻人中的一员，时至今日还经常扪心自问，如果没有他，我们这些人现在会是什么模样。"

提到萨拉梅亚对于哥伦比亚文坛的贡献，不可不说他的小说《行到水穷处》。这是拉丁美洲第一部乔伊斯风格的作品。从本书的写作时间上看①，现代主义文学在欧洲兴起不久便激起了萨拉梅亚浓厚的兴趣，他不但进行了大量阅读，还有意识地将意识流等写作技巧运用到了个人的创作中，这在拉丁美洲作家中是极其超前的。然而遗憾的是，与乔伊斯的《尤利西斯》一样，《行到

---

① 根据前文的作者手记，本书于 1930 年 5 月动笔，1932 年 1 月完稿，1934 年出版。

水穷处》刚出版便遭到了来自四面八方的围攻，甚至一度被定义为"淫秽读物"。直到进入二十一世纪，人们才开始重新注意到它的价值。

这部小说的创作始于 1930 年，当时瓜希拉的两个土著部落爆发了一场冲突，吸引了全国的目光。萨拉梅亚刚从那里返回两年，在《晚报》担任记者，为了"蹭热点"，便撰写了一篇《乌琪·歇琪·库玛蕾回忆录》的报道，这便是《行到水穷处》的雏形。文中那位名叫库玛蕾的印第安姑娘，也成了小说主人公的同名情人。

这是一部成长小说。主人公是一名十七岁的少年，出于对现代生活的厌倦，从繁华的波哥大逃离到瓜希拉的盐矿。这个情节不由得让人想起另一位哥伦比亚作家何塞·欧斯塔西奥·里维拉的名作《旋涡》。这两部作品同样带有自传性质，同样运用了第一人称和大量的抒情独白，主人公同样是波哥大的富家公子，同样出于精神上的困惑而从现代社会逃离到荒蛮地带（一位逃到了内陆丛林，一位逃到了北方海岸），同样深入土著人群的生活，同样体会到工业文明对传统和文化的冲击。然而，与《旋涡》鲜明的本土风格和浓烈的时代特色相比，《行到水穷处》的视野更具有普遍性，虽然只比《旋涡》晚十年出版，但今天读来，竟然丝毫没有时间和地域的距离感，反倒更像是一部二十一世纪的作品。就像西班牙著名作家爱德华多·门多萨所说的："萨拉梅亚对旅行的认识是属于当今这个时代的。身体、感觉和眼界是现代哲学永恒的话题，令人难以置信的是，早在 1932 年，他便在这部自传体的瓜希拉之旅中赋予了主人公这样的高度……直到今天，它依然是哥伦比亚文学中独一无二、无法归类的存在。"

这部小说的原名，直译为《在我自己的航船上度过的四年》，另外还有一个副标题：感官日记。这个书名点明了瓜希拉之行的双重意义：第一重是现实之旅，作者或乘车，或登船，或步行，沿着哥伦比亚的铁路、内河与海岸线，从波哥大、巴兰基亚和卡塔赫纳等大城市一路游历到瓜希拉半岛上的飞鸟岛、马瑙雷和巴西亚翁达等小村落，沿途所见的山川景色，风土人情，令人目不暇接；第二重是感官与精神之旅，诚如书名所示，瓜希拉半岛上的这四年时光，是一段自我求索的历程，作者驾驶着灵与肉的航船，像普鲁斯特那样去观察，去想象，去直面现实的残酷，去挖掘意识的潜流。通过敏感到极致的触觉、味觉、视觉、听觉和嗅觉，一刻不停地丰富着对身体和生命的体验，在琐碎日常中那些最细微的变化中，去思索生与死、爱与恨、善与恶的真谛。

小说的主人公有这样一段独白："我喜欢舒缓地观察事物，用全部感官去深刻地品味喧嚣、色彩和芳香。观察中蕴藏着真正的智慧。当你专注地凝视某件东西或者某个人，就会更深地了解它（他），认识它（他），就如同在它（他）身边生活了二十三年一样。"这段话不由得令人想起法国女作家尤瑟纳尔的名言："要有勇气描绘一个沉浸于凝视微不足道事物的人物，这种凝视是神圣的，令人筋疲力尽。"

萨拉梅亚具备这样的勇气。也许，正是源自他心底的这道迟缓却又充满智慧的目光，赋予了《行到水穷处》超越时代的视角。与拉美同时期出版的作品相比，当面对现代与传统、文明与野蛮的冲突的时候，萨拉梅亚难得地赋予了笔下的人物一种平等的心态。同为受过西方教育的"文明人"，《行到水穷处》的主人公没有《旋涡》中的科瓦或者《堂娜芭芭拉》中鲁萨尔多那样的反抗精神，一定要去征服什么或者改变什么；更没有什么高低贵贱、优胜劣汰的意识。在他看来，那些未经教化的印第安人，有时候甚至比现代社会更文明，更先进。例如，他非但不把当地土著的买卖婚姻视作陋习，反倒觉得："其实他们的婚姻才是最前卫的，简直和 2050 年的婚姻一样新潮。在商业化的生活方式下，迟早有一天，我们都会效仿这些印第安人几百年来一直都在做的事——把婚姻变成一桩金钱买卖。"而当他在另一场葬礼上目睹两位女印第安人旁若无人地接吻，并得知瓜希拉的女同性恋既可以买个男人当丈夫，也可以买个女人当老婆的时候，更是由衷感叹："文明是迟早要走到这一步的……这个奇怪的种族不但对性自由抱有无限宽容，而且没什么社会矛盾是用钱解决不了的。"

更难得的是，萨拉梅亚笔下的这个人物，不但以平等的目光去凝视印第安人和黑人的传统和文化，也以同样的目光来凝视自然界的万事万物。在他看来，哪怕一只小小的昆虫，也有着自己的社会、法律和神明，也是值得敬畏的生命。他正视欲望，正视人性，从不以道德去审判周围那些为了爱欲而疯狂、背叛甚至送死的痴男怨女。与此同时，他又是矛盾的。他唾弃现代文明的冷酷和虚伪，却又无法摆脱波哥大的羁绊与乡愁；表面上和瓜希拉的工友们打成一片，内心却总是感到深深的孤独。他始终都在思考和求索，四年后却依然不知道自己的根在哪里，也看不清未来的方向。也许生命中的很多问题永远没有答案，而寻找本身就是答案。所以这段尤利西斯式的旅程，归来时虽然两手空空，却可以问心无愧地对自己说，我真正地活过。

作为译者，翻译这部小说是一种非常幸福的体验。无论是大段的意识流和独白，还是细致入微而又充满想象力的感官和景物描写，每一字每一句都洋溢着灵动的诗意和对生活极致的热情。这样的文字独属于哥伦比亚那片活色生香的土地，无时无刻不在打动着我。感谢人民文学出版社，能使我有这样的幸运走进萨拉梅亚的世界，去了解他不平凡的作品和人生。我也希望能够通过自己的努力，将西班牙语原著中令人词穷的文字之美，尽可能地传递给中国的读者们。关于书名应该直译还是意译，我曾思考良久，最终受到了小说最后一句话的启发，决定用"行到水穷处"这句唐诗来为它命名。因为本人水平有限，译文难免有不当之处，恳请广大方家不吝批评指教。

陈皓

2020 年 8 月 20 日

青岛大学